本书由陕西国际商贸学院学术基金资助出版

JIBEN FULUN ZONGTONG YANJIU

基本符论综通研究

袁 峰 著

西北大学出版社

·西安·

图书在版编目（CIP）数据

基本符论综通研究／袁峰著．—西安：西北大学出版社，2023.12
ISBN 978-7-5604-5219-7

Ⅰ．①基… Ⅱ．①袁… Ⅲ．①文艺学—符号学—研究 Ⅳ．①I0-05

中国国家版本馆 CIP 数据核字（2023）第 182537 号

基本符论综通研究
JIBEN FULUN ZONGTONG YANJIU

袁　峰　著

出版发行　西北大学出版社
（西北大学校内　邮编：710069　电话：029-88303404）
http://nwupress.nwu.edu.cn　　E-mail:xdpress@nwu.edu.cn

经　　销	全国新华书店	
印　　刷	陕西隆昌印刷有限公司	
开　　本	787 毫米×1092 毫米　1/16	
印　　张	18.25	
版　　次	2023 年 12 月第 1 版	
印　　次	2023 年 12 月第 1 次印刷	
字　　数	346 千字	
书　　号	ISBN 978-7-5604-5219-7	
定　　价	68.00 元	

本版图书如有印装质量问题，请拨打 029-88302966 予以调换。

目 录

引 论

第一编　人类种群与基本符论

自私的基因，有公心的人，物相杂之文。有大德的天，养生物的地。族群的类，言觉的学。发纤秾于简古的DNA，寄至味于淡泊的染色体。

第一章　人猿揖别与人文符因

基因与人，先天与后天。人类学、人本学与人文学。大与犬，王和玉，袁与猿，鬼与醜。人文辨类：类似与类别，类人猿与类小说。考古学与遗传学。物种、人种与文种。遗传基因与传说时代。基因类似笔画，染色体别异部首。mtDNA 细胞器与Y染色体。

1. 人符 /17　　2. 人学 /20　　3. 猿人 /22　　4. 人种 /25

第二章　物种理论与人文族群

出头捺撇"入与人"，横画长短"士与土"。镜鉴人民，别异士庶。性别女男，前者是线粒体夏娃，后者是Y染色体亚当。基因进入文化、文字。族是ethnic、ethnos，德是ethic、ethos。物种理论别异比类，文艺理论拟容取心。

5. 士族 /28　　6. 生物 /30　　7. 物种 /32　　8. 族群 /35

第三章　文本经验与学理溯源

因从大，基因是先天之父。学从子，学习是后天之子。经常与经验。经学之經，有一横三曲。红学之红，少一横三曲。XX是女，为婉约。XY是男，为阳刚。基因学与人学。文本、字母与文学。"是什么"与"为什么"。基因与原因。

9. 基因 /38　　10. 经验 /41　　11. 什么 /43　　12. 学习 /45

第四章　天人哲理与文化教育

培养与圈养。nurture 与 culture。文化是人类独有的基因，是超出猿类的灵性。无机之护养与有机之异养。不同而一的人伦。元伦理与宗教伦理教育。德尔图良的神与荀子的礼。哲理发纤秾于简古，天人寄至味于淡泊，风骚之情引诱、揶揄人性。

13. 培养 /48　　14. 伦理 /51　　15. 神学 /54　　16. 风骚 /56

第二编　天人情致与基本符论

兼三而五有人行、左右、思在、史操、文德。学问由二而四，由四而八。儒学显，道学隐。物理显，基因隐。情致异区，漩缠涡结。

第五章　左右困惑与思在颠倒

"向"是 window。基因之本：有方无向与有向无倾。政治方向的左与右，文艺理论的左倾与右倾。"頁"是头。页顶左与页顶右。王道与霸道。颠倒与癫狂。我思我在与我在我思。天诚，人知其恳。几、机与天机。聿之所为，离无入有。

17. 倾向 /59　　18. 方向 /62　　19. 天机 /64　　20. 天书 /66

第六章　人性厚黑与文行厚德

白黑与善恶。厚德与厚黑。崇高的精神与谋生的世俗。哀莫大于心死，身死在次。学从艺出，评由史来。心生言立的基因。言立文明的基因组。性灵所钟的染色体。思理为妙的心智。神与物游的情怀。行文走笔的狂徒。论文叙笔的鸿儒。

21. 黑恶 /69　　22. 厚黑 /71　　23. 心智 /74　　24. 文行 /77

第七章　会通史操与适变文德

用俗于金与用俗于心。良知义与核心礼。典籍的基因与活用。雅通文哲戏说史，通雅百科贯中西。凭情会通的染色体。负气适变的核蛋白。君为民主与 democracy 基因。史操的符在史籍，文德的操作用小说。吐哺庄重，吐槽轻慢。自白与脱口秀的基础要素。

25. 通俗 /80　　26. 民间 /82　　27. 曹操 /85　　28. 吐槽 /88

第八章　三五情素与四学八水

三五在东。妙极的九和十五。物性一分为二，物态一分为三。情致异区，漩缠涡结。道性隐，基因亦隐，故需发明。儒学显，商学亦显，遗传学从隐入显。岁在星纪。荧惑守心。七月流火。五星显，二十八宿隐。八水分流，龙飞凤舞。

29. 参伍 /91　　30. 四学 /94　　31. 五星 /97　　32. 八水 /100

第三编　诗乐情境与基本符论

言音基因显灵于文。乐诗意境浸润入神。骚情赋骨，汉风魏力，唐音宋调。上界语言是思想的情人，诗乐 DNA 憧憬与传世文章同床共枕。

第九章　书画乐概与上界语言

书为心画，空间基因。乐为诗声，时间基因。概为总括，以此总乎彼，举少括乎多。点下有横：文书言，言诵音，音谱数。一物携二，文不尽情，乞声显灵。灵魂通过上界语言创造自身，乐基谱因精炼大脑细胞使其美轮美奂。

33. 书概 /103　　34. 音乐 /106　　35. 乐籍 /108　　36. 乐概 /111

第十章　乐谱作曲与以意运法

基因与 notation。有量艺术的调式、音阶。用乐谱激活视觉提携唐音宋调。词基曲因，敏感乍然，乐音飘然，弈活必然，美味不期而至。天下文字，惟曲最真。豕虎虚戈，劇基戏因。以意运法，不落言筌。示人巧妙，不涉理路。

II

37. 乐谱 /114　　38. 作曲 /117　　39. 戏曲 /119　　40. 作法 /122

第十一章　外内情势与隐显异术

地势崇高，喜马拉雅；文势湍回，矢激如绳。谷是自然的基，图是技艺的因。宛与苑，折与浙，申与神，显与顗。上林苑与上林赋。沣与鄷，滈与鄗。口与门。基因隐秀，旨酒思柔，意在言外，秀美独拔，余味曲包。

41. 地势 /125　　42. 内苑 /127　　43. 谷神 /130　　44. 隐显 /132

第十二章　诗词基本与诗话词说

基本司意于内，言行持物于外。兑人心志，巧笑妖娆。缘情绮靡，美目倩盼。骚情赋骨，口舌滋味。神与物游，悟入奇妙。随物赋形，不能不为之为工。探源经籍，诗词开口说话。要眇宜修，雄浑微妙博大。小词悦人耳目，小说浸濡人心。

45. 诗话 /135　　46. 诗说 /138　　47. 诗词 /141　　48. 词说 /143

第四编　尽器贯道与基本符论

符位理尽器定名，论析分贯道品评。基因无情有性，嫦娥应悔偷灵药。遗传有缘无意，碧海青天夜夜心。孢孕巳子与知识分子、基因分子。

第十三章　符位文明与发现还原

音位声明。符位文明。弓殳發明。玉见光明。戯虚在左。数（a+bi）虚在右。ethos、pathos 和 logos。发明基因，热衷问题。发现感悟，命名染色体。意在脑中，意识涌现，神经细胞还原。神与物游之 physics，思理为妙之 physiology。

49. 符位 /147　　50. 发明 /150　　51. 发现 /152　　52. 还原 /155

第十四章　遗传基因与天演哲学

皿与血。象与缘，基因的血缘。文性与人性，其异如面。悉达多的脸。先天之演与后天之验，进化理论与天演哲学。辞真竞古，弃儒入道。亲种、亲缘与奇缘。遗传基因与文字基因。叀与專。字根的基因与基因的字根。是自身与不是自身。

53. 血缘 /158　　54. 天演 /161　　55. 亲缘 /163　　56. 遗传 /166

第十五章　人种文脉与基本溯源

人种文脉，始基界因。已往之宙，未来的宇。观古今于须臾，时空无端。抚四海于一瞬，宏图手眼。言文功能与生物官能。《物种起源》溯源，遗传学实验穷基究因。DNA 发潜德之幽光，染色体启后人于通途。诗仙使唐音步入世界之巅。

57. 过去 /169　　58. 须臾 /172　　59. 世界 /174　　60. 溯源 /177

第十六章　尽道审器和基本分子

天演论能实，科学析官能，哲学别能所。严复用能实丰富能所，以信达雅贯通进化论。尽器贯道的组织，尽道审器的系统。孢巳子未成形，孕象子成形。地雷复，文如几道。益而复，复更益。有态度的 DNA。知识分子、科学分子与基因分子。

61. 能实 /180　　62. 器官 /182　　63. 严复 /185　　64. 分子 /187

第五编　数码文化与基本符论

总把数码换桃符。桃木、符竹是象形数码。兆音、付声是基因符号。电脑用比特思考，人脑用意识推理。知识分子与信息分子、信使分子。

第十七章　人文符码与电脑字节

字从子，人子源于母孕。因从大，基因小。万物互联比特。bit 比字节小。卩是基因符号。定元与位元，音位与音节。以文运事与因文生事。人元、字头与电脑。女与母。注音字母与拼音字母。alpha 与 omega。π 与 兀。

65．字节 /190　　66．音节 /193　　67．字头 /195　　68．字母 /198

第十八章　基本性状与体势抱神

尤与忧。忧心与优生。gene＋tics＝遗传学。eu＋genics＝优生学。生物基因与遗传性状。性言其质，状摹其形。体性抱神，即体成势。人身具体，文心抽象。人物自然，文性超拔。士与女染色体异。生理的基因与情理的文本。

69．优生 /201　　70．性状 /204　　71．体性 /206　　72．体势 /209

第十九章　基本转化与人文克隆

木分条，水异派。遗传身份与伦理身份。文化基因，拟容取心。小说叙事，大说论理。转化是遗传的、信息的、生化的。脱氧糖核酸是君，核糖核酸是臣。AI 的智与 AL 的命。生物细胞与人文基因。clone 与 twig。复印与拷贝。

73．身份 /212　　74．转化 /215　　75．交换 /217　　76．克隆 /220

第二十章　符码文化与比率文明

基因密码。碱基元素。code 与简。coding 与韦。decoding 之解。encoding 之编。分子生物学与进化生物学。信息分子与信使分子。信息编码与基因符码。几率、比率与利率集异曲同工之妙。编码、代码与信码融珠联璧合之神。码文化与率文明。

77．密码 /222　　78．编码 /224　　79．比率 /227　　80．代码 /230

第六编　战争文化与基本符论

金戈铁马，气吞万里如虎。止戈为武，高铁、网群、手机、智能别裁锦绣。上兵伐谋，有概率理论之思。基因德圆，与符码心有灵犀一点通。

第二十一章　蛛蚁蟹龟与智能网群

蛛网神识智计，为天纵之本能。智能网群，按美的基本创造，为人工。蚁蟹从虫，同在动物。蚂蚁与马姨。食蚁兽与食蟹人。蚂蚁赋格，螃蟹卡农。基因与蟹孰先？AI 的意象与直觉孰后？乌龟和悟诡。龟蚁蛛蟹。DNA 四碱基。异集璧创意曲。

81．蜘蛛 /233　　82．蚂蚁 /236　　83．螃蟹 /238　　84．乌龟 /241

第二十二章　金文别纸与原富铁通

文基饰因，衣被于金，故有金纹。后外画在左上，司外画在右上。甲金纹基因豪放，篆刻符文婉约。文被于纸，别裁锦绣。周与秦合而别，别五百载复合。经济原富，军事强强。高铁、航天使交通腾飞。手机、电脑、网络拥戴智能跨越。

　　85．金纹 /244　　86．别纸 /247　　87．原富 /249　　88．铁通 /252

第二十三章　武器批判与战争理论

游击战，山围城。宏基图因，有板有眼。戈击搏斗，看得见的手与看不见的手。概率之思，基因权衡，内阁运筹，立于不败。上兵伐谋，不战而屈人之兵。批判的武器与战争理论。战略大局谋划，战术灵活实施，战斗拳打脚踢。

　　89．游击 /255　　90．战争 /257　　91．战略 /260　　92．战斗 /262

第二十四章　批判思辨与武器基本

思辨的基本。有攻有守，理论联系实际。无形无声，论理遵守逻辑。批判的思辨，德圆而神。武器的基因，至善不战。知性无直观为空。直观无概念是盲。牛顿的引力。爱因斯坦的胸次。科学直觉与文学想象。至美之工，心有灵犀一点通。

　　93．理论 /265　　94．批判 /267　　95．武器 /270　　96．力量 /273

主要参考文献 /276

后　　记 /281

鸣　　谢 /284

引 论

基本与综通

析而言之，基是基因；本是文本语根。基本的基因把握着生态之实在，基本的语根文本左右着虚在之意识形态（ideology）。基因与文本语根有很多相同之处，除了不可预测的自我完善之外，它们似乎都为了生存、为了交流、为了追求更多的目标。

人文学科的基本，就科学而言，是基因。基本的基因把握意识使用口耳偏于语根，使用手眼偏于文本。

道法自然，自然痛恨单一，故西文"nature"的本义是"自然"，又引申出"本质"的意思。基本的前提是自然。人类既是自然的一部分，又是自然的闯入者。中国的文本，在两三千年前，先创造出一个大写的"人"，又在其上加一横为"大"，"大"上加一横为"天"。"天"意谓自然，"大"意谓大人。人大合一为天，天人合一为圣。就西学而言，一分为二，基本的本质既具有科学性，又具有意识形态性。

就科学性而言，假如说自然独立于人的意识之外，则自然科学独立于意识形态之外。人是自然之翘楚，人文用意识把握自然和社会，人文科学用意识形态改造已知和未知的世界，人文艺术使用直觉憧憬未来、追求真善美。

基本着力于基础，综通着力于方法。

何谓综通？析而言之，综为综合，通为交通。以综合为体，以交通为用。体是本质、本体，是 nature 的引申义、抽象义、理论义。用是 nature 的自然义、应用义、实在义。本体的本义是抽象的，交通的本义是具体的。交通应用于联通，结合于实际，坐实于经济。

在基本那里，基因是一个生命科学概念，文本语根是人文符号学概念。不同于基本，综通概念偏于方法论。汉人文符号"面"的本义是 face，中国数学家说"开之不尽，以面命之"，是将它当成了一个数学概念，更具体地说，是当成了一个无理数概念。中国文论家说"各师成心，其异如面"，这是将"面"作为一个美学概念，更具体地说，是将其作为一个美学风格概念。

基本的基因

引论《基本符论综通研究》，应该先阐说基本符论，然后再论说对它的综通研究。就基而言，基本符论是基因符论。基因是什么呢？基因是一个遗传学概念，在遗传学产生以前，不可能有基因这个概念。这就不能不提到作为遗传学之父的奥地利的孟德尔。物相杂，故曰文；生物杂交，依托基因。孟德尔通过豌豆杂交实验研究遗传性，虽然没有使用基因这个名词，但实际上却已预设了遗传学的本质不可能在基因概念之外。孟德尔去世二十年后，丹麦遗传学家约翰森使用"gene"术语完善了孟德尔的遗愿。汉文"基因"在翻译这个术语时，不但照顾到了中西文符的音，而且体贴到了"子代中二择一性状的出现是由不可见的遗传单位（anlagen）所决定"①之义。

生物杂交依托基因启发了笔者的灵感。笔者十几年前曾经研究过文本语根，写过一本四十四万字的著作。当时"立足于文本语根的溯源与基础，并着眼于学科层面的应用和综合。在溯源的基础上综合，在综合基础上应用，在基础和应用层面上综通"②。如今，笔者终于从文本语根溯源步入基因，步入基因符论。文本语根颇有些基因的意味，业文科者不能仅仅就文分析文、就文论分析文论。由此出发，文的基因、文字的基因、文学的基因、文化的基因就十分耐人寻味。学问有发明之学，有应用之学，有综合之学，有教育之学，笔者在自己生命的后半段着力于综通研究偏于综合之学。21世纪之前，中国已有东海西海、南学北学之综合研究。21世纪以来，人工智能的长足发展为综通研究提供了更为优越的条件。可以借用古诗意阐说如此理念：春风送暖入屠苏，千科万学皆可通；数史医域兼基因，总把新桃换旧符。

笔者假借王安石《元日》诗的意境表达综通研究的信念乃至实况。所谓"数"是指《言数话语综通研究》，"史"是指《文史符号综通研究》，"医"是指《文医符域综通研究》。③ "域"是指符域（symbol field）。符域之域从土，正如基因之基从土。先有文史符号之打通，后有文医符域之打通。在打通后者时，笔者的学术推进是"义域和医域通于符域，意符与医符通于域符"④。意符有新旧，在将"新桃换旧符"时，笔者一贯持谨慎态度。故"基本符论"之"基本"就我自己的学术积淀而言，实际上是一种回归性扬弃；就

---

① 《大美百科全书》（中文版），第12卷，第106页，外文出版社，1994年。
② 袁峰：《文本语根综通研究》，第1页，三秦出版社，2011年。
③ 前两者分别于2014年、2017年由人民出版社出版，后者由三秦出版社2020年出版。
④ 《文医符域综通研究》，第54页，三秦出版社，2020年。

"符论"而言，笔者是在原来符号综通、符域综通的基础上又前进了一步。本书第三编引言说："言音基因显灵于文，乐诗意境浸润入神。"言音有根，此根即语根。就基因而言，语根就是语基。语基将文本看作吟诵的言，文本将口言看作谱写的音。诗言志结合着音成为意境，歌咏言结合着意成为境界。用基因理论分析言志和咏言，笔者倾向于使用内容和形式概念区隔判断。咏言作为口言偏于形式，言志虽然无法脱离口言，但所言之志意偏于内容。

口言的口是一个人文基因，正如文心的心是一个人文基因。孟德尔认为，决定性状的因子成对，但交配时双双各只提供其中之一。人文基因与此大致类似，如诗言志的志，是一个单音义符，上士下心配合，士提供音识，心提示义理。偏旁部首是基因符，单音义符的形体多由基因符合成。许慎用另一个单音义符阐释诗言之志，这个义符是意，也从心，但其上部不是士，而是音。有一个成语说，燕雀安知鸿鹄之志。基本符论说，燕雀的确不知鸿鹄之志。基因符说，燕雀可能知道鸿鹄之志。基因说，燕雀的确知道鸿鹄之志。后者的理由是，在作为鸟的基因层面，此二者基本相同。

这个鸟，就是"飞鸟相与还"的鸟。鸟是一个重要的部首。鸟出现在鸿鹄中，正如基因出现在染色体中、DNA 出现在细胞核中。在真核生物中，染色体都处在细胞核中，故基因亦位于细胞核中。云无心以出岫，基因安守着自己在染色体上的位置，正如字根安守着自己在言辞句中的位置。鸟倦飞而知还，何谓还？答曰：还原之谓也。还原自己至本来的地方，如果是文科，还原至文本语根；如果是生物学、遗传学，那就还原至染色体、还原至基因。位理定名，彰乎大易之数。基因亦有数、有位、有名。位，座位之谓也。

本书论述基本符论结合音位、符位，音位以声明，符位以文明。文之英蕤，有秀有隐；秀之挺拔为显，隐以基因步入基因工程偏于应用。基因溯源并不容易操作，笔者不是生物学家，更不是遗传学家。业文科者所谓溯源立足于五根符、立足于更多的符根。符发付音，付意谓交付，持物对人。交付用手，需拿捏分寸。旧符更趋于传统、趋于本源、趋于经史子集、趋于古学之根本。根从木，正如桃从木。新桃更趋于末梢、更趋于前沿、更趋于用经济学去融通经史、更趋于用集成电路和 IT 去和子集互通有无。溯源于基因，换一个角度看，实际是末本打通、今古打通。将新桃换旧符，是倾向于文艺美学的时髦，基因的变异也许会跟风，但基因的基础却不会贸然行事。

从基础到基因

基因讲遗传，正如经济讲利害。后者认为，利就是经济的，害就是不经济的。本书

第一编引言说：自私的基因，有公心的人，物相杂之文。自私之私从禾从厶，正如公心之公从八从厶。私是自私，公是背私。根据《韩非子·五蠹》，自環者谓之私偏于言及厶这个符号之义，背私谓之公偏于言及社会公利之义。经济学偏于从趋利避害的角度研究人，正如基因学偏于从遗传物质的角度研究人。后者认为，遗传物质能够将生物（包括人）特征在变异中从上一代传至下一代。

基础的基因扎根于经济，经济基础决定上层建筑偏于物质、偏于物质基础、偏于文化唯物主义。上层建筑反作用于经济基础偏于意识、偏于意识形态、偏于文化唯心主义。意识形态盘根错节于 logos 和 mythos 之间，令人望而生畏。也可以说，基因之基是基础，之因是因子。基础的因子，于汉符以土、石标识，土、石是没有意识的物质。就前者言，若墙下之夯土；就后者言，如柱下之础石。经史子集之于国学，正如数理化生之于科学。

基因之于生学，是生物学。基因学之于遗传学，正如细胞核学之于细胞学。在基因未被发现之前，单音义符"因"已有沿袭义，"基"已有根本义。沿袭之因如孔子所谓"殷因于夏礼"，"周因于殷礼"（《为政》）；根本之基如《汉书》所谓"王以民为基"，"民以财为本"（《谷永传》）。根本基于木，基本根于土，基因根于细胞内的自体繁殖。

基因的因子以其、大标识。其，箕也。大，大人也。因的韵母发大人之人音。本书第四章引言说：哲理发纤秾于简古，天人寄至味于淡泊。纤秾之秾的繁体是穠，这个从禾农声的字符具有遗传生态的冲击力。诗云："何彼秾矣，花如桃李。"（《召南》）辛弃疾词云："梅梅柳柳斗纤秾，乱山中，为谁容。"（《江神子·和人韵》）基因纤秾，纤谓其小。基因隐秀，秀谓其显。传统言文之基本正如生物遗传之基因，其"因子有显隐之分，显隐相遇只表现出显性性状，隐性性状只有当二隐性相遇时才表现"出来。[①]基础、基本与基因有异同。

基础是 foundation，可用夯土铺设，亦可用石子垫基，这是工程基础。基因的根本立足于遗传，故基因工程也叫遗传工程。基础之础与碱基之碱咸从石，正如基本之本与核酸（nucleic acid）之核咸从木。英文 base 是基本，也可以说是根本。在数学里，它意谓基数。在化学里，base 意谓碱。碱是一种基本物质，它能和酸结合形成盐。作为生化物，人类已发现，base 进入细胞，深入细胞核，形成碱基（nucleobase）。

基础与基因的异同，正如基础工程与基因工程之异同、基础科学与基因科学之异同。base 的变异是 bass。音乐中的基础低音就使用这种拼写。一首乐曲的最低声部中一再反

[①]《不列颠百科全书》（中文版），第七卷，第 48 页，中国大百科全书出版社，1999 年。

复的旋律音型，作为乐曲的主要统一因素。基因的情况亦如此，基因显形宛如建筑工程的地上部分，其隐形相当于构造物地面以下的基础部分。基础强调遵循自然，自然科学中的数学、物理学、化学、天文学、地学、生物学都是基础科学。

gene 因人而大，但个头纤小。基因的因子，按其拼写，由四个字母组成。基因是含有遗传信息的生命单位，单音义符"生"可以析解为中和一。一是土，是土地，是大地；中是草，是核苷酸之苷（nucleotide）上部的草字头。一生二，故生下有二；二生三，故生下成土。生生不息，故有生类、生学。生物学和生理学是自然科学的生学，生计学是人文和社会科学的生学。生计学是经济学。经济学是社会科学的皇后，正如数学是自然科学的皇后、物相杂之雅俗共扶是艺文小说陶冶灵魂的皇后。

中国古代最发达的四门科学为数学、农学、医学、天文学，前三门学科都由带"学"字的双音义符构成，天文学不是由带"学"字的双音义符构成的，它是一个三音义符，西文所谓 astronomy。在中文语境中，天文学也可以略称为"天文"，正如物理学也可以略称为"物理"。上文说"地学"属于基础科学，天文学也是基础科学。笔者咬文嚼字地提问题：天文学是否就是天学？我的能力还不足以提供答案回答这个问题。我去查《汉语大词典》，想先从了解一些皮毛的知识入手，很遗憾，有那么多由"天"字作为词头的词条，但就是没有"天学"词条。我查到了"地学"这个双音义符。

郑观应认为："地学以地舆为纲，一切测量、经纬、种植、兵阵诸艺，皆由地学推至其极。"①地学之接地气，正如天学之接太空。笔者在第一编引言中言及物相杂之文、大德之天、生物的地、族群的类、言觉的学。广义的文包括天文，广义的德包括天德，广义的类包括基因类，广义的学包括天学。笔者业文，故对文学有研究。说文学是人学，正如说天文学是天学。天学真原，谁能明之？使用基因概念，发纤秾于简古，寄至味于淡泊，庶几能在理性层面启人心扉。蓦然回首，基因正在灯火阑珊处。

符号的基本

符号的基本与基础的基本有异同。上文言及基础科学的物理学、天文学，而没有说到力学（mechanics），其实后者更是前二者的基本。力学不但是物理学、天文学的基本，而且是许多工程学的基本。在没有遗传学之前，没有遗传单位这个概念。遗传学之父创立了遗传学之后，才有了遗传因子之说。遗传因子就是遗传单位。anlagen 是德语贡献的一个概念，正如 algebra 是阿拉伯语贡献的一个概念。遗传因子催化出基因，正如信息理

---

①《盛世危言·西学》。

论催生出编码、人工智能催生出代码、通讯工程催生出服务。

　　本书原本七编,最后一编四章因故未纳入出版。这一编所谓"看得见的手与看不见的手"是经济学鼻祖斯密的说法。尽器贯道,道生一,一生二。一和二不但提供数据信息,而且是两个汉字基本化石。一不但是一横,而且有可能是一撇,或者是一横一撇。如果是一横一撇,那它就是《说文解字》的第 77 个部首。《说文》的第 76 个部首与一横一撇有异同,它由横折撇与捺组成。这两个部首是两个汉符基因。在古人那里,手抽象,而左右手不抽象,因为后者指头把握方向不同。①

　　笔者不是经济学人,但鄙人认为,应该区分符号和符号的基本。如果说符号是意谓的形式,那这种形式是为意谓设立的。符号基本的意谓影响到符号的意谓,例如,我们可以用"服务"这个双音义符来进行说明。"服务"的意谓受到组成它的两个单音义符的制约,而且作为单音义符的后者还受到组成它们的文本语根的制约。我们对"服"溯源,我们找到了"服"的右部,还发现这个符号的右下方有一个"又"。我们对"务"溯源,我们找到了"務"。務繁务简,孜无力,務和务有力。"力"这个两画的家伙是务符的基本,正如"又"这个两画的家伙是服符的基本。反者道之动,反符亦从又。因为左右手抓东西时,只有方向相反,合作效用才有可能。

　　关于基本,笔者想结合"兼三才而两之"综通,笔者说核糖、核酸、碱基兼三才而两之于 DNA 和 RNA。关于符号的基本,我们可以将三才中的核糖溯源于糖、核酸溯源于酸、碱基溯源于碱,更进一步,我们从形式上体贴糖之唐、酸之夋、碱之咸。司空图说:"醋非不酸也,止于酸而已;盐非不咸也,止于咸而已。"诗文之味不是只"止于酸"之酸,也不是只"止于鹹"之咸,追求韵外之致的诗文者必须"知味外之旨"。

　　DNA 和 RNA 的异同,正如核酸与核苷酸的异同。就文字基因而言,糖苷之甘,正如核糖之糖。然而,核苷与糖苷有别,正如核酸与核糖有别、脱氧核糖核酸与 RNA 有别。一千二百多年前,韩愈在《送孟东野序》里说:"庄周以其荒唐之辞鸣。"荒唐之辞为大话,基本词是小言。例如,"力"和"又"这两个基因符号都小到只有两个笔画。再如,I 和 T,它是英文"因特网"和"技术"的合称,只有两个字母。IT 的普遍应用,是信息社会的标志。信息社会是一个物流的社会、物化的社会、物活的社会。

　　IT 尽器贯道,其器为服务器,其道为人道。"为人民服务"立足于人道。"政务服务"尽器贯道着实于经济基础。在英文表达,"服务器"比"服务"只多了一个字母 r。在汉文表达,许慎说,古文服从人。服务器服务于人,故依托于 IT 的传感器是人感官之延伸,

---

① 在五六年前,笔者研究过左右,参见《文史符号综通研究》第 191-195 页,人民出版社 2017 年版。

依托于互联网的通讯设备是人神经系统之延伸，依托于 computer 是人大脑思维之延伸。人是复杂的动物，人的感官、人的神经系统、人的大脑是互联互通的。尽器贯道之道从首，首与手同音同调。首是脑，是中枢神经系统的首领。

首脑发布命令后，由双手负责执行付诸实施。人的前肢最初也是支撑器，与后肢配合行走。自从直立行走之后，人解放了自己的双手，然而，自从 mobile phone 被发明后，人又成了手机的奴隶。人以过多的时间沉迷于无聊的游戏，以至于去图书馆的时间少了，阅读的时间少了。古人服田力穑于农为满足衣食之需，今人使用空间技术将月壤带回地球、使用火箭将空间站送上太空。IT 之 I 可以作两种解读，internet 之 I 和 information 之 I。在综通研究看来，这两种解读可以系联两个带有基本性质的汉符理解。

本书第二十一章引言说："蛛网神识智计，为天纵之本能。智能网群，按美的基本创造，为人工。"internet 之 I 神识智计，宛如蜘蛛结网。笔者在论述智能化网络时结合遗传基因信息与神经网络情熵，information 之 I 中寓托着机器人的情怀。手机是机器，电脑是机器，机器人也是机器。器有四口，正如田有四口。许慎说，树谷曰田，象四口、十，阡陌之制也。口和十都是基本汉符。"田"是不是基因汉符呢？如果将基本汉符概念放宽理解，它也可以算是一个基本汉符。如果将"田"中的竖画上下延伸出头，它就会变成"申"；如果沿着"申"中部底端延伸，作右横钩笔画，它就会变成"电"。

除了 IT，还有 AI 和 AL。AI 尽道审器使用二进制，以 0 和 1 操盘；AL 贯道审器使用细胞核、细胞器等概念，以 DNA 和 RNA 说解。DNA 存在于细胞核和线粒体内，携带遗传信息。RNA 存在于细胞质和细胞核中，参与细胞内遗传信息的表达。基因之因从大，正如细胞之细从糸。糸从幺从小，幺、小咸为基本汉符。学问区别为微观、宏观和宇观。宇观是大学，宏观是中学，微观是小学。如果说细胞学是大学，那细胞核学就是中学，紧随其后，基因学成为小学。学前教育之识字，应该先对幼童教授"日月山石水火田土"等基因字符，字符是字学的对象，正如细胞是细胞学的对象、细胞核是细胞核学的对象、基因是基因学的对象。

符域的基本

基本之本从木，正如基因之因从大、符域之域从土。这个土是地之初文，小学家将其解释为"地之吐生物者也"，是活灵活现的拟人释义。土是一个基因汉符，这个基符在历史长河中不断变异。土有三画，田土的田五画。已耕者曰田，"锄禾日当午"是在土地上为禾苗培土，"汗滴禾下土"描述锄禾者的汗水洒落于土。形象大于思想，卜辞中"田"符象形一块一块的田地。没有耕种的田地是荒野，在荒野或田野里畋猎，《郑风》"叔于田"三字句，此田即畋猎。畋猎用网，《汉语大字典》以网训田、以电训申是形训。申作为电的本字可以追溯到甲骨文，但电脑模仿人脑的历史还不足百年。以网训田使人想到 internet，但是 internet 之 IT 却必须接地气。以电训申使人想到 information，然而 information 之 IT 却不断传递出符合自然的遗传基因信息。符域之域是地域，土地是农业的命脉。宋诗云："何处行商因问路，卸肩听说田家苦。今年麦熟胜去年，贱价还人如粪土。"章甫的《田家苦》体贴农人困苦，继承了唐代李绅悯农诗之精神。

让我们将这种精神转移至符域的基本，田家岂不苦，汗滴禾下土。雷雨霹雳至，隆平显灵谷。袁隆平是农业科学家，正如王充是唯物主义哲学家。在甲骨文中，已有下雨之雨，上部横画意谓天，下部点画意谓雨滴。古人用"润物细无声"体贴"好雨知时节"，综通研究用雨体贴雷、体贴雲、体贴電。一眼可以看出，这三个单音义符的上部咸为雨。

在当今大陆汉符，雲和電早已简化成云和电，但雷一如既往为由雨田合成之形。《论衡》说，雷是太阳之激气，夏日之阳蒸烤着大地，气温如火猛矣，雷电如虎，暴风骤雨，摧枯拉朽。此后，祖冲之说，震雷激为电，和为雨，怒为风。南宋朱熹主张道问学，认为雷是阴阳之气，闭结至极，不得不崩散爆发。明初刘基认为：雷由天地之郁积所发，阳气困于阴，必迫，迫极而进，其声为雷，光为电。

符域基本接月壤，地与月的异同，正如地壤与月壤的异同。以前"寂寞嫦娥舒广袖"，现在舒广袖的嫦娥已经异化为"嫦娥五号"将月壤带回。于无声处听惊雷，在"嫦五"之前，已有俄罗斯月壤研究专家发现月球土壤中有高达 20 多种天然的令地球人垂涎的矿物质颗粒。

更有传言，NASA 在月球光照区发现水的踪迹。很快人们就提问，那里的月水是什么水？是液态的、气态的，还是固态的？答曰：不是水冰形式，而是水分子形式的，含量很低，总量更少，不及撒哈拉的百分之一。这里的符域，进入化学。化学是有用之学，正如数学是有用之学、物理学是有用之学。这里的有用是就自然科学基本的真理性、实在性而言。相对于数理化，文史哲怎么样？笔者的学术出身于文史哲，20 世纪结束的前几年出版了自己的博士论义，那是一部初出茅庐的文史哲综通之作。其中涉及贵无论，"此中有真意，欲辩已忘言"就是贵无论催生出来的。

兼三才而两之，两之即化之。有微观的化，有宏观的化。本书第三章引言说："经学之經，有一横三曲。红学之红，少一横三曲。"这是就微化的字符基因而言。该章引言又说："XX 是女，为婉约。XY 是男，为阳刚。"这是就生性之风格而言。该章引言还说："因从大，基因是先天之父。学从子，学习是后天之子。"

符域的基本可以界说科学。人是文化的动物。文学是大人之学，使用感性层面之抽象,是美学;升华至形而上层面,是哲学。科学研究人,但不是人学。科学是分析之学、分科之学。科学虽不是人学,但只有人才研究科学。例如,科学中有一门学科研究人的利己本性,它历经千秋而永不衰落。现代经济学的基础是"经济人"假设,就此而言,经济科学也是人学。笔者研究双音义符"假设"基于科学理论。科学假设与文学假说之异同,正如在单音义符层面"设"与"说"之异同、在汉符基因层面"亻"与"讠"之异同。科学假设根据事实假说,经过实践证明是正确的,就成为理论。

学从子,学习是后天之子。学之繁符是"學",会意大人执持爻符教子。大人教学,幼子"学而时习之",故有"学习"这个双音义符。符域的基本,立足于土,有地学;立足于子,有子学。国学区别为经史子集,正如社会科学区别为政经管法、自然科学区别为数理化工。①

笔者曾研究过政经符域、素地符域,玩味古人"土旺四季""以地为氏、以水为生"之论。②当时只体贴家乡水土,关心"泾流入渭、渭流入黄",注意到泾水之泾之巠符。泾水从黄土高原绵延而下,泾之巠在右,正如氢之巠在左下、巠之工在下。符域基本的变异,令人眼花缭乱。

诸子尽器贯道

大人之大三画,正如幼子之子三画、土地之土三画、工程之工三画。大学有关于大德学、格致学、修身齐家治国平天下之社会学。地学是土地学、土壤学、地球科学。工学是工程学、技术学、应用学。在国学里,子学与经学、史学、文学并列。子是诸子学。能否将子学引申,将诸子学引申,使其结合于现代学科?答案是肯定的。

笔者业古文论,不会忘记刘勰的子论。子是因子,博明万事为子;论是理论,适辩一理为论。子符与字符有异同,正如子论与字论有异同。中国语文有一个成语,叫抛砖引玉。中国经济学史中有一个双音义符"交子",别名"钱引"。钱引不是钱,正如茶引不是茶、盐引不是盐。它们不是钱、茶、盐,但是却能引出钱、茶、盐,通过交易,钱引、茶引、盐引作为交子在价值上能等同于钱、茶、盐。

《老子》说:"道生一,一生二,二生三,三生万物。万物负阴而抱阳。"(《四十二章》)碳为阳,水为阴。白居易诗云:"卖炭翁,卖炭翁,伐薪烧炭南山中。"CO_2是碳的氧化,正如水蒸气是H_2O的气化。道教认为:通天下一气耳。人在气中,气在人中,万

---

① 经史子集之经指经学,政经管法之经指经济学,数理化工之工指工程学。
② 袁峰:《文史符号综通研究》,第191页,第438页,人民出版社,2017年。

物因气而生。"气"这个字符的基本形式在甲骨文中与"三"近似。甲骨文之后,"气"与"三"逐渐别异。老子说"三生万物",又说"不自生,故能长生"。生是屮生,草木之生,野火烧不尽,春风吹又生。

思想进步的标志之一是区别,符号的区别亦有利于思想的清晰表达。作为基数的"三",其表达是清晰的。作为通天下概念的"气",其表达必须与"三"有别。于是,与前者只有三画不同,后者异化为四画,异化的方法是将首画上延(后来成为撇),末画下延为捺钩。

水分子是 H_2O,H 是氢,O 是氧。两个氢原子,一个氧原子,化合成一个水分子。所以,水之别名叫氧化氢。兼三才而两之,就化学说,这个三是两个氢原子加一个氧原子,这个两是氢元素和氧元素。兼三才而两之,就字符的基本说,这个三是气、羊以及坙的简体,这个两就是 oxygenium、hydrogenium,它们被简写作 O 和 H。二而一之,化学家还将氢氧中"气"左下的构件拿来组合成"羟",从而形成一个新的概念。羟基之羟发 qiǎng 音,由"氢"的声母切合"氧"的韵母组合成为言语,以便在人际间交流。

在写这本书之前,笔者的研究已经从符号步入"符域"。符域接地气,地吐生万物,万物相互杂交成文。杂交之交文,正如交易之交子、基因之因子。本书第十一章所谓"外内情势"应结合第十八章的"基本性状"理解。譬如,"地势"是一个平平常常的双音义符,正如"土地""天地"是两个平平常常的双音义符。将"地势"区别为"地"和"势",正如将 NA 析分为 N 和 A。N 是核,A 是酸。或者扩大言之,我们在 NA 前加两个不同字母,将其区别为 DNA 和 RNA。

《新华字典》解释,"势"的一个义项是雄性生殖器,"也"的一个义项是女性生殖器。作为女阴的器内敛、沟陷、凹下,正如作为广义男器的"势"外露、雄凸、高悬。"势"是外肾,俗谓睾丸,"丸"亦出现在"势"的右上部。欲理解势的 testicle 意义,就不能抛开"势"之繁。"地"之"也"在右,"势"之"埶"在上。在历史的长河中,无论中文、西文,符号基本之子总是会羞羞答答地涉及人的生殖器构件。

就此而言,"埶"之"丸"是否也可以被看作是 testicle?小学家治学严谨,他们当然不可能这样认为。例如,许慎将"埶"之右部形状作为《说文》的第 74 个部首,并解释它说,象(右)手有所持也。符域的基本,不但域基从土,而且"埶"本身也有土。埶从木从土,以手持木植之于土。汉符的基本似乎比生物基因还灵活,例如,许慎释"或",将其左下方的"一"训解为地。国土需要守卫,故或从戈。基因之因从口,正如國家之國从口。或是國的本符,也是域的本符。这个本符,扎根于殷商甲骨文,延伸至西周毛公鼎文。

國之口大，或之口小。工欲善其事，必先利其器。言从口出之口，就是后人所谓"人所以言食"之口，也是所有动物用来发声和进食的器官。这个口是 mouth，是甲骨文中已经诞生的一个基符，《豳风》"予手拮据，予口卒瘏"（《鸱鸮》）是其应用。在包括西周在内的以前，大口小口的字符之分尚未有自觉意识，故《毛公鼎》中的"或"符是國的意思。國从大口，正如因从大口。邦国大，故需要人持戈守卫。基因小，却也需要大人研究。将《秦风》①的口气落实于遗传学，可以如此言之：谁说染色体无衣，基因与我为同一细胞。据说，病毒也起源于生命细胞，是其分离的、不完整的碎片。病毒依赖于入侵的宿主细胞自我繁殖，却没有补给或新陈代谢。

因从大，正如天从大。从大之天在上，从也之地在下。由于基本性状的制约，士与女、男人与女人，"在天愿作比翼鸟，在地愿为连理枝"已成为难以撼动的爱情双螺旋。本书以小见大，常常从一个单音义符想到某门学科。譬如符论之域，笔者在研究时就时时刻刻想着，应该让读者不仅要知道它的 field 意义、知道它的 discipline 意义，而且要让读者知道它们的这两种意义是相互通达的，它们相互拥抱在一起。符论的基因，就 DNA 而言，D 意谓脱氧。DNA 中有遗传颗粒，正如字符基因中有信息颗粒。在陕西方言中，大意谓 father。信息遗传，父将自己 DNA 交响曲的一半传递于子，从而完成并贡献出基本性状传播的美妙乐章。

天长地久有时尽，如果说天是 DNA，那地是 RNA。此恨绵绵无绝期，恨是什么呢？恨与爱的异同，正如 DNA 与 RNA 的异同。恨与爱（愛）咸用心，正如 DNA 和 RNA 咸用氧。所不同的是，DNA 因脱氧，故少氧，而 RNA 多氧。DNA 位于细胞核，形状为双螺旋链；RNA 位于细胞质，形状为单链。基因恨病毒会给人传染疾病，基因爱疫苗能于水深火热之中拯救人的病痛。基因与基团有异同，基因之因明用声明，基团（group）之团结用聚合之力。本书第一编所谓"族群的类"区别为人类种群与人文族群。族群与种群的异同，正如人文与人类的异同、人文族群与人类族群的异同。

基因的基团之于 genome，正如羟基之基团之于 hydroxyl。笔者研究汉人文，钟情于美、善、义，这三个单音义符咸以羊构形，可谓三阳开泰。表达气体元素的新拉丁文中亦有三阳开泰，它们是：hydrogenium（氢）、oxygenium（氧）、carbonium（碳）。

气是云气，甲骨文中对云气的表达象"三"而不是三，此后逐渐演化成四画的"气"。"气"符隶变，以"氣"代气。20世纪中叶，"氣"又简化为"气"。氣左下有米，正如核糖之糖之左部有米、核酸之酸之左部有酉。

---

① 《秦风》之《无衣》云："岂曰无衣，与子同袍。"

符论之导引，正如钱引之导引。论如析薪，贵在破理。符论的基因，就逻辑学而言，是因明。因明的逻辑，由实到虚，由具体到抽象。因明是原因之明、声音之明、因子之明。因明之因子，譬如，茶引之茶、盐引之盐、钱引之钱。钱引又叫交子，本于交换的铜钱，后来演变成为中国货币史上最早流通的纸币。纸币与钱币的异同，正如交子与钱引的异同，亦如钱引与茶引、盐引的异同。古代"交子的发行要遵守'纳钱请交'之原则，只有存入钱币方可发行，流通中的交子可随时兑换成钱币"，以便确保币值稳定。①纳钱请交之原则，类似于当今香港货币发行制度。在香港，港币由三大银行共同发行，三银行存入多少美金，香港特别行政区政府按相应币值让其发行多少港币。

功用尽心审体

形而上者谓之道，人追求圣贤，圣贤因文而明道落实于经济、落实于经济学。形而下者谓之器，人创造机器，机器服务于人。器识尽心落实于交通信息和实现目的、审体落实于建功立业和方便应用。基因条码是 App，是一双又一双浓眉细眼；全心全意的服务器注目于人的需要，注目于成千上万的客户端，鞠躬尽瘁于功用（function）的实现。

就其虚拟变异而言，汉字基符"又"是一只看不见的手（hand），正如经济学中有一只看不见的手。服田力穑，服贸无孔不入。孜无力，务有力。服贸是服务贸易的缩略语，正如 IT 是 Internet Technology 的缩略语。服务与服贸的同异，正如基因组（genome）与染色体（chromosome）组之同异。

服贸之服中有手的基本，正如价格之价中有利害的基本。这些基本不钻研是看不见的。得心应手是如意，经济理论的价格概念不总是如意，但是经济学帝国主义从方法论方面讲，却总是把形形色色的利害标榜为价格，要价过高。服务之服用手，服务之务用力，故服务无所不在。

经济学之服务贸易，正如政治学之服务人民、计算机学之服务于客户端。经济学以功用为体，正如自然科学以数理为体、人文科学以文史为体、社会科学以政法为体。道沿圣而垂文在经济学人那里也是沿隐以至显，因内而符外。他们拿手的本领是以功用和价值尽心审体。功用与应用有异同，功用立足于工学与力学等应用科学。功用是实用，是践履之用、之学。应用是使用，是得心应手之用、之学。

就其同而言，功用与应用都是用。就辩证唯物主义而言，没有绝对的客观。故得心应手之说既可以切入功用理论，又可以切入体用理论。体用是体性的，故文学理论说，情

---

① 高小勇：《经济学视觉下的中国大历史》，第 27 页，贵州人民出版社，2017 年。

动而言形，理发而文见。Economics 的体性与文学有别，所以，经济学人说，不是情动，而是经济利益驱动。

与文学帝国主义过分重视想象不同，经济学帝国主义用价格一般化概括人世的利害。经济学家用供需理论尽心于经济基础的过去、现在，用发达生产力观点审查上层建筑的合理与不合理、变革与变异，用市场规律再加上宏观调控来确保经济与社会的运行。经济帝国主义与经济学帝国主义有异同，正如文化帝国主义与文学帝国主义有异同。

有人问：什么是经济学帝国主义？有人回答：经济学散文所从事的就是这种主义。"散文"是一个文学概念，正如 utility 是一个经济学概念。笔者业文学，深知物相杂之物文，亦知《典论》之论文。散文与论文有异同，正如物文与物品有异同、诗文与诗品有异同。正规经济学的载体使用论文，用散文代替论文使经济学更具可读性和文学性，但却减少了严肃性和理论性。饥者歌其食，食有果腹之用，但歌其食并不能解决果腹问题。劳者歌其事，事有其实，实事求是的经济学论文与经济学散文在本质上是相同的。

十年前，笔者雄心勃勃于基础研究，当时并没有想到今后会写一部"基本符论综通研究"的书。本书第一章论述的四个双音义符都基于人。所谓基于人，实际上也可以理解为着眼于基本与人。自私的基因是生物学的，有公心的人是社会学的。在基本与人之间，文成为不可缺少的中介；正如在天与地之间，人成为不可缺少的中介。

人是经济的动物，经济学研究人的行为。经济学人所谓 utility 很抽象，正如刘勰所谓"体性"很抽象。本书第二十一章引言说：蛛网神识智计，为天纵之本能；智能网群，按美的基因创造，为人工。人工按英文略写之 AI，有关于人工智能的第一个字母。与 AI 有一个字母的不同，英文中还有一个 AL。深度玩味 AI 和 AL，前者是虚拟世界的引擎，后者彰显人类的大胆，由隐至显，成为克隆的生命。

人是社会的动物，文学作为社会生活的镜子，正如经济学作为人与人利害关系的镜子、基因学作为 DNA 与 RNA 复杂缠结的镜子。基因之大用兼三才而两之。这个两区别为功用和效用。功用尽心审体，这个体是经济学中的实体，是细胞核中的染色体。有其体，必有其用。这个用是效益、效率和效用。在显微镜下，细胞不分裂，细胞核中的染色体不可见；细胞分裂时，细胞核中的染色体可见。效用应感灵通，这个通建立在一品一码、一物一码的基础上。

以基因拟人，基因静悄悄地隐藏在人体之内。生物之始，谁营度之？遂古之初，孰传基因？上下未形，基因何为？最初人们未发现基因，人们用原生质概念解释生命，认为生命的本质由细胞内的原生质主导。"今天，科学证据的压倒性力量指出，基因才是细胞的中心，是生物专一性的中枢。当然，细胞质是基因最后作用的场所，而且在一些特殊情况下，细胞质会把它的成分加到遗传信息的整体中。此遗传信息从亲代细胞传到子细胞。"①结庐在人境，而无车马喧，基因是名副其实的君子。问君何能尔，心远地自偏。基因符号专注基因表达。基因工程专注基因应用。

功用尽心审体，这个心如果是文心，那么，它的体是文体。现在的情况有些不妙，钱引文艺，娱乐至死，文艺也死了。用 finance 的话来说，钱引作为交子是引钱。如果经济学也是引钱，那通俗地讲，它就成了数钱的学问。

功用尽心审体，经济的核心是追求利益吗？如果是，那利益究竟是什么？如果不是，那它又应该是什么？经济学不甘于使自己成为数钱的学问，但它依旧要追求利益最大化。经济学追求利益的最大化，正如文艺学追求时空想象的最大化、基因学追求生命信息基础解释的最大化。

基因的知音

一个基因有多大？单一细胞中有多少基因？体内诸细胞的基因是否同质？基因是否来去相因？人的基因和其他生物的基因之异同是什么？动物基因与植物基因乃至微生物基因之异同是什么？基因可否被合成？病毒的基因如何？基因的化学质如何定义？基因的边界何在？基因如何控制其性状？所有基因都在细胞中的染色体上吗？基因能改变吗？要想成为基因的知音，就必须回答诸如此类的众多问题。

综通研究是基因的知音。本书第三编引言说："言音基因显灵于文，乐诗意境浸润入神。"以基因为太极，太极生两仪，故有 DNA 和 RNA。两仪生四象，故有 A、T、C、G 碱基之排列组合。DNA 和 RNA 之于生命世界，正如黑和白之于围棋世界、道和器之于哲学世界、体和用之于经济世界、诗和乐之于文艺世界、言和音之于传媒世界。

本书作者企慕科学，但本人不是科学家。本书字斟句酌于综通研究。第四编的复合题名是综合的，也是分析的。该编引言对"符论"进行了析分和定义。笔者分别用三个动宾结构阐释"符"和"论"：前者是位理、尽器、定名；后者是析分、贯道、品评。关于尽器贯道，引论上文已有论说。

这里就另外六个动宾结构阐说如下。黑白世界之位理，可用条形码说明。位理定名，黑白相间之条码，正如 0 和 1 之比特。云母屏风烛影深，器口正对条码身。长河渐落晓星沉，云行雨施欲断魂。嫦娥应悔偷灵药，人性情感欲畅神。碧海青天夜夜心，品物流形基因存。

---

①《大美百科全书》（中文版），第 12 卷，第 106 页，外文出版社，1994 年。

析分品评,借用《嫦娥》。嫦娥从女,正如雲電从雨。云、雨、电兼三才而两之。在当今世界,APP已成为万能之器,正如IT已成为万能之器、服务已成为万能之器。乘一总万,总把新桃换旧符。万物互联,一品一码,健康一码通的功用是为了保护人。一码一物,物随其人。物与人的异同,正如物与品的异同、物品与商品的异同。

人行复杂,正如文行复杂、文性复杂。经济学瞩目于市场、瞩目于物流,故无价不成市之说偏于商品学说。文艺学专注于人魂灵的塑造,专注于文心和情感的传达,故刘勰的"神与物游"理论弘扬思理之奇妙、钟嵘的诗歌品评理论追求"众作之有滋味者也"。诗品与物品都是品,正如器识与器物都有关乎器。品为三口,正如器四口。人口欲食,为满足其欲,故有农学之发明。人足欲行,为满足其欲,故有舟车之发明。人口欲言,为满足音信交通,故有语文之发明。

口是一个基因符码。码从石。石之构型,一横一撇一口。一人一口,一人一器(mobile phone),故有一码通。人追求安全、追求健康、追求方便支付,故有安全一码通、健康一码通、支付一码通。言从口,音从日,日比口多出一横。一物携二,一和二是不能分割的,故所有的一码通就其本质而言也是通过二维实现的,通过二维以上乃至多维实现的。条码二色,黑白分明。扫描器扫描,译码器译码,转换器转换,计算器计算,存储器存储,传感器传感。

如此这般,光信号成为电信号,电信号成为数信号,数信号成为码信号,码信号成为字信号,字信号成为意信号。米与石、人与文、言与音、口与心咸成为基因的知音。古人说:"音实难知,知实难逢。"今人说:音不难知,不只是"海内存知己"。知不难逢,不只是太阳系内有知己,而是太阳系外也有能够与地球相比邻的星体①,我们体内有难以察觉的与地外生命类似的基因吗?我们会成为他们的知音吗?

基因的知音立足于口,正如符域的基础立足于土、收支的基因立足于手。買賣用贝,贝作为等价物,亦作为货币,还作为度量商品的媒介。买卖从头,头脑权衡利弊,发布指令实施。权衡利弊,电脑是人脑的知音。实施应用,手机是人手的知音。文艺学知人论世着眼于人与世的关系,其知言养气着眼于文艺家自身的修养。

寻寻觅觅,高山流水觅知音。笔者业文,几十年前曾考虑文艺学是否应成为文献学的知音?后来察觉,这是受了章学诚的影响。有一个扫描器叫"六经皆史",它拨动了"文史通义"的琴弦。峨峨兮若泰山,文字的基因悠悠着文学。洋洋兮若江河,历史的内存悠悠着难以磨灭的记忆。

---

① 比邻星是距离太阳最近的恒星,该恒星位于半人马座。这颗恒星有一颗与我们地球类似的行星,被命名为比邻星b。该行星距离地球4.2光年,运行于比邻星周围的宜居范围内。

觅觅寻寻，手机与电脑是知音，正如道沿圣所垂文与圣因文所明道是知音。手机"得心应手"于器，这个器是器识，这个器识显灵于尽器贯道的头脑。电脑"应手得心"于道，这个道是道德。道是德之体，德是道之用。中学为体，这个体是道德。西学为用，这个用强调功效（utility）。

圣因文而明道，英文 utility 的第一个字母是 u，正如英文 use 的第一个字母是 u。u 是一个基因符，正如"用"是一个基因符。张五常从功用意味理解 utility，樊纲从效用意味理解 utility，综通研究从基因的知音角度理解 use。知音的基因与基因的知音有异同。尽器贯道，道之辶（辶）是一个基因符。尽器贯道于实践用辵提示，辵是知音的基因。

笔者业思想史，熟稔文体论。步入综通研究之后，更喜欢将文之根本区别为字本语根，将字本论延伸区别为单音义符、双音义符与多音义符。义符理论区别单音、双音与多音，正如碳水化合物别异为单糖、双糖与多糖。碳、氢、氧化合为糖，其中氢与氧化合为水，其原子数成 2 与 1 之比。细胞有细胞核，细胞核包含 RNA 与 DNA。

RNA 中的糖亦由碳氢氧化合而成，其氢与氧化合的原子数是 10 与 5，亦合于 2 与 1 之比。但 DNA 与 RNA 有别，前者中的糖也是碳氢氧化合物，其氢与氧化合的原子数是 10 与 4，其比例不合于 2 与 1 之比。由于氧原子数比后者少了一个，故 DNA 中的糖被称为脱氧核糖。

诸子尽器贯道，子是基因的知音。效用尽心审体，心是基因的知音。效，交也，交换之谓也，交易之谓也，交合之谓也。交子是交易的因子。交易是交换，通过交换，实现交合时，也设法使自己变异。经济学精心呵护利益的最大化，交子的使用提高了交易效率，减少了交易费用。交子之心深入于人类物质生活的方方面面，深入于经济学的方方面面，深入于利益最大化的方方面面。通过着力于茶引、盐引、酱引、醋引、酒引、糖引、面引、米引，形成具有通货意义上的钱引，铸造出具有金融学意味的效用。

第一编 人类种群与基本符论

自私的基因，有公心的人，物相杂之文。有大德的天，养生物的地。族群的类，言觉的学。发纤秾于简古的 DNA，寄至味于淡泊的染色体。

第一章 人猿揖别与人文符因

基因与人，先天与后天。人类学、人本学与人文学。大与犬，王和玉，袁与猿，鬼与魖。人文辨类：类似与类别，类人猿与类小说。考古学与遗传学。物种、人种与文种。遗传基因与传说时代。基因类似笔画，染色体别异部首。mtDNA 细胞器与 Y 染色体。

1. 人符

要想知道人符是什么，先应该知道人是什么。人是这样一种东西，他不向蚕借一根丝，不向兽借一张皮，不向羊借一缕毛，不向麝借一丁点儿香。人类无衣穿、无处栖息时，可怜的他们就是一些赤裸的无毛的两足动物。"人类本性实际上是一个结合体，它的形成混合了达尔文的普遍性、高尔顿的遗传、克雷佩林的历史、弗洛伊德的形成式经历、博厄斯的文化、杜尔凯姆的劳动分工、皮亚杰的发展和劳伦兹的印刻效应。"[①]生命的基础是基因（gene）。基因不是牵动着人的行为之线的木偶的主人，而是一个被人的行为牵引着的木偶。"基因允许人类本性去学习、记忆、模仿、印刻、吸收文化并表达本能。基因不是牵动木偶的主人，不是一幅蓝图，也不是遗传的搬运工。它们在生命过程中是积极的，牵动着彼此开启或闭合，它们会对环境做出反应。它们也许在子宫里指挥身体和

---

① ［英］马特·里德利：《先天后天：基因、经验及什么使我们成为人》（第四版），序言，黄菁菁译，机械工业出版社，2015 年。

大脑的形成,但随即又可能对已建成的东西进行拆卸和重建,这是对经验回应的产物。它们既是我们行为的原因,也是其结果。有时候,争论中'后天'一方的捍卫者会为基因的力量和必然性所吓倒,但他们遗忘了至关重要的一点,基因本身也是立足于他们而反对'先天'一方的。"①

从逻辑上讲,我在上文中有偷换概念之嫌。我提出的问题是"人是什么",我回答问题时却使用了"人类"这个概念。我应该为自己而感到羞愧。我业文学、文论,我知道文学是人学,我不愿意重复这个观点,我跨入了数学、符号学和人类学。我在我所出版的著作中说:"哲学与数学互通互变,象与数互通互变,义理与象数互通互变,我与他互通互变。通类是通类概念。于数未通类,是智所不及,神有所穷。"②"人研究人、人本、人类。人本通于人类,但人本学与人类学有不同。文学用劣于历史真实的手段弘扬历史的元素,同时也用高于历史的情愫呼唤艺术真实。不科学的历史传说,结合着科学的历史元素,人类学对其进行了披沙拣金般发掘。"③

笔者不满足于"人本通于人类"这种比较空泛的说法,正如我不满于"文本通于人本"这种比较空泛的说法,故有对作为双音词的"人符"之论。人类学认为人属于灵长目,"灵长目"这个词的中学内涵源于"惟人万物之灵"的传统思想。更准确地说,人是"灵长目猿科人属"。"灵长目猿科人属"中的猿科之猿是人类的祖先,这是就人本而言。猿从犬,正如猴从犬。猴猿从犬,是就文本而言。在文本中,不只猴猿从犬,而且人类之"類"中亦有犬。20世纪中期,"類"被作为"不做简化偏旁"用的符号简化成"类"。在简化时,还特意加了一个注释说:"下从大,不从犬。"文字的人民性就在于它是约定俗成的符号,就此而言,简化字专家加这个注释并不生硬,因为"類"被俗化为"类",早在七百多年前就已经是这样了。④

人符与类符有异同。类符下从大,不从犬,但類符的左下部从犬。在人类符号学中,类符的从大不从犬,使人想到汉字隶化时表达 jade 偏旁所用的是王而不是玉。符号学为了使符号轻装上阵,就是要这样抠斤掐两。类符从大不从犬,jade 符从王不从玉,二者咸将一"、"简化掉了,这种简化,降低了文化交流的成本。

人符与人文有异同。如果说人符偏于人学(homonology),那人文则偏于文学。清代

---

① [英] 马特·里德利:《先天后天:基因、经验及什么使我们成为人》(第四版),序言,黄菁菁译,机械工业出版社,2015年。
② 袁峰:《言数话语综通研究》,第317页,人民出版社,2014年。
③ 袁峰:《文史符号综通研究》,第29页,人民出版社,2017年。
④ 参见 [金] 韩道昭《改併五音聚韵四声篇海》所引《俗字背篇》。

末年，西学东渐，学者郑观应已经用"人学"①这个双音义符来指谓人文科学。人符与人学有异同。如果说人学偏于人文科学，那人符则偏于人类符号学。人符的撇捺画，可以兼天地人三才而两之。天谓天学，地谓地学，人谓人学。就理论符号学而言，如果说人符偏于哲学，那人学偏于科学。理论符号学如果是有科学性的，那就应该有一般符号学理论，但是，"一门一般符号学或元符号学不仅在实际上尚未成立，而且由于其对象本身的复杂性和多重性，符号学科学本身的构成也是变动不定的"②。

不得已而求其次，我们还是采用咬文嚼字的方法。当然，我们不会放弃一般符号学的基本理念。我们把哲学看作道或逻格斯，我们把科学看作诸如"一生二，二生三，三生万物"等可以用数学把握的东西。一二三是元数学的，也是元符号学的。天学之天符，实际上是在"二"的中下方加了一个人符。但天学本身，"以天文为纲，一切算法、历法、电学、光学诸艺，皆由天学推至其极"（严复译《天演论》）。地学之地从土，土本地之初文。以土符为基础的地学，"以地舆为纲，一切测量、经纬、种植、车舟、兵阵诸艺，皆由地学推至其极"（同上）。

人是有名有实的动物，如果说人符是人之名，那人学要探究的是人之实。人之实包括了人的言文之实。郑观应说，人学"以方言文字为纲，一切政教、刑法、食货、制造、商贾、工技诸艺，皆由人学推至其极"（同上）。为了轻装上阵，人的言文之言已经简化。在汉文世界，两画的人符是自然的符号，而两画的言符"讠"不是自然的言符。讠是言的简化偏旁符号，正如亻是人的偏旁符号。人符与亻符有区别，后者缩略了空间，故更多地用于组字偏旁。

如果将人符看作"人类符号学"的缩略语，那"人类符号学"这个五音义符在去掉了"符号"这个双音义符之后，就变成了"人类学"。几乎没有分歧，中文的人类学就是西文的 anthropology。差不多存在着极大的困惑，anthropology 又被作为"文本学"。1987 年出版的《中国大百科全书·哲学》"人本学"词条是将它作为 19 世纪德国唯物主义哲学家 L. 费尔巴哈的哲学学说。到了 2009 年出版《中国大百科全书》第二版时，"人本学"这个词条虽然依旧保留，但内容进行了修改，添加了人类学内容。第二版中还有一个"人类学"词条，它的字数是"人本学"词条的五倍。这两个词条的西文翻译都是 anthropology，但内容差别很大。

让我们重新回到作为人符的"人类符号学"这个术语。21 世纪以来，中国人民大学出版社出版了一套《列维-斯特劳斯文集》，该社邀请国际符号学学会（IASS）副会长李幼蒸

---

① 参见《盛世危言·西学》。
② 李幼蒸：《理论符号学导论》（第 3 版），第 595 页，中国人民大学出版社，2007 年。

为其作序。列维-斯特劳斯是一位人类学家。在法国学术环境内，他选择了与英美人类学家更宜沟通的学科词"anthropology"来代表由自己所创新的人类学-社会学新体系，在理论上具有重要的革新意义。因为哲学、社会学和历史学之间的互动富有人类学精神，这使法国的人文理论学科焕发出独特的影响力。在列维-斯特劳斯之前，德国人 L. 费尔巴哈已经将"anthropology"这一概念引入哲学。费氏认为哲学应该是人的科学，人的科学就是"人本学"。人本是人的本质，人本质在于人的类，人的类涉及希腊文"anthropos"这个根符。

2. 人学

笔者曾经研究过钱学。钱学不是人学，但钱学对人学有贡献。文学是人学，钱钟书的《围城》对人性有深刻的洞察。"人"作为一个两画的符号，仿佛任何人心知肚明。似乎任何人都知道人是什么，但每个人对人的认知存在很大差异。当某个人"看另一个人或看镜子里的人时，他所看到的东西取决于他来自何方。一些最令人振奋的人类学研究所涉及的东西，恰恰揭示了这些差异，也就是人这个概念的变化。人通常作为一个独特的个体、整体和不可分的东西被感知。在生命过程中，单独的个体做出了大量的决定或选择，并不得不对其结果负责"①。人学把人的整体存在作为研究对象。

人学与人本学有异同。人学以人为本，人本学以人的本质为本。如果说人学以人类学为导向，偏于人的科学，那它若以人本学为导向则偏于人的哲学。就人类学而言，人是灵长目猿科人属。就人本学而言，人是历史的、国家的、宗教的和艺术的本质。人类学家研究人偏于人体存在之体质，人本学家研究人偏于本体存在与思维之关系。人本符号的人只有两画，人本符号之天在人上加了两横。若在哲学上把这两横看作存在与思维对于人的统一，那人本学之"天"无疑属于唯物主义的存在概念。人学追求人的科学性，但人的思维活动却不能简单地用力学、生理学规律解释。人本思维动力学以大脑这个思维器官作为起动机，虽然说没有大脑的活动，就没有思维活动，但是，若因此而将人的大脑乃至整个人看作机器（machine），那就犯了形而上学（metaphysics）的错误。

人是类存在，人类学对人进行类分析。人是社会存在，社会学对人进行社会分析。人是历史存在，历史学对人进行历史分析。不能脱离存在对人进行空洞的分析。写《围城》时，钱钟书是一个年轻气盛的文学家。他想写的是现代中国某一部分社会、某一类人物。写这类人，他没忘记他们是人类，只是人类，具有无毛两足动物的基本根性。来自中国

---

① [挪威] 托马斯·许兰德·埃里克森：《什么是人类学》，第 22-23 页，周云水、吴攀龙、陈靖云译，北京大学出版社，2013 年。

的钱氏只能写他熟悉的现代中国。钱氏反复提到"类""人类"这些概念，因为他写《围城》的前十年左右，曾广泛涉猎欧西文化，还在英法留学多年。钱氏肯定读过当时许多西方新学著作，诸如卡西尔的《人论》，J.-P. 萨特的《人学辩证法》，E. 弗罗姆的《人学》。至于所谓"无毛两足动物"，这显然是借用了 anthropology 的人体形态学说法。

不只是文学家钱钟书的人学受到了人类学的影响，在这之前，德国哲学家马克思的人学思想也受到人类学的影响。马克思晚年研究文化人类学，曾笔记和摘录 L. H. 摩尔根的《古代社会》、H. 梅恩的《古代法制史讲演录》、J. 拉伯克的《文明的起源和人的原始状态》、J. B. 菲尔的《印度和锡兰的雅利安人村社》，力图对古代社会进行研究。按照马克思、恩格斯的观点，人是从灵长目猿科发展而来的动物。"人，一切动物中最社会化的动物，显然不可能从一种非社会化的最近的祖先发展而来。随着手的发展、随着劳动而开始的人对自然的统治，在每一个新的进展中扩大了人的眼界。他们在自然对象中不断地发现新的、以往所不知道的属性。"①

人学研究人之所以为人而具有的那些最一般的性质，同时也探讨人之所以为人而具有的特点。"惟人万物之灵"启示了人作为"灵长目"之灵的特点。直立、手脚分工乃至劳动是人脱离猿而转化为人属的特点。"19世纪中期发现尼安德特人，依次把人类历史定为5万到10万年；20世纪30年代及其以后，主要依据北京猿人，把人类历史定为约50万年；1959年在非洲奥杜瓦峡谷发现175万年前的石器，使人类历史记录再次延长；70年代由于人类定义的修改，从会制造工具改为两足直立行走，把南方古猿包含入人类，人类历史的记录延至350万年前；20世纪90年代发现地猿，人类历史记录延长为四五百万年前；2000年千禧人的发现，把人类历史记录推前至600万年前。"② 人类学以发现古人类的上限为乐。

人本学的人学不是如此。人本学的人学立足于今。现代的人学被文学和哲学牵着鼻子走。就被文学牵着鼻子走而言，它认为，人学是"物相杂，故曰文"之人物。就被哲学牵着鼻子走而言，它认为，人学之人的本质不是宗教的本质。"人的本质并不是单个人所固有的抽象物。在其现实性上，它是一切社会关系的总和。"③ 文学的人学是人物之学，哲学的人学是人的本质之学。如果说文学的人物之学所追求的是"离形得似，庶几斯人"（《形容》）之神韵，那哲学的人本之学所追求的则是"离似得形"的人学精神。

立足于今的人学是人文学。与古人类学追溯人以万年、十万年乃至百万年计不同，人

---

①《马克思恩格斯选集》，第三卷，第510页，人民出版社，1972年。
②《中国大百科全书》（第二版），第18卷，第382-383页，中国大百科全书出版社，2009年。
③《马克思恩格斯选集》，第一卷，第18页，人民出版社，1972年。

文学研究人以千年、百年乃至十年计。人文学就大而言是人文科学，就小而言是字符学。尽管中国是文明古国，但汉文字符的出现也只有三千多年的历史。有许多人学问题正在争论中。例如，繁简字符的问题，就依旧在争论中。

　　人文辨类，不只辨简符之类，亦辨繁符之类。類为何从犬？因为古人认为，种类相似，唯犬为甚，这是就形似而言。類为何从頁？这不关乎形似，而是就人脸识别而言。人脸是一个系统，"頁"这个符号的中间部分是"目"（eye），目上加一撇组成"自"（nose）。自上加一横这个符号与其下加"八"成"頁"这个符号都是有关于"首"（head）的类似符或类别符。就类似至极而言，它们咸可看作一字。就类别至极而言，它们趋于不同的字符。文字学家说頁象头及身，頁下少八的这个字符只象头，首象有发的头。兀、元亦指谓人首。兀是一个注音字母。

　　将類简化成类，这只是将简化对象看作符号。類中的頁被拿掉了，類中的犬变成了大，这都没有关系。犬和大都是符号。大象人形，不同于文象人形。人大，天更大，故大之上加一横成天。"文"符的古形内部有心。人文之心深入人文心理学，故人学必须从人的第一信号系统和第二信号系统的协同活动理解。人是能创造符号的动物，人创造了犬这个符号，并用反犬之犭作为"猿"的左部。人从猿进化而来，人将猩猩、黑猩猩和大猩猩等命名为类人猿，这使用的是抽象思维。人能进行抽象思维，是因为人脑的颅腔容积远远大于猿脑的颅腔容积，语言能力强，第二信号系统发达，这使人成为人。

3. 猿人

　　猿人是人类演化早期阶段的俗名。对于这个俗名可以进行分析。于是，我们从"猿人"这个双音义符追溯到了"猿"这个单音义符。猿从犭，正如猴从犭。猿人与猿猴有异同。猿猴是猿和猴。与猴类相比，猿类体型较大，无尾巴和颊囊。《玉篇》说"猿，似猕猴而大，能啸也"。文化与畜牧有关，由于犬是人类最早驯养的家畜，故人文用犬这个偏旁表达猿和猴之类的动物。

　　猿人是类人猿。类人猿之猿有时写作"猨"，因为长臂猿之类的猿是善于攀援的动物。类人猿之猿为何将姓袁的袁作为声符，这就不能不提到一个有关"袁公"的典故。这个典故出自汉代赵晔《吴越春秋·勾践阴谋外传》。袁公的袁，就是猿所从的袁。这个袁有关于 surname，故《新华字典》仅用一个单音义符"姓"解释它。这没有错，但是"袁"这个单音义符的本义不是姓。"袁"是一个篆文字符。《说文》将其归入它的第 300 个部首。

　　这个部首就是人所穿衣之衣，即衣食住行之衣。"袁"符的下部四画，"衣"符的下部亦四画，所以，我们说，"袁"符中有"衣"符的基因。许慎生活在汉代，娴熟儒经，他用"衣长貌"释解"袁"符，抓住了根本。许慎还从 phonetics 角度说"袁"发"叀"音。"叀"是一个甲骨文字根。《汉语大字典》说叀象纺砖纺线形。只有纺出线，才能织布、裁剪并缝制出衣服，故叀与衣有亲缘关系。

正像猿猴可以析解为猿和猴一样，猿人也可以析解为猿和人。综通研究主张文科与理科的打通。文科中有文艺学，理科中有生物学，文艺学和生物学可以通解猿人。从猿到人，猿和猴一样以毛为衣，人身绝大部分无毛，故人无法以毛为衣。人在进化中使自己的脑容量扩大，人的直立使双手可以自由做工，人用工具狩猎，剥取毛皮为衣，养蚕和农耕使人衣食无忧。"物相杂，故曰文"之"物"使人想到了生物学之物、动物学之物，也使人想到了文学中的人物、史学中的事物以及哲学中的唯物乃至万事万物。文饰之物至人的服饰登峰造极。

笔者业文学，知道文学是人学。人学中的人物学与人类学中的猿人学相通。笔者在不惑乃至知天命之年时，头脑里曾多次徘徊过打通文艺学与文献学的念头，今著作双音义符"猿人"，又心猿意马于生物学与文艺学的打通。此时的笔者已逾耳顺之年有五。猿人学中的类人猿，正如文艺学中的类小说。汉人小说虽不存，但汉代散文中有类小说存在，《吴越春秋》乃其中一种。该书卷九《勾践阴谋外传》叙述了一个"处女试剑，老翁化猿"的故事，此虽文艺学家言，但也值得人类学家乃至生物学家留心和注意。在《吴越春秋》创作的时代，并无今人之生物学，但已有类似"老翁化猿"的小说因子。

正如人类学乃至生物学中有返祖现象一样，文艺学中也有返祖现象，袁公与猿公就是一个显著的例子。袁公就是《勾践阴谋外传》中处女所遇之翁，此翁自称"袁公"。文艺作品将袁公神异化，故有"猿公"之说。《勾践阴谋外传》说"袁公飞上树，变为白猿"。于是袁公变成了猿公。就汉字符号学而言，袁之于猿，正如公之于翁。就生物学乃至动物学而言，猿之犬，正如翁之羽。

人类学乃至生物学追求客观真理，文学乃至文艺学亦追求客观真理，当然，后者将其神异化或幻想化了。猿人是生活于距离今天约 300 万—20 多万年之间的人类。地质年代属更新世早期和中期，文化时期属旧石器时代早期。地质历史的"更新世"概念与考古学的"旧石器时代"概念有异同。就其同而言，"更新世"有早、中、晚，旧石器时代亦有早、中、晚。就其异而言，中更新世距今大约 100 万年至 10 万年，相当于旧石器时代早期的中、后阶段；晚更新世距今大约 10 万年至 1 万年，包括了旧石器时代的中期和晚期。中国北京周口店猿人的时代下限比晚更新世的上限早约 10 万年。

西文"ape"这个字是指像猴子一样的动物。虽然像猴子，但不是猴子。因为猴子有尾巴，猿没有尾巴（no tail）。如果给"ape"前加一个修饰词"fossil"，那这个词组的意思指谓古猿。古猿是地质时代的猿类。古猿古到什么时候，古到旧石器时代之前。就汉字语符学而言，古猿的古与石器时代之石咸从口。对于古生物学来说，地球上的岩石也是一本厚厚的书。如果说地质年代表的是这本书的目录，那么我们翻阅这个目录，我们翻到了新生代这一页，我们发现它所含的时间概念是从 6500 万年前至今。

古猿和"fossil"紧密地结合在一起，被人们发现后，展现在眼前的是古老的、石质的猿。人猿和猿人紧密地结合在一起，是既类猿又类人的高级灵长目。"人猿生猿人，不能言语，降而能语，是谓之人。"①人猿是类人猿，没有文化。猿人是人类，其下限已具有工具文化。1876 年，恩格斯写了一篇《劳动在从猿到人转变过程中的作用》的文章。他把生活在树上的古猿称为"攀树的猿群"，把从猿到人过渡期间的猿人称为"正在形成的人"，把能够制造工具的人称为"完全形成的人"。人类是能说话的动物，这可以朝前追溯 20 多万年。攀树的古猿不能说话。猿人是否能说话？这需要具体分析。就北京猿人来说，他们的时代从前 50 万年延续到前 20 万年。如果我们把前 20 万年的北京猿人定义为"完全形成的人"，那他们应该已经不是"不能言语"的类人猿，而应该是刚刚能言语的人。

猿与人之于灵长类学，正如鬼与神之于文艺学。今日的人类学认为猿人是人类的祖先。周代人所谓"鬼"是指人的祖先。人类的文字当然不是鬼画符之类的东西。"鬼"这个字符的创造源于人类的灵感，黑猩猩之类的类人猿触动了人的灵感。中国著名文字训诂学家沈兼士认为，"鬼"原指猩猩，引申为鬼神。人类追求真善美，真善美之美的对立面是丑。丑之体是"醜"。"丑"是一个不作为简化偏旁用的简化字。猿人作为人类的祖先是伟大的，但猿人的动物性成分远远大于人类，故后于猿人的今人觉得他们是"醜"陋的。酉是声符，古人以鬼为丑，鬼是形符。

《勾践阴谋外传》说，闽越有处女，出于南林，长于剑术。国人称善，愿王请之。《吴越春秋》和《越绝书》痴迷于剑。剑魂是人，人魂剑魄的精气神在 20 世纪的武侠小说中又大放异彩。同样从鬼的魂魄是偏于人的精神的东西，有魂魄精神的人的劳动在历史长河中使猿转化成了人。在偏于文艺学的人文那里，处女试剑、老翁化猿之灵感孳乳了以金庸为代表的一大批武侠小说家。

从猿到人，灵长类在不断地遗传和变异。从杂史小说以猿精摹写处女敏捷的武功，到武侠小说以飞狐展现人的傲骨和奇才，文艺学也在不断的遗传和变异中推陈出新。金庸的短篇小说《越女剑》写越女阿青剑术精妙，被范蠡引荐到宫中教授士兵，帮助越王勾践雪耻复仇。阿青暗恋范蠡，而范蠡与西施有白头之约。阿青羡慕西施的美貌，不忍伤

---

① 鲁迅：《坟·人之历史》。

害她，飘然离去。金庸的作品以写元明清的故事见长，唯有《越女剑》取材于春秋时代。猿与狐咸从犭。金庸擅长于塑造侠肝义胆之英雄，《雪山飞狐》中的胡一刀就是其中的一个。胡一刀在《雪山飞狐》中是暗写的形象，明写的形象则是胡斐，胡斐在《飞狐外传》中发扬光大成能为穷人报仇雪恨的豪杰。

4. 人种

就生物学而言，人种（race）是物种之一种。"人种"之种之禾指谓植物，没有植物，人种不可能产生。人种与人族有异同。人族是能两足直立行走的高等灵长类。人种是具有共同遗传体质特征的人类。人种是人类进化的产物。人族是高等灵长类进化的产物。当今人种区分为黄、白、黑，这是客观存在，但它们之间的差异并不大，而且客观上也存在着过渡人种。例如，乌拉尔人是黄、白人之间的过渡人种，埃塞俄比亚人是黑、白人之间的过渡人种。

物相杂，故曰文，人种既作为动物，同时，也与其他动物相互区别。其区别点为，人是有文化的。文化是文字的。所谓同文同种：同文是同言文；同种是同种族。同种族多同言文。人类各种族都同属一个物种，即智人种。"依据分子人类学测试的结果，非洲早期智人在非洲孕育了尼格罗人种。约在13万年前，走出非洲，到欧洲形成高加索人种，到亚洲产生蒙古人种。"[①]

笔者曾经研究文史，并且写过一部厚厚的书。现在写人种，我想说，人种分为有史的和无史的。按照常识，有史的人种是有文字记载的种族，它的历史是很短的。无史的人种是生活在有史以前的人类种群，它的时间概念很长，研究起来很难对付，但并非没有可能。也许，我们可以在考古学与遗传学的结合点上思考问题。史前时期生活在地球上的人类种群是我们的祖先，我们应该"慎终追远"地做一些工作，看看能否从遗传基因差异的角度把握住他们。

基于遗传基因差异和生活环境的不同，史前人类种群在接触、融合过程中曾经发生过激烈的冲突。这种冲突构成了从古至今流传下来的所谓"传说时代"。过去的传说时代的研究，主要靠传说材料。考古学发达以后，人们结合考古发掘研究传说材料。遗传学发达以后，人们结合基因研究来说明传说时代的历史。最近，已经有著作研究中国人的起源，用基因解读三皇五帝的遗传密码，根据考古学、文化人类学等学科的研究成果来破解史前中国古史。这种研究说："在Y染色体谱系图上，M9、M122、M134可以用一

---

① 《中国大百科全书》（第二版），第18卷，第425页，中国大百科全书出版社，2009年。

个并不准确但比较形象的比喻来形容，它就是曾祖父辈、父辈和子辈。从基因的视角来看待一万年来的中国历史（史前时期），就会发现，这祖孙三辈人之间发生的故事构成了史前时期中国历史的全部。"①

就种子文化而言，亦存在着祖孙三辈人的故事。第一辈是物种或物种的起源，涉及进化论和遗传学。第二辈是人种或人类的起源，涉及考古学和生命科学。第三辈是文种或文字的起源，涉及文物学、文化学和人文科学。宇宙的起源、生命的起源乃至人类作为一个物种的起源，既纠缠着过去人的神经，亦撩拨着今日人的脑细胞。植物的种子具有杂交优势，但杂交有度、雌雄配子有度，超过了这种度，单倍体育种（haploid breeding）不会成功。

动物的种子亦区别为雌雄配子，雄性提供精子，雌性提供卵子，这是传统的说法。人类的雄性祖先和雌性祖先可以追溯到古史的传说时代，西方有亚当和夏娃（Adam and Eve），东方有伏羲和女娲。正如人种是种族一样，人类的雌性祖先和雄性祖先也是宗族的。"1987 年，'线粒体夏娃'的发现公布后，所有人都意识到，如果要用线粒体 DNA 深入地研究我们智人这个物种的遗传史，需要跨越至少 15 万年的人类进化史。如果每 25 年算作一个世代，就是 6000 代人。这个结果来自 500 个碱基的一段控制区。如果这个线粒体 DNA 控制区的突变太多、太不稳定，经过几个时代后，很难甚至不可能区别重要的信号和所有偶然的变化。"②所以，必须寻找宗族母亲。

人种是种族。种族有部族的意思，部族是氏族部落。"部落曰部，氏族曰族。契丹故俗，分地而居，合族而处。"（《辽史·营卫志中》）宗族虽然有分支，但没有部落的说法。种族与宗族有异同，正如亲缘与血缘有异同。血缘关系用于人；亲缘关系既用于人，亦用于植物、动物。"父之党为宗族"（《尔雅·释亲》），但宗族的繁衍也必须有母亲，故现代遗传学有"宗族母亲"一说。

宗族母亲必须有女儿，因为线粒体 DNA 是母亲传给女儿的。只有儿子的女人不可能成为宗族母亲，因为儿子永远不可能从她那里继承线粒体（mitochondrion）。另外，宗族母亲必须至少有两个女儿。"宗族母亲是一个宗族所有成员的母系祖先，一代兄弟姐妹的母系线会在母亲那里聚合，两代堂表兄弟姐妹的母系线会在他们的祖母那里聚合……以此类推，几千代以前，至少两个女儿的血统会联接在一个女人身上。这个人，就是宗族母亲。宗族母亲只有一个。她虽非当时唯一女性，但却是唯一的把不间断母系血统延续至今的人。"③

---

① 方鹏：《中国人的起源》，前言，第 3 页，江西人民出版社，2010 年。
② 张振：《人类六万年》，第 49 页，安徽人民出版社，2013 年。
③ 张振：《人类六万年》，第 50 页，安徽人民出版社，2013 年。

作为有生命的生物,人种与植物种、动物种有异同。人种是男女交合之种,动物种是公母交合之种,植物种是雌雄交合之种。这里的男女、公母、雌雄只是变换了一下语言,而没有深入于科学。上文中提到的"线粒体(mit)"和"线粒体 DNA"诸概念已深入生命科学。"线粒体 DNA 相对比较简单,它是远古时代的一个寄生细菌,其基因组与遗传染色体基因组不同。Y 染色体相对复杂一些,它的遗传与众不同,女性后裔是一个 X 和另一个 X 染色体配对,男性后裔是一个 Y 和一个 X 染色体配对。这个 Y 染色体只能由父亲传承给儿子,然后进行细胞的分裂—复制、再分裂—再复制过程。无论经历多少代,都不会因为多态性而从人间消失,亦即无法湮灭父系祖先的影子,这个特点与仅仅由母系遗传的线粒体的性质一样。"①

人种是一本厚厚的书。这本书内包含着许多符号。用文体来说,基因是"、、一、丨、丿、乀",染色体是由"点横竖撇捺"组成的许多部首。基因存在于生物体的细胞内。生物体自身,也就是细胞或者基因自身有复制能力。生物体基因通过复制把遗传信息传递给下一代,使后代出现与亲代相似的性状。就分子生物学和遗传学而言,线粒体 DNA 是书写女性之书,Y 染色体是书写男性之书。

基因作为生命的密码,记录和传递着人种的遗传信息。包括生、长、病、老、死在内的人体的一切生命现象咸与基因有关。虽然人种的奥秘至今人类还没有参透,但我们仍然可以言及生命之书的"DNA 语言"。"DNA 语言"没有英语那么复杂。英语用 26 个字母表达,而"DNA 语言"用"A、C、G、T"四个字母表达。由这四个字母组装起来的单词和话语就是遗传学的基因。基因是生命之书的重要段落。基因用来生产和制造蛋白质。作为生命之书的不同章节,染色体与基因有异同。基因是染色体的一段。人类的染色体有 23 对,其中 22 对染色体对于男与女都是一样的。另有一种性染色体决定性别,决定性别的这个染色体是可以上溯先祖的 Y 染色体。

第二章　物种理论与人文族群

出头捺撇"入与人",横画长短"士与土"。镜鉴人民,别异士庶。性别女男,前者是线粒体夏娃,后者是 Y 染色体亚当。基因进入文化、文字。族是 ethnic、ethnos,德是 ethic、ethos。物种理论别异比类,文艺理论拟容取心。

---

① 张振:《人类六万年》,第 105 页,安徽人民出版社,2013 年。

5. 士族

中国的文字，其基本笔画有所谓"横一竖二三点捺"。根据许慎所引孔子的说法，"推十合一为士"，"一贯三为王"。《康熙字典》214部中有"二"部。《汉语大字典》200部中没有"二"部。"二"是一个甲骨文字根。许慎说：二，地之数，从偶一。又说：土，地之吐生物者也，二象地之下。土在二之中上加"丨"象征土地上所生物。在五根元素符号中，"土"是最接地气的一个。"二"之二横，上短下长。"土"之"丨"，脚踏实地向上。《康熙字典》中有"入"和"士"部，《汉语大字典》咸将其归入"人"和"土"部。汉字是视觉符号，入与人，以出头笔画异；士与土，以横画长短别。基因之基从土，之因从大。大是大人。

士从一，正如族从方。徐中舒主编的《汉语大字典》说：在早期甲骨文字形中，"方象耒，上短横象柄首横木，下长横即足所蹈履处，古者秉耒而耕，刺土曰推，起土曰方"。士与土咸三画，士下横短，土下横长。季旭升先生认为"士"是一个甲骨文字根。"族"不是一个甲骨文字根，而是一个甲骨文字。族有两个"意义组合单元"：认和矢。它们都是甲骨文字根。"刺土曰推"之"推"就是"推十合一"之"推"。"起土曰方"之"方"与"秉耒而耕"之"耒"咸为农耕文明之基符，"方"是耒耜文明所衍生的 agriculture 符号。理解这个符号，应结合源远流长的西方文化。①

在甲骨文中，士与王的形状很接近，所以，否定"士"为甲骨文中出现文字的人干脆就将"士"等同为"王"。关于"王"，商承祚《殷契佚存》第386页收录的字形是上大下一，董作宾《殷墟文字甲编》第426页收录的字形是上天下一。后者仿佛正象征许慎所谓"天下所归往也"。士与土的同异，正如壬与《说文》第295个部首之同异。"壬"的现形是下土上丿。《说文》的第295个部首的现形是下土上丿。在甲骨文中，《说文》的第295个部首的上部不从丿，但下部和篆文乃至楷书的现形一样咸从一或土。《汉语大字典》说它在甲骨文中象人挺立于土地上，这样的人为大人。《书·益稷》说禹娶于塗山，生子名启，历经"辛、壬、癸、甲"数年之"土功"治水。大禹是原始社会末期父系家长制氏族社会的领袖。

士是指人，族是指人群。人有男女，故有男士、女士。士最初指男，《楚辞·招魂》中的"士女杂坐"之"士"是男，《国风》中"士如归妻，迨冰未泮"和"女曰鸡鸣，士曰昧旦"之"士"咸谓男。士是男，故有"士夫"（《易·大过》）之说。士之男，有文有

---

① 英文 agriculture 的根部源于希腊文（agros）和拉丁文（ager）。中文符号"土"即西文符号"地"（field）。

武，文士偏于修炼礼乐，武士偏于修炼射御。文武之士都要修炼书数。修炼射御者舞弄弓矢，操持骑射。"弓矢骑射"之"矢"亦出现在族符中，族从矢。矢聚集于匚（fāng）是机械的，人聚集于族是血缘的。

人聚集于族必有标识，族之㫃（yǎn）就是标识符号，正如氏族（clan）常以某种动植物作为本氏族共同的图腾标识。氏族是原始社会以血缘关系结合而成的血族集团，氏族之后的贵族是奴隶社会、封建社会的统治阶级中享有政治、经济特权的阶层。封建社会的贵族指具有世袭爵位和领地的各级地主，主要是皇室的宗族子弟和功臣，亦指显贵的世家大族。在中国先秦时期，依附于贵族的士（elites）是贵族的最低等级，地位次于大夫。

就视觉符号而言，士与土之异同，正如氏与民之异同。周代的宗法制度以血缘区分亲疏贵贱。天子、公侯、卿大夫以及士各有分别、等衰（cuī）。王臣公，公臣大夫，大夫臣士。这里的臣是役使的意思。"臣"符的出现早于"民"，正如"氏"符的出现早于"氐"。氏族之世，著于春秋，故诸子之氏族虽然可验，但其邑里仍然难于详考。氏族有关于部落社会，贵族多关于奴隶社会，士族和庶族有关于封建社会中晚时期，而民族是现代社会概念。

双音义符"士人"和"士族"有异同。"士人"最早出现于《史记·佞幸列传》，"士族"最早出现于《晋书·许迈传》。"士人作为一个阶层，在春秋是最低一级的贵族，在秦汉则是最高一级的平民（士农工商）。简单地说，就是读书人或知识分子。严格地说，则是以读书为职业的知识分子（intellectual）。读书没有经济效益，士人的出路是做官。独尊儒术以后的帝国中央，则是欢迎他们加入到官员的队伍中来，以便将建国之初的军人政府，逐渐改造为文官政府。"从秦汉到隋唐，中国的地主阶级区别为贵族、士族和庶族三个阶层。"贵族有爵位也有声望，士族有权势也有声望，什么也没有的则是庶族。庶族往往贫寒，因此也叫寒门或寒族。庶族或寒门也有读书人，只不过官运不佳，或家道中落，才没能成为士族。"中国先秦以后至隋唐社会的统治阶级最终由贵族地主转变为庶族地主，虽说是历史之必然，但士（literati）和士族的作用不可忽视。"转变需要过程，承前启后的是士族。士族看重门第像贵族，读书做官像庶族，正好用来过渡。所以，秦汉是贵族地主时代，隋唐和隋唐以后是庶族地主时代，二者之间的魏晋南北朝则是士族地主的时代。"①

士族制度在南北朝时达到最盛，至唐末逐渐趋于消亡。先秦之周初社会别异人民，魏晋后之南朝社会区别士庶。别异人民，有所谓"人无于水监，当于民监"（《书·酒诰》）。

---

① 易中天：《三国纪》，第10-13页，浙江文艺出版社，2014年。

这句话意谓贵族社会不要以水作为镜鉴,而要以"民"的驯顺与否作为镜鉴。①别异士庶,有所谓"士庶区别,国之章也"(《南史·王球传》)。南朝社会士族的身份连系祖父两代的官爵,都登记在户口册上。"士族一般不服力役和兵役。同里伍庶族犯罪,士族不连坐。某些罪行的处罚,士族比庶族轻。不得以士族之女为妾。不得随意黜士族为贱民。庶族只能入太学,而士族能入国学。士族占有田庄山泽以及附着于其上的人口。"南朝上层建筑的高官,几乎全部或绝大部分为士族所垄断。"刺史职位南朝宋代士族比例最大,南齐有所下降,梁、陈时士族庶族大致各占一半。总而言之,士族任中央官多于地方官。士族所居官位悠闲自在,虽不理政事,但又能尽享崇拜和优厚待遇。"②

6. 生物

在汉文符号世界,长期以来,"生"和"物"既作为两个相互区别的单音义符,同时也合并作为一个双音义符使用。"土敝则草木不长,气衰则生物不遂"(《礼记·乐记》)。这里所谓"生物不遂"是指草木不生长。就单音义符来说,"生"具体地有关于草木生长,抽象的攀援指谓动、植物的生长,故生物首先是指能够生长的自养物。"物"这个单音义符与"生"不同,物从牛,牛不是自养生物,牛是异养生物。就生物原理说,异养生物依附于自养生物。以草木为基本的自养性植物是生物的基础,以牛羊为基本的异养性动物是生物的附庸。生物学的经济基础是植物、动物,其上层建筑是人物。

生物的基因与文化的基因有异同,正如文化的基因与哲学的基因有异同。"物"这个单音义符的基因表达区别为左右两部分,其左部"牛"为形符,右部"勿"为音符。就符号学而言,从牛的物提示动物或生物,乃至万事万物之形态,故生物学中有生物形态学。生物形态学与文字形态学有异同。文字形态学属于文化形态学。符号学家说:"不论对什么人来说,事物只能通过文化单元被知道,而通讯世界把文化单元放入流通中以代替事物。"③

"物"这个符号作为 biology 的 DNA 是生物的,正如它作为 philosophy 的 DNA 是物质的。生物是有生命的物体,正如非生物是没有生命的物体。生物与事物有异同。就其

---

① "人"为贵族,"民"为奴隶。周武王建国后最重要的问题是要处理好殷商之遗民。"臣""民"二字产生于周初。郭沫若认为,臣民皆为古之奴隶。眼睛是心灵的窗口,"臣""民"二字初创时咸用"目"(eye)造形,臣目竖,民目横,臣目明,民目盲。笔者认为,臣、民咸由敌虏来,前者可用为臣服于新王的官员,后者可用为做苦役的奴隶。

② 《中国大百科全书》(第二版),第 16 卷,第 370 页,中国大百科全书出版社,2009 年。

③ Eco, U: A Theory of Semiotics, Indiana U pr, 1976. P. 66.

同而言，事物只能通过文化单元被知道，biology 也只能通过文化单元被知道。物之勹作为音符是一个文化单元，正如勿之勹（bāo）作为形符是一个文化单元，语言文字形态学研究这些文化单元。中国文字形态学著作《正字通》说，勹是包的本字。通讯世界把"勹"这个文化单元放入流通中，后来这个文化单元与"巳"（sì）结合形成"包"。

在生物学史上，细胞学与胚胎学具有一定的地位。在三千多年前的殷商时期，中国古人并不知道胚胎为何物，但他们已经知道人是由母亲生出的胎儿而来。这个胎儿的符号就是"巳"。由于胎儿最初是被包裹在胎衣中，故又有了"包"这个符号。由此可知，在生物符号学的文字基因那里，"巳"是胚胎生物学的文字基因，"包"是细胞生物学或生物细胞学的文字基因。

《庄子·人间世》第四部分言及虎这种残暴的猫科动物，说养虎者"不敢以生物"喂养老虎，害怕助长了它残忍的天性。这里的"生物"指谓活物。物之左所从牛是活物，物之右所从勿不是活物。"勿"是《说文》的第 359 个部首。作为一个单独义符，它指谓召集民众时所使用的旗帜。"勿"之三撇指谓旗柄上的三游。在各种不同形式的生物体中，DNA 相当于是用同样笔画写出的长短不同、排列次序不同，因而意义也不同的书。如果说生物之"勹"是生物的基因，那"勿"就是生物大分子中的 DNA。

西文符号"life"既指谓生活，也指谓生命，还指谓生物。中西文生物符号可以互通，但这种互通需要学者辛勤耕耘。"天能生物，不能辨物；地能载人，不能治人。"（《荀子·礼论》）天所生物，既有生活之物，亦有非生活之物。生活之物，有生涯之大限。非生活之物，例如，金石，几乎没有生涯之大限。"人生非金石，岂能长寿考。"中国古人的诗歌名句所慨叹的也是这种哲理。

"岂能长寿考"之"长"是一个四笔义符。这个四笔义符是 20 世纪中叶当"長"简化作"长"时，中国文字改革研究委员会用注释规定的。"长"是一个可作简化偏旁用的简化字。"長"这个符号在甲骨文中已是一个字根，其后至今，一直作为字根或部首。根据余永梁《殷墟文字考续考》，长的字原义象人发长。和其他哺乳动物相比，人类绝对算得上赤裸裸了。然而，人的头发的确还算比较长。"長"与"镸"的异同，似乎在提示头发（hair）与胡须（beard）的异同。"镸"这个符号没有简化，它是"長字在旁之文，髟、髭、髪诸字从此"（《正字通》语）。当然，髪已简化作发。胡须是指长在嘴边的毛，位于上唇的毛叫髭（moustache）。

里德利的科普名著以 12 个蓄有浓密胡子的名人为纲。胡子或胡须代表了他们都是生物学意义上的人，但这并不能保证他们必然成为名人。里德利说，这 12 个人都有一些惊人之处。他们是对的，当然并不是指所有时候都正确，也并非一直都正确，特别是说并非道德上都正确。这 12 个名人都在宣扬自己的观念和批判他人的理念中大获全胜，并由此为世人所知。里德利说他们全都是对的，是因为他们不遗余力地贡献出自己原创性的观念。

一般人不难区分什么东西是有生命的，什么东西是没有生命的，但给生命下一个完整的定义却又是自古至今以来最困难的问题之一，因为这个问题直接关系着对人类自身的理解。还好，我们现在谈的是生物，我们就用生命来界定生物。我们说生物是有生命的物体，或者说，生物是具有动能的生命体。生物与生物学有异同。就其同而言，后者以前者为根。西文符号 bio- 的根来源于古希腊文 bios，它的意思等同于英文 life。就其异而言，生物学虽然以生物为根，但它的出现较晚。生物学是从博物学中分化出来的。

西文符号 biology 一词系法国博物学家拉马克和德国博物学家特来威拉纳斯于 1802 年首先创用。在自然科学还没有发展的古代，人们对生物的五光十色、绚丽多彩十分迷惑不解。他们往往把生命和非生命看成是截然不同、没有联系的两个领域，认为有生命之物不服从无生命之物的运动规律。例如，在亚里士多德的著作中有一个术语，英译为 entelechy，汉译转写为"隐德来希"，《不列颠百科全书》国际中文版将其意译为"生命原理"。亚里士多德第一生命原理的现代表述是：一个有生命的机体中既存在着无机体物质，也存在着有机体物质，这两种物质相互区别。没有有机体物质所产生的机能或生机（vitalism），机体的纯物质就不会有生命。

亚里士多德用生命力解释生命的本质，他认为生命力控制着机体的形态和发展，并指导其活动。现代自然科学形成后，人们发现越来越多的生命现象可用物理化学性质加以说明，亚氏的生机理论遂逐渐衰落。当前研究生物的方法取决于研究生物学组织的层次（分子、细胞、个体、群体）以及具体研究对象（结构、功能、类型）。里德利博士致力于生物学科普，并取得了成功。

7. 物种

有两个西文术语需要拿出来结合讨论。一个是 species，另一个是 character。前者是种属的种，是生物学术语。达尔文在他的名著中使用了 species。日本人将达尔文的书翻译为《种的起源》，中国人将其翻译为《物种的起源》。在汉文语境中，种从禾为植物，物从牛为动物。植物和动物都是生物。当然，作为动物的人也是生物。非人的动物在生存竞争中进化为人文的 character。20 世纪中叶，繁体字"種"简化为"种"是不作为简化偏旁用的。

中国学问将逻辑学叫名学。如果说"种"名是一个大共名，那"属"名是次一级的名，"科"名又其次，"目"名、"纲"名、"门"名是按顺序更次一级的名。整个生物分类范畴咸被纳入"种属科目纲门"序列。动物和植物的分类，以种为单位，相近的种集合为属，近似的属集合为科，以此类推，进行逻辑上的把握。西方拉马克最早提出从单细胞生物到人的阶梯一样的生物进化图式。

达尔文的 species 理论植根于精细地观察和发现普遍规律的企图。他的自然选择、优胜劣汰理论更像一株枝繁叶茂的大树，而不是一个简单的阶梯。达尔文不但看到了种间的斗争，而且看到了种内竞争和种群为适应环境最终使得新种进化。达尔文认为：幸存的物种，不是最强大的，也不是最聪明的，而是最能适应变化的。人是幸存物种中的佼佼者，人不但是生物学物种，而且是文化物种。物种文化需要从各个层面不断杂交、竞争和进化。

达尔文之后，species 理论有了更进一步的发展。尽管有种内竞争，"但杂交仅发生于种内，这在进化上有重要意义，因为同种的个体共用同一个基因库，不同种的个体则不能。在同一个基因库内，各个个体之间总存在相当数量的变异，有些个体的基因变异使它们在某具体环境中处于不利地位，它们往往被环境所淘汰，而那些发生了有力变异的个体则取代前者而繁荣生息。这个自然选择的过程导致这样的结果：基因库以有利变异铸造稳定性状的方式不断进展。因为基因变异发生于种内的个体身上，也因为这些个体仅在种内传递它们的变异，结果进化发生于种的水平上。一个种进化成另一个种的现象称为物种的形成"①。已形成的稀有物种需要保护。

物种与人种有同异。在生物学上，人类各种族咸同属一个物种，即人类学所谓"智人"。物种的科学定义是指杂交后能产生健康的后代，并且能够继续繁殖的类别。换言之，如果双方交配后能生产出正常的后代，就属于同一物种。反之，则不是同一物种。已经有实例证明，狮子和老虎虽然都是猫科动物，二者交配后也能生下狮虎兽，但这种后代并不健康，故狮和虎不是同一物种。又如，马和驴交配可以生出健康、强壮的骡子，但骡子没有生育能力，所以马和驴也不是同一物种。相反，在世界上，不管是蒙古人种（黄色人种）还是高加索人种（白色人种），亦不管是尼格罗人种（黑色人种）还是澳大利亚人种（棕色人种），世界上所有的人种相互通婚，都能够生出健康的宝宝，并继续繁衍后代，故人类是同一物种。

物种与文种亦有异同。陶渊明作《桃花源诗》《桃花源记》，其诗和记是两种不同的

---

① 《不列颠百科全书》（国际中文版），第 16 卷，第 12 页，中国大百科全书出版社，1999 年。

文，读者在阅读时头脑中会浮现出具体可感的人物图景，对于此，应联系西文"character"来理解。达尔文著《物种起源》，该书最后一部续篇是《人类和动物的表情》。陶诗"桑竹垂余荫，菽稷随时艺"之"艺"是种的意思。诗记为艺文，《物种起源》为论文。艺文之种，在陶渊明的诗记那里种下了"怡然自乐"的情感。论文研究物种，在达尔文那里，早期的作品主要是一大批资料，后期的作品中包括了理论上的理解。

species 作为种概念是逻辑学的，作为物种概念是进化论的。进化论认为人种是物种之一种，正如艺文理论认为文种是艺文之一种。陶渊明晚年过着一种"相见无杂言，但道桑麻长"的生活，而达尔文过的是一种独立的科学家的生活。"达尔文将对人类面肌和发声的研究与相应的感情状态联系起来，并认为非人动物若表现出相同的面部动作和声音，就表明这些动物也有相似的感情。《物种的起源》为行为学、神经行为学和心理学理论奠定了基础。"[1]

物种与物类有异同，正如种属与种类有异同。物类论是中国的传统理论，它是以功能模型为参照的对事物进行分类或进行类比推理的理论，这种理论使人想到西文中的character。物种理论偏于"以类度类"（《荀子·非相》）。物类理论偏于"取象比类"（《国语》）。"取象比类"之象者，物也，故要"循法守度，援物比类"（《素问·示从容论》）。以类度类，既要重视种属之知类，亦要兼顾种类之比类。因为"不知比类，足以自乱，不足以自明"。只有使用"别异比类"（《素问·疏五过论》）之方法，方可把握到对象的本质。

上文中我们偏于谈种，谈生物，谈动物，谈物种，谈 species。下文我们回过头来谈文，谈人，谈人物，谈人物形象，谈 character。笔者受业于文，这一辈子反复地谈"物相杂故曰文"。笔者实在不想再重复了。我们想说，物就是物，文就是文。以此类推，物种就是物种，文种就是文种。笔者教授文学、文艺学，深知"文种"这种说法很不专业。专业的术语是文本、文体，而文的本体涉及 character。进化论谈物种自然生殖，例如，拉马克说，生物体有一种要达到完美的"内部感情"，动物为适应变化的环境而获得的性状可以传到后代。达尔文在《人类和动物的表情》一文中也有近似的观点。

与生物进化论羞羞答答地谈"内部感情"、谈"表情"不同，文艺理论直接将这些术语作为自己的看家本领。文学是人学，character 是人，也是人物，还是人物形象。狭义的文学形象就指人物形象。塑造人物形象，一直都是文学创作的核心问题。物种的繁衍涉及性（sex），文学创作的繁荣有赖于塑造出伟大的性格。在西方，亚里士多德既是一个科学家，也是一个文艺理论家。他认为，文学作品反映生活要具有普遍性，要揭示生活

---

[1]《不列颠百科全书》（国际中文版），第5卷，第153页，中国大百科全书出版社，1999年。

的本质规律；刻画性格要合乎必然律、或然律；要通过概括和集中的方法塑造人物形象、表现人物的多面性。character 这个概念更接近典型而不是类型。

物种进化论大多徘徊于先天与后天之间。文学创造理论亦徘徊于先天与后天之间，不过，所叫名称不同。文学理论的先天是传统，后天是现实。先天论者强调天才，后天论者强调环境。启蒙运动时期的 D. 狄德罗和 D. 莱辛的典型理论强调人物的个性特征，强调人物与环境的关系。达尔文的进化论重视物种发展的普遍规律，并以此统辖自然选择和生存竞争。I. 康德的哲学理论用"美的理想"概念统一理性和感性、一般与个别。性格特征、个性特征这些说法都是 character 题中应有之意。以此类推，歌德所谓"显出特征的整体"、黑格尔所谓"美是理念的感性显现"，以及马克思主义文艺理论所谓"典型环境中的典型人物"，诸如此类，咸纠缠于 character 之中。文种的本质更着重于精神，此与物种大有不同。

8. 族群

1997 年出版的《汉语大词典》未收录"族群"一词，因为该双音义符不具有足够的中国风味。"族群"的说法源于西方，英文"族群"的意思用两个单词表达。第一个是"ethnic"。这个符号源于古希腊语，用英文摹写是"ethnos"。第二个是"group"。在世界上，许多非洲国家所谓"部族"，美洲、大洋洲和北欧所谓"土著人"（native 或 indigenous people），与族群概念比较接近。"在美国等西方发达国家，由于移民传统和城市化进程，通常称呼所有脱离原民族或原国家的移民群体为'ethnic group'，并将融散在城市生活中的具有种族、民族、宗教、语言、习俗等特征的群体称作'族群'。同时，也用这一概念指谓世界上的各个民族。"①

"ethnic"与"ethic"不同，正如"ethnos"与"ethos"有异。这两者的差异都是古与今的区别。亚里士多德在修辞学理论中强调"ethos"，认为这是道德品格的力量。道德品格（character）是只有人才会有的，这就涉及人种、种族（race）和族群。种族是具有共同遗传体质特征的人类群体，我们也可以把这样的群体模糊地称作族群。我们利用符号学的方法，既将"族群"看作一个双音义符，又将它看作两个单音义符。同时，我们对这两个单音义符进行分析和利用。就分析而言，我们将"族"看作㫃（yǎn）和矢，将"群"看作君和羊的组合，甚至，我们将"㫃"看作方与人的组合。方是地方，指谓广袤无边的地表空间。人是人类，既包括现代人，也涵盖远古人。矢是时光的箭。羊指谓动

---

① 《中国大百科全书》（第二版），第 16 册，第 118 页，中国大百科全书出版社，2009 年。

物，既指谓人猿揖别前的动物，亦指谓包括人在内的生活在当今的所有动物。

奥尔森说，人类演进过程中最重要的四件大事发生的地方都在东非，距离赤道不超过 500 英里。让我们发射一支时光的箭，这支箭射入 600 万年前，然后分别行进至 400 万年前、200 万年前、20 万年前到 10 万年前。四件事中的第一件事是人猿揖别，揖别后的人族最后演化成了人类，猿群衍生成许多中间物群，也有一些成为现代的黑猩猩。第二件事是朝着人类演化的族群开始直立，从而开启了一个有深远意义的手足分工过程。这个族群用手来操纵对象和投掷，用两腿直立增加高度，观察周围并思考，从而刺激了头脑的进化，故直立族群发展出较大的头颅系统以便用思想改造世界。第三件事是朝着人类发展的直立族群开始制造工具，他们尚不能制造"矢"，却能够用石块相互敲击，以便制造出有锋利边沿的石器，并使用它们宰割其他动物，以此步入石器社会。第四件事是人族（Homo）中出现了新成员，奥尔森称这种族群为现代人，与其相对的是远古人。人族中的新成员与远古人不同，他们的体格没有远古人那么强壮，但机动性强，认知适应能力前所未有。人类基因的历史地图，其历史追溯到约 10 万年前，其地图涉及非洲、中东、亚洲、欧洲和美洲人的基因史。刘勰论文时说，各师成心，其异如面。文论与人论相通，10 万年前的现代人与当时的远古人亦是其异如面：前者前额高隆，下巴尖削，体态轻盈；后者前额向后倾斜，头颅呈收蓄状，眉棱突起。

现在世界上的 70 多亿人，"都是过去生活在东非的、在解剖学上已是现代人的后裔。这一群人，一度濒于绝迹，但从未死光，最后这群人开始繁衍。到了约 10 万年前，现代人经过尼罗河谷北移，横越西奈半岛到了中东。距今 6 万多年前，他们沿着印度和东南亚的海岸线抵达澳大利亚。约 4 万年前，这些现代人又从非洲东北部抵达欧洲，并从东南亚进入东亚。最后，在 1 万年前左右，他们又从连接今天西伯利亚和阿拉斯加的广大平原抵达南北美洲。无论现代人在非洲、亚洲或欧洲何地与远古人遭遇"，二者都鲜有婚配，而且原来数量占优的远古人消失了。考古学还无法证明与现代人曾经比邻而居的远古人是如何消亡的，因为散落在各地的遗骨、遗物少得可怜，"在农业出现之前，曾有数十亿人生存过，但科学家只找到其中数百人的遗骨化石。证据不足的结果之一是每一片碎骨、每一片敲削过的石块都载满了臆断和猜测"。①

曹雪芹通过自己所塑造的典型人物之口说，女人是水做的骨肉，男人是泥土做成的骨肉。遗传学家说，女人是线粒体夏娃，男人是 Y 染色体亚当。赫尔曼·黑塞是一个德国作家，他却以东方的佛教祖师为原型创作出悉达多的面容，他从悉达多的神采中看到了一个

---

① [美] 史蒂夫·奥尔森：《人类基因的历史地图》，第 3-4 页，霍达文译，生活·读书·新知三联书店，2016 年。

新生婴儿那红润的脸，又看到了一个男人和一个女人的躯体赤裸裸地纠缠在一起，仿佛那个婴儿正是后者制造出来的。只有红尘中的人才会纠缠在一起，这没有什么可奇怪的。

《石头记》中的石头是神瑛侍者。神瑛侍者浇灌绛珠仙草，后者要用眼泪回报前者的浇灌之恩寓托着深意。曹雪芹将红尘中的人和青埂峰下的顽石联系起来，因为人类的历史更多地埋藏在石器时代。就此而言，石头或石块记录着生物、植物、动物乃至人类的历史。然而，从另一方面看，石块却不是人类过去的唯一记录。"我们每一个人体内几乎每一个细胞也都有一份记录。人类的脱氧核糖核酸（DNA-deoxyribonucleic acid）是长串复合的分子，其作用是把基因信息一代一代传下去。DNA 序列是人类历史不可磨灭的印记。我们的 DNA 记录显示，我们是由 400 多万年前开始使用两腿走动的猿人演化而成的。我们的 DNA 也告诉我们，在 7500 多个世代前，现代人开始在东非的热带草原出现。"①

族群与民族有同异，正如中国古代所谓"东夷""南蛮""西戎"和"北狄"有同异。中国古代用东南西北描述世界，现今发达国家用亚非欧美描述地球。西文"nation"一词联系着民族国家（nation-state）。从世界范围看，相对于欧亚大陆来说，美洲大陆、非洲大陆和澳大利亚的民族国家过程较为迟缓。然而，美国却在短短的两三百年一跃而成为发达的联邦国家。

奥尔森是美国人，他研究现代人类的族群深入基因的血缘。他认为，人类的现代特征如何出现的细节不是很重要，重要的是应该知道我们在基因上的相同，因为后者是我们这一个时代最重要的生物学洞见之一。我们的祖先 7500 个世代之前在东非的热带草原生活，以演进的角度言之，7500 个世代只不过是千万年之一瞬。现在生活在非洲土坡上的黑猩猩体内的线粒体 DNA 是现在生活在地球上 70 多亿人的线粒体的两倍，这是因为现存的黑猩猩从在世上出现以来比现代人在世上生存了更长的岁月。奥尔森认为："现代人的基本体质蓝图是在 10 万年前定下的。此后，我们就进入了一个演进停滞的阶段……不同的种族有不同的基因传承历史，而这些基因传承的历史是我们探索过去的重要线索。"②

我们必须审慎思索我们的基因到底告诉了我们什么。我们必须谨记人类群组的高度流动性。奥尔森用否定方法对"种族"概念做了说明。他说这个概念"根本无法反映人类共同历史中的共相和殊相。大部分非洲裔美国人有欧洲人祖先，而所有欧洲裔美国人

---

① [美] 史蒂夫·奥尔森：《人类基因的历史地图》，第 22-24 页，霍达文译，生活·读书·新知三联书店，2016 年。
② [美] 史蒂夫·奥尔森：《人类基因的历史地图》，第 4 页，霍达文译，生活·读书·新知三联书店，2016 年。

都有非洲人祖先。'种族'二字无法说明历史的多面性"①。

第三章　文本经验与学理溯源

因从大，基因是先天之父。学从子，学习是后天之子。经常与经验。经学之经，有一横三曲。红学之红，少一横三曲。XX 是女，为婉约。XY 是男，为阳刚。基因学与人学。文本、字母与文学。"是什么"与"为什么"。基因与原因。

9. 基因

"基因"是西文"gene"的音译。它是世代相传的遗传信息的载体。基因的基本成分在一切生物中的基础相同。这里涉及另外两个概念：一个是 DNA，其学名为脱氧核糖核酸；另一个是 RNA，其学名是核糖核酸。基因纠缠在 DNA 和 RNA 中，正如哲学纠缠在物质和意识中。人类研究生命科学存在着重重困难，人文社科研究也存在着困难险阻。困从木，正如基从土、因从大。就土而言，基是墙脚。就石而言，基是基础。就木而言，基是根本。

在汉文化世界，大的人文（humanities）基因是大人。人长大了，要结婚交配，双亲的血缘因子在子体中结合。人的遗传因子有显隐之分，正如文的体性风格有显隐之分。刘勰《文心雕龙》之《隐秀》论及富有内涵的隐和秀出独拔的显。1911 年，丹麦学者 W. 约翰逊将遗传因子命名为基因。人和人文不可分，正如基因和基因表达（gene expression）不可分。《不列颠百科全书》说，目前已不把基因视为界限分明、长度不变的结构单位，而看成是一种功能成分，其特性因测定方法而异。《中国大百科全书》说，W. 约翰逊所谓基因型是指肉眼所不能看到的基因成分，其所谓基因表达是指肉眼能看到或看不到的个体性状。基之"大"为人，基因也是人的。基因表达既是科学的，也是人文的。

字母是人文基因。基因与字母有异同，正如人性与人文有异同。"通常情况下，人性中某些特征的遗传度最高，这些特征由众多基因所决定，而不受单独几个基因行为的影响。而且，越多的基因参与其中，遗传度就越高，这是由基因的附带影响造成的。"②就

---

① [美]史蒂夫·奥尔森：《人类基因的历史地图》，第 65 页，霍达文译，生活·读书·新知三联书店，2016 年。
② [英]马特·里德利：《先天后天：基因、经验及什么使我们成为人》（第四版），第 70 页，黄菁菁译，机械工业出版社，2015 年。

始源哲学而言，字母之母，或者说整个"字母"，可以用一个单音义符来概括，这个义符叫作"始"。"天下有始，以为天下母。既得其母，以知其子。既知其子，复守其母，没身不殆。"（《老子·五十二章》）

基因是遗传因子。"字"这个单音义符发"遗传因子"之"子"音。许慎说，字，乳也。段玉裁说，人及鸟生子曰乳。笔者认为，理解字以及乳应该结合 nurture。与 nurture 字形近似，还有一个 nature。始源哲学的名言是：道法自然。这个自然就是 nature。我们可以说，"天下有始"之"天"就是 nature，它就是费尔巴哈所谓在时间上处于第一位的"自然"。就符号学而言，基因之因从大，"天下有始"之"天"亦从大。费尔巴哈认为，自然虽然在时间上是第一性的，而在地位上却不是第一性的。人在时间上是第二性的感性实体，在地位上则是第一性的。人的第一个对象就是人，只有人才有对自然的认识。人对自然的认识已经深入至基因层面。人在物质层面，基因是基础；在生命层面，基因是根本。

染色体是基因的载体，正如细胞是细胞核的载体。"细胞核含有脱氧核糖核酸（DNA），它是遗传的物质基础。通过 DNA 的复制与转录，控制细胞的增殖、分化、代谢等活动。基因就是 DNA 分子上的某段碱基序列。"[①]碱基是核酸、核苷和核苷酸的成分。更准确地说，基因是含有特定遗传信息的核苷酸序列。

唯物地说，基因之基与碱基之基咸强调科学之客观，但基因之因不仅强调客观，而且要追寻客观之后的原因。基因的原因是什么？对于这个问题，美国哲学家威廉·詹姆斯当然没有直接回答，但他对"原因"一词是什么有很睿智的回答。"'原因'一词是未知之神的祭坛。"[②]原因之因与基因之因是一个字符，正如基因之基与碱基之基是一个字符。如果说基因之因是强调遗传生物学之基本，那原因之因明是否在强调探寻奠基于生物学基本上的基础？

哲学家威廉·詹姆斯说"'原因'一词是未知之神的祭坛"。我们可以使用代数语言说话，我们将"祭坛"变成"X"，这样，我们就有了"未知之神的 X"。或者我们说未知之神是 X。大家知道，法国数学家韦达是第一个使用字母符号表达数量的人。韦达用辅音字母表示已知量，用元音字母表示未知量。我们今天用最初的几个拉丁字母代表已知数，用最后的几个代表未知数。

与哲学家威廉·詹姆斯站在哲学的立场上谈"原因"不同，奥地利生物遗传学家 G. J.

---

① 《中国大百科全书》（第二版），第 18 卷，第 406 页，中国大百科全书出版社，2009 年。
② James, W. 1890. Principles of Psychology.

孟德尔站在遗传学立场上谈遗传因子。孟德尔是第一个用字母符号表达遗传因子的人。孟德尔1866年在论文中首先用大写字母A、B等表达显性状的遗传因子，用小写字母a、b等表达隐性状的遗传因子。这里的遗传因子，就是后来所谓基因。1866年孟德尔发表了他那篇著名的《植物杂交实验》论文。孟德尔将生物学、统计学和数学结合起来进行研究，这使得他的论文产生了一种全新的表达方式，从而也使自己荣获了遗传学之父之声名。

从生物的整体行为和形式中很难观察并发现遗传学规律，从个别性状和行为中相对比较容易观察和研究。孟德尔用豌豆进行杂交实验，他用大写字母D代表决定高茎豌豆的显性遗传因子，用小写字母d代表决定低茎豌豆的隐性遗传因子。生物体的体细胞内，其遗传因子成对存在，故纯种高茎豌豆的体细胞内存在着一对决定高茎性状的显性遗传因子DD，而纯种矮茎豌豆的体细胞内存在着一对决定矮茎性状的隐性遗传因子dd。杂交产生的豌豆体细胞，其D和d结合成Dd。由于D（高茎）对d（矮茎）是显性，故其植株全部为高茎豌豆。当豌豆进行减数分裂时，其成对的遗传因子D和d又得彼此分离。分离后产生两种不同类型的配子，一种是含有遗传因子D的配子，另一种是含有遗传因子d的配子。而且两种配子在数量上相等，各占1/2。这两种配子的雌雄结合会产生三种形式：DD，Dd，dd。它们之间的比例分布约为1：2：1，其性状比是3（高）：1（矮）。

孟德尔之后，遗传学家发现生物的细胞核中存在着一种名为"染色体"的物质，后来又发现染色体是基因的载体，正如文字或文学的基因是人文基因的载体。每一条染色单体可以看作是一个双螺旋的DNA分子，正如每一个文句可以看作是一条负载着信息的知识分子。染色体和基因相关，正如文体和文本相关。染色体的改变必然导致基因异常，正如文本的变异一定会使文体异常。

生物体之最优秀者，非人体莫属。人的基因有规律地集中在细胞核内的染色体上。人体的体细胞内有23对染色体，包括22对常染色体和一对性染色体。性染色体包括Y染色体和X染色体。男女交合致使女性受孕时，含有一对X染色体的受精卵发育成为女性，而具有一条X染色体和一条Y染色体的受精卵发育成为男性。在遗传学意义上，对于女性而言，正常的性染色体组成是XX。和女性不同，男性是XY。男女在染色体上的异同，正如文体在风格上的异同。女性细胞减数分裂所产生的配子都含有一个X染色体，正如婉约风格所产生的功效都具有风花雪月之性体。男性细胞分裂所产生的配子与女性不同，男性精子中有一半是X染色体，另一半是Y染色体。这正如豪放风格的配子中有一半是风一般的风雪，另一半是不同于一般风雪的暴风暴雪一样，后者具有崇高的风格。精子和卵子的遗传基因上携带着父体和母体的遗传基因，这正如阳刚和阴柔的文传基因上携带着崇高和优美的人文基因一样。

10. 经验

如果说"道法自然"之"自然"是先天，那么"道法自然"的"道"无疑是后天。普通地说，这个道就是路。哲学地说，这个道就是 logos。经验地说，这个道就是知识、技艺。经验是在实践中得来的，它意谓花费了时间，获得它必须有一个过程。如果说基因是先天的，那经验则是后天的。先天后天的纠葛历来是哲学争论的焦点，由于哲学与科学的紧密关系，这种争论亦延伸到生物遗传学。

经验有关于穿衣，穿衣有关于蚕所吐的丝，故经验之经从糸，糸是一个甲骨文中出现的符号，这个符号在 20 世纪被简化成"纟"，用作简化偏旁。经验有关于 horse，中国早在殷商时已从头毛尾四足之形象层面创造出"馬"，这个符号在 20 世纪被简化为"马"，并成为一个可以作为简化偏旁使用的简化字。马、驴、骡都是马科动物，正如猫、狮、虎咸为猫科动物。驴、骡咸以马为偏旁，正如猫、狮咸以犭为偏旁。經之巠、驗之僉咸作为声符，是时间基因。所不同者，"巠"上部的一横三曲，已简化作为横折撇捺两画，与下部三画"工"组成简化偏旁；"僉"简化作"佥"，是一个可作为简化偏旁使用的简化字。

经验的基因与基因的经验有异同。经验的基因本身是不可更改的、作用不大的决定因子，产生了大量可以预测的信息。基因的经验能对基因进行调控，"由于它们的启动子会对外界指令做出启动和关闭的回应，基因无法在行动过程中固定下来。相反，它们是用来从环境中吸取信息的设备。每一分每一秒，大脑中所表达的基因模式都在改变，通常以直接或间接的方式对外部事件做出回应。基因是经验的机制"[①]。经验是基因的主导。

经验的文字基因涉及纟、马、佥、巠等词素。经之右比經之右简，而且比經之整体简。人类崇拜经典，故有所谓"经常"。经验和经常之异同，类似于马和驴之同异。马的染色体有 32 对，驴的染色体为 31 对。公驴和母马交配后，其受精卵染色体数目合为 63 条。很幸运，这些受精卵能存活，并会发育出骡子。但骡子的染色体无法成对，故它们不能生育。这是马科动物中的情况。与此类似，猫科动物中的雄狮与雌虎交配后，生下的狮虎兽后代也没有生育能力。而且，狮虎兽的命运比骡子更惨，它们中少数生存较长，大部分生存时间很短。对此，上海动物园曾经进行过实验。

马克思说，人体的解剖是猴体解剖的一把钥匙。同样，我们也可以说，文体的解剖是人体解剖的一把钥匙。汉字的文体，不但猫狮从犭，而且猴猿也从犭。但猫狮不属于

[①] [英] 马特·里德利：《先天后天：基因、经验及什么使我们成为人》（第四版），第 208 页，黄菁菁译，机械工业出版社，2015 年。

灵长目，而猴猿属于灵长目。猴有尾，猿无尾。无尾的猩猩、黑猩猩、大猩猩和人都属于广义的猿类。当然，人猿揖别，早已发生。但如果出于实验的原因，让一个"男人与一只雌黑猩猩交配，生出的后代即使可以存活，也会成为一个没有生育能力的猿人，但倒是有很大的杂种优势。传言说20世纪50年代曾有过这种不合伦理的实验"①。

西文"experience"指谓根据感觉经验获得知识，而"experiment"指谓通过实验获得新知识。至于"empiricism"主要是指"一种态度：主张各种信息只有当其首先为现实的经验所证实后方可接受并作为行动的指南。从较专门的意义上讲，它由两个互相联系而又有区别的哲学学说所组成，其一为理念的意义必定与事物已有的经验和可能的经验有关。另一学说认为，哲学的认识论、信念，归根到底必定由经验来验证。它的主要对立面是唯理主义。对大部分经验主义哲学家而言，经验主要指来自感官刺激的东西，同时兼指各种内省或反省的心理状态或内部感觉"②。

empiricism认为经验是人的一切知识或观念的唯一来源。知识或观念是人的精神所接触到的实践，此精神在中国早期的典籍中或简称为神，例如魏晋小说《搜神记》中就有诸如此类的神，大诗人陶潜在《搜神后记》中使用过"经验"。此经验当然偏于神话或文学经验，但当时的文史哲是混在一起的。文史乃至哲学经验可分为"外部经验和内部经验，前者即是感觉，后者即是内省。一切知识都是从这两种经验中得来的。有些哲学家则只承认感觉经验，否认内省经验，而且认为只有感觉经验才是知识的唯一来源"③。在哲学，经验论与先验论对立。在遗传学，后天论与先天论对立。

陶潜在《搜神后记》中说"易卜"颇有经验。由于《易》是经，故"易卜"之验是经验。经与红有异同，正如经学与红学有异同、經学经验与红学经验有异同。先天论偏于天赋论，后天论偏于经验论。要把握好empiricism这个概念，似乎更应该明了天赋与先验之分。"倘若人们具有某一概念或接受某一信念，从起因上讲不依赖于经验，那么这个概念或信念便是天赋的；倘若应用或证明某种概念或信念，在逻辑上无须涉及经验，那么这种概念或信念便是先验的。有两大类概念是先验的，因而是非经验的：其一是反映谈话基本结构的逻辑的或数学的某种形式概念；其二是心灵加之于经验资料的范畴概念。"④相对于"經"学，红学是少一横三曲之学。相对于"红"学经验，经学经验是多

---

① [英]马特·里德利：《先天后天：基因、经验及什么使我们成为人》（第四版），第21页，黄菁菁译，机械工业出版社，2015年。
② 《不列颠百科全书》（国际中文版），第6册，第57页，中国大百科全书出版社，1999年。
③ 《中国大百科全书》（第二版），第12卷，第110页，中国大百科全书出版社，2009年。
④ 《不列颠百科全书》（国际中文版），第6册，第57页，中国大百科全书出版社，1999年。

一横三曲之学。《红楼梦》第四十二回开篇写刘姥姥来贾府虽只有两三天，却把古往今来没见过、没吃过和没听过的都"经验"过了，这与陶潜的易卜之经验有别。易卜之经验中存在着诸如"一横三曲"之类的东西，而红学经验中没有诸如"一横三曲"之类的东西，后者所谓经验是亲身经历过的意思。

彻底的经验论者认为：凡是在理智中的没有不是在感觉中的。这句话中的"凡是"可以联系双音义符"经验"之验之"佥"符来理解。佥的繁体是僉（qiān）。僉，咸也。用英文来说，佥就是 all。all 就是所有。僉之亼为三合。僉之下部，二口相合，二人相从。二口、二人咸意谓多，故为僉也。验为马名。我们可以用马组织一个基本的逻辑判断："所有的马佥为动物，但并不是所有的动物佥为马。"假说如上文所言，这个判断的形式逻辑的正确性是先验的而非经验的，但是即使是先验正确的东西也需要经验判断，故佥作为形式逻辑之程度副词是基因性的，有了这个基因，形式逻辑才有工具可用。

11. 什么

理性的人具有探索精神。具有探索精神的人以疑问代词"什么"作为逻辑工具不断地开拓未知世界。例如，有一本名为"先天后天"的科普书，它的副标题是"基因、经验及什么使我们成为人"。根据作者的意思，他应该不会排除说基因是先天的，经验是后天的，先天的基因与后天的经验在使我们成为人（makes us human）的过程中是交互作用的。然而，这样说未免简单了一些。这部科普书的作者显然有更具有智慧或更富有智商的视野，他在"基因、经验"之后又加了一个疑问代词"什么"，这正如在一个代数等式中加了一个未知数 x。这一加，不但使本书的科学性增强了，而且也使得作者的主体性更容易在一种附庸风雅的氛围内展现。这本书除了遗传学以外，"还涉及神经科学、动物行为学、认知科学、精神病学、心理学、语言学、教育学、社会学、人类学和哲学"。由于"and what"的加入，这本书"不仅可为研究这些学科的研究者提供指南"，而且它的"诙谐易懂和明晰幽默亦让读者倍感欢心和愉悦"。[①]

在中文语境里，what 之"什"是一个具有数学和政治管理学意味的术语。经验的基因必须给出缘由，基因的经验由经过来。十三经之《周官经》是一部通过官制体系表达治国思想的著作。治国与治家不可分，古代"五家为比，比即一伍也，二伍为什"。政治管理掌握乡村之统合，其"州、党、族、闾、比之联"，立足于"民人之伍什"（《周礼·

---

① 本书中文译者黄菁菁语。参见［英］马特·里德利：《先天后天：基因、经验及什么使我们成为人》（第四版），第 254 页，黄菁菁译，机械工业出版社，2015 年。

秋官·士师》及贾公彦疏）。政治管理必须落到实处，所以"十家为什。伍家为伍，什伍皆有长焉"（《管子·立政》）。

　　中文语境中的"什么"亦作"甚么"。其"么"是简符，繁符作"麼"。"么"是不作简化偏旁用的简化字。20世纪"麼"被简化为"么"时，特别加注说这个字符读 me，轻声。关于疑问代词哲学，what 提问对象"是什么"，而 why 提问事物背后的原因或做某事之目的，即"为什么"。在英文拼写里，前部 wh 二者相同，后部二者的 at 和 y 有别。在提问事物是什么时，应注意以十个为单位的"什"，它也可以极言事物聚杂繁多，其数目在十上下。

　　例如，我们可以问"人是什么"。回答说，"人是社会关系的总和"。紧接着又问，"人类是什么"。回答说，"人类是两足直立行走的高等灵长类动物"。紧接着还问，"人类学是什么"。这就涉及 anthropology 的定义。在说英语的英美等国家，人类学是从生物和文化的角度对人类进行全面研究的学科。在说法语的国家，人类学的含义已与前者有所不同。例如，列维-斯特劳斯的结构人类学的功能就远远超过了普通人类学专业的范围。

　　对"是什么"的追问必然导致定义（definition）。定义是揭示概念内涵的逻辑方法。例如，我们可以提问"列维-斯特劳斯是什么"。回答说"他是一位人类学家"。后者就是定义。疑问代词"什么"是一个总括性的概念，作为定义，对它的回答也是总括性的。但对定义的阐说却必须是丰富的，这是由"什么"之"什"之"十"这个基因符号决定了的。例如，我们可以这样阐说列维-斯特劳斯，我们说他一方面将结构主义带入传统人类学领域，另一方面，他也通过结构人类学思想彰显了整个人文社会科学的方向。"作为其学术思想总称的结构人类学涉及众多学科，大致可包括：人类学、社会学、考古学、语言学、哲学、历史学、心理学、文学艺术理论以及数学等自然科学。他的人类学理论具有高度的哲学意义。"[①]

　　我们可以追问"哲学是什么"或"什么是哲学"。我们会得到有关哲学的定义。具体到法国或列维-斯特劳斯，我们会看到与萨特的以世界之评判和改造为目标的社会哲学不同，列维-斯特劳斯扬弃了欧洲的史学理论，并有历史哲学引入人类学之努力，当然，更为重要的是他有以人文社科为方向的学术哲学。哲学是什么，可以用中国传统的"文史哲艺"话语（discourse）来说。文之本同末异，史之实录直书，哲之原道析理，莫不如此。至于艺言其概，以此概乎彼，以少概乎多，在语义通分层面，其 what 理论首当其任。

[①] 李幼蒸：《列维-斯特劳斯文集》中文版总序，2005年12月，该文集的书目有17种，由中国人民大学出版社出版。

对是什么的追问是人的本质所在。是什么之什的左半部是一个直立人的象形。人是在自然界发展的一定阶段上出现的，是由古猿进化而来的。在生物分类学上，人类属于脊索动物门、脊椎动物亚门、哺乳纲、灵长目。灵长目中的猿类是人类的近亲。就动物分类来说，人类是动物种群中的一个特别部类，学名"智人"。现代人类学将人类区别为黄（蒙古）、黑（尼格罗）、白（高加索）人种。"人类认识史表明，人要在观念上形成一个与自然界相区别的'人'的概念，人自身与自然界的区别必须达到一定程度。"①

在王充的时代，人类无疑已经达到了自身与自然界相区别的程度。王充站在无神论的立场上对什么是人做了回答。王充在《论衡》中说，人死不为鬼，"计今人之数不若死者多。如人死辄为鬼，则道路之上一步一鬼也"（《论死》）。疑问代词"什么"之"什"与动词"计今人数"之"计"的基因金为"十"。以"十"为基因的单音义符在"什"与"计"那里发生了一定程度的变异。"什"与"计"因其左部组合件单亻旁和讠旁而区别，正如人的性染色体 XY 和 XX 而区别。

零和博弈又叫零和游戏。以"十"为基因的单音义符在"什"与"计"那里发生的变异不是零和游戏，而是双赢游戏。更进一步说，以"十"为基因的单音义符在进入"是什么"与"为什么"这两个三音义符时也没有发生零和博弈。"为什么"的问题比"是什么"的问题更深入，它要求人有更为发达的抽象思维能力。唐肃宗乾元二年（759年）春天，李白因永王李璘案，流放夜郎，取道四川赶赴被流放之地，行至白帝城时，突然得到自己被赦免的音信，惊喜交加，乘舟东下江陵，有"两岸猿声啼不住"之诗句。我们由此推测，在李白的时代，三峡两岸无疑还是猿类的栖息地。

12. 学习

学习得有可学的东西。有自然性的东西，有非自然性的东西。自然性的东西，如牛、鸟，皆动物也。非自然的东西依附于自然的东西。例如"物相杂，故曰文"之文物就依附于从牛之物。从牛之物本指牛，后来泛化为万事万物之物。"学习"之习的繁体"習"中有自然的东西。"习"是一个不作简化偏旁用的简化字。"習"之羽（feather）是自然的东西，但"習"已经不是纯粹的自然的东西了，"習"中包含着生物体为了生存而进行的主观努力。

中文符号"習"中有鸟翅或 bird 之羽毛。《礼记·月令》中使用了双音义符"学习"。它没有说人在学习，而说"鹰乃学习"。朱熹的四传弟子，元代理学家陈澔在《礼记集

---

① 《中国大百科全书》（第二版），第18卷，第350页，中国大百科全书出版社，2009年。

说》中特别以"雏学数飞"阐述雏鹰学飞。雏鹰在白日下展翅习飞，故习从白。英文词 birdwatcher 意谓观鸟者。例如，英国著名科普作家马特·里德利在孩提时代就是一个全然入迷的观鸟者。马特在牛津大学攻读动物学，对雉有专门的研究，1983 年获得博士学位。

中文符号"学"的繁体是"學"。"學"是甲骨文中出现的一个字符。作为一个简化偏旁，"學"的上部符形十二画，简化后成为五画。"學"与"教"符咸有子，此子可教，故學下子乃学子，學上爻乃学具。學象形大人执爻教孩子于膝下。和偏于适应自然生存练习的鹰之学习不同，士子的学习偏于教学传承之博习、吐故纳新之修习，乃至持续不断地温习、复习。学习是形象思维，"习习笼中鸟，举翮触四隅"之诗句是形象思维。但鸟概念已趋于抽象。

鸟概念是抽象的，鸟形象不是抽象的。"习习笼中鸟"中的"习习"，"举翮触四隅"中的"翮"皆用"羽"毛提示或指谓鸟的动作和形态。文学性的形象思维有助于把握和提升逻辑性的概念思维。就思维逻辑而言，鸟是个概念。学习者学习了"鸟"这个概念，知道了鸟的共性是体温恒定，全身有羽毛，于是，就从概念层面掌握了鸟。然而鸟羽之共性容易习得，其体温恒定之共性常常不会被人注意，鸟类学家却不会放过后者。中国十二属相之第十是鸡。鸡从鸟。鸟类学家根据以上两条共性判断，鸡由鸟类驯演而来。

"习"之鸟为动物，"学"之子为人物。学习涉及人与物的互动。人也是动物、生物，故古人用"物相杂"说文。人学与文学有异同，正如人与文有异同。说文学是人学，所强调的是"情境理性"（situated rationality）。人的学习结合着情境理性，正如学习的类别结合着学科理性。情理性的境界分三个层次：其一是登高望远，这是物理学（physics）层面；其二是呕心沥血，这是生理学（physiology）层面；其三是顿悟发明，这是心理学（psychology）层面。物理学有空间基础，空间基础结合着地理学，登高望远层面结合着走万里路。生理学有身心基础，身心基础结合着健康的体魄和崇高的目标，呕心沥血层面结合着读万卷书。心理学有健全的精神和意志，只有在走万里路和读万卷书的完美结合之后，才会有"蓦然回首"之顿悟和"那人正在灯火阑珊处"之发明。

学习要不断获得意义，有意义的学习伴随着对符号的感悟。例如，就音符而言，"學"的上部符形涉及对两个篆文部首的辨析。就学习经验来说，舂之臼用来舂米，故许慎说學发臼声。许慎的判读可能有错误，他极有可能因形近音，似将作为"叉手"的符号与作为"舂米"的"臼"符搞混了。"叉手"符是《说文》的第 67 个部首，而"臼"符是《说文》的第 259 个部首。学习要多读多练，多练要多动双手，故"學"符用双手持爻教子会意显而易见。

马特·里德利的学习经验属于生物学。相对于物理学，生物学诞生较晚，但发展很快。生物是有生命的物体，有生命的物体具有基因，故植物、动物和微生物都有基因。更具体地说，马特·里德利的学习经验就学历而言更集中于动物学。动物体与生命体有同异，正如人体与动物体有同异、文体与人体有同异。直到获得博士学位为止，马特的学习经验更多的集中于鸟类。鸟类的鸟，就是上文所谓"习习笼中鸟"的鸟。里德利研究鸟，研究动物，研究生物，但他并没有把自己拘束于笼中，而是让专业与写作碰撞，并产生能量。"学"从子，"博明万事为子"，生物学虽然是从博物学中分化出来的，但生物散文写作却紧紧地依附于生物学科普，正如经济散文写作依附于经济学科普。

中国晋代文学家左思用"笼中鸟"比喻"穷巷士"，进而言及自己的仕进之路充满枳棘，无路可通。里德利是动物学博士，在学习和研究的道路上，他有正迁移和负迁移两条道路可选择。这里所谓迁移，是指先前的学习对后来学习的影响。动物学乃至生物学是科学学科，正如文学乃至哲学是非科学学科，这是就异而言。如果对科学的学习和钻研只讲异，不讲异中有同，那动物学乃至生物学是否会陷入"落落穷巷士，抱影守空庐"之境地。

里德利在获得动物学博士后的学习和钻研不仅讲异，而且讲异中有通、异中有同。教育学中的学习理论，正如生物学中的生理学论。"生物的个体都进行物质和能量代谢，使自己得以生长和发育。各类生物都按照一定的遗传和变异规律进行繁衍和进化。生物体的主要成分是：1. 带有遗传信息的核酸，区别为脱氧核糖核酸和核糖核酸；2. 在结构及功能上有重要作用的蛋白质。"不但植物和动物有这两种成分，而且微生物亦有此两种成分。"病毒也具有这两种成分。当然，病毒的信息遗传有赖于寄宿细胞。"[1]

里德利的学习和学问中也有两种成分。一种成分是学术的，特别是理科学术的，这包括上文中所谓生物学、生理学乃至心理学。另一种是非学术的。如果说学术的是科学的，那非学术的是非科学的。里德利"在写毕业论文时发现自己对写作的兴趣已超越科学研究。他因此离开学术界，加入《经济学人》（The Economist）。他在那儿工作了9年，起初是一名科学通讯记者，之后成为科技编辑，后来成为驻华盛顿记者，在美国工作。1996年，他成为国际生命研究中心的创会主席，该组织以基因的科研与教育闻名"[2]。

里德利的学习和学问是基因与经验的交汇，先天与后天的交融。在学习理论层面，基因学的科研与教育融汇在"學"符中。"学之为言觉也，以觉悟所不知也。"这是两千多

---

[1]《辞海》（缩印珍藏本），第4册，第2085页，上海辞书出版社，1999年。
[2]［英］马特·里德利：《先天后天：基因、经验及什么使我们成为人》（第四版），第239页，黄菁菁译，机械工业出版社，2015年。

年前中国古人对"学"的悟解。中国古人既以手持爻教授学子于操练学习，同时也以"心生而言立，言立而文明"之语文启迪士子。里德利的基因学教育充分利用文科融汇理科，用基因学拥抱人学。例如，他在《先天后天：基因、经验及什么使我们成为人》的第七章所列的标题是"学习经验"。他所谓学习经验是什么？他的引文为我们的理解提供了线索。他提到了俄罗斯著名作家屠格涅夫1862年创作的《父与子》。

这个"子"使我们想到了"學"符下部所从子，当然，我们也可以将这个子理解为人或人学。人是什么？屠格涅夫这样写道："无论在灵魂上还是在身体上，所有的人都是相似的。所有的人都有着结构相似的大脑、脾脏、心脏和肺部；所谓的道德品质在我们所有人中也是一样的——细微的差别并无大碍……道德病是由于错误的教育所导致的。自童年时起，人们的头脑里便被塞入各种垃圾，简言之，社会的混乱状态导致了这一切。实行社会改革，那些道德病便会销声匿迹。"（《父与子》）如果说"學"符下部所从子就是《父与子》之"子"，那里德利所致力阐述的基因学之基因就是《父与子》之"父"。我们也可以更进一步延伸，学习的基因是先天的《父与子》之"父"，学习的经验是后天的《父与子》之"子"。先验基因是一个受教于经验父亲膝下的幼子。

第四章　天人哲理与文化教育

培养与圈养。nurture 与 culture。文化是人类独有的基因，是超出猿类的灵性。无机之护养与有机之异养。不同而一的人伦。元伦理与宗教伦理教育。德尔图良的神与荀子的礼。哲理发纤秾于简古，天人寄至味于淡泊，风骚之情引诱、揶揄人性。

13. 培养

西文符号 nurture 有关于养。至于是什么养，这就很复杂了。养发羊音。"羊"是《说文》的第114个部首。许慎引孔子的话说，"牛羊之字，以形举也"。在动物学的分类上，羊属于哺乳纲，牛科。羊是牛科分布最广、成员最复杂的一个亚科。"以形举"的羊符也有两个亚形，这两个亚形的形状和"羊"符略有差异，它们分别作为部首被《新华字典》列出。尽管它们形状有差异，但笔画数咸为六，《新华字典》最新之部首在第143个将其并列。

羊是富有营养的家畜。在西文里，营养之养用"nutrition"表达，正如培养之养用"nurture"表达。西文里还有一个术语"culture"亦有关于种植之养。在中文世界，繁体"養"和简体"养"意义是相通的，正如在西文世界 culture 之养与 nurture 之养是相通的。种植之培养使用土壤，nurture 之护养采用圈养。许慎说：圈，养畜之闲也。闲从木。圈闲是护养家畜的栅栏。工欲善其事，必先利其器。中文世界之培养着重种植之养，其圈养着重畜牧之养。圈养之圈发卷音。卷音之卷的上符是《辞海》的第 191 个部首。"卷"之上与"养"之上有别，正如"養"之上与"養"之上有别①。

关于养，很容易使人想到文化教养。如果说 nurture 作为一个一般符号学术语，其意义是教养，那 culture 作为一个非一般符号学术语，其意义是教养出来的文化。莎士比亚在他的剧作《暴风雨》中用活生生的人物寓托出深刻的哲理。他在该剧的第四幕让普洛斯彼罗说："一个魔鬼，一个天生的魔鬼，教养也改不过他的天性来，在他身上我一切好心的努力都全然白费。"这里的"他"是指该剧中的另一个人物卡列班。在莎翁笔下，卡列班似乎不配有人的本质，他是顽冥不化的动物性先天，而普洛斯彼罗是人文教化之后天。

人性是先天的，还是后天的？如果是先天的，那他是自然的吗？如果是后天的，那他是非自然的吗？里德利在他的"绝对值得一读"的科普名著的书名中并没有使用"先天后天"这样的术语，他使用的是"nature via nurture"这个措辞。如果我们是莎翁笔下的半人半兽的卡列班，那么，我们可以将这个措辞中的 nurture 理解为圈养。如果我们是莎翁笔下的具有人文主义精神的普洛斯彼罗，那么，我们可以将这个措辞中的 nurture 理解为培养。

里德利书名中的 nature 已经深入遗传基因，其 nurture 中不但有学习经验，而且深入于文化之谜。里德利不是莎翁，但他的科普著作中浸润着包括莎翁在内的英国乃至欧美的文化基因。不管我们是具有人文主义精神的普洛斯彼罗，还是半人半兽的卡列班，反正我们是被圈养在生物圈中的不安顺者。是什么使我们不安顺，这种不安顺有什么好，有什么不好，这都是问题。

反正我们是被圈养着的，圈养是对畜生乃至动物而言，培养是就有机物乃至植物而言，营养是就动物乃至所有生物而言。生物圈（biosphere）里的生物按营养级生产食物，初级生产者被称为自养性生物，它们同时把来自太阳的能量和来自无机物的能量进行综合培养转化，从而生产出有机物。绿色植物的光合作用是生物的基础，其次是吃植物或藻类的生物，再次是以草食性动物（如牛羊）为食的肉食性动物（虎豹）。以此类推，自

---

① 在意义上，"养"与"養"同。在形状上，"養"是"養"的讹变。

然界培养出庞大的食物链。

与其说我们是被圈养的，不如说我们是被培养的。动物体乃至人体内一般来说没有叶绿体，所以不能进行光合作用，当然也不能直接利用无机物来培养有机物。动物体乃至人体虽然不具有自养性，却具有异养性，它们能从外界摄取现成的有机物和其他营养物，并使其培养转化为自身的营养和能量。就此而言，里德利所谓"nature via nurture"还可以再提升，即从偏于遗传学的理科向偏于文艺学的文科提升。实际上，里德利已经这样做了。

培养是全方位的养育、养护，里德利"nature via nurture"的主题应该也有这个意思。中国古人说"物相杂故曰文"，这个"物"是包括了生物学之物在内的万事万物，当然也包括了诸如莫里斯这样的现当代符号学家所谓"生物学行为主义"之物。经由养护的自然是基于包括辩证唯物主义在内的唯物主义之物。这种物如果是植物，那它是可以从无机物那里呵护出有机物的自养物，这种自养物是更接近客观的自然。这种物如果是动物，那它是不能直接从无机物那里呵护出有机物的异养物，这种异养物是次一级的客观（nature）。这种物如果是人物或文物，那涉及文化（culture），情况就复杂了。

如果说人物（personage）的培养是立足于生态学的农业和工业之文明，那文物的呵护是立足于历史学的心理和哲学之文明。文明与文化相通，中国古人所谓"心生而言立，言立而文明"之古训与里德利的基因生物学理论乃至文化哲学理论是相通的。"一个新生儿来到这个世界上，不仅继承了一套基因，也从经验中学习了很多文化。当然，他还习得了其他一些东西：相距甚远或很久以前的人们创造的字词、思想和工具。人类主宰了地球，而大猩猩则濒临灭绝，其原因并不在于我们有5%特殊的DNA，不在于我们学习关联理论的能力，也不在于我们能以文化的方式活动，而是在于我们跨越时空积累文化和传递信息的能力。"①这是里德利的说法。

人类不但有跨越时空积累文化的能力，还有刻苦钻研不断探索未知世界的能力。前沿研究发现，大约500万年前，人类和黑猩猩由共同的祖先形成分支开始独立进化，人类的Y染色体是在CD24L4基因的拥戴下获得的，黑猩猩体内没有人的这个基因，所以后者的Y染色体与人的Y染色体有别。《自然》周刊的一篇报告更具体地说，人类Y染色体和黑猩猩Y染色体的差别约有30%。②

---

① [英]马特·里德利：《先天后天：基因、经验及什么使我们成为人》（第四版），第168页，黄菁菁译，机械工业出版社，2015年。
② 百度百科"Y染色体"词条。该词条由章静波研究员认证。

就科普而言，有两种自然，一种是经由 nurture 养护而来，另一种是经由 culture 护养而来。里德利在他的科普名著的第八章融汇了英国哲学家约翰·洛克的人学理论和美国学者 Adam Kuper 的文化人类学理论。他说："文化这个词至少有两种含义。它可以指高雅艺术、鉴赏力和品位，例如歌剧。它也可以指仪式、传统和民族特色，例如在鼻子上穿根骨头围着篝火跳舞。这两者之间有一个交汇点：人们身穿礼服端坐着欣赏《茶花女》，这就是鼻子上穿根骨头围着篝火跳舞的西方版本。"文化这个词浸濡着法国、德国和英国的三个具有世界影响的运动的基因：第一个是法国启蒙运动。La culture 的意思是文明，一个对进步的普遍衡量标准。第二个是来自德国的浪漫主义运动。Die Kultur 是德国文化所独有的民族特征，也是日耳曼精神最初的精髓。第三个是在英国兴起的反对达尔文主义的福音运动，它所谓文化是指人类独有的、超出猿类的灵性。①

14. 伦理

在汉语世界，"伦理"这个双音义符源于儒家的经典。儒家推崇礼乐。《礼记》之《乐记》说："凡音者，生于人心者也；乐者，通伦理者也。"在西语世界，源于古希腊文和拉丁文，有一个指谓习惯或风俗的词，英语继承传统，用五六个字母拼写它。如果用五个字母拼写，即 ethic，意谓"伦理"；如果用六个字母拼写，即 ethics，意谓"伦理学"。伦理与生理有异同。伦从人，故伦理有关于人伦。伦的繁体是"倫"。倫之侖从亼，亼是《说文》的第 181 个部首，是古集字。文字学家说，亼为三合，侖为倫的古字。伦理之三合涉及人与人、人与社会、人与自然之间的道德关系。伦理学，特别是规范伦理学的目的是要提出一种好坏是非的标准，以此规范人的言行。

就其异而言，伦之从人，正如类之从犬。人类与兽类异。在兽类中，马类与牛类亦有不同。故荀子说："马鸣而马应之，牛鸣而牛应之。"（《不苟》）然而，就意义而言，"伦"与"类"亦有同，例如，在"不伦不类"这个成语中，"伦"与"类"的意思就大致相同。思想史专家说："荀子在古代思想史与古代儒学史上的地位，颇类似于希腊古代的亚里士多德。如果说二者之间同中有异，则所异者也即是古典的古代与维新的古代在思想上的差异的反映。"②

在古典的古代，亚里士多德认为，伦理所要研究的是人的行为及其品性。伦理学既

---

① [英] 马特·里德利：《先天后天：基因、经验及什么使我们成为人》（第四版），第 168 页，黄菁菁译，机械工业出版社，2015 年。
② 侯外庐、赵纪彬、杜国庠：《中国思想史》，第一卷，第 550 页，人民出版社，1957 年。

要尽其才于自我实现，又要尽其性于人类社会的精神。在《尼各马可伦理学》中，亚里士多德综合前人伦理思想成果，运用经验和理性的方法，深入论述了人伦道德行为诸环节。道德之德从心，心之官则思："人生应该思想高尚，为友谊和正义事业采取行动，追求不朽。"伦理之理是理性的，人应该尽力升华自己的精神，"遵循理性而生活，直至达到对真理的沉思，实现神性的生活，成为'人中之神'，这才是最高的幸福"。[①]

在维新的古代，荀子认为，"不同而一"的"人伦"（《荣辱》）道德不但与"法之大分、类之纲纪"（《劝学》）之礼论相通，而且也与"言必当理"之理论、"事必当务"（《儒效》）之史论、"天行有常"（《天论》）之天论相通。然而，他又说，能够"明于天人之分"的人，才算得上"至人"（《天论》）。关于伦理学，古典的古代说的是 moral philosophy，维新的古代谈的是 moral thought。thought 是思想活动，涉及心性之知，"知不务多，务审其所知；言不务多，务审其所谓；行不务多，务审其所由"（《哀公》）。

荀子所谓"审"意谓反思。在古典的古代，埋藏在古希腊文乃至古拉丁文中的伦理学和道德，虽然指谓风俗习惯，但是"个人和团体的伦理学和道德却不仅仅在于他们依照习惯或风俗而行事，也在于他们认为这样做是适宜的、正当的或必需的。一个人可以不经过任何反省的思考而做出习惯的行为，但伦理学总是要涉及对该行为的反省的评价或处置的"[②]。两千多年后，古典的古代的后继者提出了一个名为"元伦理学"的名词，"元伦理学"之"元"回光返照于"侖"这个符号。在维新的古代，"侖"是可分析的，侖之下部形状是一个可识读的符号。这个符号所从的"冂"（jiōng）指谓空间，空间的空与"孔"音同，故《玉篇》训侖之下符为"孔"。

这个孔，就是孔明的孔。人伦之明作为孔明。三国时期的诸葛亮，字孔明。明与亮呼应，而"孔"是什么呢？孔从子为幼儿，幼儿头上有囟门，囟是象形文，孔是指事字。侖是倫的本字，侖简化为仑，可作简化偏旁使用。人类的伦理有关于人行，人行在下，人首在上。元首的思维统辖着人的行为，所以说，侖者，思也。在汉语世界，元首之首出现在道德之道中，侖思之心出现在道德之德的右下方。

侖思之三合是否也结合着真善美？真善美之真结合着人类的认识主义，没有疑问。真善美之善是否有资格承担人类的认识主义，学术界有疑问。"对于道德名词及道德判断的含义，以及证实这些判断的方法，元伦理学学说中有两种不同看法，即认识主义与非认识主义。道德名词是否就是用来表明世界上的种种特性的？道德的判断是否就是一种知

[①]《中国大百科全书·哲学》，第1058页，中国大百科全书出版社，1987年。
[②]《不列颠大百科全书》（国际中文版），第6卷，第136页，中国大百科全书出版社，1999年。

识？对这些问题，认识主义者持肯定态度，非认识主义者持否定态度。"①认识主义的肯定强调真与善的联系乃至相通，非认识主义的否定强调真与善的区别或不同。

在维新的古代，今日英美伦理学所谓元语言分析的大部分内容似乎都可以涵盖在孔子和荀况的"尽善尽美"和"美善相乐"范围内，而非认识主义这个概念则涉及不同于孔、荀的老、庄。由此而来，认识主义与非认识主义的争论，亦延伸至自然主义与非自然主义。关于元伦理学的认识主义可分为两种："直觉主义（非自然主义）与自然主义。二者的基本区别在于：前者肯定道德名词所指的对象和道德判断所构成的知识是伦理学所特有的，因而不能归结为自然科学的对象和知识；后者否定其特有性，并将其归结为自然科学的对象和知识。"②元伦理学的认识主义与老庄孔荀思想有交错。

老子没有说自然主义，但他主张"道法自然"。老子在他的五千言中多次使用"善"。例如，他说："天之道，不争而善胜，不言而善应，不召而自来，繟然而善谋。"（《七十三章》）老子在天道无为的理念上使用"善"，这和孔子的"善"的理念完全不同。老庄可以被认为是维新的古代的自然主义者，其理由是他们发明了颇具有道德意味的精诚之真。例如，《老子》说："孔德之容，惟道是从。其精甚真，其中有信。"（《二十一章》）又如，《庄子》一书，强调"马之真性"（《马蹄》）、鱼之真性，认为"天人之行，本乎天"，人应该像马和鱼一样回"反（返）其真"（《秋水》），此真即天真。这种天真，就天而言是自然主义的；就真而言，是认识主义的。

元伦理学将直觉主义归为非自然主义，并解释说，直觉主义的认识主义认为基本的道德名词表明事物的一种非自然的、难以确切表达的性质，但这种特性本身是可由直接的直觉来把握的。在维新的古代，直觉主义使人想到老子所谓"致虚极，守静笃"（《十六章》）、庄子所谓"疏瀹五脏，澡雪精神"（《知北游》）；直觉主义的认识主义也使人想到老庄道德哲学的"精诚所至"之"真"（《渔父》）。"自然主义的认识主义认为道德的属性和经验的性质本是一回事。并没有所谓道德性质所寄居的本体世界，更不需要有一种专门的认识来说明道德性质。道德判断乃是一种经验的命题，和其他的科学的命题一样，可以同样用自然科学方法或经验来证明。因此，道德知识是自然科学的一部分。"③自然之道立足于"道法自然"之真，此真是受于天之真，是不可易的自然主义。自然之学立足于"法天贵真"之言觉。言觉之言自然地出现在认识中。如果说言觉之学是认识主义，那"法天贵真"之言觉是自然主义的认识主义。

---

① 《不列颠大百科全书》（国际中文版），第 6 卷，第 136 页，中国大百科全书出版社，1999 年。
② 《不列颠大百科全书》（国际中文版），第 6 卷，第 136 页，中国大百科全书出版社，1999 年。
③ 《不列颠大百科全书》（国际中文版），第 6 卷，第 136 页，中国大百科全书出版社，1999 年。

15. 神学

神学是有关神的科学，正如人学（homonology）是有关人的科学。人的宗教思想有关于神。就符形而言，神学之"神"的左部与宗教之"宗"的下部有呼应，故神学能成为研究宗教思想的学科。但宗教思想立足于宗教史，其中有观察和经验之总结，而神学却不讲客观观察，并少有经验性分析。"示"这个符号具有社科的宗教意义，故它能够成为理解神学的一把钥匙。"示"有五画，正如"theos"有五个字母。当"示"出现在"神"的左部时，它只有四画。无独有偶，当"theos"（god）出现在"theology"时，它也被缩减为四个字母。神学家托马斯·阿奎那认为，神学分为自然神学和启示神学两部分。神学的启示正好呼应了汉语世界四画或五画的这个字符。天垂象，示吉凶涉及人与自然环境之间的伦理关系。

神学的自然可以结合"申"这个符号理解。当然，神学与自然科学有异同。古罗马学者瓦罗（M. T. Varro）说神学是"荒诞不经的，同时也是自然的、平民的"。的确，神学是自然的，作为神的本字的申是自然的。就其同而言，"申"是神的基因，正如"theos"是 theology 的基因。神学对 god 进行把握，正如 logos 对"自然"进行把握。中国甲骨文研究史上有一个人叫叶玉森，他只活了 47 岁，却颇有创获。叶先生结合《说文》研究"申"，发明了神的自然意义。许慎说，籀文虹从申，申就是阴阳激燿之電（电）。叶先生说，甲骨文中有一个阴阳激燿的符形，表示的就是"申"的意义。

相对于自然科学发现之艰难，神学家却似乎信心满满，他们认为神的启示和人对真理的感悟犹如雷击电闪。启示乃是一种深刻的体验，伴随着全新的感知世界之方式并以此来了解人类生命存在的地位。万物以新的关系和深度来领悟，而自我认知的视域也被拓展。旧的价值为新的所取代，在世界上也有了新的自我去向。启示所获得的感受具有类似于天赋的特性，但它又不是天赋。它似乎也"不是人类研究的初步结果，而是某一实体向人自我显现"。当然，神学的启示永远都不能"被理解为是现成的或完备的真理"，应该知道，"启示也同时赋予接受者探索、解释和发挥之任务"。[①]

神学与宗教学有异同。笔者晚年痴迷于综通研究，至 65 岁才感受到了综通之综的宗教学，乃至宗教伦理学意义。"宗教伦理以调节人神关系为核心，并从神的旨意和宗教修行等角度涉及调整现实生活中人与人之间关系的问题。力求在神和人的神圣性与世俗性、超越性与规范性、自律性与他律性、功利性与道义性诸方面的冲突中寻求解决的途径。其

[①]《大美百科全书》（中文版），第 26 卷，第 428 页，外文出版社，1994 年。

社会作用主要体现为通过宗教诫命和道德感化影响信众或教徒。"[1]世俗地说，人是衣食动物。综通之综所从糸提示食衣之经济基础。高雅地说，人也是有信仰的动物。宗教之宗的下符指谓天神之示。在西语中，作为示的 spirit 和 inspiration 同脉。人学中的 spirit 与宗教神学之 inspiration 互通。

然而，作为 god 之神与作为 spirit 之神却有着极大的区别。西方神偏于前者，中国神偏于后者，这是就固有的宗教文化而言。黄老乃至老庄学影响了中国的宗教文化，故后来的所谓"幽赞神明""神道设教"（《原道》）立足于仙人之真。如果我们以希腊字原来代替英文"theology"，那神学应该是"god-science"。在古希腊，没有上帝科学，只有爱智的哲学。苏格拉底之前的哲学偏于自然神学，故其已经使用 logos 和 nomos 等词汇。希腊思想进入《圣经》传统之后，古希腊神话和哲学演化出阿奎那的神学。

在中国，自然"申"的精神可以"妙万物而为言"（《说卦传》）。自然神学之"言觉，以觉悟所不知也"（《白虎通义·辟雍》）。故由"申"主导的神最初是由雷电激活的、具有人格意志而又不受自然规律支配的"怪物"。就道法自然而言，它具有某种科学精神，就超自然而言，它是主宰自然界和人类变化的天神。约出于魏晋之际的中国道教经典《黄庭经》就执持此说，主张人身各部位均有神仙真人居住，人应该进行存神守一、宝精爱气之修炼。此说与古代生命科学和脏腑理论相结合，成就了具有中国特色的神仙学和中医学。

综通之综的宗教学偏于神学。此学有"规矩度量可得而共，非特难为也"。只是西方的基督教神学在中国"好之者寡"。世界上虽多有"通才达学"，但罕有西中古今之融神者。即使有信心，"而未必能综于此耳"（《九章算术注》序）。综通之综之糸和宗教学之宗之宀（mián）强调神学的人本性。中国道教认为，不仅宇宙间有神，而且人本身也有神，人体的五脏六腑、百节四肢无不有神。世俗的人要活下去，就必须考虑衣食住行，超自然的神也有衣食住方面的问题。超自然的神住在天上，谓之天神。天神住在天宫里，正如普通人住在屋室里。天从一、大。大，大人也。天大、地大，人亦大，所以说，天人合一。天神生活在天上，人神生活在人体内。

受道法自然精神的影响，神的意识既渗透在中国人的观念内，亦浸濡于中医学的典籍中。人本身是先天与后天交互作用的产物。先天论者偏于基因论者或遗传论者，后天论者偏于环境论者或经验论者。《灵枢》第八之《本神》篇所谓"生之来谓之精，两精相搏谓之神"，说的是父母双亲的生理精神细胞会经过遗传赋予后代。因此，遗传而来的先天之精是产生神的根源。《灵枢》第三十三之《平人绝谷》篇说："神者，水谷之精气也。"

---

[1]《中国大百科全书》（第二版），第15卷，第8页，中国大百科全书出版社，2009年。

《黄庭经》说:"仙人道士非有神,积精累气以为真。"这里强调人神需要得到后天水谷之精微来滋养,即通过饮食化生出"气、血、精、津、液",从而维持生命活动之真。

后天水谷之精微不断地供给营养于人体,同时也保证着人神的正常运转。用科学的话来说,这个"神"是指"nerve",不是指god。神经学之科学与上帝科学有异同。虽然说上帝科学承认自己是宗教学,这已经很进步了,但上帝与科学依旧关系紧张。哲学与科学同脉,源于以雅典为中心的古希腊。上帝与基督教观念同脉,源于耶路撒冷。拉丁神学之父德尔图良(Tertullianus)就曾经用批判的口吻质问:"雅典与耶路撒冷何干?"德尔图良认为:人的理性有极限,人要冲破这个极限,就要以信仰作为指南,来发展人生的未来。人的本性和能力,除了观感,还有理性。在理性之上,还有信仰(belief)。人之观感所不能达到的极限,有理性可以补足。在理性所不能达到的极限,其信仰可以补足。德尔图良和荀子一样,认为人从出生时开始,恶就在本性中。而且,这种恶持续传播给全人类。

当然,德尔图良是神学家,而荀子不是神学家。德尔图良以"神"为中心的理论是宗教神学的,荀子以"礼"为中心的学说是伦理道德的。在东方,佛教传入中国后与儒道融合催生出禅宗。例如,南朝梁著名禅宗人物傅翕(497—569)著《心王铭》,其所表达的理念力图将佛教的彼岸世界与时间的此岸世界统一起来,但非佛教的世间法与佛教的出世法实难融合,因为前者以富贵功名为目的,而后者却以成道的智慧,即般若性解脱为依归。二者实难双全。

16. 风骚

哀怨起骚人。何为骚人?骚人,风人也。说骚人是风人,是就其共性而言,因为此二者都是诗人。更进一步,由于诗也属于广义之文,故诗人也是文人。物相杂,故曰文。物从牛,正如骚从马。骚发蚤声。蚤从虫,正如物从牛、骚从马。诗可以兴,风动虫生,摇荡性灵,洞察民意,非风人何以驰其才?诗可以怨,骚动愤懑,怨刺其上,奇文郁起,非骚人何以骋其情?

最初的"风"的符号是怎样的?在《铁云藏龟拾遗》中,有一个字符被《汉语大字典》系联于它。它是一只凤鸟的象形,外加一个"凡"。《卜辞通纂》认为,"凡"是槃之初文。凤鸟展翅飞翔,像一个槃子一样飘浮于空中,我们的祖先是否以此象形后来《齐物论》所谓"大块噫气,其名曰风(wind)"?无论繁简,大块噫气之"风"与凤鸟之"凤"都有异同。"凤"是一个不作简化偏旁用的简化字。"风"是一个可作简化偏旁用的简化字。

"凤"是一个甲骨文字根,"风"不是甲骨文字根,后者是《说文》的第 474 个部首。李白的《古风》,呼唤大雅之正声,认为"自从建安来,绮丽不足珍"。弥足珍贵者,骚人哀怨文。愈欲新诗文,愈欲"复元古";愈欲有所立,愈欲"贵清真"。风骚哀怨之文,有仙风道骨之神圣意,"学语仙圣语,当思仙圣何所有,有仙圣胸中所有,称心而言,不已足乎。"(宋大樽《茗香诗论》)①

春风拂草色,皓月泻松光。山水诗人最先感悟到"风光"之迷人,故谢朓有"日华川上动,风光草际浮"(《和徐都曹》)之名句。《沁园春·雪》以"雪"为题,但并非"风花雪月"之雪。千里冰封中的"北国风光",亦非"风光草际浮"之春日风光。前者雄阔豪放,后者圆美流转。二者岂可同日语?

《沁园春·雪》可以和《江雪》比照,"北国风光,千里冰封,万里雪飘"十二个字,可以和"千山鸟飞绝,万径人踪灭"十字比对理解。这里都使用了"千"和"万",前者用"万里雪飘"点题,后者的点题出现在"独钓寒江雪"最后二字。"独钓寒江雪"在前,"卷起千堆雪"在后。在"卷起千堆雪"文字前有"乱石穿空,惊涛拍岸"。在"千里冰封,万里雪飘"文字后有"望长城内外,惟余莽莽;大河上下,顿失滔滔。山舞银蛇,原驰蜡象,欲与天公试比高"。《沁园春·雪》刻画了秦晋山河雪原之风光。

五言绝句《江雪》只有二十个字,其中最后一个字是"雪"。虽然只有一个"雪"字,但铺天盖地之雪已笼罩了一切,给人的感觉是,到处都有雪。千山之雪、万径之雪虽然已经使鸟飞绝、人踪灭,但依旧有孤舟在江上,船篷上落满了雪。孤舟上依旧有一个专心垂钓的蓑翁,蓑笠上也落满了雪。

《沁园春·雪》与《江雪》不同。《江雪》渲染空寂、清高和孤傲,有某种凛然不可侵犯的味道。《沁园春·雪》使用长短句,故文字容量大于《江雪》。《江雪》的格调是"发纤浓于简古,寄至味于淡泊"。其格有哲理,发纤浓于简古;其寄在天人,寄至味于淡泊。《沁园春·雪》的关键词与其说是"雪",不如说是"风"。诗词六义,风冠其首,怊怅抒情,必始乎风。柳亚子《沁园春·雪》跋说:毛润之此词,"余推为千古绝唱,虽东坡、幼安,犹瞠乎其后"。这应该也是就该词的雄风气概而言。

深乎风者,抒情必显。显乎婉约者,如柳永、李清照;显乎豪放者,如苏东坡、辛幼安。"北国风光"以下十句四十四言,捶字坚而难移,结响凝而不滞,颇得风骨之力。毛润之此词,不但写出了"北国风光",而且能指点江山,结合历史,抒发抱负。苏东坡

---

① 王夫之等:《清诗话》,第 103 页,上海古籍出版社,1999 年。

"大江东去，浪淘尽"诸言似已将豪放推向顶峰，后人难以为继。然而，"长城内外，惟余莽莽；大河上下，顿失滔滔"诸言，异军突起之势，使人神旺于二十世纪。年年岁岁风景似，岁岁年年人不同。至少，"江山如此多娇，引无数英雄竞折腰"两句，其审美价值绝不在苏词的"江山如画，一时多少豪杰"之下。不是英雄所见略同，而是青出于蓝胜于蓝。

毫无疑问，《沁园春·雪》从《念奴娇·赤壁怀古》中吸取了丰富的营养，同时，它也有自己"青出于蓝胜于蓝"之创造。文武不能双全，故"秦皇汉武，略输文采；唐宗宋祖，稍逊风骚。一代天骄，成吉思汗，只识弯弓射大雕"。从风光到风骚，依旧以"风"为关键词，但内容已有不同。文之为德也大矣，德有花容月貌之风情吗？若不让其有，而纯粹强调移风易俗之风教，文学岂不成了道德风化之说教？诗词创作不是这样，所以，即使是豪放词，也要讲风流，也要讲风骚。千古风流人物，宋代人写了。数风流人物，后人依旧在写。词为艳科，以婉约为主，婉约偏于女性之温柔。豪放词偏于男性之雄壮，艳情少了，但并非全无。故输文采、逊风骚的英雄，有过人的豪壮。

在苏东坡笔下，除了雄姿英发之公瑾，还有美人小乔之初嫁。从两性的角度看，《沁园春·雪》的作者也赋予了雪两面性。雪中的景象，长城莽莽、大河滔滔、山舞银蛇、原驰蜡象，欲与天公试比高，这是偏于男性的豪放、雄壮。雪后的景象，"须晴日，看红装素裹，分外妖娆"。这里将山河美景比喻为娇俏的女郎，同时也应合了婉约词风所不应缺失的那种艳丽。

"风骚"这个双音义符源远流长，具有丰富的思想内涵。风骚愈趋于末后，它的人性含义就愈趋于"艳情"。这是一个饶有趣味的问题，已有学者写成专著进行探讨。1964年5月，中国文字改革委员会编辑出版了《简化字总表》，在第二表可作偏旁用的简化字中有"风""丰"列入其中。信阳楚简中有一个字符，为一个人爬在另一个人身上之形，这个字篆化为"色"后，又与"豐"组合成"艷"。闻香知女人，故妖娆的女人香艳。

满园春色关不住，红杏枝头春意闹。风骚辄欲挣脱森严之礼教，故任何社会，不可能没有男女私情。然而，文学以艳情宣淫并不是才华横溢的正道。此情可待成追忆，越轨行为的情欲横流不是男女交往的自由。只是当时已惘然，风骚以幽默引诱、揶揄人性，使男女私情在社会性与生物性之融合中更加活泼自如。就文学风格而言，风骚把持着审美的阴阳平衡。阴性（femininity）文风婉约含蓄，阳性（masculinity）气概豪放雄壮。

第二编　天人情致与基本符论

兼三而五有人行、左右、思在、史操、文德。学问由二而四，由四而八。儒学显，道学隐。物理显，基因隐。情致异区，漩缠涡结。

第五章　左右困惑与思在颠倒

"向"是 window。基因之本：有方无向与有向无倾。政治方向的左与右，文艺理论的左倾与右倾。"頁"是头。页顶左与页顶右。王道与霸道。颠倒与癫狂。我思我在与我在我思。天诚，人知其慭。几、机与天机。聿之所为，离无入有。

17. 倾向

倾向的"向"，就是《诗经》之《七月》中"塞向墐户"的"向"。"向"是甲骨文中出现的一个字符。向之口，指窗口。屋室之 window，朝南的叫牖，朝北的叫"向"。倾向的"倾"之最右部原为"頁"，后来简化为"页"。"页"是一个可作简化偏旁用的简化字，故有从它的"顷"乃至"倾"这两个简化字。英语中的"head"是指包括目、鼻、口等器官的头。在汉语中，三画的"口"如果是指客观的事物，那它就是"向"内的符号；如果它表达人头器官部位，那它是指作为"mouth"的"口"。关于人头上的器官，眼睛简称"目"。"目"上加一"丿"是"nose"，即"鼻"这个符号的上部。"自"上加一"一"等于"目"上加"𠃌"，它也是一个字符，曾作为《说文》的第 325 个部首，现在已经不使用了。这个符号发"shǒu"音。上述不使用的符号，是"頁"的亚门。

作为《说文》第 325 个部首的这个字符虽然已经不被使用了，但它的基因依旧保存在它的同族字符中。如果说《说文》的第 325 个部首是母符号，那由这个母符号孳乳出了两个子符，而且这两个子符一直存活于今。一个是"首"，它与母符同发"shǒu"音，但其形状比母符在头上多了一个"ヽ"。另一个是"頁",它与母符发音不同。"頁"本发"xié"音,俗语"頁顶"之"頁"依旧发此音。著名《说文》研究专家王筠认为,頁本来就是首字。著名甲骨文研究专家李孝定认为,"頁象头及身"。此身的古形是"儿",胎儿头大,頁下"八"是"儿"的异化。

顷与倾的同异,正如頁与頭的同异、倾向(tendency)与倾向性的同异。人的聪明在于开发大脑,开发大脑的方法之一是"识音属文"。倾的本字是顷,中国战国后期楚国有一个顷襄王,他身边就有"识音属文"的人,其中一个叫宋玉。宋玉在顷襄王前谈利说害具有文艺的倾向性。"好乐爱赋"的顷襄王最终被秦将倾国拔郢。我真怀疑"顷襄王"之"顷"是不是暗示着他的命运。"顷"的本义是头不正。顷襄王的"好乐爱赋"没有错,但如果因此而倾向于淫逸奢侈,这就有些头脑不正了。此后一千二百多年,南唐后主李煜也是如此。

倾向是倾心向往。文艺家通过塑造"一顾倾人城,再顾倾人国"的形象来获取人的爱慕和向往。頁挚乳出頭,頭发豆音。頭简化为头。"头"是一个不作为简化偏旁用的简化字。"头"联系着"首"是就道而言,富含道德之首的软件是有倾向的,正如联系着道德和思想的情感是有倾向的。该倾向必须结合陆机和别林斯基的话来说。陆机"论作文之利害"可以拿来言说别林斯基论"艺术利益"。"艺术利益本身,不得不让位于对人类更重要的别的利益,艺术高贵地为这些利益服务,做它们的喉舌。可是,它毫不因此而中止其为艺术,却只是获得了新的特质。剥夺了艺术为社会利益服务的权利,这是贬低艺术,不是抬高艺术,因为这等于是夺去它的最泼辣的力量。"①

陆机论作文之利害,主张意称物,文逮意。文意所称之物就是别林斯基所谓现实生活。物文所逮之意中包含着文艺的倾向性。陆机所谓"文逮意"之"文"可以联系别林斯基所谓"现实的诗歌,生活的诗歌,现实性的诗歌,具有时代真实的、真正的诗歌"来理解。别林斯基说:"在我们的时代,主要是发展了现实诗歌的倾向。"现实诗歌是文,是艺术;诗歌现实是物,是生活。"艺术与生活的密切的结合,难道还有什么可奇怪的吗?一般说来,新作品的显著特色在于毫无假借的直率,生活表现得赤裸裸到令人害羞的程度,把全部可怕的丑恶和全部庄严的美一起揭发出来,好像用解剖刀切开一样,难道还有什么可奇怪的吗?我们要求的不是生活的理想,而是生活本身,像它原来的那样。诗情描写真实,有真实就有诗。"②

---

① 伍蠡甫:《西方文论选》,下卷,第380页,上海译文出版社,1979年。
② 伍蠡甫:《西方文论选》,下卷,第377页,上海译文出版社,1979年。

作家、艺术家从观察生活、选择题材到提炼主题、塑造形象，总会有意无意地伴随着自己的情绪表露和喜怒爱憎倾向。就"意称物"之真实性而言，它就是别林斯基所谓"对现实的忠实"。更具体地说，是这样的："它不改造生活，而是把生活复制、再现，像凸出的镜子一样，把生活的复杂多彩的现象反映出来，从这些现象里面吸取那构成丰满的、生气勃勃的、统一的图画时所必需的种种东西。诗作的伟大性和天才性被限制在图画内容的现实性内。"[①] 就"文逮意"之艺术性而言，别林斯基又说，"艺术首先必须是艺术，然后才能够是社会精神和倾向在特定时期中的表现"[②]。

就创作构思而言，情节是作品的骨骼，细节是作品的血肉，倾向（inclination）是作品的灵魂。"意称物"之"意"有时是有意，有时是无意。有意是非自然而然的意，无意是自然而然的意。有意无意地情绪表露是一种隐蔽的倾向，例如，《组织部新来的年轻人》中就有这种倾向，作者本人称其为"隐蔽的情绪波流"。就此而言，有意无意地情绪表露倾向是不清楚的。

倾向与方向有异同。如果说方向有关于东南西北的客观实在方位，那倾向是不是可以说更有关于人和社会的精神意向。"文艺的繁荣需要正确的方向，而方向的正确也离不开文艺的繁荣。没有正确方向的繁荣不是我们需要的繁荣，而没有文艺的繁荣，正确方向也不过是一句空话。"[③] 在人文领域，如果说方向有关于文学与政治之关系，那倾向有关于文艺与政治之关系。瞿秋白说："云影里的太阳，可以定我的方向。"[④] 就无产阶级革命家而言，瞿秋白有坚定正确的像太阳一样的方向。就政治方向的左倾和右倾而言，云影里的太阳已经被遮蔽，瞿秋白的方向感就未必很清楚。

文艺家是人类灵魂的工程师，故文艺家乃至文艺作品的精神倾向事关重大。可是，精神啊，您在哪里。在工农兵那里吗？1981年起，有了两个取代。一个是文艺"为工农兵服务"被"为人民服务"所取代，另一个是文艺"为政治服务"被"为社会主义服务"所取代。政治与文学有蜜月期，亦有非蜜月期，二者之间关系复杂。文艺是第二自然，故"对于执政党来说，对于一个社会来说，某一类文学作品起着一个安全阀门的作用"。"政治与文学是这样的如胶似漆。政治必然给文学以强烈的关注、影响与指挥，包括必要的整肃，文学可能因之限制了自己的灵动的想象力，自己的语言与结构，自己的价值特色。"作为文学家的人和机缘乃至社会、历史"一直在互相调适，一直会出现错位与误植，

[①] 伍蠡甫：《西方文论选》，下卷，第377页，上海译文出版社，1979年。
[②] 伍蠡甫：《西方文论选》，下卷，第388页，上海译文出版社，1979年。
[③] 王蒙：《八十自述》，第160页，人民出版社，2013年。
[④]《瞿秋白文集》，第1卷，《文艺杂著·荒漠里》，人民文学出版社，1985年。

一直会出现你改变了我与我改变了你，你改变不了我与我改变不了你的情景"。①这是测不准的。

18. 方向

在现实生活中，经常用"箭头"（→）这个饱含信息量的符号标识方向。"箭头"的方向感极强。箭头朝上的方向符号类似于汉字符号"个"。"个"是"個"的简体，它不作为简化偏旁使用。"个"这个符号使我想到"个性"乃至"个性化"，因为我是教授文学的。我知道文艺是个性与共性的统一，个性化要求文艺家塑造出"似曾相识的不相识者"（别林斯基语）。《三国演义》第五十回写曹操败逃时走错了方向，作者没有采用几何学方法叙述，而是借坡骑驴于方向错觉，为塑造具有鲜明特色的人物形象挥洒泼墨。

在汉语里，"方向"之"向"的本义是指"window"。在甲骨文里，"向"符的"口"指窗口。窗是屋墙的"口"，有南北之分，"向"专指"北出牖"。欲分清方向，有必要分清户牖，户是门，牖是窗。牖与窗之异同，正如箭与矢之同异。以竹为箭，以木为矢。在墙曰牖，在屋曰窗。方向是客观的东南西北，倾向可能不是。倾向之倾之顷之"頁"指谓头脑。头脑是思维器官。在大多数情况下，这个思维器官是一个不能弄清楚方向的机器。就矢而言，箭头这个符号具有更原始的意义。箭头的个性使人想到文艺的个性化，个性化之矢射入人类社会的精神世界，正如戈矛之利刃刺入人类社会的肉体世界。人类社会的肉体世界是政治家把持着的，其精神世界是哲学家、文艺家把持着的。此二者之间有合作，也有紧张、对立乃至冲突关系。

做学问必须要有一个正确的方向，还要有一个适合自己特点的方法。17 世纪上叶，法国哲学家笛卡尔为了寻找知识的确定性而发明了一种名为"methodic doubt"的东西。他认为哲学要像几何学那样，先找出完全清晰而明白的真理作为出发点，然后用演绎法，由简而繁推论出一套完整的哲学体系。笛卡尔用方法的怀疑寻求确定的知识，获得思想活动中的自我的存在，此即"我思故我在"。文学家用"入乎其内，又出乎其外的灵动和清醒"寻求属于自己的理趣和审美，获得形象思维中的自我存在，此即"我写故我在"。

文艺是真善美的统一，其方向要真，倾向要善，方法要美。许慎解释"眞"这个字符说，仙人变形而升天。就科学而言，这种解释很荒诞。可是，在科学之真的发源地欧洲，以《方向》为题的一本书，引出了真正的荒诞。该书的封面上就写着："The absurd has meaning only in so far as it is not agreed to。"（荒诞只有在我们接受它时才有意义。）

---

① 王蒙：《八十自述》，第 125 页，第 127 页，人民出版社，2013 年。

真，特别是真理是很难认识的，也是很难把握的。因为人很容易产生各种错觉，例如，《列子》一书载小儿辩日说"日初出大如车盖，而日中则如盘盂"，就是一种形状错觉。再如，地铁之换乘，如果没有各种箭头标识和地铁员工之指导，乘客是很难分清地下之方向的。《方向》是一部荒诞的杰作，它揭示出生命历程的悖谬。"眞"中有"目"，"倾向"之倾的繁体"傾"中也有"目"。后者不但有"目"，而且有"頁"，"頁"是元首，元首是头。人用目把握人生的方向，并用头脑追求幸福，必须实事求是。《方向》的意向不是实事求是，而是荒诞，或者说是用荒诞解释人生的某种真。该书的主人公走到人生的尽头时发现，人生是如此不同，又是如此相同，前一个人在世界上所留下的痕迹，正是后一个人所要努力的方向。

方向与方法有同异，正如辨物与居方有同异。君子谨慎于"辨物居方"（《未济》）。如果说辨物是辩证唯物论，那居方为实事求是的各得其所论。很多文艺家，甚至文艺批评家根本就不喜欢方向或方法这一类概念，他们宁可依靠印象和预感、直觉和顿悟来工作。但是，方向或方法之类的概念却会来寻找他们。

文学是现实的晴雨表，文论也是这种晴雨表，当然，后者的狂妄野心是要对前者把握方向。现代派的方向首先由高行健敏锐觉察到，李陀、刘心武、冯骥才和王蒙等人称赞了他。晴雨表应该"清明"，天知道什么是清明。现代派成了众矢之的。"由于创作了一些新型剧本而初露头角的高行健因病情绪大受影响，他吸烟又多，怀疑自己染上了肺癌，几乎已经在做告别世界的准备，正是此时的出游散心"之灵感成就了他能够获得诺贝尔文学奖之《灵山》。[①]

文学的方向是中国性的，还是世界性的？这是一个问题。中国文学不管是否已经走向了世界，它的根系无论如何还是在传统中，在现实中，在传统与现实的矛盾中。当然，超现实主义、现代主义也取得了相当大的成功。北京大学教授王瑶认为，高行健是真正意义上的后现代作家。在绝大多数汉语作家还忙于从人与人关系的角度对中国的政治文化进行反思时，高行健已经开始从生态视界中看问题，在作品《野人》和《灵山》中，表现出将人文关怀与生命关怀、生态关怀、宇宙关怀统一起来的努力。也有人对高行健提出批评，例如，旅居瑞典的中国作家茉莉说，高行健的作品"漠视中国人民的苦难"，"遗忘中国人民的历史剧痛"，"是消极的个人主义"。高行健剧作《逃亡》的思想方向可作为"犬儒主义的代表作"。应该指出，获得了诺贝尔奖的人应该更能经得起批评。

---

① 王蒙：《八十自述》，第134页，人民出版社，2013年。

19. 天机

中国有个作家，年近耄耋时写了一部叫作《中国天机》的书，其英文名称为"GOD KNOWS CHINA"。该作者姓王，书封面分上下两部分，其上部眉飞色舞地有两个大字"王道"。人是政治的动物，王道是中国的政治哲学主张，与霸道相对。

人也是天人合一的动物。就字符而言，"大"上加"一"为"天"。在甲骨文中，"大"是大人。后来许慎也说"大象人形"。这个人形是指大人。大人与小人不同。小人是"子"。子是幼儿。契文中没有"大人"这个双音义符。契文凸显大人之大是在"大"上多加笔画。最初是多加一个圆圈，后来这个圆圈演化成了一横，反正都指谓头。大人比小人更善于用脑，故天之颠之頁指大脑。大之颠与天之颠不同。大之颠是天，天之颠是无边无沿的宇宙。颠与癫通，苏轼所谓"无功暴得喜欲颠"之"颠"就通于"癫"。苏轼又说"神人戏汝真可怜"（《李公择求黄鹤楼诗因记旧所闻》）。上帝戏弄笛卡尔，使其说"我思故我在"。真是太可怜了！是否应该说：我在故我思？

在老子的时代，甚至在他以前，"大"这个符号已经不作为"man"，而是作为"big"。《老子》说："有物混成，先天地生，寂兮寥兮，独立不改，周行而不殆，可以为天下母。吾不知其名，字之曰道，强为之名曰大。大曰逝，逝曰远，远曰返。故道大，天大，地大，王亦大。域中有四大，而王居其一焉。"（《二十五章》）关于老子的这一段话中的"王亦大"之"王"，傅奕本、范应元本咸作"人"。

天与人的纠葛，正如王与人的纠葛。《老子》书中，究竟是"王亦大"，还是"人亦大"？学者们可以不断地考证。在《中国天机》一书的开篇，有所谓"老王的王道"。"老王"是本书的作者。《天机》一书目录的最前边说，老王要跟读者讲"政治"。政治是王道的现代说法。"王道"这个双音义符源于《洪范》。与"王道"相对的"霸道"义符源于《荀子·王制》。唐代名相张九龄说："王道务德，不来不强臣；霸道尚功，不伏不偃甲。"

鲁迅说："在中国，其实是彻底的未曾有过王道。"中国的王道"看去虽然好像与霸道对立，实际二者却是兄弟"。[①]就政治而言，王与霸之间有玄机。以力假仁者霸，霸必有大国；以德行仁者王，王以仁政治理天下（《公孙丑上》）。儒家的孟子推崇王道贬抑霸道。法家的商鞅却推崇霸道而贬抑王道。

---

① 《鲁迅全集》，第6卷，第9-10页，人民文学出版社，1981年。

荀子的思想介于儒道法之间而稍微倾向儒。荀子的政治《大略》是："隆礼尊贤"就能称王，"重法爱民"也能称霸。治理国家，"义立而王，信立而霸"（《王霸》）。到了西汉，汉武帝主张"独尊儒术"，但他之后的汉宣帝在选拔人才时却反对专用儒生。他说："汉家自有制度，本以霸王道杂之。"（《汉书·元帝纪》）

中国的上帝指谓天神，上天诸神有主宰宇宙之神，亦有主司日月、星辰、风雨、生命之神。神也泛指鬼神。例如，孔子所谓"不语怪力乱神"（《述而》）之神就指鬼神。荀子的"形具而神生"（《天论》）之神不是指鬼神，而是指精神。精神是 spirit，而不是 God。中国的俗话虽然说"天机不可泄露"，但中国人执持天人合一理念。孟子从综合的角度思考天人，认为天是诚，人亦力知其恳，天之道之诚与人之道之恳是互通的（《离娄上》）。人心凝聚于性，此乃天所与我，人应该"尽其心，知其性。知其性，则知天矣"（《尽心上》）。人如果具有天所赋予人的美德，就可以成为贤人。

与孟子用诚整合天人不同，荀子从 nature 的角度"明于天人之分"。他的名言是"天行有常，不为尧存，不为桀亡"。人不应该只是仰慕、颂赞自然的伟大，而应该"制天命而用之"（《天论》）。制天命而用之要把握天机。天机之机的繁体是機，機从幾。幾用双幺指谓细微，用戍指谓兵守。幺发 yāo 音，数词"一"也发这个音。《老子》第《三十九章》的"得一"即"得幺"。天得幺以清，地得幺以宁，神得幺以灵。"幾"这个符号的字面意义是：兵在守卫中看到了微妙的迹象。天机之机的基因中就有这种意义。

"得幺"即得幾。幾简化为几，是可作为简化偏旁用的。《易》这部书包含着象数义理。就象而言，幺是糸，有关于人的穿衣。就数而言，幺是一，有关于数学。就义而言，"幾"这个术语有关于事物变化的征兆，引申为人的行为动机。就理而言，幾有关于几何。不但有关于数理的几何，而且有关于人生的几何。《易传》说："几者，动之微，君子见几而作，知几其神。"（《系辞传》）见几而作就是把握好天机，并采取适当的行动。见微而知著，从微观到宏观。

唐代孔颖达解释"知几其神"说："几者，离无入有，是有之初微。能知有之初微，则能兴行其事，故能成天下之事物也。"几之离无入有，延伸出机之离无入有、天机之离无入有。几之离无入有，关涉哲学的微观和宏观。机之离无入有，关涉科学的无机和有机。天机的离无入有，关涉政治学的王道和霸道。在现代社会，有政治学，有法治学。就中国传统而言，儒家的王道偏于政治学，法家的霸道偏于法治学。霸王道杂合关涉中国天机。

机是依据几得来的符号。中国天机虽然自西方思想，特别是自马克思主义思想进入中国以来，已经发生了很大变化，但万变不离其宗。王道偏于批判的武器，霸道偏于武器的批判。此二者的杂合纠缠于中国二十乃至二十一世纪的历史中。

作为姓氏的"王"是"天子之裔",但不是"king"。故老王的王道不是 king 的王道。老王自己也说,这是姓王的那个人体悟的一些道理,琢磨的一些道理,是老王喜欢讲、一边讲一边掂量,一边讲一边发展的一些道理。老王似乎喜欢王道,不喜欢霸道。"对于霸道,这是老王的致命弱项,老王见识过霸道,也学会了躲避霸道、蔑视霸道,调侃、解构霸道。"①

20. 天书

有文科的天书,有理科的天书。文科的天书是语言文字的,特别是汉字笔画的;理科的天书是生命科学的,特别是西文字母的。《新华字典》第 11 版列出五种一画的、规范的笔形:横(一)、竖(丨)、撇(丿)、点(丶)、折(𠃊)。汉字复杂得让学习它的外国人头痛,但是汉字也出奇的简单,因为它只有五种基本笔画。五种笔形组合出繁简古今所有汉字。

无独有偶,自 20 世纪以来,生命的天书日新月异地展现出自己的奇观。《易传》说:"参伍以变,错综其数。通其变,遂成天地之文。极其数,遂定天下之象。"(《系辞上·十》)生命天书的文象在繁简之间。就其简而言,它在"参伍以变,错综其数"的基础上又有变异。可以说,它是"叁肆以变,错综其数"。这个叁,涉及 DNA 这三个西文字母,涉及其生物意义和遗传意义。这个肆,也涉及四个西文字母,涉及 A、C、G、T 这四个希腊文单词的首写。

我们的生命的天书告诉我们,在几十亿年的进化中,DNA 始终和我们在一起。DNA 代码不仅使我们成为独一无二的人类,也使世界上的每一个人成为互不相同的个体。通过 DNA 携带的历史文献,亦通过"叁肆以变,错综其数"之代码,特别是通过上述四个简单字母交互错综构成的基因代码,我们可以追溯生命的起源。

无独有偶,天书的"书"这个字符也只有四画。刘熙载说:"意,先天,书之本也。象,后天,书之用也。"(《书概》)如果说,DNA 是先天,那染色体是先天还是后天?生命的天书原本就已经写下了细胞、组织乃至器官等章节,其后,又朝着细胞内部延伸。科学家研究细胞核,染红了其中一些游丝状物质。发现细胞分裂时,染色物就浓缩;细胞完成分裂时,染色物又复原为游丝状。

---

① 王蒙:《中国天机》,目录前页,贵州人民出版社,2013 年。

于是，有了染色体（chromosome）之说。染色体是否是"天之所为"？染色体之说能说出生命起源的更多秘密吗？天书之天是先天的自然，然而，天书之书中却存在着"天垂象，以示人"之内容，存在着"聿之所为"的意象。正如染色体是由核酸和蛋白质两种物质组成的另一种物质一样，"天"是由"一"和"大"两种符号组成的另一种符号。天人合一理论可否立足于生命科学？大的本义是人，从大向上加"一"是天，从大向下加"一"是"立"。①立，大人立于地也。"立"的下部笔画意谓地，上部笔形已变异。在殷商时代，不要说"一"和"大"，就连"天"和"立"也是字根。

天人合一，故大上加一指谓苍天，指谓最上主宰，指谓最高存在或不借人力的自然状态。天地人合一，故立在地上的人既用"天"指谓自然的天空，亦用其指谓人间的主宰乃至上神。《尚书》说"有夏多罪"，上神不会饶恕它，上神就是天，"天命殛之"（《汤誓》）就是说天发布命令杀死它。天近真，故天书近真书。近真书者立，苏东坡谓"真如立"，立则自然。

生命科学说，每一个活着的人，都需要一个生物意义上的答案。此答案，就在人的DNA代码里。DNA始终"住在"染色体里，维持遗传秩序，发布生化指令。RNA和蛋白质负责执行工作。生命的天书是DNA。生命科学家沃森和克里克发现，每个DNA分子都由两条很长的、缠绕的、谓之"双螺旋"的链构成。细胞生化繁殖时，双螺旋解开，并制造出另外两个一模一样的同类，然后将其存入两个新的细胞内。这两个后来获得诺贝尔奖的科学家最初并不知道自己是否正确，他们中的一个请自己的妻子绘出了DNA平面图。

天书之书虽然是一个不作简化偏旁用的简化字，但DNA这部天书却可以用图画的形式繁化，以便人们能够更仔细地观察它的细节和真相。刘熙载说："书与画异形而同品。画之意象变化，不可胜穷，约之，不出神、能、逸、妙四品。"（《书概》）书法中的"神、能、逸、妙"四品，颇类似于DNA这部天书中的"A、T、C、G"四种碱基。书画同源，书之書与画之畫同源。書与畫的上部咸为聿。

聿，所以书也。所以书之書，"如也，如其学，如其才，如其志。总之曰如其人"（《书概》）。天书之书如日在天，故書之下为日。天书之天之下为大，大为人。天书之聿之上有手，甲骨文聿象手持笔形。人用手写字绘画，故中国文字与绘画在起源上有相通之处，正如DNA与基因有相通之处。基因是DNA的片段，正如画是畫的片段。DNA和基因有异化，正如字学和书法有异化。

---

① 甲骨文"立"符的上部形状为"大"。

在造字之初，书画同体而未分。其后，因为目的不同，书画逐渐分化。不但书画分化，而且作为文字或字学的"書"与作为书法或书法学的"書"亦逐渐分化。"書"之聿所以书也，"畫"之聿所以画也。书与画之不同，正如基因与 DNA 之不同。"书"作为"書"的简化字与"画"作为"畫"的简化字有异同。就其异而言，前者不可作简化偏旁用，后者可作简化偏旁用。

唐代张彦远在《历代名画记》卷一"叙画之源流中"，第一次从理论上阐述了书画同源的问题。宋元以后，文人画家由于对于笔墨的重视，又从新的角度强调了书画同源的观点，其用意在于强调绘画用笔本身独立的形式趣味和审美意义。绘画的画为什么不简化成"畫"的下部形状，而简化成了"画"？回答这个问题，很不容易。生物既有遗传，也有变异，人文、乃至文字亦如此。

在丰富多彩的生物界，存在着形形色色的变异。例如，无论是低等生物，还是高等的动植物以及人，都有可能发生基因变异。汉文字变异有一个术语，叫异体字。与异体字相关的另一个术语叫通用字。"畫"是《说文》中出现的字，这个字或许可以被看作是通用字，围绕这个通用字，还有五六个异体字，其中有一个是"畵"。明代有一部流行极广的工具书《字汇》说："画，与畫同。"（《田部》）通用字与被换用字，字义有同异，在一定条件下的某个意义上，二者可相通换用。如果此二者字义完全相同，则属异体字。"畵""画"与"畫"是异体字。20 世纪中叶，"画"成为普遍通用的简化字。

书写意谓着表达，但不是所有的表达都是基因表达（gene expression）。基因指导着蛋白质合成，故有基因表达。在生命活动中，并非所有基因咸同时表达。生命代谢所需酶和蛋白质基因以及构成细胞化学成分的各种编码基因，正常情况下总是经常表达，而与生物发育有关的基因则在特定情况下表达。天书的表达涉及天与人，"牛马四足，是谓天；落马首，穿牛鼻，是谓人"（《秋水》）。

印度文化的表达使用一种与中国不同的天书，或者叫天城书。印欧书写"deva"意谓天，或天神。其书写"nagari"意谓天书。印度表达合拼为"Devanagari"，或译为天城书。天书不是天神创造的，而是人创造的，是具有多种能力、高度发展并且完美结合的人创造的。这种人通常被称为天才（genius）。又有一个问题来了，天才又是如何形成的？依旧有遗传决定和后天决定两种观点。前者认为，天才完全依赖于遗传；后者认为，能力完全取决于环境和教育，天才是后天获得的，天才脑袋内的天书是后天的。

20 世纪 30 年代之后，更多的人认识到，先天遗传素质和后天环境教育对天才的形成都是重要的。21 世纪以来，"经历了染色体、DNA 和抗抑郁药的发现，先天后天之争依然屹立不倒。2003 年它引发争论，激烈程度依然不亚于 1953 年那一场，那一年发现了基因结构；同样，也不逊色于1900年的争论，也就是现代遗传学开始的那一年"。2003年4月15日，美、英、日、法、德、中6国领导人联名发表声明，宣告人类基因组计划完成，但在该工作"刚刚诞生时，就有人宣称这是后天与先天的战斗"。①

第六章 人性厚黑与文行厚德

白黑与善恶。厚德与厚黑。崇高的精神与谋生的世俗。哀莫大于心死，身死在次。学从艺出，评由史来。心生言立的基因。言立文明的基因组。性灵所钟的染色体。思理为妙的心智。神与物游的情怀。行文走笔的狂徒。论文叙笔的鸿儒。

21. 黑恶

色度学（colorimetry）中的青、赤、黄色彩是不能再分解的三种颜色，故称三原色。中国先秦诸子百家中道、儒、墨三家也可以叫作三原色家。三原色可以混合出所有颜色，同时相加为黑色，黑、白、灰属于无色系。墨家的创始人为墨子。《广雅·释器》："墨，黑也。"在先秦，墨学是显学。儒家讲仁义，墨家讲狭义。《孟子·尽心上》："墨子兼爱，摩顶放踵，利天下，为之。"墨子是黑了心（狠下心、铁定了心）要兼爱，要讲狭义，要利天下。

就学术探讨而言，恶之于荀，正如黑之于墨。和孟子不同，荀子认为人性是恶的。在《荀子》的著作里，有一篇叫《性恶》。现代科学认为，人物作为有机化合物，和植物一样，都是生物；人物作为有机体的最高形式，是统治整个生物界的动物。是不是鉴于儒家的主流派过高地估计了人性的善，到了战国末期，荀子开始探讨人性的另一面，他的名言是："人之性恶，其善者伪也。"

就符形而言，"恶"之于"亚"，正如"惡"之于"亞"。前者是简化字，后者是繁体字。"亞"这个符号的中间部分一般人甚至不知道如何区别笔画，到底算多少笔画，所以必须简化。简化为"亚"，由繁笔的八画简化成六画。"亚"是一个可作简化偏旁用的简化字，故从繁"亞"的"惡"简化成"恶"。亞发è音，故有"恶"义。马王堆汉墓帛书中"美亞有名"（《经法·四度》）之"亞"是恶的意思。恶就是丑，"美亞有名"是"美

---

① ［英］马特·里德利：《先天后天：基因、经验及什么使我们成为人》（第四版），序言Ⅳ，黄菁菁译，机械工业出版社，2015年。

丑有名"的意思。今"亚"发yà音来源于《广韵》。"巨子"一词是墨家的术语。巨子亚于圣人，但战国时代的墨者却"以巨子为圣人，皆愿为之尸"（《庄子·天下》）。这里的尸翻译成白话文，就是精神领袖。

墨家在战国时代是一个帮派，帮派组织的领导人在墨子之后也叫巨子。《韩非子·显学》说：墨子死后，"墨离为三，有相里氏之墨，有相夫氏之墨，有邓陵氏之墨"。巨子是墨帮组织的头领，家法很严。帮会组织后来深入于民间，劫富济贫，除暴安民，甚至惩治贪官污吏，颇具侠心义胆，后来的武侠小说从中吸取了众多营养。墨家的黑色狭义，很有些黑旋风李逵的味道，但它在《水浒传》中有变异。黑道，在清朝的洪帮、青帮那里有很大的势力。在洪帮里当龙头老大得有三个条件：第一，仁义如天。朋友有难，命丢了也要去救。第二，笔舌两兼。要能写能讲，文章写得漂亮，口才斩钉截铁。第三，武勇当先。先得练一身武功，关键时刻要出手，身先士卒。

战国时期的孟子曾说："天下之言，不归杨，则归墨。"（《滕文公下》）到了清末乃至中华民国初年，四川自贡出了一个人物，他本名宗儒，意谓要宗师儒教，弘扬孔夫子。到25岁时，幡然悔悟，改名为"宗吾"。此"吾"，即杨子所谓"我"。也就是孟子所谓"杨子为我"的"我"。33岁时，他以《厚黑学》名扬天下。他留下的名言是："喜怒哀乐皆不废，谓之厚。发而无忌，谓之黑。"1938年乃至稍后，南怀瑾20多岁时曾在成都少城公园请教、拜访和结交李宗吾。南怀瑾说，李宗吾学问大，名气大，脾气大。他爱骂人，骂历史上的名人，骂世道丑恶，骂四川军阀。李宗吾的厚黑思想中有庄子思想的基因，亦吸收了明代李贽的某些做派。李贽，字卓吾。就受李贽影响而言，宗吾者，卓吾也。

南怀瑾这个人，在他20到30多岁时，曾经参贤访道于中国西南。所参之贤即李宗吾。他在自贡凭吊一位老友，盘缠花光了，回不了成都，李宗吾借给他二十块大洋，这笔钱一直没还。南怀瑾访道于青城山灵岩寺，悟道于禅师袁焕仙。此后，1943年秋天，又不辞而别于仙禅，悄然入峨眉山闭关三年。他在闭关期间听到了李宗吾死于中风之噩耗，为他念了三天的《金刚经》。南先生深谙黑恶的利害。他说，要想当黑道的龙头老大，除了"仁义如天，笔舌两兼，武勇当先"这三条之外，还必须再加上三个字："忍、等、狠。"没有此等素质，当不了班头。南先生和他的学生吃饭时闲聊，学生开玩笑说，某某可以当黑恶头领，某某还欠一些。数来数去，学生们没一个够条件。后来一个说，只有老师够条件。南先生听了乐得大笑。但有一位从小跟在南先生身边的小徒孙说，南老师不够格，缺一个条件，他不狠。①

---

① 练性乾：《我读南怀瑾》，第255页，复旦大学出版社，2016年。

本文前边说三原色同时混合为黑色，这是就色度学而言。黑恶学的三原色与色度学不同。李宗吾之后，台湾的黑恶学走在大陆的前边。南怀瑾、朱津宁都是1949年后去了台湾。后者又去了美国，成为美国人。据美国CNN桑亚·弗雷德曼博士说，朱津宁是一位能够将白色变成黑色，把黑色变成白昼的人。黑恶学与厚黑学有异同。黑恶学之黑恶具有国际性，由五个西文字母组成的符号"MAFIA"就暗含着黑恶，这是一个等级森严的犯罪组织。"mafia"这个词直到19世纪才出现于意大利文中。19世纪中期西西里的意大利文字典对这个词的定义存在不同。1868年定义为"勇武、受人尊敬的品格"，而1876年则说其为帮派。现在称其为"黑手党"。

南怀瑾所谓"忍、等、狠"，在朱津宁的《美国厚黑学》一书中有详细叙述。朱津宁女士所崇拜的厚黑学是实践的，她在实践中看到了黑恶的白，黑恶是罪恶的，黑恶的白不一定是罪恶的。如果说黑是世俗的谋生世界，那白是崇高的精神世界。朱女士说："随着人们实践厚、黑之道，人们将渐渐地能够消除崇高的精神世界与谋生的世俗世界之间的冲突，使两者趋于和谐，人们的精神力量将成为一种主宰日常挑战的必不可少的媒介物，从而使人们取得这两个世界中最丰富的成果。"[①]弗雷德曼所谓将白变成黑，将黑变成白，在朱津宁那里，实际是精神世界与世俗世界之完美结合。

22. 厚黑

欲知厚黑，需先识得"厚黑"二字。厚从旱（hòu）。"旱"是《说文》的第192个部首。旱从日。日之白，相对于夜之黑。"黑"是《说文》的第384个部首。宗吾说：衣服黑，洗而不白；不白就是黑，越洗越黑。（《厚黑经》）故宗吾崇拜黑。凡事黑白是非要分清，但有时很难分清。是从日为白，不白即黑。然而，黑夜之"夜"所从"夕"却是不白也不黑。心之生为性，性恶与性善相对。学之为言觉也，以觉悟所不知也。知之致良知也，学厚黑与致良知相对立也。宗吾用研究物理学的方法研究心理学，才知道心理学与力学是相通的。但研究人性，却不能断定其是善是恶，正如我们不能断定水与火、黑与白是善是恶一样。（《厚黑学》绪论）故注重研究厚黑学的人亦时时警惕着厚黑，提防某些人在厚黑学的名义下过分施行厚黑。

吾著此文时，已距离宗吾先生逝世70多年。吾寿命虽已长于宗吾，吾之文字仍不能长于宗吾丝毫。吾尝试以宗吾的思路继续向前走。宗吾说："自然界以同一原则生人生物，

[①]［美］朱津宁：《美国厚黑学》，第1页，郑锦来译，中国友谊出版公司，1993年。

物理之规律，必可适用于人事。"（《厚黑原理》自序二）人事与物理可以沟通。"厚黑学渊源于性恶说，在学理上是有依据的。""用物理学的规律来研究心理学，就会觉得，人心之变化，处处是跟着力学规律走的。从古人事迹上、今日政治上、日用琐事上、自己心坎上、理化数学上、中国古书上、西洋学说上，四面八方印证，处处可通。"（《厚黑学原理》自序一）吾已经在新世纪生活了23年，吾要沿着宗吾的学说继续凿通。抛开性善性恶之论不说，因为此二者的出现太晚。

人事与物理的关系，惊现于厚黑之厚中。厚的本字既然是旱，我们就无妨从"旱"这个符号来把握厚黑。厚黑是日之子，本来是白璧无瑕的，无所谓善恶，只因为生存环境乃至残酷竞争，日之子逐渐趋于浅黑子、厚黑子，从而有了善恶。日与子的关系，正如生与心的关系。日子为旱（旱），心生为性。人事与物理处于矛盾中，心理学与物理学亦处于矛盾中。人能认识乃至反思这种矛盾。厚黑学言厚黑至极有所谓"厚如城墙，黑如煤炭"，人类对厚黑的反思亦有所谓"厚颜无耻""黑心贼肠"。物极必反，对厚黑的反思趋于厚德。

宗吾先生发明厚黑学，他所谓脸皮要厚绝不是要彻底毁坏人类本有的良心和道德。宗吾论述厚脸，使人想到当今之脸书（facebook）。脸书之脸即中国人所谓"面"。中国人爱面子，不爱脸书，但中国人创造的微信就工具性质而言也是脸书。特朗普在"脸书"上发表的言论是典型的厚黑。宗吾说："人起初的脸皮，好像一张纸，由分而寸，由尺而丈，逐渐就厚如城墙了。"（《厚黑学》）特朗普在实践中将厚黑学提高到国家层面，但不知道他是否读过李宗吾的书。

人的脸皮不可能像城墙那样厚，但人的心却有可能像蛇蝎那样黑。可怜的人啊，为了生存，就必须争夺食物，占领生存空间。可是，刘勰却说"心生而言立，言立而文明"。荀子也说"人之性恶，善者伪也"。荀子和刘勰都是文明人。荀子说"人之性恶"，宗吾发明人性恶之厚黑。厚颜无耻的人也有爱护脸面之心。"面"是一个甲骨文字根，也是《说文》的第326个部首。应该区分作为face的"面"和作为麵粉的"麵"。1956年，"麵"简化成了"面"。然而，食用的面粉并不是饰容的黛粉。

李宗吾说："三国英雄，首推曹操。曹操的特长，全在心黑。"曹操心黑，故有"宁我负人，毋人负我"之论。《卖炭翁》诗句："卖炭翁，伐薪烧炭南山中。满面尘灰烟火色，两鬓苍苍十指黑。"白居易心善，故有"可怜身上衣正单，心忧炭贱愿天寒"之诗。卖炭翁身手之苍黑与曹操"宁我负人，毋人负我"之心黑是不同的。前者手黑心不黑，是一个勤劳善良的老翁形象；后者手辣心黑，是一个老奸巨猾的枭雄形象。李宗吾的厚黑，言及文学形象的曹操，而未及历史人物曹操，而历史上的曹操是一个文武双全的伟人。

厚黑的日子与厚德的日子有同异。厚黑的日子诚如宗吾所说，初步的功夫是，先做到脸厚如城墙、心黑如煤炭。其次的功夫是锻炼出厚而硬，任凭风吹浪打，仍能坚如磐石。如此仍不够，还要黑而亮，有形有色，因为只有招牌透亮，人们才会归心名流。厚黑功夫的第三境界是有归于无，就厚而言是要做到厚而无形；就黑而言是要做到黑而无色。"至厚至黑，天上后世，皆以为不厚不黑，这个境界，很不容易达到，只好在古之大圣大贤中去寻求。"（《厚黑学》）

以厚黑学做标准，古之大圣大贤已经被李宗吾批得体无完肤，故厚黑功夫的第三境界已着实难于找到典范。不过，不需要太向前，与李宗吾同时代的王国维就可以算作一个例子。王国维没有致力于厚黑学，而是致力于厚德学。厚德的日子也是一个漫长的过程，王国维用文学语言描述厚德功夫的修炼。第一步，独上高楼，望尽天涯路。第二步，衣带渐宽终不悔，为伊消得人憔悴。第三步，蓦然回首，那人却在，灯火阑珊处。厚黑之狼狠需要厚德之狠心。

厚黑者，丑陋之谓也，劣根之谓也。这是没有什么问题的。能痛快淋漓地将其笔之于文学，第一人是中国的鲁迅。他所著《孔乙己》《阿Q正传》是入木三分的揭露，这代表了一个时代。中国的文化不仅仅是我这个教授古文论的书生经常挂在嘴上的古人的所谓"心生而言立，言立而文明"。文明包含着揭示人的劣根、揭示文化的厚黑、揭示人性的丑陋。能痛快淋漓地从学理的角度，从心理学的角度，从哲理文化的角度做这种工作的人，在鲁迅之后就是李宗吾了。中国的文化不仅仅是我这个写过《言数话语综通研究》的学者经常挂在嘴上的古人的所谓"开之不尽而命面""各师成心，其异如面"，中国文化还有世俗的、丑陋的、劣根的一面。优秀文化厚德，劣根文化厚黑。

李宗吾之后，继续做这种工作的是柏杨。正如工业文化产生了许多毒害人的东西，农业文化中也有许多污秽肮脏的东西。柏杨使用"ugly"揭示人性的丑陋，使用"酱缸文化"稀释厚黑。柏杨1981年8月16日在纽约孔子大厦的讲辞预示了厚黑之西化。中国人用"厚颜无耻"一词蔑视厚黑、对抗厚黑。美国的厚黑是另外一种风格，美国人是赤裸裸的坦率、赤裸裸的厚黑。

1969年，有一位从大学毕业的女士从台湾移居美国。她克服语言难关，学习做一个美国人，并取得美国国籍。这位女士在去美国时只带了两本书：一本书是《孙子兵法》，另一本是线装本的《厚黑学》。李宗吾认为，普通文化人需用三年时间进行锲而不舍的努力，才能掌握并运用他的思想。这位女士用了20多年时间攻读李宗吾。曾经有一回，她在俄勒冈的一座深山闭关，以便使厚黑学思想自然地融汇于自己之身心。她先写了《中国计》和《亚洲人的计谋》两本书，然后又写了影响更大的《美国厚黑学》。

李宗吾用物理学的规律来贯通心理学,从而体悟并发明了厚黑学原理。这位女士理论联系实际,并活学活用厚黑学。就理论而言,这位女士是亚洲哲学、亚洲商业心理学、取胜的谋略和策略方面的专家。《美国厚黑学》用英文写成,20世纪末被翻译成中文。该书认为:"真正的厚、黑者是一位十全十美、无与伦比的斗士,他的武器是通过内心的智慧所指引,这种智慧是他在接受生活挑战和寻求精神平衡中陶冶而成的。在行动时,他迅捷、胜任、不受感情左右。在退让时,他泰然自若、任凭世人品头论足。在取胜时,他卓有成效,表面上似乎残酷无情,但却没有恶意。厚、黑之道没有人种肤色之分,也无宗教之别。犹如地球引力法则一样,这一概念不偏爱谁,不拒绝谁,对大家一视同仁。然而,它的确对那些运用这一原则的人们有补益。随着人们实践厚、黑之道,人们将逐渐地能够消除崇高的精神世界与谋生的世俗世界之间的冲突,使两者趋于和谐,人的精神力量将成为一种主宰日常挑战的必不可少的媒介物,从而使人取得在这两个世界里所能取得的最为丰硕的成果。"①

23. 心智

心智者,心知也。解作心智的"知"发第四声"zhì"音。此即《礼记·乐记》所谓"民有血气心知之性"的"知"。戴震认为:人的血气心知,源于天地之化。在现代汉语里,"知"发"zhī"音。"知"和"智"是两个不同的汉字。唐严维《丹阳送韦参军》:"丹阳郭里送行舟,一别心知两地秋。日晚江南望江北,寒鸦飞尽水悠悠。"这里的"心知"也可以当"知心"解读。知心的心字,亦出现在"水悠悠"之叠词的下部。刘勰论文学的"情采"时说:"采滥辞诡,心理愈翳。"知情与知心的同异,正如心情与心理的同异。不管怎么说,"一别心知两地秋"中的"心"和"秋"言及"愁"。碰巧,此二字符亦可合成为"愁"。

"心"这个字符四画,正如"mind"这个字符有四个字母。《庄子》外篇《田子方》第三段言及人的死,说"哀莫大于心死,而身死在次"。该段在论述事物"有待也而生,有待也而死"时还使用了"日徂"这个术语。徂发cú音。徂,往也。事物与变俱往也。"日徂"之"日"出现在"心知"之"知"的下部组成"智"。时日"与变俱往",事物亦"与变俱往",无穷无尽的昼夜,伴随着一天又一天的"日徂",将一代又一代的人送进了深不见底的地狱。

---

① [美]朱津宁:《美国厚黑学》,第1页,郑锦来译,中国友谊出版公司,1993年。

正因为如此，人的心智亦需要魔高一尺道高一丈的"与变俱往"。一个美国生命科学领域的连续创业家，立足于"mind"，欲延长心神，著作了一本有关长寿基因的书。一些相互关联的原因促使他写成了这本书。他认为，心智和记忆是人类所有观念、智慧、情感和社会关系的基础，是人类最宝贵的财富，不幸的是，人的神经在经过中年进入老年之后，却会迅速退化，而且会产生疾病。人们会眼睁睁地看着自己的太爷、爷爷、奶奶记忆力消退，直至他们将过去全然遗忘。这位科学家总结出一个术语，这个术语涉及生物学意义上的人的"寿"，更涉及精神学意义上的人的心智之寿。

有关"壽"的问题很复杂，复杂到何种程度？人们只要看一下"壽"这个符形就清楚了。壽从士，由士而老。"士"是《辞源》的一个部首。壽从工，能工作、能劳动者寿。壽从口，人用口进食，饮食是影响人类寿命的最重要的因素。壽从寸，有分寸地摄入人体所需要的各种元素是健康的关键。例如，对待铁元素就应该如此。"铁元素是人体内含量最多的强氧化元素，但和其他元素不一样，人体自身并不能处理过量的铁元素……步入中年之后，人体铁元素过度存积会使人遭受一系列疾病的困扰，包括糖尿病、心脏病、癌症、中风、帕金森病、阿尔茨海默病和其他类型的神经退行性疾病。"① 20 世纪中叶，"壽"简化成为"寿"。"寿"是一个可作简化偏旁用的简化字。壽的篆字形状从老是就人的生理形状而言。人不能永远长寿考，但考老心智亦有其尊严。

寿命可分为身体的和身心的两种。身体的寿命是生物的，更进一步说，是生理的。生物的或生理的寿命强调"形具而神生"（荀子语）之形，形体即身体。老庄认为，卫生之经，需要形神抱一，生物界的万事万物咸需要"得一而生"。形神抱一的神即人的精神、心智。精神和心智是形体、身体的灵魂。心智寿命（mindspan）或心神寿命是生物寿命或生理寿命的灵魂。《素问·移精变气论》"得神者昌"之"得神"可从得到心神寿命理解，其"失神者亡"可从失去心神寿命理解。形神抱一是心智寿命与生理寿命之统一。

有关心智寿命的秘密还很难揭开。因为我们的医学心理学（medical psychology）和生物心理学（biopsychology）才刚刚起步。医学科学将生物心理学归入神经科学，健康科学将医学心理学归入人文科学。古希腊的希波克拉底认为，人的疾病同自身的气质和性格有关，知道患者是一个什么样的人比知道某人患什么病更重要。希波克拉底甚至提出了"一是语言，二是药物"的治疗主张。

1948 年联合国世界卫生组织成立时，在其宪章中提出"健康乃是一种在躯体上、心

---

① ［美］普雷斯顿·埃斯特普：《长寿的基因》，第 66 页，第 68 页，姜佟琳译，浙江人民出版社，2016 年。

理上和社会上的完好状态,而不仅仅是没有疾病和虚弱而已"。寿命包括身体寿命和心智寿命,正如健康包括身体健康和心智健康。身体健康是生物学乃至生理学意义上的正常。心智健康不但要求正常,而且允许一定程度的非常或异常。生理寿命的长短使用物理学的尺度衡量,心智寿命的长短不能用物理学的尺度衡量。生活是否充实,是否有意义取决于大脑的活动状况,亦取决于个人的心态状况。

大脑是物,是位于人体头部的器官。心智与大脑有异同。就其同而言,它也是物,是大脑的儿子。就其异而言,它不是物,而是由大脑产生的抽象概念。心智是机体与环境刺激之互动,是一个动态的、精神的过程。心智的基因包含观念、记忆等因素。心智的主体是大脑,相对于身体的骨肉体的部分而言,大脑的构造乃至功能具有某种程度的敏感性和超常性。"拥有最强大脑能够让人类自信满满地应对挑战,更好地预测和规划未来,过上幸福充实的生活。换句话说,无论做什么,心智健康都会提升人们的生命体验。"①

在我写"心智"这个双音义符的时候,我至少已经读了两本有关基因的书,它们都是英美人写的。这两个人都是理科博士,我是文科博士。基因之道,立足于"心生而言立"之基因。"gene"这个符形由四个字母组合而成,正如"心"这个象形字由四个笔画组合而成。基因组合,结合着"言立而文明"的基因组。"genome"这个符形由前后两部分组成,正如"智"这个字形由上下两部分组成。智从知会意,知亦声。西文"基因组"的表达浓缩了"基因"和"染色体",将"gene"的前三个字母与"chromosome"的后三个字母合铸成一个字符。

中国人说,智,知也,无所不知也。生命科学已深知于基因与基因组,正如文化科学已深知于意识与意识流。文学家隐隐约约地感到自己所要寻找的东西埋藏在意识乃至潜意识中,它们虽然处于一种不清不明的性状,却可以用意识流技巧来捕捉和表达。相对于飘忽不定的意识和意识流,基因和基因组要稳定得多。基因不是宿命,基因和环境一起,决定了人这个最简单又最复杂的性状。人是环境和生理遗传共同作用的结果,DNA是基因和基因组的物质形式。文是"思理为妙,神与物游"的结果,意称物、文逮意奇妙地捕捉到了自己日思夜想的灵感,意识流是审美的精神形式。

里德利在《先天后天》一书中对基因如何建造大脑吸引经验做了一次激动人心和紧跟前沿的探讨。他引用最新研究成果说,基因组包含的不是如原先所预想的10万个基因,而是只有3万个。"人体大约有40万亿个细胞,23对染色体,每个细胞中全部的DNA分子连接起来大约有182厘米长。在这些DNA中,有超过60个碱基构成了人类基因组。

---

① [美]普雷斯顿·埃斯特普:《长寿的基因》,第4页,姜佟琳译,浙江人民出版社,2016年。

人的染色体对一半来自父亲,一半来自母亲。构成生命基本单位的基因就间隔分布在DNA链中。DNA链内没有明显的物理差异可以使人将一个基因与另一个基因区分开。"①包括基因在内的遗传因素对人类寿命的影响占20%到35%,而其余部分则取决于如饮食、睡眠、精神刺激、情绪和锻炼等环境因素。

24. 文行

文行很复杂,我们姑且说,文行是人行。这个人行的"人",就文行而言,即文人。这个人行的"行",和《活动变人形》中的"人形"之"形"同音同调。按钱钟书所说,人是无毛两足动物。无毛是就人身之形体大部分无毛而言。人是直立行走的动物,人行之行从彳,彳发chì音。彳是一个甲骨文字根,也是一个篆文字根。甲骨文"彳"形象道路,"行"形亦象道路。前者是"人之步趋"之小路,后者是"四达之衢"道。就道路而言,"行"发háng音。

文行与人行有异同,正如文形与人形有异同。就文字之形而言,"人"只有两画,而"文"多达四画。就文艺行动而言,动作艺术中的舞蹈(dance)涉及"彳"这个符号。例如,张衡《舞赋》"寋兮宕往,彳兮中辄"之"彳"就是在表现舞步。《活动变人形》中的人形,就文学存在而言,也可以说是文形。文学是有意味的形式,文学形象是有意味的形象。《活动变人形》的言文性来源于日文汉字,当然,它是对日文汉字的文学感悟乃至创造。人者,文也,人以文通,文形与人形通融。《活动变人形》的灵感由日文汉字触发,日文汉字是图画,是玩具,是包括头、身、腿的人形。

在甲骨文中,"人"的文形是一个单人旁,这个单人旁是直立人的侧面形,上边的一画概括了头和斜伸的手臂,下边的竖画是人身。篆文字学家许慎说,"彳"指谓人小步,象人胫三属相连。文行与文形亦有异同。关于"彳"这个文形,所描述的人形内容是人的下体,当然是相互属连的下体,包括股、胫、足三部分。按照儒学来说,文行忠信,文章德行与天地并生。在中国文学史上,古文大家韩愈和苏轼咸曾被贬谪广东,苏轼《潮州韩文公庙碑》云:韩愈初始于潮州,"潮人未知学,公命进士赵德为之师,自是之后,潮之士皆笃于文行"。由此可知,文行是文学行动或文学行为。

文行是行文,正如文学是学文、心知是知心。文学家是笔杆子,笔杆子以笔行文是行魂,行魂呕心沥血所创造的世界作为文学存在,偏于故事存在、形象存在、情感存在

---

① [美]普雷斯顿·埃斯特普:《长寿的基因》,第17页,姜佟琳译,浙江人民出版社,2016年。

和感性存在。文学存在主体所具有的特别的意义在于笔杆子以文学贡献为核心的影响力。"文学存在可以超出特定对象的文学行为范畴,但它又必然包含文学行为范畴的几乎全部的主体活动。当然,这对于文学存在主体来说是一种重新进行的学术论定,同时也是一种超越文学学术的巨大肯定。"[①]文学行为或文学创作(活动)是一种"思理为妙"的精神劳动,这种劳动在跨越无数代人的"神与物游"的过程中必然会积淀成为"文物",国宝级的"文物"实际上就是第一流的文学(文化)存在。

文行者行文走笔,文论家论文叙笔。就单音义符而言,押韵者,文也,不押韵者,笔也。就双音义符而言,从量上说,文笔就是文学存在的全部。富含"经国之大业、不朽之盛事"的文笔,能进入文学史或被第一流文论家津津乐道的文笔不会很多,不得不这样进行学术肯定的文学存在主体,最低的要求是,它能够在"文变染乎世情,兴废系乎时序"层面做得很好。"文学存在主体的成就和影响足以超越于文学自身而渗入时代、社会的其他广泛领域。它至少意味着,这样的文学存在主体在几乎所有其他领域都形成相当的影响,并且这样的影响在人们的习惯认知上都带有文学的关涉性。"[②]

文行作为文章德行一直在活动中、行动中。作为文章、文学,它是文化的;作为德行、善行,它是伦理学(ethics)的。文行忠信搞不好也会出现伪善,故有"文人无行"的说法。无行是说这种文人无人性,或说他虽有人形却多有兽性,或说他恶性压倒了善性。成功的文行与此相反。成功的文行并非不揭露人性的罪恶,恰恰相反,它能够从有无相生的层面把握文章德行。一个成功的、够格的文学存在主体应该具有超越文学的意义。

也就是说,文行的学术影响和文化影响并不仅仅限于文学方面,而需对其他领域进行强力辐射。如果文行主体"影响力仅仅在文学方面,其他领域的影响力乏善可陈,则它的学术意义仅仅可以在文学创作主体、文学学术主体、文学批评主体等意义上,成就为一种文学行为主体,而不可能上升到文学存在的高度"[③]。

文学存在作为文物,是"意称物,文逮意"之物。文学行为作为文行,是"文章合为时而著,歌诗合为事而作"之行。文学研究作为"文变染乎世情,兴废系乎时序"之评,立足于文学史。文学是"思理为妙,神与物游"之行,这个物既是接地气的力量(the power of down to earth)、接天气的力量,也是接人气的力量。文研与文评有异同。此二者并非在同一层次。后者作为文艺学强调学从艺出,作为文艺史强调评由

[①] 朱寿桐:《论王蒙的文学存在》,第5页,南京大学出版社,2015年。
[②] 朱寿桐:《论王蒙的文学存在》,第5页,南京大学出版社,2015年。
[③] 朱寿桐:《论王蒙的文学存在》,第5页,南京大学出版社,2015年。

史来。前者的研究将后者包含在内，但更强调以论带史。后者的评论更接地气，更强调论从史出。就文事而言，此二者咸有合理的价值意蕴。

德里达的批评理论（critical theory）认为：文学文本是召唤阅读行为的写作行为。就文评批判而言，文行是文学的；就文评批判理论而言，文行是哲学的。翻译到中国的德里达的著作中有一本叫《文学行动》①，说的就是这个意思。文学行动是文学写作，或者叫文学创作。文行的产儿是文学作品。文创、文评和文研是文学行动的三级结构，越往上越稀薄，越往下越浓厚，越需要坚实。文创作为本体是第二自然，是经济基础；文评是第三自然，是上层建筑；文研依托于文创、文评，并将其学术化、文史化和科研化，使自己成为人文科学的一部分。

文学行动除了需要文创本身基础雄厚以外，亦需要文评创作和文研创作，尤其需要文创、文评和文研的结合乃至文、史、哲的融会贯通。文研是研究者的事业，它以揭示对象的本真、解释对象所显示的内在运行规律和现象本质为价值趋向。文评是批评家的工作，是"观文者披文以入情"的创作。"情动而辞发"形成了文学作品，"披文以入情"形成了文评作品。后者的文行以表达批评家的聪明才智和灵性感悟为主，其价值取向与文创的文行有别。

作为文物的文学存在是历史积淀下来的，是客观的。文研步文物之后尘，就是步文学存在之后尘。作为文研的文行追求"客观的学术阐述，尽可能接近对象的本真与本质，其可能的学术结论往往通向事实的唯一性，尽管也许永远也达不到它"。作为文评的文行所使用的是"批评家的自我感悟及其表述，通向新异和别出心裁的理念丰富性，与文学的学术研究相异其趣。文学批评所通向的结论，包括所运用的理论，都无须而且也不应迫近学术研究所要求的唯一性或真理性。相反，它鼓励多样化和新异感"。②

第七章　会通史操与适变文德

用俗于金与用俗于心。良知义与核心礼。典籍的基因与活用。雅通文哲戏说史，通雅百科贯中西。凭情会通的染色体。负气适变的核蛋白。君为民主与democracy基因。史

---

① 中国社会科学出版社，1998年版。
② 朱寿桐：《论王蒙的文学存在》，第40页，南京大学出版社，2015年。

操的文符在史籍，文德的操作用小说。吐哺庄重，吐槽轻慢。自白与脱口秀的基础要素。

25. 通俗

吾致力于综通已经有很长时间了，深知通雅不易，通俗亦难。通雅要通甲骨文、金文、篆文、经文、传文乃至子史集之文。汉儒服虔，有雅才，善文论。传说郑玄注《春秋传》尚未了，听服注传意，已多类同，遂为服氏注。服虔为雅文，作《春秋左氏音》；亦为《通俗文》，具体内容未知。附庸风雅如鄙人者深知"语必通风始动人"。善文论、经义、音训如服虔者肯定知道"话需通俗方传远"。这里的"话语"就是西文所谓"discourse"，其"通风"就是"通俗"。

通俗文之小者，有小学，有小说。小学有训诂之学，有字书之学，有音韵之学。通俗于小，小亦雅。例如，《尔雅》。明清之际，方以智仿《尔雅》作《通雅》。《通雅》亦通俗。俗之人，正如雅之佳。尔，近也。雅，正也。俗之谷，正如你之尔。《通雅》说：尔，宁礼切，俗作你。"尔"是一个甲骨文字根。尔之繁为"爾"，很难写，故必须简化。"尔"是一个可作简化偏旁用的简化字。"谷"是《说文》的第 420 个部首。通俗文活于俗人之口，正如山谷水出于谷口。清人翟灏（1736—1788）著有《通俗编》，辑录俗语并加以考究。

以上所谓《尔雅》《通雅》之书，早已不属于通俗文。通俗者，通用也。通从甬，甬从用。"用"是一个甲骨文字根。甬之用为钟，为钟之初文。通用字在使用中可交通换用，但它与被换用字的含义并非毫无区别。如果它与被换用字的字义完全相同，则属异体字。通俗文在交通中会产生出新文字或新文体。例如，甬之用为涌指谓水、用为痛指谓病、用为俑指谓偶人、用为勇指谓胆量。

自明清以来，小说愈来愈成为通俗文。《西游记》中姓孙名悟空的人物，其通俗名叫孙行者。甬与庸通用，甬假借为庸。庸从用，在《说文》中归入用部。小说家查良镛之镛，一分为二，就成了"金庸"这个笔名。刘勰著《文心雕龙》，没有形成"雕学"而形成了"龙学"。金庸著《射雕英雄传》《神雕侠侣》，名噪一时。20 世纪六七十年代，南洋某大学有人提出"雕学"之说。至 80 年代以来至今，香港和内地学者有人喜欢将其作为"金学"。用金属铸剑，故有《书剑恩仇录》之剑，用铁血书写，故有《书剑恩仇录》之书。雕与雅同从隹（zhuī），雕像中弥漫着高雅。金庸的高雅在于：以书之剑作骨，以剑之书作肉，折射出金子一般的心。金庸的武侠小说也可以称为"庸学"。庸之为用，用通也。通之为用，通俗也。通俗再朝前发展，就成为庸俗。因为再好的武侠小说，也难以避免庸俗。

通俗文学的繁荣和崛起，是 20 世纪香港文学的一大亮点。通俗文学以满足消遣娱乐为主要目的，阅读和发行量大，故商业价值大于思想价值。俗与侠同从人，人的德行系联着《侠客行》之行。行之彳在辵（chuò）上，正如庸之用在庚下。"庚"是一个甲骨文字根。据醉大侠教授研究："《侠客行》给人最大的启发是，文化典籍所造成的'文字障'，使人越来越远离真理。主人公石破天无知无欲，连自己的身世和姓名也搞不清，他只有一副天生的菩萨心肠，但最后恰是他一无挂碍，直抵彼岸，破解了'侠客行'图谱。"①

通俗是接地气、接民间，而不是庸俗、迎合低级趣味。俗之谷在下，"江河所以长百谷者，能下之也"（《淮南子·说山训》）。下入于民间、民众，故人气旺。通俗不是庸俗，武侠不能偏狭。石破天的无知无欲乃至庸俗与"至人无己，神人无功，圣人无名"何干？当笔者在质问别人的时候也没有忘记反躬自问。为了赢得更多的阅读，金庸就用此法获得成功。研究《侠客行》的教授说，文化典籍造成的文字障使人远离真理。笔者说，既有文字障，就需有人清障。作为后来人，综通研究者亦希望通过清障满足这种公益需求。

金庸的通俗不如辜鸿铭（1856—1928）的慵懒。后者"号立诚，自称慵人，又别署为汉滨读易者，冬烘先生"。立诚者，修辞立其诚也。自称慵人者，实有耐人寻味之内涵。慵从庸，此庸即庸俗之庸。慵人与良镛有异同。良镛者，金之庸也。慵人者，心之庸也，故慵从心。人用心思想，故自称"慵人"者实是有思想的人，温源宁也说辜鸿铭是一个"有思想的俗人"。金庸之通俗，其用俗在金。慵人之通俗，其用俗在心。就此而言，后者比前者高雅得多。在查良镛的小说中，义是武侠的良心。在慵人的学问中，礼是良民宗教的核心。

通俗者通变，金庸于俗尚之中求新、求变，在武侠小说方面，给 20 世纪中国文学的变革和发展增添了一些新元素。"变则通，通则久"（《系辞下·二章》），汉滨读易者深知此理，但他不愿意在人性方面跨越雷池一步。查良镛与汉滨读易者有异同，正如通俗与通感有异同。慵人对中国的男人和女人有研究，他主张纳妾，并比喻说，男人是茶壶，女人是茶杯，一个茶壶应该配几个茶杯。慵人去世的时候，查良镛还是一个四岁的孩子，但当后者成人并步入文坛创作小说的时候，竟与慵人有惊人的相似。慵人生前有一妻一妾，金庸笔下的人物也多有一妻一妾、一妻多妾的。更有甚者，《鹿鼎记》中的韦小宝竟然娶了多达七个夫人。

金庸的通是文学的通，通俗的通。他力图通雅于历史，写出历史感。实际上是戏说历史，伪造历史，所谓融儒道佛于一体，有浓郁的中国传统文化品位，完全是发了馊、

---

① 孔庆东：《笑书神侠》，第 183 页，重庆出版社，2009 年。

变了味的说法。金庸塑造人物的成功,无法脱离江湖义气,"经不起纯文学标准的推敲和检验"。①辜鸿铭的通,是学问的通,是传统的中西沟通。辜氏用流利的英文,申述春秋大义,使西方人了解孔孟哲学和中国人的精神,尊重中国文化,这是"东海西海,道术未裂;南学北学,心理攸通"之通学理论的先声。辜氏的意译是一种文哲性通达乃至再造。

通俗文学提高的重要途径是通变。必须于通中求变,变中求通,将会通与适变紧密结合。"凭情以会通"使用通感,"负气以适变"全靠通俗。文学常常会把简单的东西说得很复杂,但过分的庸俗化却会使人讨厌,故应该避免。数学常常会把复杂的东西说得较简单,这种简单既有通俗的成分,亦有高雅的内涵。变之繁为變。變之䜌(luán),乱也。正因为有乱,故"䜌"这个符号在 20 世纪中叶简化为六画的略同于"亦"的符形。这个符形是一个可作简化偏旁用的符号。"變"和"戀"都使用这个符形,简化为"变"和"恋"。

通感的通雅与通俗的通雅有异同,正如䜌和乱有异同、韦小宝和顽主有异同。电影《顽主》中由张国立扮演的无业青年于观的精神位于顽强自守和玩世不恭之间。这部电影以"闹"著称,但它不是"红杏枝头春意闹"之"闹"。争斗有声谓之闹。为饮食生活大打出手,为性爱情感争风吃醋,这是顽主们的闹。著一闹字而境界全出,春意勃发,这是宋词乃至所有古典诗词才能带给人的清雅的闹。顽主和韦小宝所代表的通俗文学患有竞今疏古之病。

26. 民间

民以食为天,以宅为间。人体有基因,人文亦有基因。就视觉而言,氏是民的基因,乇②是宅的基因。儒家主张富贵在天,死生有命。墨子说:主张"有命者,杂于民间者众"。墨子是一个非命论者,并有著作存世。基因操控着生命,基因置换(translocation)使人生病。现代生命科学对此已有突破性认识。1996 年,牛津大学遗传学教授安东尼·摩纳哥(Anthony Monaco,1959—)与一群医生会诊了一种奇怪的病。一个巴基斯坦家族,三代人都患了语言障碍病,患者无法控制脸面下部肌肉的运动,无法进行语言表达。

文论家凭情会通立足于人文基因。遗传学家凭情会通实验立足于人的基因理论。摩纳哥团队经过一年多的努力,发现问题位于 7 号染色体,但无法确认是染色体上的哪一个基因导致了这种疾病。还好,牛津大学又遇到了另一语言障碍患者,摩纳哥教授和医

---

① 江腊生:《中国当代文学研究》,第 321 页,中国社会科学出版社,2011 年。
② 于省吾《甲骨文字释林》:"甲骨文亳字所从之乇,与宅字所从乇形同。"《集韵》说乇发 zhé 音。宅(zhái)为乇(zhé)之变。

生们再次进行了基因组分析，发现患者出现了染色体重新排列，染色体中有一段分裂，其分叉伸进另一个染色体，这种基因置换致使基因功能紊乱。

文论家负气适变通俗知道竞今疏古会远离风雅，遗传学家从基因层面理解负气适变，认为某些遗传变异使人无法进行语言表达。摩纳哥团队发现了影响语言的基因，它被命名为FOXP2。这种语言基因负责制造带有分叉箭头的P2蛋白，而后者负责传递很多DNA的开启和关闭信号，故被称为"基因组的分子公交车"。

民间与人间有异同，正如人类和人科、种间和种内有异同。人是person，人类是human being。民也是人，在古代，民是奴房。推翻了奴隶社会和封建社会之后，世界通谓人民为people。世界也通谓无论上层和下层，即所有阶级、阶层的个体咸为人。在这种通谓背后，依旧存在差异。人民偏于群众，故民间系联通俗。民间与种间有异同，正如人种、人科与人类有异同。"種"和"科"咸从禾。20世纪中叶，"種"简化为"种"，这个简体不作为简化偏旁使用。用民间的话来说，禾是二月始生、八月成熟的禾稼。禾稼所结果实古代称之为粟。"禾"是一个来源于农业和植物的符号。

民意通俗，民意的表达亦通俗。在周代，"十月纳禾稼"来源于民间之通俗。在唐代，"锄禾日当午，汗滴禾下土"亦体贴着民意之通俗。民间意谓人民中间，种间意谓物种之间。物从牛，正如"類"从犬。"類"这个符号太繁，不利于民间交流，故早在公元1200年左右，民间已流传"类"这个符号。与"類"类似，"類"所从"頁"亦不利于民间交流，故此二者在20世纪咸被简化。当然，"类"是不作为简化偏旁用的，而"页"作为简化偏旁使用。

民间与种间有异同。种间是"among the species"，民间是"among the people"。"达尔文的创见超出了对自然界的残酷性的观察，以前其他科学家和哲学家也已注意到生物物种间斗争的残酷性，如狮子吞食羊羔。而达尔文看到了同一物种内个体间的竞争。他认识到，在一个地区种群内，举例说，喙较尖锐、角较长或羽毛较鲜艳的个体与其他个体相比，生存和生殖后代的机会更多。如果这些性状传给新一代，其后裔就会在未来取得优势。由此，种间竞争转化为种内竞争。后来的生物学家将种内变异落实到基因层面，他们将进化解释为自然选择了更具有优势性状的变异基因。"①

民间不同于种间。种间如果是指人种间，那民间是指民俗（popularity）间。搞政治的人，"欲正世调天下者，必先观国政，料事务，察民俗，本治乱之所生，知得失之所在，然后从事"（《管子·正世》）。文学是人学，民间文学具有人民性。氏是民的基因，正如

---

① 《不列颠百科全书》（国际中文版），第5卷，第152页，中国大百科全书出版社，1999年。

百姓是百官的基因。女人生人，故有"姓"。天降丘宅土，使古人以地为氏。地滋生万物，使女人所生之人有姓。

顾炎武说，姓氏之称，自太史公开始混而为一。商朝同姓在一定限制以外，可以通婚。周代秉持"男女同姓，其生不蕃"制度，禁止同姓婚姻。在盘庚时，百姓是贵族，民贱如牲畜，故盘庚称后者为畜民。至周代，百姓依旧是贵族，但已不视民为畜，而称民为"群黎"①。"旧时王谢堂前燕，飞入寻常百姓家"，此乃后话。在先秦，直到春秋后半期，"百姓"才逐渐失去贵族意义，地位与普通庶民近似。民间的奴虏、群黎逐渐成为普通的黎民百姓。

民间是民众之间。民众是群黎，也是群众。"穷年忧黎元，叹息肠内热"是杜甫的名句。杜甫的诗歌虽不属于民间文学，但杜诗与民间文学一样具有人民性。安史之乱时期，杜甫流落民间，故有"忧黎元"之诗歌。在杜甫之前，上溯至战国秦汉，统治阶级已不称黎民为畜民。蔡邕注《文选》说，天子是民主。《资治通鉴》说，"有圣人出为民主"，也是将圣贤看作民众的主人。

到了近代，郑观应说："君主者，权偏于上；民主者，权偏于下。"（《盛世危言·议院》）郑氏所谓"民主"，不同于中国文化传统，而是指谓"democracy"。民众与民间有异同，正如人类与人科有异同。猿猴属人科，正如虎豹属猫科。猿猴不同于人，为什么还要叫人科？因为猿猴有类人性，人科成员也有类猿猴性。人科的特征有许多与猿科相近，但也具有独特性，如经常性的两脚直立行走、头脑较大等。人科的晚期类型还有一些行为方面的特征，如使用和制造工具，用有音节的语言表达思想。人科成员中的一些后来进化成了人类。民间与人间的关系，大致类似于人科与人类的关系。

言文造就了人类，言文的DNA"涉及体内的物理部分和精神部分，所以控制了语言和语法等，在此之前，人们曾经以为是几百个基因在操控语言。FOXP2的基因调控中枢角色，在黑猩猩和老鼠身上也得到了发现和证实。老鼠的这个基因发育不全，类似婴儿。所以FOXP2在人类的语言进化应该超过7000万年。人们立刻联想到，FOXP2在人类的语言进化中必然扮演了重要角色，猿人、能人、直立人和尼安德特人，可能都有发音沟通能力"②。

民间的言文是口言。口言之口三画，口言之言七画。甲骨文中的字根有口，有舌。口舌是具体的，言是抽象的。在口舌符号被创造出后，"言"符也被造出来了。甲骨文中的言象舌从口中伸出之形。20世纪中叶，言作为偏旁时，简化为"讠"。"讠"，两画。作为

---

① 《诗·小雅·天保》："群黎百姓，徧为尔德。"
② 张振：《人类六万年》，第199-200页，安徽人民出版社，2013年。

字根，甲骨文中的 dog，画作"犬"形。犬，四画。犬作为偏旁时写作"犭"，三画。人类的类，其中有犬。类简化成类时，下部为"大"，三画，而不作为四画的"犬"。

言文是民间文学的基因。基因是生物的，言文是口手的，口手是民间的。一般而言，基因是稳定的，能在细胞分裂时精确地复制自己。但在有些情况下，基因也可能发生变异。民间文学也存在着稳定与变异之互动。由于口手的不稳定性，"作品在流传过程和具体的讲唱中，常常因时间、地域、民族的不同，以及传播者的主观思想感情和听众的情绪变化等因素，而有所变异。民间文学的变异性蕴含着所经过的历史、社会和传述者的思想、才艺诸因素"①。它是一把双刃剑，既可以产生正面作用，也可能产生负面作用。

27. 曹操

中国地大物博，声明显赫。作为言文符号，三国时期的曹操既是人，也是物。曹操作为兼三才而两之符号具有物质性，这个在发音上声母和韵母完全相同的言音符号一直活在人们口头上，并且能传递一种本质上不同于载体本身的社会信息。"曹操"符号既然具有物质性，那它就不仅仅是声音意象。这个符号既然能传递社会信息，那就得探讨社会对这个符号是如何约定俗成的。

从姓氏考察，曹姓的源头可从轩辕黄帝（公元前 2697 年为纪元元年）说起。黄帝之孙颛顼高阳生称，称生卷章，卷章生重黎。重黎被帝喾诛，而以其弟吴回为重黎后。吴回生陆终。陆终有子六人，第五子安，始曹姓。周武王克殷，存先世之后，封曹侠于邾。曹姓的源头还可以从姬姓之周说起。周国君姬姓，但周文王之子，也就是周武王之弟振铎其封地在曹，形成曹国。远古以地为氏，形成氏族。至周，多有以封国为姓氏，故振铎成为曹姓始祖。

"曹"这个符号出现在甲骨文中。邵英（1739—1818）说：在儒家五经中"曹"符的上部形状是"棘"，至隶书简化为现形。许慎说："棘，二束，曹从此。"曹操的父亲曹嵩，为宦官曹腾养子。曹腾碑云"出自邾"。邾，朱也。邾之朱，正如曹之束。束，从日在木中。东方有树木，太阳从东方的树木间升起，故有从日从木之东。"朱"这个符号对研究曹操很重要。朱，从木，一在其中。甲骨文、金文，乃至篆文中的"朱"符咸有"一"。这个"一"可以联系后来出现的"魏武挥鞭，孙刘联盟，三国鼎立，重归一统"来理解。

"朱"这个符号的主体是木。"木"的现代言文意思是草木，草木和人一样咸有身。

---

① 《中国大百科全书·中国文学》，第 545 页，中国大百科全书出版社，1986 年。

"朱"符中的"一"指谓木之中,木之中即木之身,木之身即木之干。曹操是人,人有人的操行。操,喿也。喿下为木,其上为品。这个"品",就是《品三国》的品。"品"是一个可以识读的甲骨文字符,也是《说文》的第 42 个部首。曹操是人,同时也是诗人。曹操的诗歌具有深刻的人性意义。

现存曹操的诗歌,不足 20 篇,全部是乐府诗体。新时期以来,易中天先生《品三国》,品出了名堂。易先生的学问,出身于文论,由品文论发展到品三国。品三国离不开品曹操,操之喿上就有"品"这个符号。刘勰的文字中也使用"品"。原话是:"旁及万品,动植皆文。"他在《原道》中言及万事万物之品是就文之为德而言。人德与文德的关系,略同于品行与德行的关系。操诗之木符外化为"树木丛生,百草丰茂"之诗句可作为"动植皆文"的例子。

刘勰说,"魏武以相王之尊,雅爱诗章"(《时序》)。毛泽东诗云,"魏武挥鞭,东临碣石有遗篇"。就此而言,曹操这个历史人物与现代伟人有了某种心灵感应。文如其人,诗文更如其人之心,故刘勰又说,"心生而言立,言立而文明"(《原道》)。诗文如此,诗史和小说又如何呢?明代钟惺的《古诗归》用"汉末实录,真诗史也"评价曹操的《薤露行》和《蒿里行》。由此可见操诗的操行。

曹操的操行与操诗的操行有异同。曹从日,曹操有日月一般的情操,该情操印刻在他的《观沧海》《龟虽寿》之诗句里。沈德潜说,"借古乐府写时事,始于曹公"(《古诗源》卷五)。然而,曹操的操行亦有"道深有可得,名山历观行,遨游八极,枕石漱流饮泉"的一面。曹操的操行与操诗的操行是相通的,正如诗歌与戏曲、小说是相通的。例如,在《秋胡行》中,曹操虚拟主人公欲随真人而去,但"去去不可追,长恨相牵攀。夜夜安得寐,惆怅以自怜"。

真人是仙人,仙人是永恒自由之人。永恒自由的仙人是一个永远也抓不住的幻影。曹操不是仙人,曹操这个符号在本质上是一个被"拟容取心"化了的矛盾存在。"魏武挥鞭"的曹操,在三国之后的民间乃至小说戏剧界被不断地变性和整容。由于演义三国之文学贬曹,故英雄之曹变成了奸雄之曹。雄操未变,但英之操变成了奸之操,这让喜欢历史真实的人内心愤愤不平。其实,"曹操"是一个可以操作的符号,《三国演义》在约定俗成的大势下对"曹操"的操作相当成功,而电视连续剧《三国》[①]对其的操作就未必成功。

作为兼三才而两之符号,历史上的曹操多次下令求贤,唯才是举。曹操不完全否定

[①] 由杨晓明任总制片人,朱叔进任总编剧,高希希任总导演。

德行、门第标准，而且很重视对名士的争取。曹操"揽申、商之法术"，强调"拨乱之政，以刑为先"。曹操最值得肯定的地方就在于"他要建立一种新的秩序。这个新秩序从阶级关系上讲，是庶族的；从意识形态讲，是法家的。因此，它和曹操这个人一样，也是要打折扣的。因为历史证明，最适合帝国的统治阶级，就是庶族地主；最适合帝国的意识形态，却不是法家思想。隋唐以后的政治路线，既不是袁绍的'士族儒家'，也不是曹操的'庶族法家'，而是被历史接受了的'庶族儒家'"①。

作为艺术符号，曹操，特别是《三国演义》中的曹操既是形，也是象。曹操作为兼三才而两之形象具有非物质性。曹操是非物质文化遗产，正如诸葛亮是非物质文化遗产。在天成象，在地成形，就此而言，曹操是人物。人物与形象有异同，正如历史与文学有异同。双音义符"人物"绝不是人与物的相加，其"形象"也不是形与象的相加，这是其同。就其异而言，双音义符"人物"具有事物的真实性，偏于历史；其"形象"具有艺术的象征性，偏于文学。

曹操既是人物，也是形象。作为人物的曹操可以被艺术家虚构为文，就此而言，《三国演义》中的曹操既是人物，也是文物。作为形象的曹操早在《世说新语》中已经被称为"乱世之英雄，治世之奸贼"（《识鉴》）。奸雄之说由此而来。《三国演义》这部长篇小说的艺术成就之一就是塑造出了一个活脱脱的奸雄形象。就此而言，曹操既是形象，也是意象。曹操形象中既有"意称物"之奸，亦有"文逮意"之雄。前者出于"道义的愤慨"，后者源于对豪杰的崇拜。

曹操好色，妻妾成群，有姓氏可考者十五人。曹操服药延年益寿至65岁。曹操习房中术，颇有效验，其儿子多达25个。奸雄之奸从女通奸。奸为三女。三，极言其多。《世说新语》说："魏甄后惠而有色，先为袁熙妻。"曹操攻占邺城后，令人速将这个美人招到他身边。身边人说，曹丕早将她带走了。曹操说，我攻灭袁熙，就是为了她。（《惑溺》）此虽为小说家言，但具有史实的可信度。

《世说新语》是小说。《五经》《四史》是大说。《四史》中除《后汉书》晚出外，其余都较《世说新语》早。《世说新语》与《后汉书》咸诞生于南朝宋。有史操，有文操。研究史操，应钻研《后汉书》和《三国志》。研究文操，应钻研《三国演义》。《后汉书》和《三国志》中的曹操，是历史人物。《三国演义》中的曹操，是文学形象。滚滚长江东逝水，前浪后浪浪打浪。前浪是史操，后浪是文操。史操维系着人文主义的历史，文操维系着历史主义的文学。

---

① 易中天：《品三国》，第544页，上海文艺出版社，2018年。

作为历史人物的史操，是叱咤风云的魏武帝。作为文学形象的文操，一半是奸臣、魔鬼，一半是豪杰英雄。文史不分家，但文操和史操具有两面性。曹操的人物形象折射出人的复杂性。

28. 吐槽

"吐槽"这个双音义符是一个吸收了宇宙真气，同时也接了地气的网络语言。人和牛都是动物，人吃食用碗；牛吞食，人供其槽。俯首甘为孺子牛，"吐槽"的词面意思更像是牛在呕吐胃秽于槽。该词内意思指谓人，而且不是指谓人呕吐，而是指吐槽者针对某一言行倾泻出数落、挖苦和抱怨等意味。

"吐槽"这个双音义符可以看作一个动宾结构，其构型涉及五根符号中的"土"和"木"。吐槽一词，虽然是网络语言，但其精神基因没有脱离中国文化传统。就此而言，我们可以联系"吐哺"来理解。吐槽之于反刍动物之牛，正如吐哺之于反哺动物之燕。政治家之治国，正如牛、燕之治生，这都是披肝沥胆之事。

历史书说周公吐哺其子伯禽：在你统辖鲁国时，不要慢待士人。他的披肝沥胆之言出现在流传于世的韩婴的著作中："吾文王之子，武王之弟，成王之叔父也。又相天下，吾于天下亦不轻矣，然一沐三握发，一饭三吐哺，犹恐失天下之士。"（《韩诗外传》卷三）

周公辅佐武王伐纣，封于鲁。他没有去封国就职，而是留在王朝辅佐武王建立制度，安定社会。武王崩，武王子继位，此即成王。成王年幼，周公摄政时，殷残余势力与周内部反叛者勾结，周王朝岌岌可危。周公东征，平定叛乱。又灭五十国，奠定东南，归回后制礼作乐，筹谋内政外交，呕心沥血，直至逝世。西周之天下大治，与周公这个伟大人物密不可分。

五根符号"土"是"吐"的音符基因，而"木"是"槽"的形符基因。吐槽之"槽"的音符基因是"曹"，即曹操的"曹"。曹操是汉魏时代的风云人物，正如周公是西周时代的风云人物。曹操喜欢用诗歌抒发政治抱负，这恐怕不能称为吐槽。历史学家说："汉末，天下大乱，雄豪并起，而袁绍虎视四州，强盛莫敌。太祖运筹演谋，鞭挞海内，揽申、商之法术，该韩、白之奇策，官方授材，各因其器，矫情任算，不念旧恶，终能总御皇机，克成鸿业者，惟其明略最优也。抑可谓非常之人，超世之杰矣。"[①]

---

① 陈寿：《三国志·魏书·武帝纪》。

曹操作为"乱世之枭雄",却有"周公吐哺,天下归心"之壮志。鲁迅说曹操是"改造文章的祖师",名不虚传。曹操将周公的"一饭三吐哺",改造为"山不厌高,海不厌深;周公吐哺,天下归心"(《短歌行》)便是一个范例。曹操之多才多艺,正如周公之多才多艺。曹操不但是一个"乱世之枭雄""治世之能臣"、治文之祖师,而且是一个统帅三军的战略家。

魏武挥鞭,东临碣石有遗篇,渴望贤才之"遗篇"凝聚成"周公吐哺,天下归心"这八个大字,后人从中看出了端倪,这实际上是一个如何聚集人力资源的问题。任正非在《星光不问赶路人》中说:"要坚定不移地吸收宇宙能量,发现新的基础要素;要敞开胸怀,周公吐哺,引进人才,特别是稀缺人才或天才;要坚定不移地向前,不断积累出领先世界的要素和技术。不能等我们过几年活下来了,却看不见方向了。人才要流动,将一部分人流动到最需要的地方。"

符号是飘扬的,具有意识形态性。符域是沉潜的、接地气的,它并不随便跟着意识形态走。符"域"中的"土"步入吐槽之"吐",成为音符,正如曹操之"曹"步入吐槽之"槽",成为音符。在此二者成为音符之后,吐槽有了自己的某种意识。如果说周公的"一沐三握发,一饭三吐哺"只是尊士,那曹操的"周公吐哺,天下归心"是渴望贤才辅佐自己治世。网络语言"吐槽"与"吐哺"不同。如果说吐槽是某种意识,那它是一种轻意识。

吐槽与吐哺之异,正如土与士之异。士是人,士人指读书人,特指知识分子。周公吐哺自己即将赴任的儿子,不要因为自己是鲁国最高的掌门人就"骄士"(慢待士人)。土是地,吐槽是接地气。吐槽者以接地气的真情,用言简意赅的言词,捅破离谱言行的遮羞布,从而使自己在网络界特立独行并走红。

曹操用诗歌抒发政治抱负,虽不能称为吐槽,但可以称为吐哺。就吐哺与吐槽同为吐而言,魏晋时期实际上已有吐槽之人。魏晋时的"月旦评"有点类似当今的吐槽。留下来的文字证明,魏晋月旦评创始者许劭(150—195)曾经吐槽过曹操。《三国志》裴松之注引孙盛《异同杂语》记载:曹操问许劭:"我是怎样的人?"许劭不回答。曹操继续追问,许劭回答说:"子乃治世之能臣,乱世之奸雄。"许劭之吐槽,更可直白为"吐操"。

"吐操"是向曹操吐口水。例如,朱熹就曾经向曹操吐口水:"曹操窃国,名分不正。"[1]但明末文学家张溥(1602—1641)说:"汉末名人,文有孔融,武有吕布,孟德实

---

[1] 朱熹:《朱子语类》卷八,崇文书局,2018年。

兼其长。"①曹操有吕布之勇，吕布无曹操之雄，且心眼小，故最终败于曹操。孔融的文才与曹操有一拼。孔融之文才，立足于传统儒术。曹操的吐哺归心志向，何尝放弃过儒学之精华。孟德顺应时代潮流，博采百家之所长，他看清楚了传统道德不能挽救旧时代之灭亡，完全放弃传统道德亦未必是万全之策。孔融缺少孟德的雄才大略。

吐哺庄重，吐槽谐谑。吐槽作为轻意识，可以联系轻小说（light novel）。主张"周公吐哺，引进人才"的任正非是实干的企业家，他认为 marketing 不尚空谈，评价产品线，对没有前途、领路人多年都是在讲故事的，要坚决裁掉。在吐槽大会、脱口秀节目里，情况完全相反。对于后者，如果能讲故事，那当然好了，因为故事是小说的同义语。如果吐槽者讲了一些故事，那也是轻故事。轻小说与小说已有区别，更不要说穷究概念了。

五根符号之"土"之于 acg，正如其"木"之于 acgn。吐槽者根本已经顾不上什么根不根了。吐槽者追求幽默、调侃，故将吐槽内容动漫化、游戏化、小说化。"土"三画、"木"四画，正如 acg 三个字母、acgn 四个字母。吐槽的动漫化既是动画，也是漫画，动漫之生动、鲜活有利于造成视觉上的冲击。动漫化之动画是 a，它是 animation 的第一个字母；之漫画是 c，它是 comic 的第一个字母。吐槽出口成秀，嬉笑怒骂，皆成文章，这涉及 acg 的第三个字母 g，它是 game 的第一个字母。吐槽兼三及四，这个四就是 acgn 这个缩略语中的 n，它是 novel 的第一个字母。

吐槽者说话，是小说。小说与大说有异同，正如吐槽与吐哺有异同。就其同而言，如果说"周公吐哺，天下归心"之"心"系联着意识，那轻小说之 acgn 之"n"系联着轻意识（light consciousness）。在英文那里，"意识"与"自白"（confession）都涉及"con-"。因此，吐槽者应该对"自白"作出承诺。在"自白"这种体裁的变迁中，从圣·奥古斯丁在罗马帝国晚期创造该词，到今日的谈话类和真人实景秀中，似乎总是存在一种自我表演的难闻气味（如果不是恶臭的话），即那种自私自利和虚情假意的味道。吐槽者应该着力"避开那些腐浊的恶臭"②，因为这种恶臭，不但污染社会，而且害人害己。

---

① 《汉魏六朝百三家集题辞》，魏武帝集题辞，人民文学出版社，1960年。
② [美] 克里斯托弗·科赫：《意识与脑：一个还原论者的浪漫自白》，第9页，李恒威、安晖译，机械工业出版社，2015年。

第八章 三五情素与四学八水

三五在东。妙极的九和十五。物性一分为二，物态一分为三。情致异区，漩缠涡结。道性隐，基因亦隐，故需发明。儒学显，商学亦显，遗传学从隐入显。岁在星纪。荧惑守心。七月流火。五星显，二十八宿隐。八水分流，龙飞凤舞。

29. 参伍

参伍的"参"是一个比较复杂的符号。这个符号一共有八画，它是一个可作简化偏旁用的简化字。它的繁体是参（shēn），一共有十一画。参由两部分组成，第一部分是厽（lěi），第二部分是㐱。厽是形符，㐱是声符，发 zhēn 音。"参"这个符号最初是指参宿。参宿是二十八宿之一，该宿有猎户座 ζ、ε、δ、α、γ、κ、β 七星，其中 ζ、ε、δ 这三颗被称为参。参之厽，就三星而言，等同于晶。甲骨文中的参，其下部为人形，三星在人头上，光芒下射。《说文》将参归入晶部，其下部声符为㐱。《召南》"三五在东"，"维参与昴"。这里，其三是参，其五指昴（mǎo）。三五举其数，参昴著其名。①

数字与文字有异同。就其同而言，数字也是文字。所以说，"三五在东"之"三五"也是文字。在《小星》是"三五"，到了《系辞传》作"参伍"。"三五在东"之"三五"是清晰的个位数字"3"和"5"。"参伍以变，错综其数"之"参伍"已趋于人文。伍从人，参从彡（shān），彡是毛饰画文。参伍之参，三才也。参伍之伍，五行也。二者合为参伍的内容是："以金木水火土之性，立父子之亲而成家，别清浊五音六吕相生之数以立君臣之义而成国，察四时季孟之序以立长幼之礼而成官，此之谓参；制君臣之义，父子之亲，夫妇之辨，长幼之序，朋友之际，此之谓伍。"（《淮南子·泰族训》）。

易学家尚秉和认为："爻数至三，内卦终点，故曰必变。此变即飞跃，飞跃即乾卦第四爻所谓革变，革变就三才而言。若从五行言，至五而盈，故过五必变。例如，乾卦上爻有悔，泰卦上爻城复于隍说的就是这种情况，故曰三五以变。"②易学有象数，三和五是数。"《易》惟谈天，入神致用"（《宗经》）。三才之天地人，五行之金木水火土，咸为

---

① 王引之：《经义述闻》。
② 尚秉和：《周易尚氏学》，中华书局，1980 年。

三五之大用。依据"三"数划分天区，中国的天文学将天空区隔为三垣：紫薇垣位于北天中央，太微垣位于紫薇垣的东北方，天市垣位于紫薇垣的东南方。依据"五"数命名太阳系内的行星，中国的天文学将 Mercury 命名为水星，将 Venus 命名为金星，将 Mars 命名为火星，将 Jupiter 命名为木星，将 Saturn 命名为土星。

二乘三得六，六是第一个而且是个位数里唯一的完满数。三乘五得十五，十五是一个"妙极"的数。西汉象数易学开创者孟喜将卦象看成是《易》之本。西汉焦赣《易林》由卦象体味意象并写出四言韵语之辞。易学家尚秉和认为，焦赣《易林》必有物主其辞。焦赣的学生京房说："定天地万物之情状，故吉凶之气顺六爻，上下次之，八九六七之数，内外承乘之象，故曰兼三才而两之。"（《京氏易传》卷下）三才与吉凶之气互动和顺于六。

在二与三之后是四。京房假借孔子的话说："阳三阴四，位之正也。三者，东方之数。东方日之所出。又圆者，径一而开三也。四者，西方之数。西方，日之所入。又方者，径一而取四也。言日月终天之道，故易卦六十四，分上下，象阴阳也。"（《京氏易传》卷下）。四之后是五。五是第三个素数。三是第二个素数。三的素数性与二的素数性不同。二是作为素数的偶数，除二之外的其他偶数都不是素数。三是作为素数的第一个奇数。是不是与三的乘积有关的数会成为"极妙"的数？至少，三乘三得九。"九"是一个"极妙"的数。三乘五得十五。"十五"是一个"极妙"的数。

所谓极妙的数，是有严格规定的。这个规定是："如果这个数是奇数，我们将它乘以3，再加1。如果它是偶数，就取其一半。然后重复这个过程。如果一个数经过这样的一些操作得到1，那么，我们就称它为极妙的数。"①例如，"9"这个数，我们如此这般，经过19次运算，最后才得到1。我们称9是极妙的数。再譬如，"15"这个数，我们如此这般，经过17次运算，最后得到1。我们也称它是一个极妙的数。"27"这个数如何呢？读者可以自己演算，据说得花一些时间，而且得预备好一大张纸。②

10以内的素数，有2、3、5、7。以"二"为素数之首，按中国传统的说法，有二五，有三五。二是基于日之阳与月之阴。五是水、火、木、金、土。"五行之生，各以其性，无极之真，二五之精，妙合而凝。"③周敦颐讲"二五之精，妙合而凝"。张载说

---

① [美]侯世达：《哥德尔 艾舍尔 巴赫——集异璧之大成》，第531页，本书翻译组译，商务印书馆，1997年。
② [美]侯世达：《哥德尔 艾舍尔 巴赫——集异璧之大成》，第532页，本书翻译组译，商务印书馆，1997年。
③ 周敦颐：《太极图说》。

"圣人语性与天道之极，尽于参伍之神"。"天之不测谓神"。"故天下之动者存乎神。天下之动，神鼓之也。神主乎动。鼓天下之动，皆神之为也"。"神化者，天之良能，非人能。"①

哲学家讲神化。文论家讲神思。神思是人的精神之思。天地之两仪，"惟人参之，性灵所钟，是谓三才，为五行之秀，实天地之心。心生而言立，言立而文明，自然之道也"（《原道》）。刘勰论文时已经非常娴熟地将三和五融入情采和神理。刘勰所谓自然之道与立文之道有同异。自然之道首先是人所立足的天地自然之二，其次才是性灵所钟之人，二者加起来即所谓三才。立文之道不但涉及三，更纠缠着五。这个五是什么，刘勰提到了五色、五音和五性。

刘勰说，立文之道，其理有三。就兼三而两哲学来说，两是二分法，三是三分法。"一分为二是事物性质（特别是最终性质）层次的哲学分析，一分为三是事物存在状态层次的哲学分析。"②刘勰是中国古代的文论家。侯世达是美国当代的"普利策文学奖"获得者。五、三、二都源于一，所以，艾丰说，一就是一，万世通用。刘勰的经典名著不足四万字，而侯世达的获奖著作长达一千多页。然而，就兼三而两来说，二者是相通的。刘勰的形文即侯世达的 E（异）。刘勰的声文即侯世达的 B（璧）。侯世达还有一个 G（集）。

如果把刘勰的情文联系于侯世达的 G（集）会怎样？刘勰说："三曰情文，五性是也。"（《情采》）也许，可以用侯世达获奖著作第二十章的标题来描述情文。这个标题是怪圈，或缠结的层次结构。人工智能涉及系统论，当系统转向自身时会产生缠结。"例如，科学探究科学，政府调查政府的过错，艺术地违反艺术规律，以及人类思考其自身的大脑和心智。"③在获奖著作最后这一章，侯世达打算对自己有关层次系统和自指的许多思想进行综合。他认为意识的核心是怪圈。GEB 或 EGB 都有关于这个怪圈之缠结。这里的 G 指哥德尔（隐含数学），其 E 指艾舍尔（隐含绘画或视觉艺术），其 B 指巴赫（隐含音乐或听觉艺术）。

三五的问题关键是三。侯世达获奖著作的副标题是"集异璧之大成"，但这个大成实际上位于三个层次交错的漩涡中。刘勰说："情致异区，文变殊术，莫不因情立体，即体

---

① 张载：《横渠易说》，收入纳兰性德《通志堂经解》。亦见《四库易学丛刊》，上海古籍出版社，1989年。关于"神化"，亦见张载的著作《正蒙》。蒙，《周易》之蒙卦。
② 艾丰：《中介论》，第一章，经济日报出版社，2000年。
③ [美] 侯世达：《哥德尔 艾舍尔 巴赫——集异璧之大成》，概览，第 28 页，本书翻译组译，商务印书馆，1997 年。

成势。"势是"乘利而为制。如机发矢直,涧曲湍回,自然之趣也"(《定势》)。刘勰所谓"涧曲湍回"就是侯世达所谓"漩缠涡结"。哥德尔的漩缠涡结决定了心理过程的缠结性,艾舍尔漩缠涡结的画作为哥德尔不完全性定理提供了一个形象化的比喻。更有甚者,巴赫的音乐"很像艾舍尔和哥德尔所构造的那种缠结的层次结构,宛然是智慧的结晶"①。

30. 四学

以地域分,有南学、北学、西学和东学之四学。钱钟书所谓"东海西海",是指东学、西学。他所谓"东海西海,道术未裂;南学北学,心理攸通"强调此四学之间的通达。钱钟书还说:大抵学问之事,就是荒山野屋中二三素心人谈商量培养之事,朝市之显学必成俗学。显学相对于隐学,俗学相对于雅学,这是另外一种四学。

有关四学的学问,有着重于发明的,有着重于应用的,有着重于综合的,也有着重于教育的。发明的学问是在某一点突破,令人豁然明朗。已发现的甲骨文字有 4000 多个,其中多一半尚未破解,若能对其中某个进行破解,并得到大部分专家的认可,即属此类。综合的学问是综通的,例如,笔者撰写字节、音节和情节,将其联系到计算机学、语音学和小说学,并暗悟机学、音学和说学并非不相干。俗说之炜晔谲诳,异音之狂乱怪诞,天机微露于此。

教育的学问注重基础。汉文符号,在起源那里,教与学互训。"教"之右符"攵"等同于"攴",攴中有手。"学"的繁体是"學","學"之上符是大人的两只手拿着"爻"。教育、教学不是空洞的东西,教孩子学习必须使用教具。"攴"是右手拿着教具,"學"之上符是双手拿着爻这种教具。教育的对象是学子,故"学"与"教"这两个单音义符中咸有"子"这个基因符号。

应用的学问重视实验。实验是实际的经验。"应"这个符号就是在实际经验中产生的。1958 年在江西省余干县出土了一个名为甗(yǎn)的古代炊器。这个甗前面还有"应监"二字。据专家研究,"应"指应国,"监"是指监视。应监甗产生于西周早年,因为应国紧邻被灭亡的殷商,故"应监"之"监"可能意谓应国监视殷商,使其不可轻举妄动。出现在这个炊器上的"应"符值得玩味。

"应"是一个不作简化偏旁用的简化字。"应"的繁体是"應"。对"應"这个符号进行溯源,我们就会追溯到"雁"(yīng)。"雁"即鹰(hawk)的原型。雁从广,正如雁

---

① [美] 侯世达:《哥德尔 艾舍尔 巴赫——集异璧之大成》,第 951 页,本书翻译组译,商务印书馆,1997 年。

(wild goose)从厂。雁鹰二者咸为鸟纲,前者比后者仅仅多了一个点(丶)。就符号本身而言,厂与广同源;正如就属于鸟纲而言,雁与鹰同源。应监甗上的"雁"符是一个"广"与"隹"(zhuī)的组合体。"广"是岩石,"隹"特指鹰。应国之所以名为应,据此推测可能是因为崇拜鹰。

应用的学问应有如鹰一般的锐眼,实际的经验应结合反复实验来验证,故严复说"学问格致之事,最患人习于耳目之肤近,而常忘事理之真实"①。老子的理论思维是有无相生,天下万物生于有,有生于无。老子还使用了"无名"和"有名"这两个术语,并且说,"无名,天地之始;有名,万物之母"(《一章》)。严译《天演论》之名在《导言三》部分使用了"无支体""有支体""无知觉""有知觉"四个术语。此四者亦可从四学理解。

无支体者无官理,无支体官理者指金、石、水、土等有质可称量之物,这些物属于非生类。有支体者有官理,有支体官理者指植物、动物、灵长属和人,属于生类。生类中又区别为有知觉能运动者与无知觉不能运动者:后者为植物,前者乃动物。生类中的人是"最具气质之体,有支体官理、知觉运动的形上之神,寓之以为灵,此其所以为生类之贵者也。虽然人类为贵,但亦为气质所囿,阴阳之所张弛,排激动荡,为所使而不自知,则与有生之类莫不同也。有生者生生,天命其各肖其所生,而又代趋于异"②。

由于化学与生命科学的交融与进步,科学术语对旧有术语不断进行淘汰,无机、有机之说法逐渐代替了无支、有支之说法,甚至文艺美学也来凑热闹。例如,英国浪漫主义诗人柯勒律治就认为,诗与有机物一样,其生命起源于诗人灵感的种子和胚胎。

如果说隐学偏于自然科学,那显学应该是什么学?韩非子说,世之显学,儒、墨也。在历史长河中,儒学曾长期成为显学,但作为显学的墨学却几近于消亡。南朝宋所立显学有儒、玄、史、文四学。北宋的欧阳修是著名的政治家、文学家,但清代学者方苞说这个为世所称的显学之儒,其智不足以及此。朱自清曾说,他那个时代商学是显学。时至 21 世纪之今日,商学之显更趋为甚。隐学的创始人说"治大国若烹小鲜"。美国总统特朗普用经商之法颠覆了世界。

如果说俗学是接地气的学问,那雅学应该是什么呢?雅学崇拜信、达、雅。该传统的基础是"两仪生四象"。两仪如果是指身心健康,那就应该像柏拉图所说的那样来实施教育:"以体操锻炼身体,以音乐陶冶心灵。"与此相适应,区别为初等学与高等学。初

---

① 《天演论》按语。见托马斯·赫胥黎:《天演论》,第 13 页,严复译,译林出版社,2011 年。
② [英]托马斯·赫胥黎:《天演论》,第 12 页,严复译,译林出版社,2011 年。

学的体育包括游戏和若干运动，其智育除音乐和舞蹈外，还包括读、写、算等文化学科。高学包括算术、几何学、天文学和音乐理论。后者就是西学传统中的四学。此四学的前二者属于基础数学，后二者是必须使用数学才能获得正确知识和理论的学科。

就数学而言，"两仪生四象"的"四"是二的倍数。先秦中国有四民，其中每一民都背靠一种学问，合起来就会有四种学问。农民依靠农学生产粮食，工人依靠工学做工，商人依靠商学贸易，士人依靠脑力劳动提供格物致知之学问。这四种学问也可以归为显学和隐学来言说。民以食为天，农学自古到今咸为显学不言自明。工学致力于生产劳动工具，建造房屋，制衣，发展交通，满足人的出行，故其显学地位不应动摇。农、工、商、士中的后二者与前二者有别，后二者的作用是隐性的，正如遗传基因是隐性的一样。

笔者在阅读《基因传》时萌生了著作"四学"这个双音义符的念头，这是一个灵魂的冒险。具体地说，是该书的第一部分第四章约十页的篇幅诱惑了我的冒险。哲学家说，一个微不足道的想法，就足以改变某个人的一生。还好，我是综通学家，诱惑了我的这个冒险只占用了我一个周的时间。《基因传》的副标题是"众生之源"，这个"生"联系着生类、人类。生类和人类之源是隐性的，隐性事物需要隐学家研究。隐学家的前身是隐士，譬如，"采菊东篱下，悠然见南山"的陶渊明就是一位隐士。《基因传》第一部分第四章所撰写的主角也是一位隐士，他所从事的隐学是遗传学。

然而，《基因传》却不是隐学。《基因传》是不是俗学？《基因传》按时间顺序和故事情节展开时并未忽略理论的深入，故其应归入雅学。"人类从来没有像今天这样接近生命的真相，当我们能够掌控和改造人类基因时，'人类'的概念也许将从根本上发生改变，后人类时代正在来临。"（《纽约时报》语）

就此而言，基因理论是显学。也许，四学中的任何一学都不能孤立对待。例如，19世纪诞生的达尔文的生物进化思想，因其推翻了"神创论"和"物种不变"理论而成为显学；然而，同样在该时期诞生的孟德尔的遗传学理论却因被埋没而成为隐学。

达尔文生前已经意识到，遗传学理论并不从属于进化论，它的重要性无可替代，但达尔文已经没有精力完成这项工作。孟德尔在豌豆杂交领域完成了一篇具有里程碑意义的论文，此后，经过一系列遗传学家的努力，遗传基因理论异军突起而成为显学。当然，基因理论与《基因传》有同异，前者深奥难懂，后者深入浅出地梳理出前者的脉络，使基因理论俗化为平易近人的读物。

31. 五星

耳顺之年后，笔者养成早睡早起的习惯。2020 年 7 月初，一连几天，我在凌晨前几小时从南窗仰望星空，看见了土木。土是土星，它发着微弱的亮光。在土星西不远是木星，它是一颗明亮的星。这个 7 月初的夜空，不但土星与木星汇聚，而且月亮也来凑热闹。晴朗的夜空，有此三者汇合，实在趣味无穷。地球所在太阳系八大行星可分为两类：内围的水星、金星、地球和火星是类地行星；外围的木星、土星、天王星、海王星是类土行星。

中国古代天文学比较发达。以五行命名太阳系中地球以外的最靠近太阳旋转的五颗行星，当然比较早，但不是最早。譬如，被命名为"木星"就晚于"岁"星的名称。"歲"的本义是特指的星名，它就是西语所谓 Jupiter。Jupiter 借用罗马神名作为星名，而中国的汉字"歲"本身就是星名。这个星名就是孟浩然"昨夜斗回北，今朝岁起东"（《田家元日》）中的"岁"。"歲"被简化成一个可作简化偏旁用的简化字，这是 20 世纪中叶发生的事。繁体"岁"很复杂。

《新华字典》第 11 版在"岁"这个字头后的括弧内收了三个今日大多年轻人几乎都已经不认识的字。第一个是繁体字"歲"。另外两个是它的异体字。"岁"为什么简化为上部从"山"，就因为它的异体字上部有"山"。《尚书·周书·毕命》中的"既历三纪"之"纪"、《左传·襄公二十八年》"岁在星纪"之"纪"都是有关于木星的历时概念。许慎说，木星越历二十八宿。

所以，应该将"歲"这个字符与木星越历二十八宿联系起来理解。木星行走于二十八宿，随行随宿。所谓"越历"，实际是"越歷"。"歲""越""歷"所从止，前者在上，后者在下，中者在左下。止是足趾的原型，用来走路。木星穿行于太空，可以通过它穿行过程中经过的二十八宿来把握。具体而言，木星绕太阳一个周天是一岁，一岁就是一纪。古人言简意赅地说"岁在星纪"，又说"既历三纪"。一纪十二年，三纪就是三十六年。

"岁在星纪"之"岁"是一个单音义符。到了《史记·天官书》中这个单音义符演化成"岁星"。天文学家通过观察日月之行以揆岁星顺逆，日月之行是参照系，岁星是揆测对象。岁星运行之顺逆是就地球人观测时形成的感觉而言的。晋代历史学家杜预说岁就是岁星，唐代司马贞《史记索隐》说岁星就是纪星。后者还引用晋代科学家杨泉《物理论》的话说，岁星走完一个周天约 12 年。晚唐诗人李商隐有一首咏马嵬之变的诗歌。马嵬坡是一个普通的黄土地上的坡，但是土星不是一个类地行星。在地球上生活的人，坐地日行八万里，但永远无法完整洞察地球本身与类木行星土星绕游太阳之盛况。还好，如笔者一样的地球人可以看见土星与木星结伴而行，可以看见土、木、月结伴而行。

太阳系家族，除了地球母亲以外，就数日、月、五星对我们影响最大。日，俗称太阳，距离地球遥远，但由于它体量巨大，故能牢牢地吸引着地球、五星乃至太阳系的所有物质。五星中，最大的是木星、土星。木星的质量是太阳系其他行星质量总和的 2.5 倍。木星的个头有 1000 多个地球那么大。土星虽然小于木星，但它的个头也大得接近于 100 个地球的大小。地球绕太阳一周 12 个月，木星绕太阳一周 142 个月，土星绕太阳一周 354 个月。

如果将太阳系的五星比作人一个脚的五个趾头，可能会怎么样呢？那我们干脆就说，木星是跗趾，土星是紧靠着跗趾的另一趾。五星中最小的水星是小跗趾。水星，中国古代叫辰星。辰既是晨的根，也是农或蓐的根。木星越历二十八宿，处于最内围的水星就不存在这种状况。水星绕太阳一周接近 3 个月，而自转一个周期却需要约 2 个月。剩下来的两个趾头是火星、金星。金星的亮度仅次于日、月。由于紧挨着地球内围绕太阳转，所以日出时"东有启明"，日落时"西有长庚"（《小雅·大东》），地球上的人早晚都能看见它的尊容。由于金星与地球的距离大约接近 4000 万公里，所以，地球夜空中的金星最亮，金星夜空中看地球也最亮，真是一对姊妹星。

在中国人的观念中，天上的星宿结合着地上的人。金星又称明星、太白星。传说唐代大诗人李白的母亲因梦见太白金星落入胸怀而生李太白。李白有"欲上青天揽明月"之才，亦有"太白入月敌可摧"（《胡无人》）之力。太白金星在道教中是神，最初是一位穿着黄色裙子，戴着鸡冠演奏琵琶的女神。明朝以后，这位女神演化成为童颜鹤发的老神仙形象，而且经常奉玉皇大帝之命巡查人间善恶。太白金星的传奇故事浸润在《西游记》等小说中。

火星是太阳系内紧挨着地球外围绕日旋转的一颗类地行星。此星象火，呈红色，故中国古人或将其称作"荧惑星"，或将其称作火星。"荧荧火光，离离乱惑。"荧荧如火，故曰火星。由于它的目视亮度忽明忽暗，诡异多变，蛊惑人心，故曰荧惑。西语中有一个英语单词"retrograde"，它有几个义项，其中一个的天文学意义是"逆行"。火星在夜空中有时会逆行。如果逆行在天蝎座的心宿，古代的占星术之流会称其为"荧惑守心"。的确，火星在天空运动，有时会从西向东，有时又会从东向西，情况很复杂，让一般人迷惑。

火星运行到与地球最近距离时，我们能用肉眼看到它是一颗发光的红色星球。这样的奇观每两年多出现一次，天文学称其为"火星冲日"。英语"opposition"的第 7 个义项（依据笔者书架上的工具书）是它的天文学意义"冲"。火星冲日，日落时，这颗类地行星会从东方升起；日出时，它会从西方落下，整夜都可看见它。在太阳系，火星最近似于地球。火星的直径约为地球的一半，是月亮直径的 2 倍。1969 年 7 月 20 日，阿姆斯特朗仅用了 4 天时间便从地球跨入 40 万公里外的月球。然而至今，人类还没有登上火星，因为火星比月球遥远得多。

火星虽然是地球的亲兄弟，但它的公转轨道与地球有别。火星与地球最近端相距约 5600 万公里，是地球与月亮距离的 140 倍；最远端更是高达 4 亿公里，是地球与月亮距离的 1000 倍。距离变化巨大，故地球夜空视知觉火星亮度差异巨大。距离近时亮，距离远时暗。这种状况可用地球绕日公转比拟。地球绕日公转，有南回归、北回归。对于居住在北半球的中国人来说，南回归时日南至，是冬至时节，天气冷；北回归时日回来，为夏至，天热。

星河灿烂，无穷无尽。有边有沿，唯太阳系。"开辟草昧，岁纪绵邈，居今识古，其载籍乎。"(《文心雕龙·史传》)由地到天，先有《书·甘誓》之"五行"，后有《史记》之"五星"，故曰"天有五星，地有五行"(《史记·天官书》)。据经典记载："列宿日月五星昼夜运行各守常度，为天下作照明。"(《大集经》第 41 卷)"五星从速至迟排列为辰星、太白、荧惑、岁、填（镇）星，行度缓急于斯彰焉。"(《宿曜经》卷上)填星即土星。中国古代认为，唯有五星中的土星最接近二十八年运行一周天，故曰岁镇二十八宿。

人类的思维，既能发散，亦能收缩。一分为二，故有天地。一分为三，故有天地人。二和三是最前面的两个素数。五是第三个素数。一分为二，故有阴阳，太阳是阳，太阴是月。日月是地球人所能看见的最明亮的两个天体。西方人用神命名五星，说主神宙斯（Jupiter）为木星。其实太阳系的霸主是日（sun）。

中国古代天文学比较发达，早在甲骨文时代，已创造出众多的"星"符。《说文》古文星从晶生声，晶为三日，代表多。生是星的声符。就日而言，万物生长靠太阳。西方五星文化将农神萨图恩（Saturn）作为土星，因为所有农作物都诞生于土地、阳光和水的结合。人类作为动物生命之一员有好战的一面，战神玛斯（Mars）为火星。《史记》说"火犯守角，则有战"(《天官书》)。[①]

这里的"火"指谓 Mars 这颗行星，而《诗经》"七月流火"(《豳风·七月》)中的

[①] 火，火星；犯，侵犯。"居其宿曰守"，即某一星辰侵入另一星辰的位置。这句话的意思是：火星挨近或侵犯至角宿附近，预示有战争发生。

"火"不是指谓行星 Mars，而是指谓距离地球 410 光年的一颗恒星。它的中国古名叫"火"或者"大火"。中国古代天文学虽然发达，但还没有区分出行星和恒星的概念。当然《书·尧典》"日永星火"之"火"，后人注释为"心"。

这个"心"，就是二十八宿之四象中属于东方的宿。"心宿"是二十八宿之一，主要位于天蝎座，也有部分在豺狼座。"心宿二"是天蝎座的主星，是天空中最孤独的一等星，它附近有许多二等星。每年五月黄昏，位于正南方，位置最高。到了七月的黄昏，心宿二的位置由中天逐渐西降，此即上文所谓"七月流火"。

32. 八水

就科学而言，"水"是最简单的氢氧化合物，是氢二氧一。就"水"这个符号的本义而言，是指水流（stream），水流就是江河，《水经注》之"水"就指河流。我们所居住的这个地球是"三山六水一分田"，此就面积而言。"六水"的绝大部分指海洋，"三山"峻岭紧邻沟壑，水流于其中孕育成"一分"田土。

$3+6+1=10$，这是对地球构成的数字化表述，我们可以用八卦语言对其进行描述。八卦说，艮为山，坎为水，坤为地。地为土，相对于三成山，六成水，地球上可供耕作的田土只有一成。四川作家写的《尘埃落定》涉及中国西南的地理，名曰：四水六岗。四水是：金沙江、澜沧江、怒江、雅砻江。六岗之具体就不说了。但必须说说"岗"这个单音义符。"岗"与"塬"，正如"冈"与"原"、"山"与"土"，这三组不同层级的符号，颇堪玩味。

地球大陆，被山带水，错综复杂，一言难尽。笔者生活在秦岭之北，八百里秦川，于学府教授汉赋。有荡气回肠之句："君未睹夫巨丽也，独不闻天子之上林乎？左苍梧，右西极。丹水更其南，紫渊径其北。始终灞浐，出入泾渭，酆镐潦潏，纡馀委蛇，荡荡乎八川分流，相背而异态。"（《上林赋》）

司马相如"荡荡乎八川分流"之"八水"指谓八条河流，其"八川"对外地人可以扩大理解为八百里秦川。数符与文符同源，两画的"八"，初义为分，后来产生了"eight"意义。数目词"八"是可分的，正如"八水"是可分的。"诏开八水注恩波，千介万鳞同日活。"① "千介万鳞"泛言其多，而"八水"是确定的数量。八川八水，四川四水。笔者生活在"荡荡乎八水分流"之沣滈交汇处，"沣滈"为吾之乳母，沣滈渠源于沣滈交汇

---

① 白居易：《昆明春》，原题注"思王泽之广被也"。

的秦镇。

2+2+2+2=8，这是八水绕长安的数字化表述，我们同样可以用八卦语言对其进行描述。兑为西，离为南，吾之家乡在西安西南，涝（潦）沣二水在西边拱卫着西安。震为东，巽为东南，浐灞二水在东边拥抱着西安。今日西安之长安区，地势东南高、西北低，潏滈二水在西安城南，其流向与泾渭流向相反。坎为北，乾为西北，巽为东南，泾水从西北向东南注入渭水，泾渭二水在西安城北从古至今滋润着这座闻名世界的古都。

除了八水，古老的长安还有五塬、六岗、十一池。渭泾浐灞沣滈潏涝之八水错落在以西安为中心的黄土台塬之间，例如，白鹿原介于浐河与灞河之间，潏水介于神禾塬与少陵塬之间，滈水依偎于神禾塬南畔，泾渭以及其支流均深切于黄土高原之梁、塬、峁、岗。有一首歌，"我家住在黄土高坡"。坡、塬从土，峁、岗从山，潏、滈从水。我们还可以用八卦语言对其进行描述。高坡的"高"作为音符，也出现在"滈"与"镐"中。

八卦以乾卦为首，乾卦属阳，称九。长安城龙飞凤舞，地形南依秦岭，北望渭水，神龙见首不见尾。这个首就是"龙首原"之首。龙首原，若强调"土"，那就是"龙首塬"；若强调"山"，那就是"龙首岗"。《水经注》说，古时候有一条龙从秦岭探头而出，来渭河饮水，所到之处，形成龙首山。在今日的龙首村周围数公里范围内，东有唐大明宫，西北有汉长安城。

土木山水台塬具有一种不规则的自然之美。龙首原在北，凤栖原在南。龙飞凤舞，一北一南。这个凤舞或凤栖之原，实际上是少陵台塬的西北部分。加了"土"的这个"塬"强调这个原是由黄土构成的，称其为"台原"，强调此原的上面是平坦的，但不排除它会有突然的倾斜。例如，凤栖原的北端就不断倾斜而下，直至西安雁塔区所在；凤栖原的西端却突然隆起成山，长安区人称其为清凉山。正是这种不规则造成"凤舞"之姿。

地形倾斜谓之"坡"。"隋唐长安城北靠龙首原，城内有六条余坡隐起于平地，自东北而西南，分布在今西安红庙坡与大雁塔之间，在都城地区形成为六条高坡。"《雍录》说，隋文帝据六坡地势建造都城。隋大兴城建筑家宇文恺依据《周易·乾》象数理论总体布局实施。[①] 宇文恺用第一爻附会第一坡，因为是"初九，潜龙勿用"，故不宜营建宫室，所以将其规划为风景园林区。第二爻附会第二坡，因为是"九二，见龙在田"，故将其规划为皇帝居住之处。第三爻附会第三坡，因为是"九三，君子终日乾乾，夕惕若，厉无咎"，故将其规划为君王处理公务之地。君主是君子的典范，更应该以拳拳之心孜孜不倦于国家大事，自强不息，为人民谋福利。

---

① 张永禄：《西安古城墙》，第139页，西安出版社，2007年。

八水，司马相如《上林赋》用八个字表达，其中"潦"，今作"涝"。其中"潏"，今普通话拼作"yù"，长安方言发"jué"音。其中"滈"，发源于长安区石砭峪。传说古时该峪有巨石如鳖，不安本分，常窜扰百姓。有康姓三兄弟欲铲除此祸害。康三前往，未能压服；康二去帮忙，亦未能制伏；康大出马，才压住了石鳖。三人都变成了石头，故名石鳖峪。因鳖名不好听，故取其近音"砭"取代之，"石砭峪"之名由此而来。

著名的《水经注》绘出水道图，图中的"滈"（hào）水被称为"交"水，这是可信的。但郦道元在考察滈水时用了多大功夫，已不可知。郦道元可能知道"滈"交汇于"潏"，故标注其为"交"。说到滈水之"交"，就不能不提到"潏"，因为"潏"在神禾塬西畔与"滈"交汇。交汇后的水名叫"洨"河。潏河古称泬（jué）水，亦称决河，发源于秦岭北麓之大峪。"潏"与"滈"交汇后西流，至鄠邑区秦镇入于"沣"，沣有沣惠，沣惠渠首在秦镇。由河源大峪口至入沣口，"潏"之现在河道全长64.2公里。

就文字基本之音而言，"潏"之"矞"，正如"泬"之"穴"、"滈"之"高"。八水中的"潏"曾经担负漕运，漕发曹音，正如带三点水的"浘"发"皂"音。唐代以前，潏河在樊川顺着今日皂河道由申店入韦曲，于"长安中央公园"处向西北绕过汉长安城西入渭河。潏水大，皂水小。后者源于秦岭少陵塬脚下樊川的水寨村，根据音训，皂水，是漕水。汉以后地图注此水之名，有的作"漕河"，有的作"沇河"，有的作"潏河"；还有的写作"沉河"，或者作"飞渠"；明代称其为"通济渠"，清代叫"皂河"。

《水经注》说："飞渠引水入城，东为仓池。""仓池"应该是汉长安城内外十一池之一。史书言及十一池，说池水来自"昆明池"。"昆明池"的建造时间约在汉兴七十七年之后，与其配套的还有更大的工程漕渠，就此而言，漕水之名顺理成章。漕水的功能在漕运。曹是漕的根。长安区子午镇附近有一个"曹村"，没有一个姓曹的，为什么这样，因为这里为漕运之首，应该为"漕村"。在这里，以"曹"音代"漕"，"曹"就是"漕"。皂河水流到汉长安城西南角，由于阻挡了东西通道，就必须在河面上架桥。按古代礼仪，中间为皇帝快车"驰道"桥，两边是普通行人桥，所以主桥南北有两小桥，西安西郊有一地叫"二桥"，其名由此而来。

第三编　诗乐情境与基本符论

言音基因显灵于文。乐诗意境浸润入神。骚情赋骨，汉风魏力，唐音宋调。上界语言是思想的情人，诗乐 DNA 憧憬与传世文章同床共枕。

第九章　书画乐概与上界语言

书为心画，空间基因。乐为诗声，时间基因。概为总括，以此总乎彼，举少括乎多。点下有横：文书言，言诵音，音谱数。一物携二，文不尽情，乞声显灵。灵魂通过上界语言创造自身，乐基谱因精炼大脑细胞使其美轮美奂。

33. 书概

英文所谓 writing，中文所谓"书"。英文所谓 beautiful writing，其含义相当于希腊语 Kalligraphiā，转写成英文就是 calligraphy，此即中国人所谓"书法"。书如其人，书之一竖是人体，其两折是胳膊肘。与肘相连之手持 pen 书写，甲骨文中用"肀"表示，《说文》或作"聿"，或在"肀"下画一横。许慎用"手之捷巧"解释这个符号。书写符号的原型后来固定为"聿"。

由于中国古代的 pen 是用竹和狼毫做成的，故其表达又演化出"筆"或"笔"。书法是以毛笔书写汉字的艺术。毛笔是手的延伸，手巧和心灵是关联着的，故学书也是"本于心行。不然，书虽幸免薄浊，亦但为他人写照而已"(《书概》)。書与畫同从聿，聿本于心行。心行于光天化日之下，故为書；心行于田野四界，故为畫。畵与畫同，正如"書"与"聿"下加"者"同。后者电文打不出。书，著也。书之草木成著，书之竹成箸。书的下部从者省，故以者为声符。

书为心画，书画为空间艺术。书画亦为心学，心不如人而欲书之过人，其勤苦用工而无所着落也。所以说"书，如也。如其学，如其才，如其志，总之曰如其人"(《书概》)。"书"是一个不作简化偏旁用的简化字。"书"这个符号右上角的点画十分重要。学书"所难尤在一点一画皆如抛砖落地，使人不敢以虚骄之意拟之"(同上)。

聿所持之聿，毛笔也。书法家持笔作书，"善书者用笔，不善书者为笔所用"。善用笔者从物理入手，深入于心理，使意称物，文逮意，"令笔心常在点画中行，使笔画之中心有一缕浓墨正当其中，至于曲折处亦当中，无有偏侧处"(同上)。聿本于心行，心性精神注入书。"行书有真行，有草行。真行近真，而纵于真；草行近草，而敛于草"(同上)。纵于真即离于真，敛于草即合于草。"行书行世之广，与真书略等，篆、隶、草书皆不如它"(同上)。

书是发散的（divergent），也是收敛的。发散是离，收敛（convergence）是合。书法之要，妙在能合，神在能离。能合者尚肥，能离者尚瘦。草书之高峰在"颠张醉素"，张旭喜肥，怀素爱瘦。肥瘦无高低，贵在把握好书美规律的分寸。清代书法理论家宋曹认为："写草书时用侧锋，能产生神奇。作行草书须以劲利取势，以灵转取致。草书无定，须以古人为法，而后能悟生于古法之外，悟生后能自我作古，也能产生自己的方法和面貌。"①

书艺与诗艺有异同。此二者都是艺。例如，"子美不能为太白之飘逸，太白不能为子美之沉郁"(《沧浪诗话·诗评》)。这里，严羽用"沉郁"和"飘逸"概括了杜甫与李白的诗美风格。在《艺概》里，刘熙载写道："或问颜鲁公书何似？曰：似司马迁。怀素书何似？曰：似庄子。曰：不以一沉着、一飘逸形容，可乎？曰：必若此言。"(《书概》)也就是说：司马迁不能为庄子之飘逸，庄子不能为司马迁之沉着。"沉着"和"飘逸"对于颜真卿和怀素也一样。

书概与书法有同异，正如书法与书体有同异。书法的西文表达是"calligraphy"。书概的西文表达是"outline of calligraphy"。在清代，刘熙载是著名艺术理论家。该人生前言艺，好言其概。"艺者，道之行也。学者兼通六艺，尚矣。次则文章名类，各举一端，莫不为艺。"(《艺概叙》)书法是书艺，书何以言法？就中西打通而言，"书"这个符号，除了有 writing 的意思之外，还有 book 这种普通的意思。人有脸，书也有脸。书之脸之法在信息时代已被人工智能堪破，当今有人脸识别法，流传至今的传统有书法。

就像每个人的脸各具独特性一样，书体亦各具独特性。"凡书分两种：篆、分、正为一种，皆详而静也；行、草为一种，皆简而动者也。正书居静以治动，草书居动以治静。

---

① 参见《书法约言》。《中国大百科全书》（第二版），第 20 卷，第 427 页，中国大百科全书出版社，2009 年。

后者画省而意存，可在争让向背间悟得。欲作草书，必先释智遗形，以至于超鸿蒙，混希夷，然后下笔。草书之体，须入其形，以若坐、若行、若飞、若动、若往、若来、若卧、若起、若愁、若喜状之，取不齐也。然不齐之中，流通照应，必有大齐者存。故辨草者，尤以书脉为要焉。古人草书，空白少而神远，空白多而神密。俗书反是。"①

刘熙载的《书概》是《艺概》的第五部分。《艺概》共有六个部分，其余五个部分是《文概》《诗概》《赋概》《词曲概》和《经义概》。《书概》作于同治十五年，也就是1873年，由245条组成。中国古代的文艺理论，刘勰讲文心，刘熙载讲文概。刘勰论文心时在第四十四篇谈到"鉴必穷源，乘一总万"。这里的"总"就是刘熙载所谓"概"。"乘一总万"就是《艺概》所谓"举此以概乎彼，举少以概乎多"。文概是文学概论。书概是书法概论。

书概之"概"是概括、概略的意思。"概"之所以会产生这个意思，得力于概所从"既"。"既"是一个可以识读的甲骨文字符。民以食为天，"既"有关于吃食，是食尽之意。食尽即吃完了全部。由此引申，成为范围副词，意思是"全"(all)、"都"(whole)。《周易》的"既济"之"既"，就是这种意思。"既"就是"旣"。"旣"之左为"皂"，这个字符《广韵》释为"粒"。"旣"之"旡"的篆文从反"欠"。"欠"是《说文》的第320个部首。"旡"是一个甲骨文字根，它也是《说文》的第323个部首。刘熙载说学书的难点是要"一点一画皆如抛砖落地"。吾体味书概之"旣"，亦主张一形一符皆要如砖落地。"旣"之"皂"意谓用匕取食米粒，"旣"之"旡"意谓为了取食人体前倾欠身的姿态。书艺为虚、为美，书"旣"为实、为食。

书"旣"尚实。书概尚虚。刘熙载心里清楚：书法言艺，非至详不足以备道。欲极尽其详，但绝对的详尽是不可能的。书法之意称物止于详尽，其文逮意崇尚大概。书概能"得其大意，则小缺为无伤"。只要能"触类引申"，说不定"显缺者"就是"隐备者"。刘熙载采取以论带史之方法，将通道理论置于书法理论之上。"通道必简，概之云者，知为简而已矣。"(《书概叙》)至于最终的效果是否走在通道之正路上，"则存乎人之所见"(同上)。刘氏之贡献多多。他认为行书法多于意，草书意多于法。观人行书，不如观其行草。

书之体繁杂。主要归纳为五：篆、隶、草、楷、行。各体的形成，相互关系紧密，亦各有独特性。篆书包括商周甲骨文、金文，战国篆文和秦代小篆文字。隶书产生于战国，盛行于汉代。篆书曲屈圆转，不便于书写。隶书将小篆的纵势变为横势，形体宽扁，左

---

① 刘熙载：《艺概》，第142-143页，上海古籍出版社，1978年。

右舒展，笔画讲究波磔（zhé），横画若蚕头燕尾，艺术趣味增强。楷是隶之变，汉代已具雏形，魏晋南北朝继续发展，至唐代达到巅峰。楷书形体方正，书法严格，其点画、钩戈、撇捺架构出长短正斜、俯仰照应，比篆隶更多姿多态。草书源远流长。笔画具有隶书波磔的特点而形体较简率的叫章草。在章草基础上，采用楷书体势、笔意而快速书写的叫小草。到了唐代，在小草基础上又进化出大草。大草即狂草，其用笔连绵不断，大起大落，风驰电掣，一气呵成。行书介于楷草之间，其运笔更为简易、流畅。行书近于楷书的称为行楷，近于草书的称为行草。行书的笔画如游丝引带，其笔锋遒丽明快，活泼自然，如行云流水。行书的成就，至王羲之、王献之趋于完美境界。

34. 音乐

我在《文史符号综通研究》中说：文是符号，史是符号过程。广义的文不但包括画，而且包括乐。乐是音乐，音乐创造听觉美，正如绘画创造视觉美。"音"和"言"的异同，正如"意"和"義"的异同、音乐情意与音乐意义的异同。"音乐的历史是人类尝试表达所思、所想、所感的历史，而音乐学的历史则是人们尝试从音乐中发现意义的历史。然而，由于音乐艺术的抽象性，关于音乐的意义究竟是什么，不同时代的、不同背景的、持有不同观点的人们会给出不同的答案。"[①]如果说音乐洋溢着情意，那音乐学则透露出理义。

我未必要在此时写"音乐"这个双音义符。但是，我的确要写"音乐"这个双音义符不可。读侯世达的书，受他的影响，我迫切欲了解巴赫，欲了解赋格（fugue）。对于我来说，赋格比音乐更抽象，正如音乐学比音乐更抽象。侯世达是一个计算机科学教授，然而，读他的书，我感觉他也很喜欢音乐，很喜欢巴赫。2019年7月3日下午，我去陕西省图书馆还完书后再借书，碰到了一个问题。大家知道，人会生病，机器也会出毛病。可能是当时借书机迟钝或受周围环境影响产生错误，或者是我操作失误，反正我的借书卡上没有借到我想要借的书，却出现了一部莫名其妙的书。

我陷入麻烦。通过图书馆管理员用她专用的电脑检查，我知道了一些那本莫名其妙的书的信息。它是一本有关计算机科学的书，在图书馆的分类标识符号是"TP"。在TP之后，它具体的图书数码号是311.56/1306=2。这本书的条形码是03115008。这本书的书名叫《QT5开发及实例》。一开始时，我很讨厌这本书，因为它给我带来了麻烦，而且它的确也是我专业之外的书。但是，为了摆脱麻烦，我不得不了解这本书的一些信息。花

---

① 罗逍然语。参见罗逍然所翻译的《音乐与情感》一书译者序。浙江大学出版社，2017年。

了两天的时间，我摆脱了麻烦。在摆脱麻烦之后，我感觉我也获得了愉悦，因为这件事使我领悟到了一些图书馆学的知识。具体到《QT5 开发及实例》这本书而言，我领悟到原来它的图书数码号最后的 2 指谓这本书在省图有 2 本，而其中一本给我制造了一些麻烦，这本书条形码的末位数是 8。

我本来欲写作"赋格"双音义符，因为遇到麻烦，没有写成。不得已而求其次，我只得写"音乐"这个双音义符。摆脱了麻烦之后，我借到了两本美国人写的音乐学著作。一本的作者是查尔斯·罗森，另一本的作者是列奥·特莱特勒。歪打正着，再加上侯世达，一共三个美国人。孟子说："我知言，我善养吾浩然之气。"刘勰说："知音其难哉！音实难知，知实难逢。逢其知音，千载其一乎！"就元音乐符号学来说，言就是音，音就是言。在汉文化世界，言音同源有蛛丝马迹。至少，这两个符号的上部都是由点横组成的。

令人回味无穷的是不但言和音这两个单音义符的上部是由点和横组成的，而且"辛"这个单音义符的上部也是由点和横组成的。特莱特勒教授年长我 23 岁，他的心和我相通。在 2017 年出版的著作中，我所展露的心得之一是：文是吟诵的言，史是记谱的数。我虽然这样说了，但是遗憾的是，我不懂记谱。所以，特莱特勒教授"音乐记谱是何物"这篇论文极大地抓住了我的眼球。

特莱特勒教授说："音乐记谱的历史所打开的是，为了再现世界而使用标记的普遍意义上的广阔领域，并自然而然串联起语言的使用以作为再现世界的手段。就像我们开始挖一个洞，挖得越深，就必须让洞口越宽。在触及问题时使用这样的方式，要让人感到音乐学是一个具有广阔参数的领域，而不是特别课题的集合。"[①]记谱的符号与记时的符号有异同。记谱的符号是为了把握音乐，所以，更准确的说法是，音是记谱的符号。然而，由于音言同源，说言是记谱的符号也不为错。特莱特勒从事音乐学（musicology）研究，他对汉语的研究是否深入，我不知道，但我可以借鉴他的研究来阐述言和音的关系。没有他的研究，我不能从综通的角度说出我想说的。

有五个点下有横的单音义符可以拿来一同言说。它们中的另外两个出现在"十月之交，朔日辛卯，日有食之"（《小雅》）之诗句中。这里所谓"日有食之"是说发生了一次日食。据研究，这次日食发生在先秦时期的周幽王六年，换算成公元纪年，应该是公元前 776 年。这次日食发生的具体时间是"十月之交，朔日辛卯"。天文史专家推算，这次日食发生在周历十月初一，因为这个日期与临近的九月三十日相去不远，故曰"十月之

[①] ［美］列奥·特莱特勒：《反思音乐与音乐史——特莱特勒学术论文选》，中文版前言，杨燕迪编译，华东师范大学出版社，2018 年。

交"。在九月与十月交叉时间点稍微朝后的时辰，也就是"朔日辛卯"发生了日食。"朔日辛卯"指谓公元前776年九月六日早晨七至九时。在点下有横的五个单音义符中，文是书写的言，言是吟诵的音，音是记谱的数。在"十月之交，朔日辛卯"诗句中，"交"和"辛"这两个单音义符用作记时的符号。记时的符号为掌握时间，正如记谱的符号为把握音声。

"辛"这个单音义符十分值得玩味。"辛"这个符号是商代晚期出现的文字。甲骨卜辞记载，商代第二十三王武丁有一个配偶名妇好，死后庙号为"辛"。辛与音同韵，正如辞与词同音。楚辞音楚，籀文辞从司。言与司合成词，正如舌与辛合成辞。西周毛公鼎铭文，抵得一篇《尚书》。《尚书》是政治文辞，故毛公鼎铭文中的舌司组合符号，即籀文中的舌司组合符号，后来落实为舌辛辞，或书写为言司词。君臣政治，君动口司令于内，臣动手司事于外。然而，楚辞音楚之辞，已约定俗成为舌辛辞，不能书写作言司词。

辞是一个不作简化偏旁用的简化字。辞的繁体为辭。辭之左部与亂的左部同。音乐学家罗森坚信理解音乐不需要强记艰涩深奥的密码，他认为"长时间的研究与学习能大大帮助人们理解音乐的许多方面"。"掌握音乐作品在情感层面或戏剧层面传达出的意义，即使不能在聆听的瞬间做到，那只需要对作品更熟悉就足够了。""音乐中的一些人们并不熟悉，甚至听起来摸不到头绪，对此只需要反复地去聆听，当然还要有善于拥抱新鲜事物的心态。"①

音曲乐音之谱辞，正如楚辞音楚之音曲，剪不断，理还乱。"20世纪90年代开始成为音乐学主流的话题理论，是从索绪尔与皮尔士等语言学家构建的符号学出发，认为音乐与语言类似，也是某种特定文化构建的一个符号体系。这一体系中的每一个符号都有它的形式、意义，以及将形式与意义结合在一起的认知过程。"②用中国综通学的研究方法来说，音乐学也是一门兼三才而两之学问，这个三涉及历史、美学和批评，它的两涉及形式和意义的融合。

35. 乐籍

乐籍与书籍，正如乐符与文符。"乐"和"书"都是不作简化偏旁用的简化字。因为音乐能够给人带来快乐，故有"乐（yuè）者，乐（lè）也"之说法。同一个"乐"符，两个读音，各有不同而又相关的意义。"书"的繁体是"書"。書从聿，根据季旭升《甲

---

① [美] 查尔斯·罗森：《音乐与情感》序言，罗道然译，浙江大学出版社，2017年。
② 罗道然语。参见罗道然所翻译的《音乐与情感》一书译者序。浙江大学出版社，2017年。

骨文字根总表》,"聿"是一个甲骨文字根。"聿"是"笔"的本字,正如乐器之"樂"是"music"的本字。"聿"用于书写,"书同文"之书写结合乐音形成乐籍,统合抚慰人之情感乃至灵魂。

乐籍是乐书。有古书,有今书。说乐籍是乐书是就今而言。古籍是古书,但是"乐籍"这个双音义符在古代的意义却不能从音乐的书籍角度理解,因为如果这样的话,那就有些望文生义了。望文生义在有些情况下正确,但在诸如此类的情况下似乎不妥当。《汉语大词典》收录有"乐籍"词条,释为"乐户的名籍",诸如"歌妓入乐籍"是指入乐部之名籍。豫籍作家姚雪垠在《李自成》第二卷第十七章中依旧在这种意义上使用"乐籍"。①

符号无所不在,在汉语言符号世界,乐籍之籍与乐符之符咸从竹。"竹"是一个视觉符号,竹"音"触动听觉。竹乐是管乐,例如,笛子就是管乐。笛子是管乐器,正如"樂"是弦乐器。弦乐之"弦"右下符与"樂"木上之左右符是同一象形。1927年,上海商务印书馆出版了一部《音乐家趣事录》,力图对儿童进行音乐启蒙,该书封面画了一个吹笛子的男孩子。

读者可以认为这个男孩子就是这本书的主人公,他名叫"黄鸣韶",黄就是黄钟大吕之黄,鸣就是钟鼓齐鸣之鸣,韶就是韶乐之韶。黄鸣韶另有一个绰号,同伴们喜欢叫他"音乐家"。他谦逊而腼腆地说:"凡是会弄乐器的人,会唱歌的人,或是研究音乐道理的人,方才可以叫作音乐家。"他认为自己配不上"音乐家"这个称号,但又却之不恭,于是下决心要努力做出成绩来。这部书的高妙在于将音乐ABC联缀于主人公不断奋斗之故事情节。

竹音是管乐,"其声呜呜然,如怨如慕,如泣如诉"(《前赤壁赋》)。丝音是弦乐,其声与竹有别,但若无专门训练研究,很难察觉其异。苏轼的"余音袅袅,不绝如缕"是用弦音阐说管乐。

"樂籍"这个双音义符中有丝有竹。竹,物也。一物携二,合二而一。纯音乐强调乐符的独特性,反对用属于视觉符号的文字入侵音乐,它认为文字会将音乐引入"误区"。持这种观点的人认为,纯音乐就是乐符魔术般的运动本身,它们能够通过不着一字,而尽显音乐艺术所独有的风流迷人之美。

"一物携二,莫不解体"(《总术》),所以不应该有标题音乐,因为"用文字表达音乐思想时,会使人感到一些好像是说对了,但同时又使人感到全部说得不能令人满意"(门德尔松语)。然而,从"共相弥纶"和"备总情变"(《总术》)的角度看,情况又发生了

---

① 该小说此处的文字是:"她原是清白良家女子,持身甚严,并非出身乐籍,可以随便欺负。"

变化，因为音乐与文字好像不是水火不容，譬如，中国古代名曲《高山流水》《阳春白雪》似乎总是在提示音乐是常见的文字。所以，主张文字与音乐联姻的人亦不绝于耳。这就涉及"乐籍"这个术语从20世纪初以来生发出的新义。

西学东渐，中学已不是纯粹的中学。东学西渐，西学也不是纯粹的西学。于是，音乐的文字载体，便成为乐籍。中国儒学之经典，有礼有乐，乐籍中的《乐经》有乐谱，因为繁难而失传，现今能看到的只有《礼记·乐记》和《荀子·乐论》。

乐籍与乐谱有同异，正如书籍与乐籍有同异。就量的包含关系而言，乐籍是书籍的一部分，正如乐谱是乐籍的一部分。"西方艺术音乐美学中至关重要的概念，是机体论和有机性。广义上看，音乐与'自然'的认知型相关。克劳德·列维—斯特劳斯提出，我们能够通过音乐来认识人类的生物性源头。在众多的音乐类型中，有较为特别的'田园'式音乐，用来描绘自然。"①

从广义层面看，我们也可以说，音乐与社会的认知型相关。就声乐说，音乐是启动歌喉的艺术。饥者歌其食，劳者歌其事，这可以联系乐籍之"籍"来说。籍，耤也。耤（jí）之耒，正如谱之言。前者是谋食工具，是手功能之延伸；后者是交流信息之工具，是口功能之延伸。"耒"是一个甲骨文字根。

在从"耒"的字符中，"耤"的历史悠久。"耤"在甲骨文中象人持耒耜耕作，至铭鼎文，这个字符从象形字符转化成形声字符。耤之昔，许慎在解释它时提到了"借"。乐籍之"籍"作为形声字符借用了"耤"，正如"耤"作为形声字符借用了"昔"。"昔"是一个甲骨文字符，它的本义与"日"有关。万物生长靠太阳，阳光不仅滋润生养万物，而且作为太阳之"日"还是一个时间符号，故从日之"昔"在很早很早的时候就有了"过去"之义。

乐籍是乐书，音乐书籍随着时间的流逝会成为"过去"。成为过去的乐籍是古籍，正如成为过去的乐谱是古谱。汗牛充栋的乐籍和飘逸漫衍的乐符曾经造就了音乐之辉煌。憧憬音乐的人，未必能成为该领域的行家里手。然而，通过努力逼近目标却是完全可能的。"跨入音乐门槛，入门与进阶，研读与深解，音乐书籍功不可没。这文字与音乐的结合遂成为一道美妙的风景线。"②

乐籍之古昔指谓过去，过去的歌诗有一种"感于哀乐，缘事而作"的形式。它的名称叫"乐府"，20世纪末在秦始皇陵发现的一件文物上刻有这两个字。乐歌合为时而著，我们可以将秦以前的乐歌称为雅乐，将秦汉三国两晋之乐歌称为清乐，将南北朝乃至唐

---

① [芬兰]埃罗·塔拉斯蒂：《音乐符号》，第87页，陆正兰译，译林出版社，2015年。
② 李近朱：《音乐书话》，前言，第2页，上海音乐出版社，2011年。

宋的乐歌称为燕乐,将明清时的乐歌称为俗乐。

乐籍并不是僵尸一样的东西,它可以通过两个方面变得活跃起来。"一方面是实践,即聆听和演奏音乐;另一方面是对历史、美学的体验。为了谈论音乐的精妙及其五彩斑驳的意义,人们需要一种理论,需要一种丰富而复杂的话语和元语言。"①

乐籍之古昔,可以古昔到先秦,这有利于我们寻找到一种元语言;也可以古昔到秦汉三国两晋之乐府、南北朝唐宋之乐曲,还可以古昔到系联着明清浪漫洪流之通俗乐曲。通俗乐曲使乐籍更加接地气,因为俗乐不与诗文争名。1956年,上海古典文学出版社出版了一本《明代歌曲选》,虽名曰"歌曲",实际上既无歌,也无曲,但是有歌词、曲词,是一本纯粹的文字书。

流传至今,明代歌曲只是以词令词调的形式存留于文字中。"令"与"调"是曲牌,都是可以吟唱的。至于原来的曲谱,则需要音乐家更专门化的钻研来进行复原。明代乐府大家陈铎说,曲虽小技,但能摹写人情,藻绘物采,实为有声之画。有声之画的书写形式亦可以视为乐籍,乐籍通于文心,谐于口耳。

36. 乐概

乐概可以成为乐籍,但乐籍不是乐概。乐籍是乐著,乐著是音乐书。乐概也是音乐书,但它不自满于一般而深入于概括。乐的繁体是"樂","樂"符与乐"概"咸从木。前者在下,后者在左。"槩"是"概"的另一种写法。音乐词曲歌其事,故乐籍之"耤"在甲骨文中象形农人忙于耒耕。操持耒耕是谋食的劳作,故乐概之"既"在甲骨文中象人食已。"既"的古形是"皀"。在阅读"皀"这个文字时,应该联系古诗"谁知盘中餐,粒粒皆辛苦",因为"既"之"皀"(jí)这个字符的本义就是指谓人用匕扱(挹)取白色的米粒。

木乃五根之一,亦为八音之一。木作为八音之一,与金、石、土、革、丝、匏、竹齐名。从木的字很多,其中"本"与"末"二字颇值得玩味。古代文论家论文使用这两个术语铸就一个论断,认为"文本同而末异"。文有本意,有末意。例如,"概"就有本意,有末意。顺着历史说,"概"的本意是刮平斗、斛之器具,其末意发展出抽象的"以少概多"之意蕴。《汉语大字典》就是这样顺着历史解说的。但是,《新华字典》不是这样解说的,该字典并非不尊重历史,而是它更尊重实用。后者将"以少概多"之概义作为该字符的本意,将平斗、斛作为其末意,因为随着社会生产力的发展,"平斗、斛之概

---

① [芬兰]埃罗·塔拉斯蒂:《音乐符号》,序言,陆正兰译,译林出版社,2015年。

义"在当今生活中已经很少被人使用了。

音乐理论，好言其概，故有乐概。乐概是艺概，因为音乐是艺术。"在人降生的最初几天，艺术就侵入他的生活。艺术以摇篮曲和作为玩具的实用艺术品接近人，给人以关于现实世界的最初的直观的美的观念。并在人生整个路程中始终伴随着人。"①

可以结合刘熙载的《艺概》理论来理解乐概。刘熙载没有论述乐概，但他的"书与画异形而同品"理论也可以结合乐概理解。画中有乐，这个乐是音乐形象；书中有乐，这个乐近似于李近朱先生所谓《音乐书话》。古人的话是："意，先天，书之本也；象，后天，书之用也。"（《书概》）"書畫"之象形有聿，正如樂概之象形有木，二者都是"立象以尽意"之形式。

1949年，中国音乐教育协进会编印了一本《音乐评论》，其封面上有一个雄狮一样的人在弹钢琴，该琴师仙首、细腰、蟹肢，魔鬼一般的手指在琴盘上狂飞乱舞。这幅漫画源于1886年出版的《巴黎生活》，是画家眼中的李斯特（1811—1886）。乐画中有一把匈牙利剑，但钢琴家李斯特认为，他不需要这把剑，他能够用自己所弹奏的音符使人们的情感气冲霄汉。

李斯特的演奏以刚强威猛，急速无比著称。有人说，当他用全力时，足以使锤子破裂、钢丝折断。乐艺如此，书艺也不例外。刘熙载说颜真卿书似司马迁，这是以史著之厚重比拟书艺之沉郁。刘熙载说"东坡诗如华严法界，文如万斛泉源，书亦颇得此意，行书《醉翁亭记》可见之"（《书概》）。用诗文振奋民族精神，正如用书乐提振人民魂魄，二者的目标是一致的。音乐家鼓吹黄钟之律，登昆仑之巅，可使国人固有之音乐血液沸腾。

乐概能不能叫乐话，这是一个问题。如果它可以叫"乐话"，那它就是《乐艺》主编青主先生（1893—1959）1930年出版的那种《乐话》。"乐话"这个双音义符未免太随便了。青主先生显然不会满足于这种随便，他在1933年又出版了《音乐通论》。这本专著的名称可以浓缩为"乐论"。在"道通为一"层面，乐论的含义更接近乐概。当然，在这里，乐论是通论，而乐概是概论。

笔者过去一直迷茫于"律"这个单音义符，不清楚乐律与法律之异同。令人惊叹的是，青主先生早在20世纪上半叶就已经是一位获得法学博士学位的音乐学家、作曲家，也是现代中国第一位音乐美学家。形而上者谓之道，《乐话》说"音乐是上界的语言"显然是就形上层面而言的。道从首，首在上，上界由大脑把持，魂魄游动于内，上界有灵，

---

① [苏联] 格·阿普列相：《音乐是一种艺术》，杨洸译，音乐出版社，1957年。转引自李近朱：《音乐书话》，第245页，上海音乐出版社，2011年。

灵魂世界通过音乐创造自身。《音乐通论》认为"音乐是各门艺术中真正超越民族语义的、为各国人民所共通的灵魂的语言、一种描写灵魂状态的形象艺术"①。

这种音乐是真正的音乐。但是，即使在青主先生所处的时代，音乐也有不容乐观的一面。"那些电影剧院里面的艳歌，以及跳舞场里面的舞曲，除足以使你的神经蠢动不安之外，兼足以使你荡心丧志，像这一类世界公有的音乐，是否值得你把它研究，回答当然是否定的。"②青主先生认为，真正的音乐立足于优秀文化之根基，要不断弘扬正气，而不能沉迷于纸醉金迷。

乐概所概，应立足于青主先生所谓"真正的音乐"。20世纪初，青主先生在《乐艺》上发表过一篇名文，更详细地解释了什么是真正的音乐。"音乐是一种无穷无尽的艺术，你不把它用心研究，你总不能够得到它的认识。当你把它研究的时候，你的智慧只会感觉到愉快，你的耳朵只会聪敏起来，觉得它是异常悦耳；你的情感亦会得到许多行动，并会使你于不知不觉之中，超出了你的情感之上；你的情感亦会格外活泼起来，使你得到一个更加美善的人生，同时也能使你认识真理的本来面目，于是，你的整个的精神生活亦得到一个尽真、尽善、尽美的归宿。"③

音乐的尽真立足于音声的真实。每一个写出来的音声都有它的意义，正如每一个写出来的文字都有它的意义。或许，音声的意义比文字的意义更要确实。文字不能够像音声那样玲珑剔透地触动人的听觉，正如它不能像绘画那样鲜明地作用于人的视觉。"凡用文字说不出来的情感，我们只可以乞灵于音声，这样用来表现情感的音声，自然比文字更为实在。所谓音声的意义比文字的意义更为确实，自然是就人们的情感来说。"④

乐概兼三才而两之。"兼三才"可以理解为致力于尽真、尽善、尽美。至于"兼三才而两"之"两"，则不容易把握。青主受西方音乐浸濡，喜欢使用"界"这个单音义符描述乐概。音乐既然是上界的语言，那下界的语言是什么呢？如果说下界的语言是文字，这正确吗？在《什么是音乐》这篇论文中，青主引用了许多西方音乐家，特别是德国音乐家的言文，但没有注明其出处。

例如，他引用德国学者Ludwig Nohl（1831—1885）的观点："在听音乐演奏时，人们会情不自禁地觉得，仿佛内心的诸多隐秘，那些难以启齿于他人的心事，忽然被一连串的音声无情地宣泄出来了，这就是音乐的特殊妙用。人的生活本来很严酷，人内心所隐藏着

---

① 汪毓和：《重读青主的〈音乐通论〉》，载《中央音乐学院学报》，2001年，第4期
② 《音乐通论》语。转引自李近朱：《音乐书话》，第221页，上海音乐出版社，2011年。
③ 青主：《什么是音乐》，载《乐艺》[季刊]1930年第1卷，第2号，上海国立音专乐艺社编辑出版。
④ 青主：《什么是音乐》，载《乐艺》[季刊]1930年第1卷，第2号，上海国立音专乐艺社编辑出版。

的许多美的弱点是可以想象的，把美的弱点暴露于众，人人都会感到羞怯。音乐将美的弱点尽情宣泄，聆听它们，人人仿佛步入梦境，好像内界生活与外界事物融为一体。"①

内界是人类灵魂世界，音乐最适合展现人的灵魂。音乐展现人的灵魂，既展现美的强点，也展现美的弱点。音乐通过展现美的强点提升人们的灵魂，但它对美的弱点的把握却必须有分寸。青主引用 Wolfgang Amadeus Mozart（1756—1791）的话说，音乐不能得罪人的耳朵，不能将演奏表现得令人作呕。青主引申说，音乐不能放任"那种荒淫的兽性，不能赤裸裸地在那里乱跳乱叫。如果那样，那就是孔子所斥责的靡靡之音。犯这种毛病的音乐，把人的美的弱点变本加厉，徒然唤起一种未受过文化洗礼人的性欲，使美的成分丧失殆尽，这就十分可鄙了"②。

第十章　乐谱作曲与以意运法

基因与 notation。有量艺术的调式、音阶。用乐谱激活视觉提携唐音宋调。词基曲因，敏感乍然，乐音飘然，弈活必然，美味不期而至。天下文字，惟曲最真。豕虎虚戈，劇基戲因。以意运法，不落言筌。示人巧妙，不涉理路。

37. 乐谱

乐谱是"音乐记谱法"的缩写。《不列颠百科全书》使用"musical notation"两个西文单词表达它。《大美百科全书》使用"notation of music"三个西文词表达它。谱与乐的关系，正如文与言的关系。人是语言的动物，言作为人言之言语已经存在了几十万年，文作为人文之文字的历史才几千年。所以说，"我们使用着两种语言，它们彼此之间没有任何亲缘关系。唯一的联系是：一种语言是由习俗通过视觉以书面文字确立和传达，另一种语言则是由习俗通过听觉以清晰的声响、音调确立和传达。但这两种语言在人们幼年时期就密切联系，以至于此后很难将两者分开，也很难否认二者的关联"③。

---

① 青主：《什么是音乐》，载《乐艺》[季刊] 1930年第1卷，第2号，上海国立音专乐艺社编辑出版。
② 青主：《什么是音乐》，载《乐艺》[季刊] 1930年第1卷，第2号，上海国立音专乐艺社编辑出版。
③ 托马斯·谢里丹1762年语。转引自 [美] 列奥·特莱特勒：《反思音乐与音乐史——特莱特勒学术论文选》，第349页，杨燕迪编译，华东师范大学出版社，2018年。

但是音和言还是分开了。音和乐组成了音乐，正如言和语组成了言语。音和乐之所以组成了音乐，是因为此二者之间有共性。就共性而言，乐谱也是音谱。在汉文化语境中，乐的本义是器乐，更准确地说，是古筝之类的乐器。音是什么呢？答曰：音是言的子孙。正因为音是言的子孙，所以，前者有后者的基因，后者有前者的变异。甚至从形状上看，"音"和"言"都有近似之处。二者的上部都是点横，其下部音从日，言从口。从口说的是言从口出，从日指谓出口的言音已无法收回，它已经成为光天化日之下的客观事物。

乐谱的言音通过记谱传播。故可以把"notation"这个符号看作"音乐声响的一种视觉相似物，或是作为实际听到的或想象的声响的记录或是一套针对表演的视觉指示……书面的音乐记谱还要求在书写表面对符号进行空间排列，使这些符号的聚集构成一个体系；正是这一体系形成了音乐声响体系的相似物，从而使得这些符号能够指示其中的单个要素"①。音乐家能将乐谱复活为音乐。

在视觉上，汉文化符号"谱"这个单音义符有值得玩味之处。"谱"这个符号的右部为"普"，普与音形状近似。普从日从竝（bing），竝乃双立②，而音从日从立。从双立之普，正如从二人之仁，二者咸强调人的普通性。所不同的是，前者强调人之并立，后者强调人之亲善。"普"这个单音义符不但形状上与"音"近似，而且意义上与"音"亦密切相关。汉文"音"即拉丁文"nota"、英文的"note"。西文乐谱的根符意义就是用音符记录，以便帮助记忆、传播。"有迹象表明，埃及人在公元前3000年、中东时期的民族在古代均已应用音乐记谱。但已证实的最早音乐记谱在欧洲始于9世纪，中国和日本则至10世纪才出现，这些记谱系统彼此有显著的差异。"③

欧洲音乐以纯粹符号记谱始于纽姆谱（neumes），这是一种以弯弯曲曲的视觉符号形式记录抑扬顿挫，并进而规范单音系列乃至表现乐句转折的方法。对早期的人来说，乐音和歌唱作为有量艺术，除非被人们记住，否则就会消亡，因为它们无法被书写下来。正因为如此，中国古代六经之《乐》谱失传。正如音是从言分化而来，谱是从史分化而来，谱表从世表而来。"自殷以前诸侯不可得而谱，周以来乃颇可著。"（《史记·三代世表》）11世纪时欧洲人发明的谱表使音乐记谱法逐渐标准化，"有人开始用不同形状的纽姆符代表不同的时值，从而使所记的谱不只显示出旋律的音高轮廓，也表现出它的节

---

① 1980年伦敦出版的《新格罗夫音乐与音乐家词典》语。转引自［美］列奥·特莱特勒：《反思音乐与音乐史——特莱特勒学术论文选》，第384页，杨燕迪编译，华东师范大学出版社，2018年。
② 清代邵瑛的《说文群经正字》："普"上部从双立之竝，汉隶省变为"並"。
③《不列颠百科全书》（国际中文版），第11卷，第475页，中国大百科全书出版社，1999年。

奏"①，这是无标题音乐的前身。

世表记载历史，谱表谱写乐曲。中国唐代盛行标题音乐。公元825年，白居易任苏州刺史时，收到了浙东观察使元稹寄来的一首著名的乐谱。"由来能事皆有主，杨氏创声君造谱。"由这个乐谱排演的歌舞，白居易当年在帝都观赏过。没想到过了若干年，好友元稹又远途寄来了精神食粮。"唯寄长歌与我来，题作《霓裳羽衣谱》。"②这个乐谱，属于清胡合渗的乐曲，可惜没有流传下来。

乐谱是用来把握音声的，但是，大音希声，这应该怎么办？还好，在世界的东方，一个又一个的单音义符，可供我们仔细玩味。譬如，"聲"这个单音义符，意谓用手操持"殳"击打发声乐器，耳朵把握到了声音。故这个义符由三部分组成，正如乐谱写作必须将旋律、和声与节奏这三个基本要素贯穿到活动中。"对乐谱记谱法愈趋精确的要求，终于导致纽姆符系统的变形。因为，当不同的符号被用来代表越来越小的节奏值时，就有必要消除纽姆符的复杂性，以辨识同时出现的两个或三个音符的组合。这个变化是同音乐由调式观念转变为音阶观念这一总的变化同时发生的，至14和15世纪时记谱法上的这一变化大功告成。纽姆符仅在素歌的记谱中继续得到运用而得以留存下来。至16世纪早期，记谱法已颇具现代形式，包括谱表、谱号、拍号以及时值符号等形式已完备。"③

记录下来的乐谱叫总谱（score），它所编排的内容复杂多样。总谱中既有纯为独奏或独唱单音符的乐谱线，亦有歌剧的多线记谱乃至交响乐的复杂曲式。西方古典音乐倾向于将其作品精确无误地演奏，"因作曲者写曲时，已能够用心智听出自己所写的音乐，而其他派别则较不如此严苛。例如，通俗音乐以舞蹈管弦乐队或爵士乐队进行表演就与古典音乐大相径庭。当然，音乐基本概念最关心的，是自己演奏的方法。无论记谱法细节如何，表演者不可避免地只是表演自己所感受到的东西，何者最能引起内心共鸣应由听众定夺"④。

这并没有否定乐谱的作用，因为古今中外无数事例证明，记谱法在激活视觉提携记忆能力方面，比人们通常所认为的更具根本性。在先秦乃至秦汉的漫长岁月里，中国尚未创造出纯粹的符号性乐谱，但中国有"诗言志，歌咏言，声依咏，律和声，八音克谐，无相夺伦，神人以和"的悠久传统。象形言文本身就是一种符号系统，象形的言音更是

---

① 《不列颠百科全书》（国际中文版），第11卷，第475页，中国大百科全书出版社，1999年。
② 白居易：《霓裳羽衣歌》，原注"和微之"。微之即元稹。
③ 《不列颠百科全书》（国际中文版），第11卷，第475页，中国大百科全书出版社，1999年。
④ 《大美百科全书》（中文版），第19卷，第414页，外文出版社，1994年。

视觉形象与听觉形象的联姻，诗言志的旋律、歌咏言之和声是语言与音乐的完美结合，这种独特的符号系统，除了用平仄声韵表达抑扬顿挫以外，还有文字意义配合。正因为如此，后世的唐音宋调，谱写出了举世无双的动人心弦的奏鸣曲。

38. 作曲

作曲是作曲家的工作，正如作文是文学家的工作。作曲家是音乐工作者，故作曲是音乐创作（musical composition）。工欲善其事，必先利其器。音乐的器，具体地说，是指乐器；抽象地说，是指乐谱。乐谱是表达信息的符号系列，具有极强的科学性、数学性。例如，西方"音乐"这个名称可以追溯到古希腊女神"缪斯"。她由"Muses"五个字母拼写而成。由于女神有九个，所以"缪斯"必须被写成复数。广义的缪斯是文艺和科学的混合物，狭义的缪斯专指文艺。再朝后，更有人将 muse 等同于 music，毕竟，它们的名称拼写一脉相承。音乐与数学的关系极为密切，亦与诗歌的节拍藕断丝连。16 世纪末，法国人提出了有量音乐（musique mesurée）的概念，其歌曲通常配置 5 个声部。最初，歌唱时不用伴奏，后来允许用乐器伴奏。长音节配上比短音节长二倍的音符；所有声乐声部唱同样的歌词，音乐在和弦中进行，节奏有伸缩性，按歌词的重音决定。

更具体地说，作曲是创作音乐曲谱。先秦时中国著名的歌曲有所谓阳春白雪。阳春从日，正如音乐的音从日，乐曲之曲从日。诗言志，歌咏言，创作诗歌是立言，立言也包括立音。音从立，曲谱之谱从双立。曲谱之"曲之名古矣。近世所谓曲者，乃金、元之北曲，其后复溢为南曲者也。未有曲时，词即是曲；既有曲时，曲可悟词。若曲理未明，词亦恐难独善矣……词曲本不相离，惟词以文言，曲以声言耳"。词与辞通。先秦使用辞，后世使用词。先秦诸侯国歌曲"皆依本国常用声曲，所作文辞，皆准其乐音，令宫商相和，辞属文，曲属声，明甚。古乐府有辞有曲，辞即曲之辞，曲即辞之曲。此即孔颖达《左传正义》所谓'声随辞变，曲尽更歌'"①。

作曲偏于立音，作词偏于立言。立音落实为系统化的乐谱，立言落实为著书立说。作曲与作词之异同，正如音乐创作与文艺创作之异同。音乐是时间艺术，时间显现为过程，故音乐创作首先指构思音乐的过程。如果说"文徽徽以溢目"是说作文应该凸显视觉形象，那"音泠泠而盈耳"是说作曲应该凸显听觉和声。广义的作曲也可以指创作音乐艺术或完成音乐作品。上述"几层意义是相互依存的，而且代表一种传统，其中的音

---
① 刘熙载《词曲概》语。见《艺概》，第 123 页，第 132 页，上海古籍出版社，1978 年。

乐作品作为可以重复的实体而存在。因此作曲必然不同于即兴演奏"①。前者比后者更具理性。

作曲很难。上文"曲属声"之"属"是连缀的意思，连缀意思的拉丁文是compōnere，英文是compose，即作曲。作曲之作的原型是乍，就是冯延巳"风乍起，吹皱一池春水"的"乍"。作曲是连缀许多音，用复杂的图形记谱体系，标示出乐曲的速度、强弱、音色，最终形成作曲家理想的乐谱（notation）。作曲家不但希望后人能识别自己所作的这些宛如"风乍起，吹皱一池春水"的乐曲，而且期望不同时期的演奏家能够通过演奏来延续由视觉曲谱提示的听觉曲乐之生命。

如果说，基于乍的作曲是write，那么基于曲的乐谱就是notation。就此而言，音乐创作就是to write music。"西方音乐用指定音符的相对长度和音高位置的体系记谱。诸如速度或力度之类的因素，只能用文字或缩写来表示。同样，向演奏者所作的有关技术的指示，常具有特殊的音乐效果，大部分也用文字表达，但是对较精微的音乐寓意就很难标示，最后只能由表演者本人来决定，或者任由他从自己熟悉的传统中获得启示来演奏。"②

作曲用音符谱曲，作文用言符表达。西方16世纪时音乐作品的印刷出版，促进了记谱法的传播。18世纪末，随着交响乐、弦乐四重奏和各种协奏曲的形成，大多数作曲家所创作的作品逐渐有了确定的形式。虽然作曲的概念随着出版和录音的发展而越来越明确，但作曲所包含的心理过程依旧模糊不清。套用文论的话来说，"曲之思也，其神远矣。琴曲寂然凝虑，思接千载；交响悄然动容，视通万里。重奏之间，吐纳珠玉之声；弦乐之前，卷舒风云之色。作曲家所憧憬的境界思理奇妙，神与物游"。此思理"唯有从情感的领域进入到理念的领域，音乐才算实现了自身。这正是贝多芬的成就。贝多芬在《英雄交响曲》中实现了完满。然而，交响曲若要提升自己的地位而成为真正的艺术，就必须是理念的感性显现，而理念也不过是处在势不可挡的心理发展中的不断进步的肖像"③。

如上文所说，作曲的作是以乍为基础的符号，这个符号可以联系composition来理解。与音乐相关，西文中还有两个符号，一个是expression，另一个是notation。这三个符号的后半部分拼写大体相当，都使用名词构词法。如果说expression指谓音乐表演

---

① 《不列颠百科全书》（国际中文版），第11卷，第474页，中国大百科全书出版社，1999年。
② 《不列颠百科全书》（国际中文版），第11卷，第474页，中国大百科全书出版社，1999年。
③ [德] 卡尔·达尔豪斯：《绝对音乐观念》，第13页，刘丹霓译，华东师范大学出版社，2018年。

中音符以外的要素，那么 composition 则将精力聚焦于音符。音符的西文拼写是 note，它也是 notation 的根。作曲家必须敏感于乍然而来、飘然而逝的乐音，并以旋律、和声和节奏烹饪出音乐美味。

作曲最基本的活动"就是将一些定了音高的音在时间和空间上加以组织排列，将旋律、和声与节奏结合为一个目标明确的整体。音高的关系称为音程。西方音乐中说的旋律由一系列单个的音组成，这些音选自一个早已存在的相沿成习的系列，并且被慎重地按一个模式排列。旋律不必采用规则的节奏，但它却不能完全没有节奏，因为乐音有时值，有的较长，有的较短。在比较发达的文化中，音乐一般都有一个早已存在的系列，称作音阶。从整体来看，和声对一首作品的影响甚至可能比旋律更为深远。出于实际的考虑，旋律的长度是有限制的；如果它超出了合理的限度，听觉便领会不了。当它把话都讲完以后，它必须让位给别的角色，或者顺应变奏和发展。和声作为两个或更多音的同时作响以及其他和弦的进行，无须以这样的方式剪裁，但它的长时间的进行必须符合逻辑，耳朵情愿把它分成一段一段地听，然后将这些段联系起来。节奏是音乐中的时间因素，它和节拍不同；像在诗歌中一样，节拍是一种规律性的脉动。正如诗歌中的重音不一定和节拍中的拍相吻合一样，在音乐中也没有理由要求把节奏和节拍拴在一起。事实上音乐中的自由度比诗歌中的自由度大得多，因为前者可利用更短的音符时值"①。

39. 戏曲

物相杂，故曰文。戏曲作为戏文，其相互杂合的程度更甚。就字符出现的先后言，先有曲，后有戏。"天下文字，惟曲最真。"②据季旭升先生研究，"曲"是一个甲骨文字根。当然，它也是《说文》的第 460 个部首。唐宋以后，南戏与北剧杂合，故有戏剧。戏剧与戏曲的关系，正如数据与数值的关系。当然，戏曲与数值不同，正如戏剧与数据不同。"曲"有二调：作为蚕箔意义上的声调是 qū，在早；作为戏曲意义上的声调是 qǔ，在后。"戏曲是听觉和视觉综合的艺术，同时又是综合艺术中最综合的艺术，歌剧只重歌唱，舞剧只有舞蹈，唯有中国古典戏曲，是歌舞并重的。戏曲艺术综合了歌、舞、文学、绘画等各个艺术部门，所以说它是最综合的艺术。"③

一百多年前，国学大师王国维说，真戏剧必与戏曲相表里。六七十年前，叶秀山先

---

① 《不列颠百科全书》（国际中文版），第 11 卷，第 474 页，中国大百科全书出版社，1999 年。
② 吴梅：《吴梅戏曲论文集》，第 117 页，中国戏剧出版社，1983 年。
③ 叶秀山：《古中国的歌》，第 138 页，中国人民大学出版社，2007 年。

生站在美学的高度,以哲学家的眼光论述了戏剧与戏曲的表里关系。到了21世纪的第二十个年头,作为综通研究者的笔者,有幸可以在王、叶二位的基础上继续向前走。戏剧的表应从"戏剧"的繁体字符谈起。戲之戏,正如劇之剧,它们是两个不作简化偏旁用的简化字。戲中的虛(xī)与劇中的豦(jù)虽然都被简化了,但它们的基因意义依旧蕴含在戏剧中,戏曲唱念做打之做打就由虛与豦提示,做打使用戈矛刀枪,故戏剧中有戈刀。

就其实而言,戏剧和其他艺术一样,根源在现实生活。人类之所以能活到今天,着实是打拼出来的。与天斗,与野兽斗,与敌人斗,都离不开刀戈之类的武器。戏剧形式的特点在做,在模仿。与现实比较,模仿似真非真,打斗似斗非斗。豦乃豕虎之斗,以豕虎之斗象征打斗。戏剧中的"戈",宛如真兵器,却不是真兵器。就其不是真兵器而言,故虛戈成"戲"。虛戈之戲从虛。根据唐代颜元孙的《干禄字书》,虛是虛的俗字。许慎说,丘谓之虛。

戏剧是虚构的吗?这个问题还真不好回答,正如"虛"是否必然为虚构不好回答。笔者以前研究"义"这个单音义符时发现,由于受儒家"君子喻于义,小人喻于利"观念之影响,利是利益、义不是利益的思想已经深入人心。正如"虛"的根本不必然是虚构一样,"义"的根本亦不必然是非利益。《墨翟书》義(义)的下部从弗不从我。"义,利也"(《墨子·经说下》)。《易·乾》孔颖达疏亦将"义"解释为利益。利益是意义的根,正如居实是空虚的根。"虛"之下部符号,丘也。"丘"是四方高中央低之地,这种地方最适合人居,故从丘之虛具有居住意义,《荀子·大略》中的"里虛"即里居。

人的生活,最基本的是衣食住行,这些东西在戏剧中都有。戲之虛为住,戲之虛提示食。豆是陶器,虛是似豆的陶器,这种器具在古代是生活必需品。从虛到虚,正如从戲到戏,随着生活的文艺化,诸如利之"义"、居之"虛"之类的单音义符亦逐渐产生了新的义项,于是"义"之意义取代了利益,"虛"之虚构取代了居住。取代了之后,戏剧的虚拟性突显了。"戏剧模仿规定情景下人物的活动,于是戏剧作为一种艺术形式,就有三个要素:动作、对话和情节。二者的核心是人物活动,动作是人的动作,对话是人的对话,情节是由这两部分展开的,而动作和对话是由演员表演的,所以戏剧作为一种舞台艺术,本质上是一种演员表演的艺术。"[①]

戏剧的里不同于戏剧的表。戏剧之表里,正如戏曲之缠达。戏剧的数据性强,戏曲的数值性高。戏曲以缠达实现自己的价值。缠是缠结,缠结于史事而使自己成为史诗。戏

[①] 叶秀山:《古中国的歌》,第131页,中国人民大学出版社,2007年。

曲作为表演艺术，不是只限于给人历史知识，而是通过缠结史事来感染人的精神。更进一步，戏剧曲达于人的心灵，它不仅要观众认识事，还要使观众认识人，认识历史上有意"義"的我、有价"值"的我。意义是里，价值是里，戏曲艺术通过缠结异于艺术的文史来通达哲理。

诗言志，通过言志、缘情进入词曲。歌咏言，通过言咏、歌咏进入唱赚。声依咏，通过咏叹、回旋形成腔调。律和声，通过卡农和赋格形成旋律。情动于中而形于言，戏曲之言是情言，情言在戏剧中主要是音乐性的对话。言之不足故嗟叹之，嗟叹之念工是戏曲的基本功夫。嗟叹之不足故咏歌之，咏歌是唱，演唱是戏曲艺术最基本的功夫，因为古中国的歌主要是唱。咏歌之不足，不知手之舞之，足之蹈之。手舞足蹈就是戏曲艺术中的做，因为中国的戏剧既是音乐性的对话，也是舞蹈性的动作。由做更进一步，分化出打。打在武戏中是主角，因为相对于文戏，武戏主要是武打。

戏曲合歌舞以演故事使用唱念做打四工。合言之，其唱念是歌，其做打是舞。戏曲情节通过矛盾冲突表演故事，其歌舞除了遵守歌舞的规律，还要遵循作为舞台艺术的戏剧规律。戏曲动作是虚拟的、程式化的。戏曲虽然源于现实社会生活，但它却不得不在虚拟的时空中使用虚拟的动作进行表演。在戏曲舞台上，离开人物的虚拟动作和说明性的台词，不存在具体的时空。广义的戏剧，既包括戏曲，也包括歌剧和话剧。歌剧以歌为主，话剧以对话为主。就同使用唱而言，戏曲与歌剧的关系更为紧密。同为戏剧，戏曲与话剧都使用对话，前者是音乐性的对话，后者是不使用歌舞的对话。戏曲偏重于表现，话剧偏重于再现。前者偏重于写意，后者偏重于写实。

戏曲的程式系统与抽象概念系统是不同性质的东西，前者是艺术的，后者是科学的。科学理论与感性实践结合构造概念，戏曲艺术利用想象力锻造理想。"概念是抽象的，因为它舍弃了一切具体的偶然性，提炼出事物的本质。理想永远在个别中显示一般，而且永远保持着对现实的吸引力。"与科学语言不同，戏曲的言语颇类似于诗歌的语言。"科学语言的所指是确定的，但却是有限的。诗歌语言的指谓常常不太确定，但却更宽广、更深刻。从这方面来看，科学语言不能音乐化，谁也不可能把爱因斯坦的相对论谱成曲子歌唱，但诗歌的语言恰恰相反，它可以与音乐结合，成为歌词。"[①]就音乐而言，戏曲是剧曲。就诗歌底蕴而言，戏曲是剧诗。就剧诗而言，戏曲的意蕴富含着诗情画境，其剧意充盈于舞台场景之外。

---

① 叶秀山：《古中国的歌》，第126页，第153页，中国人民大学出版社，2007年。

40. 作法

"作法"是洪为法三论之《律诗论》第四章之标目。"作法"之作就艺术说是创作，就技术说是制作。庄子美学说，能有所艺者，技也。技艺不分。洪为法《绝句论》第三章、《古诗论》最后两章咸标目"制作"。就技术而言，制作之"制"是制造。就艺术而言，"诗有别材，非关书也；诗有别趣，非关理也"。不关书、理之诗艺岂能手工制作？答案似乎是肯定的，因为诗歌理论家还说："然非多读书、多穷理，则不能极其至，所谓不涉理路，不落言筌者，上也。"（《沧浪诗话》）诗艺之作法偏于创作，不落言筌的创作却很难实施。

让我们以"作法"为把手论述"诗法"。作，写也。法，则也。写作之于创作方法，正如法则之于规则方圆。大匠能示人以规律，不能示人以巧，所以，讨论诗法乃是一桩困难的事情。

中国的《周易》讲太极，写作诗歌者心中也有一太极。也许，诗魂本身就犹如一太极。这个太极是什么就不好说了。中国诗学之传统，常常告诫人说，某时代之诗可学或不可学，某人之诗可学或不可学。例如，诗分唐宋，唐诗不可学，而宋诗可学；唐有李、杜，李白之诗不可学，而杜甫之诗可学。可学者，有技法在、作法在，有人为之力在。不可学者，随物赋形，游于物外，天纵之才。

洪为法探讨诗歌制作或创作，偏重于可学之诗歌。例如，清代江苏昆山有一个名号为"野鸿"的学者，论诗宗主杜甫。洪为法在《古诗论》中引述了他的"诗犹一太极"之观点。野鸿认为：阴阳万物生生变化无穷焉。故一题有一义，一章有一格，一句有一法。从一到十，从十到百，从百到千，从千至万，诗歌应该"毋沿袭，毋雷同。犹如天之生人亿万，耳目口鼻方寸间自无毫发之相似者，究其故，一本之太极也。太极，诚也，真诚无伪也。诗不外乎情事景物，情事景物要不离乎真实无伪。一日有一日之情，有一日之景，做事者若能随境兴怀，因题著句，则景无不真，情无不诚矣。不真不诚，下笔安能变易无穷？"（黄子云《野鸿诗的》）[1]

诗文之法，有死法，有活法。"没有写文章，先谈起承转合，结果必无好文章写出来；到了写的时候，拘于起承转合，结果也必无好文章写出来。写文章如此，写诗歌亦复如此。"[2]洪为法既有此经验之谈，为何还要在自己的著作中反复标目"制作""作法"，这

---

[1]《清诗话》，第875页，丁福保辑，上海古籍出版社，1999年。
[2] 洪为法：《绝句论 律诗论 古诗论》，第37页，文化艺术出版社，2018年。

是一个问题。中国围棋讲究做活，诗法亦要作活。

洪氏继承了中国诗话、诗论中的优秀传统，彰显诗之活法，这是一种积极向上的诗学观。神而明之，存乎于人，源于物而不拘泥于物，在妙悟中超脱，在超脱中使神明爽朗，此即所谓积极向上。诗歌之作，无非在于陶冶情操，岂有他者哉？诗之活乃至于诸诗体之活是递进的、有序的，所以不应过分区隔古、近体诗歌之差异。诗贵性情，亦须论法，杂乱无章，非诗也。诗之活无非是说，行所不得不行，止所不得不止，而起伏照应，承接转换，自神明变化于其中也。这里的"起伏照应，承接转换"作为典型的传统诗法，只能活用，不能死抠。"如果泥定此处应如何，彼处应如何，不以意运法，而以法从意，就会成为死法。试看天地间水流云在，月到风来，何处泥于死法而不顺从于活法。"（沈德潜《说诗晬语》）①

文学创作，岂是手工作坊？然而，将创作作为制作又何尝不可。冯延巳的名句"风乍起，吹皱一池春水"开宋词婉约缠绵风格。这个"乍"是"作"的古文，它是一个甲骨文字根。溯源于先秦乃至甲骨文时代，这个"乍"可以和"格律"之"格"之"各"放在一起言说。人用足走路，足有"止"（toes），自不用说。"乍"有"止"，今人知道的恐已不多。"各"中有没有"止"呢？

许慎说：乍，止也。又说：各，从口、夂（zhǐ）；夂者，有行而止之，不听从也。能不能说"夂"是"止"的变体呢？这是一个问题。古籍云："周文王若日若月，乍照光于四方，于西土。"（《墨子·兼爱下》）这里"乍"就是"作"。又云："周秦之际，诸子并作。"（《论衡·佚文》）这里"作"就是"起"。许慎也说，作，起也。这个"起"就是冯延巳后来"风乍起"之"起"。

作为婉约缠绵诗歌的"风乍起，吹皱一池春水"指谓艺术风格。艺术风格是否就是技术风格，这个问题似乎就等于在问："格律"是否为"格致"？格致者，格物致知之谓也。致知之致，若为情致，当属艺术风格。致知之致，若为格物（physics）之致，当属技术风格。致之根符是"至"，正如作之根符是"乍"。

洪为法的绝句、律诗理论对"作法"颇有心得。格律诗之作法，在音节上应通过吟咏把握诗歌的平仄粘对规范。洪氏"总结分析了'一三五不论'说的偏颇。在字句上，更是花了大量篇幅讨论造句、练字、篇章、起承转合等核心问题，认为造句要句无剩字、上下相称，练字要工稳、响亮。起句应笼罩全篇，声韵洪亮。中间二联应当有波澜，对偶不可过于质实。结句或放开一步，或宕出远神，或本位收住，都应有韵外之韵。这些意

---

① 《清诗话》，第524页，丁福保辑，上海古籍出版社，1999年。

见皆甘苦之言"①。

诗文学之 syllable，体性风流，格调关涉字句之音色意。音发于窍，色出于象，意蕴于神。窍，天籁之谓也。籁有大有细，有自然之节，"故作诗曰吟、曰哦，贵在叩寂寞而求之也。求之果得，则此中或悲或喜，或激或平，一一随其音节出焉"。象摹色合音，故谓音象，"如舞者动容而歌，意惬悉关飞动，无论兴比与赋，皆恍然于心目"。象兼声色，意能运神，难以言传，其能传者妙悟于有意无意之间。"诗缘情而生，而不欲直致其情。其蕴含只在言中，其妙会更在言外。"（李重华《贞一斋诗说》）②

音象意三者，音象以耳目，意以精神。目，眼睛之谓也。"眼睛对对象的感受与耳朵不同，而眼睛的对象不同于耳朵的对象……只有音乐才能激起人的音乐感。对于不辨音律的耳朵说来，最美的音乐也毫无意义，音乐对他说来不是对象。"③同样的道理，对于不辨格律的耳目和心灵来说，最美的格律诗也毫无疑义。

从体制上看，格律诗不同于古体诗。这种诗体起源于南北朝，成型于唐初，至沈、宋而下，法律精切谓之律，故格律诗又叫律诗。律诗结构包括首、颔、颈、尾四联。每联区别为上下，上为出句，下为对句。就形式说，格律诗是格式与律式的统一。律式是平仄规律，格式是粘对规格。平仄律有关于声调，下引文有说明。粘对规格是指：每一联的对句要与出句相对，下一联的出句要与上一联的对句相粘；并且要将格律诗的粘对规格贯彻到整个诗篇。

古人作律诗，安排句子，选择字词，常有阅之斐然、诵之生硬之状况，称之为拗口。律诗要朗朗上口，就不能不讲平仄。律诗的平仄律调，需静心吟哦，反复权衡，妥善把握。"其同一仄声，须细分上去入，应用上声者，不得误用去入，反此亦然。就平声而言，又须审量阴阳清浊，仄声亦复如是。至古体虽不限定平仄，逐句各有自然之音，成熟后自知。古、近二体，初学者欲彻悟音节。他无巧妙，只须将古人名作，分别两般吟法。吟古诗如唱北曲；吟律诗如唱昆曲。古体须顿挫浏漓；近体须铿锵宛转，二者绝不相蒙，始能各尽其妙。"（李重华《贞一斋诗说》）④

---

① 侯体健语。见《绝句论 律诗论 古诗论》之导读，第23-24页，文化艺术出版社，2018年。
② 《清诗话》，第921页，丁福保辑，上海古籍出版社，1999年。
③ 马克思：《1844年经济学-哲学手稿》，第79页，刘丕坤译，人民出版社，1979年。
④ 《清诗话》，第934页，丁福保辑，上海古籍出版社，1999年。

第十一章　外内情势与隐显异术

地势崇高，喜马拉雅；文势湍回，矢激如绳。谷是自然的基，图是技艺的因。夗与苑，折与浙，申与神，显与顕。上林苑与上林赋。沣与酆，滈与鄗。口与门。基因隐秀，旨酒思柔，意在言外，秀美独拔，余味曲包。

41. 地势

地势的"势"是一个不作为简化偏旁用的简化字。地势之势的繁体"勢"的上部形状与"埶"有同异。"執"简化为"执"后，成为一个与"勢"的上部形状相同的符号。"執"的本义是抓捕罪人，"埶"的本义是栽种。"埶"的左部形状与"幸"（niè）有同异，其同在下部，其异在上部。前者的上部是"土"，后者的上部是"大"。根据文字学家吴大澂的研究，"埶"左部形状的下部也是"土"，其上部是木。"埶"的右部是《说文》的第74个部首，是一个指事符号，象人用手执持。"執"和"埶"的相同之处是二者咸包含着人手的动作，所不同之处是前者指谓抓捕人，后者指谓人用手持木种之于土。也许正因如此，不作为简化偏旁用的符号"勢"的上部简化成了"执"，而可作为简化偏旁用的符号"埶"也简化成了"执"。

地势与文势有同异，正如权势与艺势有同异。地势略同于地形。地形之形从彡。彡，毛饰画文也。彡，三画，本来毛饰画文之数无穷，这里只举出三，以见其意。在天成象，在地成形，形生势成，中国地势形状由西向东呈现阶梯状分布者三。地势与地图有同异，地势是自然的，地图是技艺的。"埶"作为地势之势的古字发 shì 音，作为技艺之藝的古字发 yì 音。"申子弊于埶而不知识"（《荀子·解蔽》）中的"埶"已引申为权势的势。

地势是地球的，地球的地貌（landform）成分中有30%是山。最大的山是耸立在"世界屋脊"之上的喜马拉雅山。"在小乘佛经里，喜马拉雅山就是须弥山，大乘佛经里的须弥山不一定指喜马拉雅山。须弥山是地球的中心，也是屋顶。"（南怀瑾语）两山之间者，必有川焉。在喜马拉雅山和冈底斯山之间，雅鲁藏布江由西向东横贯西藏南部。李白诗云："黄河之水天上来。"在藏语中，"雅鲁"就指的是从天上来，"藏布"意谓江。二者合谓"天上的河"。

地势高耸的冈底斯山是雅鲁藏布江与印度河的分水岭。"冈底斯"的藏语意谓"众山之王",或翻译为"世界之轴"。位于中国地势第一阶梯位置的西藏人崇拜冈底斯山。位于中国地势第二、第三阶梯的绝大多数人最崇拜昆仑山。"昆仑山是喜马拉雅山的一股,一大股,中国人素来以昆仑山为标准。中国的山脉分三条大山脉,昆仑山主山中脉,到青海高原、甘肃、陕西、山西下来,古代称之为中龙山脉,像一条龙,阴阳风水叫龙脉,从空中看,山势的走动就像一条龙在滚动。中龙山脉由青海、甘肃、陕西下来,直到太行山脉。最后,一路下到淮泗,即淮河流域、泗水流域,到海边下海,震泽湖。龙下来一定要喝水,到震泽湖下海,龙在喝水。这一条龙脉,在海里抬头,就是日本。由昆仑山脉向北走,过新疆、青海,经过内蒙古和蒙古,到东北,鸭绿江下海,在海里抬头,就是朝鲜。这是北龙山脉。南龙山脉,从昆仑山出来,进西藏,向南到云南、贵州,向东到两广,即广东、广西,经过湖南、江西,一路到福建。当然,它有分支。江浙、福建都是它的分支。由福建下海,就是台湾。"①

南怀瑾先生既是一个国学家,也是一个禅师。他对中国地势的叙述既有传统的风味,也颇有神话的味道。本书作者姑妄引之,广大读者姑妄听之。古时堪舆家以山势为龙,南先生以地势为神龙。三龙说以一贯三。这个一是昆仑山,是龙。这个三包括中龙山脉、北龙山脉和南龙山脉。以中龙山脉为主,即以昆仑山脉为主、以神龙为主脉。以北龙山脉、南龙山脉为分支,即以此二者为次一级的龙脉。三龙说将自然的山川神龙化,颇具有人文意味,但这种地势说不能代替三阶梯说,正如地势说不能代替地图说。

在汉语里,"势"这个符号具有"睾丸"意义。睾丸之"丸"与"势"之"丸"在字形上有呼应。睾丸的"睾"之"幸"与"執"之"幸"同。《玉篇·幸部》:"幸,今作幸。"睾丸分泌性激素,幸与性活动有关。《史记·外戚世家》:"汉王心惨然,怜薄姬,是日召而幸之,一幸生男。"地势之"地"之"也"为女阴。土是地之初文。地之吐生物,犹女之孕生人。山川地势不同,所产生的人物亦有不同。"拿历史来对照,差不多三代以前和三代时了不起的人物,尧、舜、禹、汤、文王、周公、孔子等成功的人物,大多是北龙山脉出来的。北龙山脉的人出来,大多是太平盛世。南龙山脉出名的,好像多在文化思想、哲学、禅宗、佛法、成仙成佛方面。他们可以做宰相,从命有余,稍欠浑厚,近现代一百多年来的历史可以作证。"②

龙脉之于山脉,正如地图之于地势、地图学之于地势学。地图可以对地势进行图解,

---

① 南怀瑾:《山川人物与永嘉禅师》。参见练性乾:《我读南怀瑾》,第8页,复旦大学出版社,2016年。
② 南怀瑾:《山川人物与永嘉禅师》。参见练性乾:《我读南怀瑾》,第9页,复旦大学出版社,2016年。

而且它是在平面上按比例尺缩小表示。地图学（cartography）绘制地势图既使用科学，也使用艺术。中国大陆地势西高东低，自西向东形成三大阶梯，逐渐下降。第一阶梯是青藏高原，海拔 4000～5000 米。此一梯级西与帕米尔高原相接，北以昆仑山、阿尔金山、祁连山与第二阶梯区分，东以横断山与第二阶梯区分。我们在上述诸山之后若加一个"脉"字，则示意它们在图上是线，连接起来是一条从西向东、由北折向南的区分线。

第二、三阶梯也有这样的区分线。第二阶梯与第三阶梯之间的区分线是大兴安岭、太行山与雪峰山。此三个山脉作为区分线从黑龙江、内蒙的最北部一直延伸到广西。应该注意，上述横断山、大兴安岭、太行山、雪峰山都是南北延伸。第二阶梯主要由高原（内蒙古、黄土、云贵）和盆地（塔里木、准噶尔、四川）组成，其间也有阿尔泰山、阴山、贺兰山、秦岭等高山。这一阶梯地势的特点是，高原高，盆地低。有的高原高达 2000 米，有的盆地低于海平面以下。第三阶梯是中国东部宽广的平原与丘陵。主要有海拔不及 200 米的东北平原、黄淮海平原、长江中下游平原。还有海拔不及 500～1500 米的长白山、千山以及海拔超过 3000 米的台地、山地。

中国乃至世界的地势，气象万千，有着难以想象的复杂多变，人的文笔实难企及。不过，地势与文势也有着某种相同。刘勰论文势说："形生势成，始末相承。湍回似规，矢激如绳。"（《定势》）这里所谓"矢激如绳"之矢绳，使人联想到中国地势三阶梯中的分界线；其"湍回似规"之"规"则使人联想到地球。地球的地势与中国的地势有别。地球是"三山六水一土"。地球的地势是一个"形生势成"的球体，它与太阳系中的其他行星球体"始末相承"。

42. 内苑

苑从草，草的本原符号是三画的"屮"，因为草是长在地上的，所以又有了四画的"屮"。"屮"是一个甲骨文字根。《汉语大字典》也把"屮"作为"有"的根符。"夗"是"苑"的声符，正如"有"是"囿"的声符。内苑之苑所从屮最初也出现于苑囿之囿中。先秦之夏商时期有两个暴君，一个是桀，另一个是纣。董仲舒说："桀纣皆圣王之后，骄溢妄行。侈宫室，广苑囿，穷五采之变，极饰才之工。"（《春秋繁露·王道》）"囿"是围起来的园林，在先；"苑"是养禽兽、植林木的地方，在后。先有内囿，后有内苑。

内囿之囿发有声，有从手。在经济学界，经济学之父亚当·斯密在 18 世纪发明了"看不见的手"理论。到了 20 世纪，约翰·凯恩斯发明了"看得见的手"理论。在汉代，司马相如通过子虚先生、乌有先生乃至无是公之间的相互问答，创作了《子虚赋》《上林赋》，取得了很大的成功。在夏商周时代，人们还无法想象看得见、看不见之手的理论，甚至也无法想象出如司马相如那样的问答，但是那时的人已经有了一双灵巧的手，他们能够区分左右。例如，囿之"有"这个字符在《盂鼎》铭文中的形状就是右手。

内苑之苑发夗声，夗从夕，正如有从月。"有"是《说文》的第 238 个部首。文化在不断发展，文字也在不断进步。地球只有一个卫星，这个绕地球转的 moon 在卜辞中月、夕同文，后来由于文化的进步，表示 moonset 意义的"夕"开始与"月"区别。"有"是与"手"有关的部首，更准确地说，是与右手有关的部首。有，持有也。持有的是什么？有一种观点认为，持有的是肉，故有发肉音。"有"左下"月"是"肉"的异化。在古代，"苑中养百兽，天子春秋射猎苑中，取兽无数"（《汉书·旧仪》）。

内苑所养禽兽可以供应肉食，这是具有经济学价值的东西；内苑提供了一个可以游玩、打猎的场所，这是具有美学价值的东西。关于后者，司马相如已有极尽之描述："终始灞浐，出入泾渭，酆镐潦潏，纡馀委蛇，经营乎其内。荡荡乎八川分流，相背而异态。东西南北，驰骛往来。"（《上林赋》）上林苑东起蓝田，沿终南山而西，濒渭水而东折。据晋代潘岳《关中记》所言，上林苑内有 36 苑，其中宜春苑供人游憩，御宿苑供御人食宿，思贤苑供招待宾客。

"内苑"是笔者所生活居住的长安区中数以千计村庄中的一个。为何名为内苑，其根底原委，已难以详究。另有两个村名，令笔者印象深刻。一个是南张村，另一个是北张村。这个"张"是弓长张，可以从张弓理解，亦可以从张网理解。南张捕南来之鹿，北张射北来之麋。潏河流入沣河，这两个村庄依偎于沣潏交汇处，由此可推测上林苑在秦汉时期"分流，相背而异态，驰骛往来"游猎之盛况。

至大无外，外，远也。卜尚平旦，今夕卜，外矣。至小无内，内从冂，自外而入。《上林赋》说"终始灞浐"，意谓灞、浐二水自始至终不出上林苑。该赋又说"出入泾渭"，意谓泾、渭二水从苑外流入，又从苑内流出。该赋还说"酆镐潦潏，纡馀委蛇，经营乎其内"。这个"内"就是内苑之"内"。"酆镐潦潏"四水，除潦水从鄠邑区之潦峪口流出外，其余三水都从长安区之峪口流出。

内苑的内，是苑内的内。"上林禁苑，跨谷弥阜。东至鼎湖，斜界细柳。掩长杨而联五柞，绕黄山而款牛首。缭垣绵联，四百余里。"[①]上林苑前后持续时间长，苑内地形复杂，历史地名杂错，不容易搞清楚。要想使问题清晰化，必须以水名为纲。例如，滴水源于长安区石砭峪，从五台街道向北，穿越王曲，流经常宁南岸向西，在郭杜香积寺汇

---

① 张衡：《西京赋》，载《文选》，第二卷。

入潏河。潏河的正源是长安区秦岭北坡的大峪河，小峪亦汇入潏河。唐以前潏河在樊川沿今皂河道经韦曲流往西安西北注入渭河，后来潏河改道从长安区向西流。司马相如《上林赋》四字句只说"沣滈涝潏"之"潏"，而没有对"滈"作说明。

笔者本人从小生活在洨"jiāo"①河与沣河交汇处。洨，交也。由于滈河在香积寺与潏河相交，潏河又与沣河相交，故居住在潏河从郭杜向西注入沣河两岸的原住民称他们的这段母亲河为"洨河"。洨河是母亲河，但她也并非一如既往地慈善。20世纪笔者年幼时，洨河发怒，曾冲毁房屋和农田无数。

"沣滈涝潏"迂回曲折于上林苑之内，秦汉时期的详细状况已不甚了了。世事沧桑，白驹过隙，在撰著"内苑"这个双音义符时，笔者已活过整整一个甲子年。本不应该记住"内苑"这个小小的村名，之所以记住了，乃因为在2020年的5月2日，笔者去了一次秦岭野生动物园。秦岭野生动物园就在内苑，当然它还囊括了鸭池口，后者也是一个村名。这个鸭池口，现在摇身一变，成了动物园的天鹅湖。

在秦岭野生动物园草原区天然峪道之扇面上，生长着数以千计的栗、杏、柿树，这里的一草一木触动了我的温馨神经，仿佛自己又变得年轻，回到了20岁左右的时代。秦岭野生动物园的前身最早可以追溯到1954年上海来西安的一个耍猴人，那一年笔者才出生。那时的内苑只是个贫穷的小村子，根本不可能预判到五十年后会来到这里的秦岭野生动物园为何物。秦岭野生动物园的较近前身是西安动物园，笔者在20世纪曾经去东郊韩森寨参观过两三次。

2004年初，西安动物园的动物告别城市，迁入位于长安区秦岭北坡的黄峪口，并更名为"西安秦岭野生动物园"，此后，它的名声逐渐掩盖了"内苑"。根据笔者母校的出版社2010年出版的一本书，秦岭北麓共有72峪，黄峪不在其中。之所以不在其中，可能是因为黄峪太小，太不起眼，正如内苑太小，太不起眼。

司马相如《上林苑》言及"沣滈涝潏"。就自然而言，沣滈指沣滈之水。就都邑而言，沣水旁有"邦"，此邦是"酆"，为文王所建都城；滈水旁亦有都城，名为"鄗"，为武王所建。周人史诗云："王此大邦"（《皇矣》），用通俗的话来说，就是周文王、周武王在酆鄗建立邦国。周人史诗又云："文王受命，有此武功；既伐于崇，作邑于丰；丰水东注，维禹之绩。"（《文王有声》）

都邑者，政治与文化之标征也。园林者，游乐之场所也。相对于巍峨雄壮的秦岭，秦汉之上林苑只是小菜一碟。至于今日，位于内苑的秦岭野生动物园虽然占地2600余亩，

---

① 普通话读"xiáo"，例如，河北省西南的洨河就发此音。陕西方言不发此音。

但相对于古代的上林苑而言，也只是小菜一碟。内苑之南几十公里，正对着一个名为牛背梁的地方，它是秦岭山脊的一部分。内苑之名之于上林苑，正如牛背梁之名之于秦岭。当今的内苑位于长安区秦岭北麓沣峪口与子午峪口之间。如果说"牛背梁"是一个牛鼻子，那沣峪和子午峪就是这个牛鼻子的两个鼻孔，而内苑则是牛鼻孔的一根细毛。

43. 谷神

毛凤枝（1835—1895）《南山谷口考》之"南山"指终南山，其"谷口"指"峪口"。终南山峻峭挺拔，岩石崇高，其北麓峪口众多。峪之"谷"是一个甲骨文字符，正如陕之"夹"是一个甲骨文字符。这两个字符都有七个笔画。所不同的是，后者已经简化为六个笔画，并作为一个可作简化偏旁用的简化字"夹"通行于世。《南山谷口考》说："潼关以西，渭水以南，山之大者，皆曰南山。东起潼关，西至宝鸡，凡南山之谷口北向者，得一百五十。"①

道法自然，自然之山谷有口，山水从谷口流出。山高谷低，水从山上流入河谷，故云"谷得一而盈"。山谷中经常出现的一种自然现象是雷电（lightning），雷电使人惊恐，惊恐之余，人的精神也会在恍然大悟之后更富有灵性，故云"神得一而灵"。在这里，"谷"与"神"作为单音义符。然而，它们也可以合为双音义符。

"谷"与"神"合为双音义符，出现在《老子》第六章。道法自然，谷神亦效法自然；自然不死，谷神亦不死。"道法自然"是哲学，"谷神不死"是义理。例如，"采菊东篱下，悠然见南山；天气日夕佳，飞鸟相与还；此中有真意，欲辨已忘言。"这里的"南山"是自然，"真意"是义理；其"悠然见南山"中洋溢着"道法自然"的哲学，"欲辨已忘言"中洋溢着神韵义理。

道法自然，自然是天然。天从大，正如夹从大。大象人形，故为大人。谷神之神从示，"示"是一个甲骨文字根。许慎从天人合一的角度解释"示"这个符号，他先说"示"是"天垂象"，然后又说，这种天象是上天显示给人的一种"吉凶"。信仰宗教的人会认为上天是上帝，上帝是天神。老子书中也出现"神"字，例如第六章所说的"谷神"。老子的"神"概念立足于"申"。"申"是一个甲骨文字根。"申"与"电"形状近似，意义亦近似。

当然，甲骨时代的古人根本不可能知道作为 electricity 的"电"为何物，但是，那时

---

① 李之勤：《南山谷口考校注》，原序，三秦出版社，2006年。

的古人已无数次地经历了雷电，他们创造出"申"这个符号来表达这种自然现象。雷雨、雷电常常同时发生，故雷电从雨。后来"電"简化为"电"，后者是一个不作简化偏旁用的简化字。《诗经·小雅》中有一篇著名的诗歌，它以该篇诗歌开始的一句"十月之交"作为篇名。该诗所谓"烨烨震电，百川沸腾，山冢碎崩。高岸为谷，深谷为陵"描述的是西周幽王时期所发生的一次地震①，读者朋友若来西安，可去西安正南的翠华山，那里有"山冢碎崩"地震留下的世界地质公园。

谷神是道，"老子书中的道比孔、墨的天道观进步，之所以进步，是因为'道'在孔、墨那里附有宗教性，而老子书中的'道'是义理性的，有一定的自然规律性。老子书中也出现'神'字，如'谷神不死'之类，后来朱子还把这一点肿胀起来，然而'神'在老子书中是泛神一类的概念，完全义理化了"②。

自然界的突变使得"高岸为谷，深谷为陵"，人类只能适应突变的自然谋生。"水处者渔，山处者木，谷处者牧，陆处者农。"（《淮南子·齐俗》）这就是顺应自然之道的农、林、牧、渔。谷处者牧，谷是山谷，山谷是峪，峪大谓峡。由于峡之"夹"是一个可作简化偏旁用的简化字，所以"峽"简化为"峡"。"夾"这个符号的字形是左右二人持一人，"谷"这个符号的形状是两山之间有水流。

谷神多位于峪内。人类多居于江河之谷。例如，"浙江"这个省，本作"折江"。之所以叫"折江"，乃因为位于这个省的一条江委婉曲折。这条江分为三段，前段是新安江，中段是富春江，末段是钱塘江。浙之于折，正如沣之于丰。"丰"是一个可作简化偏旁用的简化字。"丰"的繁体太难写了，非简化不可。《大雅》云："文王受命，有此武功。既伐于崇，作邑于丰。"（《文王有声》）文王作邑于丰，对于武王伐纣建立周王朝有重要意义。"作邑于丰"，故有周邦。周王朝之先都就是"作邑于丰"之邦。

有谷就有水，因为谷是两山之间的水流。有水就有谷，这个谷是指谷物。谷物的"谷"，本来作"穀"，因为二者音同而假借。穀从禾，禾生谷（grain）。"江河所以长百谷者，能下之也。"（《淮南子·说山》）这里所谓"长百谷"，其"谷"意谓 valley，即峪，也就是山谷。这里的"长百谷"意谓江河的水大于百谷之水。例如，沣河源于沣峪，在沣峪口下。从沣峪河源头至沣峪口，约 26 公里，流域面积约一百六七十平方公里。沣河从沣峪口向下流入渭河，还有约 40 公里。滈河西流注入潏河，潏河向西注入沣河，沣河向北，然后又向东流入渭河，渭河向东流入黄河。

---

① 关于这次地震，《国语》记载的文字是："幽王二年，西周三川皆震。""是岁，三川竭，岐山崩。"
② 侯外庐、赵纪彬、杜国庠：《中国思想通史》，第一卷，第 266 页，人民出版社，1957 年。

《文王有声》这篇诗歌说:"沣水东注,维禹之绩。"东汉著名经学家郑玄(127—200)笺注云:"昔尧时洪水,沣水亦泛滥为害。禹治之使入渭,东注于河。"①沣峪之于沣水,正如谷神之于精神。"谷神不死,是谓玄牝";谷神之穀之禾之于谷物,正如谷神之玄牝之于动物。谷神之"神性潜力的每一次显灵,无论它被赐给人还是物,赐给有生命的还是无生命的,都无一例外地降临在'俗界'之外,都无一例外地属于一个特殊的存在范围,而这个特殊的存在范围则是必须以固定的界限和各种保护措施与普通的和世俗的范围区别开的"②。这是足够照顾了一般人会有的宗教而言。

"玄牝之门,是谓天地根。"谷神的"神性存在的力量扩展得越远,她所包含的神话潜力和意蕴越大,其名称的影响范围也就越广"。就此而言,谷神"绵绵若存,用之不勤"。谷神"语言诸要素与宗教和神话的概念形式之间是相互交织,相互交错的。这种复杂情况绝非出于偶然,它一定植根于语言和神话所共有的某种特性"。谷神语言诸要素中的雷电是自然的,其所生养的谷物、动物是生命的,其所谓"玄牝之门,是谓天地根"是隐喻的宗教。谷神的神性中有人性,人在某个瞬间被一个整体的现象"震慑或痴迷住了。这种运思并不发展给定的经验内容,并不站在那个有利的制高点上前后寻找因果,相反,它所要的只是满足于接受单存的现存之物"③。

44. 隐显

隐是隐在,显是显在。隐和显的问题,是隐在和显在的问题。"显"是一个不作简化偏旁用的简化字,"隐"是一个可作简化偏旁用的简化字。"顯"为什么简化为"显",因为早在明代《正字通》中"顯"已经简化为"顕"。20 世纪中叶,其简化的步伐更进一步,将"顕"右部的"頁"符去掉后只留下"显"。

顯之㬎(xiǎn)是声符,正如隐之㥯(yǐn)是声符。"㬎"的本义是日中视丝,日光明,故视觉能把握细丝,明显之义由此而来。"㬎"之"日"下之"丝"何以在"显"之"日"下变成了"业"?这个问题很不好回答。如果欲勉强回答,那么,是否可以这样说,日中视丝为制丝业,故"以业自显"(《论衡·书解》)。

由"㬎"组成的字符,除了"顯",还有一个"隰"(xí)。就字形而言,"顯"之"頁"的本义是"頭",正如"隰"之"阜"的本义是 mound。碰巧,隐显之"隐"的左部符号

---

① 《长安县水利志》,第 320 页,陕西师范大学出版社,1996 年。
② [德] 恩斯特·卡西尔:《语言与神话》,第 85 页,于晓等译,生活·读书·新知三联书店,1988 年。
③ [德] 恩斯特·卡西尔:《语言与神话》,第 75、77、79 页,于晓等译,生活·读书·新知三联书店,1988 年。

与"隱"之左部符号一样。诚如上文所说，隐与显是不同的东西，正如心和头是不同的东西。现在，我们还想问，隐与显二者之间有没有一些相同的东西？答案是，有。按图索骥，这个"骥"是"急"，"急"位于"隐"的右部，正如"㥯"位于"隱"的右部。隐之急是隱之㥯，"㥯"这个字符还可以再分析。许慎说："㥯，谨也，从心。"从心之"㥯"之谨慎由人工手符执持，故㥯从工、从爪、从手。

从爪是就动物而言，动物在有牝牡之欲时常会胡抓乱咬，人是否亦如此？人也是动物，人的前肢进化为手。"㥯"这个符号从上到下分为四个部分，其中第三个部分是右手的形状。第二个部分是"工"，这个"工"就是苏轼所谓"不能不为之为工"的"工"。第四个部分是"心情"的"心"。王充认为，文学必须建立在实诚的基础上，"实诚在胸臆"，此即真实的情感。只有真实的情感还不够，还必须将情感和物象结合起来，陆机所谓"情曈昽而弥显，物昭晰而互进"说的就是这个意思。情曈昽是隐，物昭晰是显。

隐从阜，"阜"是一个甲骨文字根。阜和丝有异同，正如隐和显有异同。就其异而言，阜是自然的，丝是人工的。就其同而言，它们都是实在的。隐之阜（阝）与顯之頁（页）亦有异同。就其同而言，阜和页都是表达意义的符号。就其异而言，这两个字符有不同的意义，正如隐在与显在有不同的意义。就逻辑而言，其清晰性要求主题明确，这种明确与文学的隐喻性相反。例如，"白居易《长恨歌》中除了有一个显在的爱情悲剧的主题之外，还有一个隐在美的主题：美的存在、美的毁灭和人类对美的向往的主题。"[1]若拿掉这个隐在美的主题，《长恨歌》的魅力将大打折扣。

显在的"顯"与主题的"題"咸从"頁"，正如隐在的"隐"与沉稳的"稳"咸从"心"。"頁"的本义是头脑，人用头脑思考，亦用心思考。所以，就思维而言，隐与显是有共性的，正如所指与能指是有共性的。所指与能指都是指，正如问题与主题都是题，意义与主义都是义，隐在与显在都是在。例如，《长恨歌》这部诗歌作品，有作为作者的白居易所直接意识到的目的、所要表达的意义，这种意义和目的是显在的所指。除此之外，《长恨歌》这部作品作为一个统一的符号或符号系统，还有作为作者的白居易没有意识到的目的和意义，这种内潜的目的和意义就是隐在的能指。

指的显在的意义就是白居易《卖炭翁》中"满面尘灰烟火色，两鬓苍苍十指黑"中的指。这个指是显在的手指。在立足于土，正如隐立足于阜。这个土就是"姊妹弟兄皆列土"的土。"列土"就是分封土地，那的确是显而易见，能抓住人眼球的东西。

还有一种隐在的指。这种指是隐在的旨义。王富仁先生在欣赏白居易的"长恨歌"

---

[1] 王富仁：《角度和意义 所指和能指——白居易〈长恨歌〉赏析》，载《名作欣赏》，1992年，第三期，第10页。

时，使用了"角度和意义"一对术语。《长恨歌》中的名句有："春寒赐浴华清池，温泉水滑洗凝脂。""凝脂"一词来源于《卫风·硕人》。"手如柔荑，肤如凝脂"中的"凝脂"已经泛化。脂的本义是指牛羊类有角动物的油脂，正如角的本义是指牛羊类动物的角。"角度"概念来源于数学，亦用来比喻看待事情或分析事物的着眼点。因为"事物是复杂的，实际指的是这样一种现象：用人类各种不同的价值标准观照同一事物，该事物常常在人们面前呈现出不同的意义来"。意义随着视角变化，这种变化"有时还可能是截然相反的：或美或丑、或善或恶、或正面或反面"。①

显在的手指容易把握，隐在的旨义不容易把握。"旨"是一个可以识读的甲骨文字符，它的本义就应该联系"咒觥其觫，旨酒思柔"（《小雅·桑扈》）来理解。现代汉字"旨"与"显"咸从日，这是没有问题的，但在甲骨文中，"旨"不从日从口，其事实是模拟人用匕（汤勺）品尝美味，故其本义为味美。《长恨歌》诗云："蓬莱宫中日月长，一别音容两渺茫。"其"日月长"之"日"是显在之日；其"音容两渺茫"之"音"，虽然也从"日"，但不是显在的。

老子的名言是"道法自然"。到了荀子的时代，他将"天行有常"理论落实于"隐显有常"，认为隐显之常道不但"无不明"，而且它们之间"外内异表"（《天论》）。外内异表，外是天、是地。人是生活于天地之间的灵异之物。人的灵异在于人能选取不同的角度观察外部世界，故《京氏易传》说"仰观俯察在乎人"。人用头脑思考，提炼主题，故能在外在的事物中抽绎出问题，并用心智进行判断，故《京氏易传》又说"隐显灾祥在乎天"。

刘勰论文执持"自然之道"，他在《征圣》篇说"精义以曲隐，隐义以藏用。繁略殊形，隐显异术"。刘勰认为，写作上的千变万化，要适应不同的情况。所谓"隐显异术"，说的就是这个道理。隐和显是不同的东西，"隐显异术"是说隐在的艺术与显在的艺术是不同的东西。隐之心以潜意识主导，这就是刘勰所谓"情动而言形"。顯之頁（首）以意识主导，这就是刘勰所谓"理发而文见"。潜意识是意识的母体，正如所指是能指的显体。

如果说潜意识是"情动而言形"的能指之心，那意识是"理发而文见"的所指之义。"但教心似金钿坚"，这个"心"就是能指之心。"天上人间会相见"，这个"见"就是所指之义。就"因内而符外"乃至于"外内异表"之有常而言，人类显在的美好愿望是"在天愿作比翼鸟，在地愿为连理枝"。就"沿隐以至显"乃至于"隐显异术"之无常而言，人类显的这个美好的愿望是十分脆弱的，"一切美的文学作品，都能很容易地被焚毁。

---

① 王富仁：《角度和意义 所指和能指——白居易〈长恨歌〉赏析》，载《名作欣赏》，1992年，第三期，第4页。

美的自身是无力的,它依靠的是美的感受者的保护。但实利的原则是强有力的,它是人类生存的基本条件,人们可以牺牲美,但不会从根本上牺牲实利追求,因为牺牲了起码的实利追求,就牺牲了人类存在的基本条件"。①

孔子说,诗可以怨。"天长地久有时尽,此恨绵绵无穷期"中的"恨"正是沿着孔子的思想而将"怨恨"登峰造极。这种怨恨本质上是一种"隐恨",但就白居易为长恨作歌而言,隐恨又变成了"显恨"。文学就是一种怪物,能在隐与显之间不断变化。

第十二章　诗词基本与诗话词说

基本司意于内,言行持物于外。兑人心志,巧笑妖娆。缘情绮靡,美目倩盼。骚情赋骨,口舌滋味。神与物游,悟入奇妙。随物赋形,不能不为之为工。探源经籍,诗词开口说话。要眇宜修,雄浑微妙博大。小词悦人耳目,小说浸濡人心。

45. 诗话

诗为文,诗话是诗文化。诗言志、诗缘情是诗之质。诗三百、古诗十九首、唐诗四万八千九百余首、宋诗二十二万余首是诗之量。因诗之多,故有诗话;因诗话之多,故有诗话之论。诗为艺,诗话是诗艺文。艺文者,道之形也;道艺者,形之质也。诗话之体作为诗艺文有两种:一为散文,一为韵文。

诗话之源,本于钟嵘《诗品》。在钟嵘之前,孔子曰:"为此诗者,其知道乎。"(《公孙丑上》引)又曰:"未之思也,何远之有。"(《论语·子罕》)章学诚认为,"此论诗而及事也"。诗之源,本于《诗三百》。《大雅》云:"吉甫作诵,穆如清风。"(《烝民》)又云:"其诗孔硕,其风肆好。"(《崧高》)"此论诗而及辞也。事有是非,辞有工拙,触类旁通,启发实多。江河始于滥觞,后世诗话家言,虽曰本于钟嵘,要其流别滋繁,不可一端尽矣。《诗品》之于论诗,正如《文心雕龙》之于论文,皆专门名家勒为成书之初祖也。"《文心》笼罩群言,体大而虑周。《诗品》思深而意远,善于从六艺溯流别。"论诗论文而知溯流别,则可以探源经籍,窥天地之纯,深入古人之大体矣。此意非后世诗话

---

① 王富仁:《角度和意义 所指和能指——白居易〈长恨歌〉赏析》,载《名作欣赏》,1992年,第三期,第11页。

家流所能喻也。"①

　　学问不外乎两种：一种是照着说，一种是接着说。关于诗话的学问亦如此。笔者接着已故学者的话题继续说。叶燮（1627—1703）《原诗》，有理、事、情之论，这个事就是章学诚（1738—1801）所谓"论诗而及事也"之事。章学诚所谓"论诗而及辞也"之"辞"是什么呢？郭绍虞（1893—1984）先生是研究诗话之大家，他接受章学诚的理论并进一步对这个问题做了回答。

　　诗话与论诗绝句相比较，后者为诗，前者为文。"后世论诗绝句之作，或臧否才情，或诠品文艺，或标举宗旨，或形容意境，其性质亦未尝不通于诗话。不过后人论文，往往拘于形貌，所以不以论诗绝句为诗话耳。"就广义而言，诗话与论诗绝句都是文。分析此文，简言之，前者为散文，后者为韵文。章学诚"所举论诗及事之例，以散文为之，其体为后世诗话之所始；其论诗及辞之例，以韵语为之，其体也是后世论诗绝句之所出"。因为论诗及事是就内容而言，其及辞是就形式而言。论诗绝句就诗论而言应该使用散文，但就绝句而言却使用了韵文。按叶燮《原诗》之理事情理论，论诗绝句就论而言是理，就诗内容而言是叙事、抒情，就诗形式而言是绝句。绝句形式是韵文。诗体制与诗话体制有同异。就异而言，二者"韵散分途"；就同而言，它们又不能绝对分途。诗话与论诗绝句"均有论诗及事及辞之处"。②

　　诗话与诗学（poetics）有同异。诗之话言、学言咸为言。然而，学之为言觉也，以觉悟所不知也。话是什么呢？追溯"话"的原型至籀文、篆文，我们会得到"譮"和"䛡"。就"譮"而言，话是会话，即对着面说话。就"䛡"而言，通俗地说，是啦呱。"䛡"与"刮"韵母相同。"䛡"的右部隶变为"舌"，故"䛡"今作说话之"话"。说话和啦呱，即欧阳修《六一诗话》所谓"资闲谈也"。后来的诗话虽然不拘于"资闲谈"，但仍有这方面的基因。朱光潜说："诗话大半是偶感随笔，信手拈来，片言中肯，简练亲切，是其所长。"（《论诗·抗战版序》）

　　宋代学者许顗说："诗话者，辨句法，备古今，纪盛德，录异事，正讹误也。"（《彦周诗话》）诗学与此不同。唐末郑谷"衰迟自喜添诗学，更把前题改数联"（《中年》）之"诗学"是指做诗歌的学问。就诗歌创作实践而言，"诗学深者，谓阅诗多；诗功浅者，作诗少也"（陈衍《沈乙盦诗序》）。在亚里士多德的《诗学》没有传入中国之前，"诗学"是指对古典诗歌的学习与研解。

　　亚氏《诗学》传入中国后，诗学这个概念发生了很大变化。广义而言，诗学指文艺

---

① 章学诚：《文史通义》，第156-157页，古籍出版社，1956年。
② 郭绍虞：《照隅室杂著》，第226页，上海古籍出版社，1986年。

学、美学；狭义而言，指研究诗歌的学问或文学理论。此广狭义可以概括中外诗学理论。然而研究中国古代的文学理论家并不喜欢简单地以此为然。诗话亦有广狭二义。诗话之名，始于欧阳修《六一诗话》。《六一诗话》本来仅以"诗话"标题。欧公"诗话"一出，温公续之，故有司马光的《温公续诗话》。广义而言，凡涉论诗，就是诗话。就此来说，诗者，史也；史者，事也。论诗及事，所以诗话通于经史子三家。论诗及事而辞，"所以诗话愈趋于集部"。欧阳修《六一诗话》后，一般诗话论事者多，"高者成为史部之传记，下者流为子部之说家"。①

诗话是让诗说话，然而，诗岂能说话？诗不能说话，但可用眉目传情，正如"吴姬压酒唤客尝"中的"吴姬"可以眉目传情。"诗以识为主，如禅家所谓正法眼者，直须具此眼目，方可入道。"②入道之诗话由字眼句法深入命意神韵。诗有篇眼，有句眼。"风吹柳花满店香，吴姬压酒唤客尝；金陵子弟来相送，欲行不行各尽觞。请君试问东流水，别意与之谁短长？"（《金陵酒肆留别》）李白此诗，篇眼之句是"吴姬压酒唤客尝"，句中"压"为点睛。

合二而一，诗开口说话了。一分为二，诗说与诗话有同异。诗有眼，故诗可以观，观风俗之盛衰，致君尧舜上，使人民过上幸福生活。君统群，诗可以群，群聚社会，凝合力量，团结大众，势不可挡。诗持文心，抒情发愤，故可以怨。笔落惊风雨，诗成泣鬼神。"自孟棨《本事诗》出，于是《唐诗纪事》《全唐诗话》之属，层出不穷。此章学诚所谓'诗话通于史部之传记'。孔子论诗，'多识于鸟兽草木之名'，于是诗话中又多诠释名物，考证故实之作；至蒋超伯《通斋诗话》而趋于极端。此章氏所谓'诗话通于经部之小学'。孔子又谓'迩之事父，远之事君'，于是诗话中又有以阐扬名教为主者。此又至黄徹《䂨溪诗话》而趋于极端。至于泛述闻见，如欧阳修《诗话》所谓'以资闲谈'者，则后人诗话，大率属此。此章氏所谓'诗话通于子部之杂家'。"③

诗话与诗说之别，实难分辨。诗话之话，话言欤？话语（discourse）欤？若为话言，则有小言，有大言。诗说之说，说话乎？论说乎？若为说话，此不正是欧阳修所谓诗话之"资闲谈"吗？资闲谈亦不正是后世之所谓"小说"（novel）吗？陆机"说炜晔而谲诳"之断语，其中不乏小说之基因。若为论说，我们不妨结合《白石道人诗说》进行分析。"诗说"比"诗话"更重视理论。毫无疑问，白石道人的诗说开了严羽诗论之先河。

---

① 郭绍虞：《照隅室杂著》，第228-230页，上海古籍出版社，1986年。
② 范温：《潜溪诗眼》。见郭绍虞：《宋诗话考》，第133页，中华书局，1979年。
③ 郭绍虞：《照隅室杂著》，第227页，上海古籍出版社，1986年。

46. 诗说

如果说诗话是随笔，那诗说不是随笔。随笔是散文，诗说是论说文。如果说诗话是随感，那诗说不是随感。诗话作为随感是"资闲谈"之笔法，诗说至少不追随"资闲谈"之笔法。当然，诗说论诗并不忽视诗法。诗法有章法句法之分。章法是大篇布局之法，句法是锤炼句字以便称合句意之法。关于前者，姜白石以"首尾停匀，腰腹肥满"作为标准。关于后者，白石道人以"句意欲深欲远，句调欲清欲古欲和"为标准。在求工于句字、句意，讲究诗眼锤炼点睛之笔方面，他的"论点同于江西，论调则超于江西矣"。①

笔者耳顺之年，眼高手低于文、理、工之通，每每苦于"不能不为之为工"（《江行唱和集叙》）之理解。直到 2020 年下半年细读了《宋诗话考》中的《白石道人诗说》，方才如饮醍醐。"文以文而工，不以文而妙。"这话说得太好了。这十个字中的第一个字可以改作"诗"。诗以文而工，不以文而妙。当然，说诗不以文为妙，这可能会被人乘隙攻讦，使自己立论难稳。《诗说》很快又有十个字："然舍文无妙，胜处要自悟。"这个补救似乎在强调悟入，但它与此前六七十年吕本中《童蒙诗训》所谓悟入不同。吕氏的悟入强调自功夫中来，姜氏的悟入着眼于自然高妙。

此妙本于苏轼"冲口出常言，法度去前轨"（《诗颂》）。诗之妙语，冲口而出。"人言非妙处，妙处在于是。"（同上）妙是什么？妙就是"悟此妙处而已"。"苏黄诗风格不同：黄重在工，故江西诗人之论诗每于工中求悟；苏重在妙，而其义则罕见阐发。姜氏盖承杨万里之余绪，欲援苏说以革江西诗风者也。"②

就此而言，姜氏之《诗说》，上承吕本中之悟入说，下启严羽之妙悟论，似乎自不待言。让诗开口说话，故有话言，有话语。话言"乍叙事而间以理言"，对诗歌创作未必合适。诗分唐宋，"文学步入苏、黄时代之后，始有此话题。唐人以文为学，将中国诗歌推上文巅；宋人以学为文，在唐人之后另辟诗径至学顶"③。

在踏入学顶之征程中，姜氏之活法论沿着苏轼"法度去前轨"之说继续向前。深于诗者，神于诗者也。胸中有法亦无法，随物赋形，文成法立，神于诗之人其奇妙在此。诚如《白石道人诗说》所说："意出于格，先得格也；格出于意，先得意也。"随

---

① 郭绍虞：《照隅室杂著》，第 93 页，上海古籍出版社，1986 年。
② 郭绍虞：《照隅室杂著》，第 93 页，上海古籍出版社，1986 年。
③ 袁峰：《中国古代文论义理》，181 页，西北大学出版社，2001 年。

物赋形是"意出于格",赋形于悟是"格出于意"。在宋人之前,齐梁时代的文论大师刘勰说:"神与物游,思理为妙。"

其后,"神与物游"演化成"随物赋形",落实为"不能不为之为工"。"思理为妙"既结合着"意出于格"之"意",亦拥抱着"格出于意"之"格"。因为,正如郭绍虞先生所说:"先得格者,所以为工;先得意者,所以为妙。"[①]格物致知是科学之格,格律致知属人文之格。后者之律若为法律,则为社会之格。

我们也可以说,让诗开口说话,故有诗说。就此而言,诗话就是诗说。《诗品》《文心雕龙》是专门的学术著作,非学富才优者所能为,退一步而求其次,学者用话言谈诗,"沿流忘源,为诗话者不复知著作之初意矣"。这正如训诂子史之专门探讨,也是非饱学之士所能为,不得已而求其次,学问的形式逐渐降低为笔记、杂著乃至说部,"沿流忘源,为说部者不复知专家之初意也"。诗话之随笔尚且可为,然而,发展到"说部之末流,纠纷而不可犁别,学术不明,人心风俗或因之而受其弊矣"。[②]

经史子集,经是经典,史为基础。六经皆史,子集岂能外乎经史?然而子集毕竟逐渐别异于经史。文化典籍积累既多,就不能不分化;分化既多,就不能不分类。章学诚的诗话之说,由诗及事及辞,学通经部之小学、史部之传记、子部之杂家、集部之小说。章氏的诗说与郭绍虞的诗话学说有同异。词话是诗话之余,正如词是诗之余,这是就二者之共性而言。

让诗词开口说话,故有诗话、词话。诗词学说是文论,正如诗词是文学。元明清时期说唱文学的说词、唱词也称为说话、词话,明清章回小说的基本形式之一是对话,由于其间夹杂着散文、诗词,所以又叫诗话、词话。例如,《取经诗话》《金瓶梅词话》。诗说之话,就内容而言,是"缘情而绮靡"之事;就形式而言,是"炜晔而谲诳"之辞。诗说理论由事及辞,小说之话言其情节由"绮靡"滥觞于离奇古怪,其性格由"谲诳"更趋于浪漫崇高。就审美而言,说话是诗话、词话,诗词之说话有话本、拟话本。说话既然盛行,说话时代的著作亦受其影响。"《大唐三藏取经诗话》三卷十七章,今所见小说之分章回者始此。每章有诗,故曰诗话。"[③]

在章学诚的时代,文史通义为考据家所不屑,章氏力排众议,其诗话为文史通义之一端。章氏对著述和考据进行比较分析,认为学问所及之事包括考据,"学问不一家,考据亦不一家。鄙陋之人不知学问有流别,眩于目而莫能指识,概名之曰考据家……

---

① 郭绍虞:《照隅室杂著》,第93页,上海古籍出版社,1986年。
② 章学诚:《文史通义》,第157页,古籍出版社,1956年。
③ 鲁迅:《中国小说史略》。见《鲁迅全集》第9卷,第120页。人民文学出版社,1982年。

学问之有考据，犹诗文之有事实耳"。你不能看见韩柳之文、李杜之诗中有事实就说他们是事实家。"学问成家，则发挥而为文辞，证实而为考据。"文辞者，肌肤也；考据者，骸骨也；学问者，神智也。"三者备而后谓之著述……诗话论诗，不能暗于大而明于细。"①

古代诗说因郭绍虞的研究有了长足进步。诗说之说，当然不是小说之说，但就文符而言，此二者又的确相同。郭绍虞是现代古典文论研究专家，他在《小说月报》②第二十卷发表了一篇题为《诗话丛话》的论文。该论文的末尾说："以诗话名，而实非普通所谓诗话者，如《唐三藏取经诗话》之属，则竟是小说，盖与宋人词话同例。钱曾（1629—1701）《也是园书目录》中有宋人词话十余种，其内容全是男女情爱风花雪月之小说类。我们不能以此为论词之书，也不能以《唐三藏取经诗话》为论诗之书。因为这类诗话、词话之书，不过是就某诗、某词的内容衍其本事，以游戏之笔拟其话语，如唐人传奇之类，非说诗也。总之，以文学批评的眼光论诗话，其范围不得不广博，不广博不足以见其共同的性质；而同时又不得不狭隘，不狭隘不足以见其诗说之特别。"③

关于诗文之说，有两个为主，咸具有划时代意义。一个是曹丕的"文以气为主"，另一个是严羽的"学诗者以识为主"。诗说亦以识为主。何谓识？识者，诗也。诗者，识也。《诗说》云："诗之有思，猝然遇之而莫遏，有物败之，则失之矣。故昔人言覃思垂思抒思之类，皆欲其思之来；而所谓乱思荡思者，言败之者易也。郑綮诗思在灞桥风雪中驴子上，唐求诗所游历不出二百里，则所谓思者，岂寻常咫尺之间所能发哉！"④

严羽的诗歌理论是一个高峰。严羽继承了他的继叔吴陵的诗说，这是没有问题的。吴陵说诗之源流、世变之高下有异户同门之论，严羽说诗之辨有别材别趣之论。此二论都是对诗歌理论的总结。经史子集之集，先有《文选》之总集，后有《诗总》之集。《诗总》之集，并非诗歌总集，而是诗话总集。阮阅的《诗总》与胡仔的《苕溪渔隐丛话》相辅而行，北宋以前之诗话大抵略备。"阮氏之书创为分门别类之法，于采集诗话之外，虽增加小说笔记之作，材料加多而不觉其乱，能适合读者需要而流行于世。"⑤

---

① 章学诚：《文史通义》，第162页，古籍出版社，1956年。
②《小说月报》，近现代文学期刊，1910年创刊于上海，1932年淞沪战争时停刊，共出刊22卷262期。
③ 郭绍虞：《照隅室杂著》，第283页，上海古籍出版社，1986年。
④《诗林广记》卷四引。又见郭绍虞：《宋诗话考》，第216页，中华书局，1979年。
⑤ 郭绍虞：《宋诗话考》，第23页，中华书局，1979年。

47. 诗词

"词能言诗之所不能言，而不能尽言诗之所能言。"①这个"言"就是诗词所从言，也可以说就是"诗言志，歌咏言"所谓言。然而，"诗言志"之"言"意谓言说，是动词。"歌咏言"之"言"已经凝固为名词。诗与词的异同，正如诗与歌之异同。早在大约二十年前，笔者曾引述《礼记·乐记》的话阐述诗与歌的区别："诗言其志也，歌咏其声也；歌之为言也，长言也。"②当时只是就诗歌论述诗歌，并未顾及诗辞乃至诗词。诗词之言与诗辞之言有异同，正如诗词与诗辞有异同、诗与辞有异同、辞与词有异同。

有文体的异同，有文字的异同。乾嘉学派之考据，探讨文字之异同。中国的诗和词浩如烟海，正如中国的诗话和词话浩如烟海。然而，能够搔到痒处之诗话、词话却极为少见，正如极为优秀的诗、词极为少见。诗词之潮流浩浩荡荡，正如文学之潮流浩浩荡荡，经史子集之潮流浩浩荡荡。诗词乃至诗词之体不仅有质量，而且有数量。诗有诗集，例如《诗三百》《古诗十九首》等。词有词集，例如，《花间集》《阳春集》《樽前集》等。

王国维《人间词话》最能搔到词乃至词体之痒处，正如严羽《沧浪诗话》最能搔到诗乃至诗体之痒处。前人已登峰造极，后人难道只能拾前人之唾余？文学是人学，诗词岂能例外？严羽说诗歌的创作非关书也、非关学也，这难道不对吗？诗歌创作非关书也、非关学也，难道也不是有关于人学吗？

在说"词能言诗之所不能言，而不能尽言诗之所能言"之前，《人间词话》还有八个字："词之为体，要眇宜修。""要眇宜修"四个字是《楚辞·九歌·湘君》中的歌辞。"眇"与"妙"有异同，正如"辞"与"词"有异同、诗辞与诗词有异同。王国维在词和词话之前冠以"人间"二字，可见包括诗词在内的文学绝不是不食人间烟火的东西。妙从女，正如眇从目。"巧笑倩兮，美目盼兮"，难道"要眇宜修"之美不需要巧笑美目之倩盼吗？

回答是肯定的，所以诗与词有共性，正如诗话与词话有共性，诗词论与文学论有共性。"美要眇宜修"，"要眇"之"要"意谓女性的腰身，其"眇"指谓美目之盼，美目之盼奇妙。韩愈的"和平之音淡薄，愁思之声要眇；欢愉之辞难工，而穷苦之言易好也"（《荆潭唱和诗序》）是中肯的文学论，其"愁思之声要眇"是恳切的诗词论。唐诗之二怨，

---

① 王国维：《人间词话 人间词》，第62页，谭汝为校注，群言出版社，1995年。
② 袁峰：《中国古代文论义理》，第63页，西北大学出版社，2001年。

是闺妇之怨的典范。诗可以怨，金昌绪《春怨》用二十个字表达闺妇思念丈夫。"打起黄莺儿，莫教枝上啼。"要眇之愁思，以情真为得体。"啼时惊妾梦，不得到辽西。"闺妇怨黄莺之惊梦，乃深于怨者也。诗可以愁，但是"春日凝妆上翠楼"的"闺中少妇"却"不知愁"。在登上翠楼之后，闺中少妇的心理发生了微妙的变化。她产生了"悔教夫婿觅封侯"的念头，这个念头不是"打起黄莺儿"可以消除的，因为陌头的杨柳色时不时地勾起了她送别丈夫时的情形。

　　诗言志，内涵境界广阔；歌咏言，声律幽韵绵长。言志、咏言既拥抱着诗歌的内容，也催生着诗词的形式。本来，开辟鸿蒙，谁为情种？都只为风月情浓。风月情浓，"和亲之说难形，则发之于诗歌咏言"（《汉书·礼乐志》）。歌咏言，幽韵绵长的歌词在舌尖上滚动，正如"巧笑倩兮，美目盼兮"之秀色在少女的眼神上流溢。歌咏言于《九歌》，"美要眇兮宜修"（《湘君》）。

　　双音义符"诗词"晚于"诗歌"，正如"诗骚""诗辞"晚于"诗歌"。词是诗之余，正如曲是词之余。词，意内而言外。意内谓意主于内，言外谓言发于外。词之所以能言诗之所不能言，就在于词意更能使人目迷五色，情盈心窍。古诗的情意是"愿得一人心，白首不相离"。小词的情意是"系我一生心，负你千行泪"（柳永《忆帝京》）。前者的情意从志意而来，后者的情意启发了小说的还泪之思。就此而言，二者几乎很难分别。

　　文学形式总是会影响其内容。诗词曲形式有异同，正如诗辞赋形式有异同。如果说"诗言志"是把诗文之志作为内容，那么，"美要眇宜修"之辞实际上已经变革了诗文之形式。诗辞之后，诗赋欲丽。赋是诗辞的后代，是诗文与辞文的后代。在诗辞产生的时代，人们对文的认识是："物相杂，故曰文。"

　　在诗赋产生的时代，人们对学的认识是："学之为言觉也，以觉悟所不知也。"赋也是文学的后代，赋文"体物而浏亮"，正如诗文"缘情而绮靡"。诗文之境阔，辞文之言长。赋既有散文诗之体貌，也有骈文辞之基因。诗文之境阔之于唐诗，正如辞文之言长之于宋词。诗辞之辞与词同音，但宋词与楚辞之别已至天壤。先秦时期的诗辞篇目数以百计，后世的诗词数以万计。

　　人是精神的动物，也是情感的动物。"神与物游"之在诗文，正如"情以物兴"之在诗词。如果说诗的精神偏于"神与物游"，那词的情感偏于"以物兴情"。诗词对人精神和情感的兴发感动存在着厚薄、大小、强弱之差别。凡是真正的诗人，诗里都有兴发感动的生命运动。当然，大诗人与小诗人不同。大诗人感发于人更加雄厚、博大、强烈，小诗人则偏于"要眇幽微"。词之所以形成了要眇幽微的特质，那因为词在早年的时候，写的都是女性，包括女性的形象、女性的语言、女性的感情。写作者是男性。男性作者用女性的口吻、感情写，无形之中，他们把男子内心所隐藏的女性感情写出来了，所以词有要眇幽微之特性"①。

学诗以识为主，诗歌岂不成为诗学？诗歌至文巅之后，催生出诗词；诗词至文巅之后，催生出词曲。诗词曲一脉相承，诗以感发为主，曲以痛快淋漓为主，词与此二者不同。词之初起，结果于《花间集》，其美学品质，美女之谓也，爱情之谓也。词若果只是美女和爱情，岂能称雄文巅？苏轼独辟蹊径，以诗化之笔入词，使幽微要眇阳刚化。诗化之词中有诗，可以直接感动启发人的志意；词化之诗中有词，可以要眇幽微于人的情感。

词有诗质，诗有词质，诗词浑然一体，难道无所分别吗？词能言诗之所能言，而不能尽言诗之所能言，诗所能言、所不能尽言者相较于词大概也如此。词质与词史有异同，正如词评与词史有异同。词评是词说，譬如，顾苦水有针对苏辛之词说。"东坡之词，写景而含韵；稼轩之作，言情以折心。稼轩非无写景之作，要其韵短于坡。东坡亦多言情之什，总之意微于辛。至其议论说理，统为蹊径别开。而辛多为入世，苏或涉仙佛。"②

诗词之广义为诗歌，其狭义区隔为诗、词乃至曲。词史乃词说之纵、词评之纵横论说结合着词史。顾苦水的学生叶迦陵接着王国维和其师的话题论说。词深美闳约，精妙绝人。词之特质，在作者而言，亦有得有不得也。作诗与说诗固然重视感发，而作词与说词之人则尤其将善于感发之资质趋于极妙。苏、辛二家以诗境写词境，于要眇幽微之外，别立一宗。"然而既以诗境入词，而词遂竟同于诗，则又安贵乎其有词也？苏辛二人之佳作，皆不仅在其能以诗境入词而已，而尤在其既能以诗境入词，而又能使其所入之作具有词之特质，如此者乃为其真正佳处之所在。"③

48. 词说

词的学说有三：诗辞之说、诗化之说与赋化之说。词者，司也。司意于内，司言于外。诗辞说词，要眇宜修。要眇者？体态窈窕也。宜修者何？情态优美也。诗化说词，化词入诗。词风大变，由优美变为崇高，由阴柔变为阳刚，由婉约变为豪放。赋化说词，主张以赋笔为词。赋体物而浏亮，在形式上本来与文词相似。赋笔体物写志于歌词，正

---

① 叶嘉莹：《叶嘉莹谈词》，第50页，长江文艺出版社，2019年。
② 顾随：《苏辛词说》，第122页，首都师范大学出版社，2017年。
③ 叶嘉莹：《叶嘉莹谈词》，第194页，长江文艺出版社，2019年。

如文笔酣畅淋漓于散曲。

词乃小言，小言难合大道，故苏东坡高唱"大江东去"，势不可挡。小言者，笑颜也，正所谓"浅笑含双靥"。双靥盈笑，可爱迷人，更兼有"低声唱小词"之柔音慢调。不同于大而无当之文，亦不同于大言不惭之语，"巧笑倩兮，美目盼兮"之小词赢得了世人之欢心。小词是小调，正如小说是小语。大道如青天，文学难为进，故小词、小说产生了。"小说合丛残小语，近取譬论，以作短书，治身理家，有可观之辞。"（李善注引桓谭《新论》）

小词写风花雪月，然而又岂能仅仅以风花雪月视之。小词中亦有可观之辞，小词中有真情，有微妙的情操。人们可以从那些优美、幽微的文辞中体会出"一种最精微优美的心灵和感情的状态，而且是作者无形之中所流露出来的真正的最内在的一种心灵和感情的状态"（叶嘉莹语）。不要小看小词、小曲，正如不要小视小说、小调。小词之悦人耳目，正如小说之浸濡人心。

诗词同源，正如诗骚同源。哀怨起骚人，骚情赋骨，不外于诗词。诗圣的风格，杜甫自谓"沉郁顿挫，随时敏捷"（《进雕赋表》）。到了南宋，诗歌理论专家说："子美不能为太白之飘逸，太白不能为子美之沉郁。"（《沧浪诗话·诗评》）何以如此，时代使然尔。诗分唐宋，唐诗在文巅时期，子美专擅沉郁，太白专擅飘逸。宋诗在学顶时期，其文才已难以和唐诗争雄，但宋词却别具一格。词盛于宋，词话却盛于清。词说之于词话，正如诗说之于诗话。

陈廷焯《白雨斋词话》、王国维《人间词话》都可作为词说解读。广义的词说，也是诗说，所以《白雨斋词话》将杜甫的意境沉郁用于说词。太白不能为子美之沉郁，但东坡却能为太白之飘逸。东坡将太白之飘逸融入宋词，突破了词必香软的藩篱。所以，清人李佳说，东坡词"不特兴会高骞，直觉有仙气飘渺于毫端"（《左庵词话》）。仙气飘渺之辞充盈着太白之飘逸。

诗词之文笔，有拙笔，有俗笔。"少陵之诗有拙笔而无俗笔，太白有俗笔矣。稼轩之词有率笔而无俗笔，东坡有俗笔矣。此或以才虽高，而学不足以济之。就是说，李白与苏轼之于诗词，稍不经意，犹不免于俗耶？"[①]诗词不免于俗，是也？非也？诗歌有文巅学顶，词曲亦有文巅学顶。诗词曲之文巅学顶，岂能不通俗乎？诗词曲在文巅学顶之后，岂能不通俗乎？诗词曲在文巅学顶之后，逐渐繁荣于戏曲、小说乃至于影视网络文学，岂能不通俗乎？

---

① 顾随：《苏辛词说》，第115页，首都师范大学出版社，2017年。

是否可以说：子美学足，故其诗有拙笔而无俗笔？太白学不足，故其诗词有俗笔？类似的问题是：子美才不高，故不能为太白之飘逸；太白学不足，故不能为子美之沉郁？笔者在上文中说，太白不能为子美之沉郁，但东坡却能为太白之飘逸。这样说是否足以服人？难道说东坡的才能真的宛如李白？

答案是否定的。因为一个天才可以影响另一个天才，而另一个天才决不能重复前一个天才。我们可以比较李白和苏轼的词，我们采用名家的词说比较飘逸和豪放。太白《忆秦娥》"句句自然，字字锤炼，沉声切响，掷地作金石声。抑扬顿挫，法度森然，无一字荒率空浮，无一处逞才使气。以是而言，设为太白之作，毋宁作为子美之笔。其风格五代花间未见，亦非歌席诸曲所能模拟，已开宋代词家格调"①。宋代词家格调之婉约起源于《忆秦娥》上片之秀丽，其豪放在《忆秦娥》下片之旷达中亦略见端倪。

说东坡能为太白之飘逸，笔者并非空口无凭，前辈学人对此已有揭示。东坡最知名的词句"大江东去，浪淘尽，千古风流人物"被世人目为豪放。"大江东去，浪淘尽"是豪，千古人物之"风流"是放。仙乐风飘处处闻，包括人牛马在内的牝牡风情之飘动可以联系美国作家玛格丽特·米歇尔（1900—1949）笔下的郝思嘉，当然郝思嘉是美国南北战争时期的乱世佳人，她的风流和苏轼笔下的"千古风流人物"当然不可同日语，此乃不言而自明。

词之本色，其婉约中洋溢着风流，故即使是豪放之名句，其中亦有婉约的因素。李白的《忆秦娥》，上片婉丽，下片豪旷。苏轼的《念奴娇》，以飘逸轻举论，上片豪放，下片"则浮浅率易，非飘逸轻举之真谛也。公瑾之雄姿英发，与小乔之嫁的关系有多大？当然，宽言之，此说尚无不可。然而，言及强虏可谈笑间灰飞烟灭，此不免过分。左思《咏史》中有'左眄澄江湘，右盼定羌胡。功成不受爵，长揖归田庐'之诗句。功成身退不太难，但说江湘可左眄而澄，羌胡可右盼而定，这就大言不惭了，文人喜为夸张不为错，但如果毫无边界，那就是自欺欺人了"②。

追溯至魏晋，曹丕的"诗赋欲丽"理论尚未分别诗赋和辞赋；陆机《文赋》"诗缘情而绮靡，赋体物而浏亮"用两个六言句界定了诗赋。魏晋之后，刘勰继承了《史记·司马相如列传》之营养，在《辨骚》中对辞赋进行了解析。辞赋之辞婉丽，故词说之诗辞之说风流。诗赋之诗缘情，故词说之诗化之说感动。诗赋之赋体物，故词说之赋化之说托物。赋化之词从柳永长调之铺陈开始，更进一步，周邦彦使用赋化之笔法填词。一江春水向东流，故国不堪回首月明中。"词美感特质的形成一直与政治的背景、国家的形势

---

① 周汝昌语。见《唐宋词鉴赏词典》，第9页，上海辞书出版社，1988年。
② 顾随：《苏辛词说》，第110-111页，首都师范大学出版社，2017年。

有密切的关系。真正使得赋化之词更进一步的,那就是南宋的灭亡。"[1]

明辨是非的词说是:"政治家之眼,域于一人一事。诗人之眼,则通古今而观之。词人观物,须用诗人之眼,不可用政治家之眼。故感事、怀古等作,当与寿词同为词家所禁也。"[2]这里所谓"禁"就是禁止、不允许。禁止什么?不允许什么?答曰:文学家创作的诗词,使用通达古今之视野,超越了实用目的。所以,这种诗词不能写成像祝寿词那样的东西,也不能写成像政治报告那样的东西。那为什么又说词的美感特质与政治背景、家国兴亡乃至时代、社会有密切关系呢?真是扯不断、理还乱。

事实上,感事、怀古这样的东西,在诗词领域亦屡见不鲜。譬如,苏轼的《赤壁怀古》,更是因此成名。这究竟是怎么回事?因为包括诗词在内的所有文学,说到底只是一种互相交通的东西。刘勰说,神与物游;苏轼说,故国神游。物游强调客观的第一性原则,神游强调精神思维的主导性原则。苏轼作为宋代第一流的文学家,《念奴娇》作为豪放词的代表作,无愧于其名。有一种势不可挡的超越精神贯穿于"大江东去,浪淘尽,千古风流人物"之中。"本极可悲可痛之事,而如是表而出之,遂不觉其可悲可痛,只觉其气旺神怡。"[3]这正是超越精神注入其中之结果。

---

[1] 叶嘉莹:《叶嘉莹谈词》,第230页,长江文艺出版社,2019年。
[2] 王国维:《人间词话 人间词》,第83页,谭汝为校注,群言出版社,1995年。
[3] 顾随:《苏辛词说》,第110页,首都师范大学出版社,2017年。

第四编　尽器贯道与基本符论

符位理尽器定名，论析分贯道品评。基因无情有性，嫦娥应悔偷灵药。遗传有缘无意，碧海青天夜夜心。孢孕巳子与知识分子、基因分子。

第十三章　符位文明与发现还原

音位声明。符位文明。弓殳發明。玉见光明。戯虚在左。数（a+bi）虚在右。ethos、pathos 和 logos。发明基因，热衷问题。发现感悟，命名染色体。意在脑中，意识涌现，神经细胞还原。神与物游之 physics，思理为妙之 physiology。

49. 符位

在符意分析中，有两个把手，一个是音位层，一个是符位层。音位层是语言学层面，符位层是符号学层面。音位层是语言层次结构的最基层。符位层是符号层次的基层吗？笔者溯源人文理论，将文本语根作为符位层之最基层。其次，是单音义符、双音义符，以此类推。著名科普作家在论述学习方法时，曾列出一个公式：Σ（少而精）=（Σ少）而精=多而精。①在这个公式中，等号前后的文字只有"少而精""多而精"两个三音义符。

第一个等号前后使用的符号是相同的，但其中两个小括号所括内容有别。也就是说，两个小括号的符位区别了第一个等号前后词组的内容。符位与音位一样都可以区别意义。符号Σ的数学意义是连续加法运算，其上文中的科普意义是不断学习。学习对象"从精于一开始。经过博而达到多学科的精。集多学科的精，达到某一大方面或几大方面的更

---

① 王梓坤：《科学发现纵横谈》，第 38 页，湖北科学技术出版社，2013 年。

高水平的精"①。

　　符从竹，付声。竹有六个笔画，正如六十四卦之每卦有六根卦符。六十四卦之别卦由八经卦重叠而成。八经卦之每卦有三根卦符。符位之于符号（symbol），正如卦位之于卦符。卦位这个概念在《易学大辞典》中有两个含义：一个是指易卦的方位，另一个是指重卦中两经卦之位置。我们在这里还想提出或赋予卦位另外一个意义。卦是《易》的符号体系。正如数学中有＋（plus）、－（minus）符号一样，易学中也有—（阳）、- -（阴）符号。易学的经典话语说：太极生两仪，两仪生四象，四象生八卦。

　　两仪符号是—、- -。四象符号区别为太阳、太阴、少阳、少阴。太阳是重叠的两阳符。太阴是重叠的两阴符。少阳是阳上阴下。少阴是阴上阳下。后二者完全依靠符位区别。八卦符号是☰（乾）、☷（坤）、☳（震）、☴（巽）、☵（坎）、☲（离）、☶（艮）、☱（兑）。前二者之区别，乾重叠三阳，坤重叠三阴。后六者亦通过符位区别，正如"+互联网"与"互联网+"通过符位区分。由此可知，符位在古今学术中具有不可忽视的重要意义。

　　数学中的符位，奥妙无穷。所有实数都可以在数轴上占有自己的符位，这是几何点与实数之间的完美关系。复数的情况又如何呢？复数也能用点表示，但是这个点不是数轴上的点。数轴是一条线。复数的表示是面上的点，而不是线上的点。虚数之于实数，正如无理数之于有理数。意大利数学家卡尔达诺（1501—1576）是第一个把负数的平方根写进公式中的数学家。他把10分成了两个部分，并使它们的乘积等于40。卡尔达诺认为负数的平方根是虚无缥缈的。笛卡尔认为虚无缥缈的数应命名为"虚数"。

　　虚实相生，不但文学如此，而且数学竟然也如此。刘勰说：思理为妙，神与物游。莱布尼茨说："虚数是神灵遁迹的精微之处，是奇异、隐蔽之所在，是中介于存在和虚妄间的两栖物。"虚数太玄妙了，所以它必须依附于实数。复数是 z，它可以写成 a+bi 之形式，其中 a 和 b 都是实数。a 也是实部，b 位于虚部，i 是虚数单位。z=a+bi，当 z 的虚部等于零时，z 为实数；当 z 的虚部不等于零，而其实部等于零时，z 为纯虚数。

　　a+b 是代数加法，a+bi 不是代数加法。后者是数概念的扩充。通过这种扩充，虚数与实数协调为复数，正如在这之前，无理数与有理数协调为实数。字符虚位以待于左成"戯"，数符虚位以待于右成"a+bi"，符系家族人丁兴旺，莫过于此。

　　符位类似于 a+x，当 x 是 b 的时候，a+x 类似于代数加法；当 x 是 bi 的时候，a+bi 类似于数概念的扩充。在数学中，a+bi 是一种新形式，是数概念的扩充；在符号学

---

① 王梓坤：《科学发现纵横谈》，第38页，湖北科学技术出版社，2013年。

中，a+bi 也是一种新形式，是意概念之扩充。例如，单音义符"戏"，我们就可以将它看作 bi 之形式，b 是戈，i 是虚。当然二者符位有别。在数学的复平面形式中，a+bi 中的 b 与 i 位置不能互换。在符形中，b 与 i 的位置可互换，因为符号学具有随意性，"戏"也具有虚构和想象的随意性。

再譬如"卦"这个单音义符，可以看成 a+bi 之形式，a 是圭，bi 是卜。圭是土圭，测日影之器具。卜是占卜，预测未来。卦分为八卦和六十四卦。符位区别为上下、前后、内外等名目，也有约定俗成为说法。例如，"意"这个单音义符也可以看作 a+b 或 a+bi 之形式。如果看作 a+b，那 a 是音，b 是心。有两种心，一是肉体器官之心；另一是作为脑的代称之心，即作为思维器官之心。如果将"意"看作 a+bi 之形式，那这个 bi 中的 b 相当于肉体器官之心，其 i 相当于思维器官之心。莱布尼茨说，虚数是存在与虚妄之间的两栖物。笔者想说：心既是物，又不是物；心作为肉体器官之物与其他肉体器官并无不同，心作为思维器官却具有超越性。

就音位学（phonetics）说："作为前意义层的音位层，由于排除了'外在的'语义因素，易于成功地加以结构描述。另一方面，它又直接与体现意义的词层相联系，既成为组合段形式结构的基层，又成为支撑意义的物质实体层。"①音位学以音作为物质实体层，符位学以符作为物质实体层。符位以 a+b 显示，a 为 0，b 为 1。二进制的符位 10、11、100、101、110、111、1000、1001、1010、1011、1100，可以无穷尽地用 0 和 1 区别自然数值。

二进制"位理定名"使用的数码是"0、1"，其三进制"位理定名"使用的数码是"0、1、2"，十进制"位理定名"使用的数码是"1、2、3、4、5、6、7、8、9、0"。刘勰论文时说："位理定名，彰乎大衍之数。"（《序志》）大衍之数通大易之道，二者有异同，正如 a+b 与 a+bi 有异同。a+bi 中的 bi 可以联系"戏"这个单音义符来理解。戈是 b，是存在物；虚是 i，是精神想象之虚构。将刘勰和莱布尼茨的话糅合在一起来说复数，a+bi 既是神与物游之精微之处，亦是思理为妙之奇异隐藏之所在。

让我们再回到那位著名的科普作家，他也是一位数学家。他认为，别的学科的新思想有时会给专业工作带来很大的启发和帮助。譬如，音位学思想会启发符位学思想，符位学思想也会进一步推动符域理论之研究。数学家艰难地跋涉在 1、-1、$\sqrt{-1}$ 之征途上，山重水复疑无路，柳暗花明又一村。他们终于将负 1 的平方根写成了 i，将 a+bi 之形式称作复数。这正是"晴空一鹤排云上，便引诗情到碧霄"（刘禹锡《秋词》）之包含着哲

---

① 李幼蒸：《理论符号学导论》（第 3 版），第 173 页，中国人民大学出版社，2007 年。

理的"1"的诗情,这种诗情"用最小的面积惊人地集中了最大量的思想"(巴尔扎克语),因而能唤起人们的想象、形象和深刻的美感。这个面积已经小到了不能再小的点,它使人想到文学"以小见大"之美感。

50. 发明

发明者,invention 之谓也。这个问题太复杂,我们从"发明"之"发"这个可作简化偏旁用的简化符号谈起。符号既具有规律性,又具有随意性。符号可繁可简,是规律性与随意性的统一。中国的汉字,到了 19 世纪末乃至 20 世纪初,已繁难到不得不进行简化的程度了。"发"这个简符竟然承担了"發"(launch)和"髮"(hair)这两个繁难符号。就形式而言,它之所以能承担这两个繁难符号,乃因为两个繁难符下部咸有"又"(the right hand)这个符号。从古至今,发明都要求用手创制新事物。

发明是發明,但发明之"发"的形状似乎更近似于"髮"的下部,这正是符号的随意性之所在。發从弓、癹声,正如髮从髟(biāo)、犮声。癹与犮发同样的音声,这也许是简化字专家要将这两个繁难字符简化为同一形状的原因。显然,发明一种新发型与发明一种用于射猎的弓矢都是发明,但后者更接近于西文的 invention 之义。在单音字形"發"符里,"弓"所提示的正是这个意思。当今发射卫星、导弹,会使用发射架之类的发射装置,这种装置的原型即所谓"發",古人开弓射箭或启动殳矛之类的兵器离不开双足与手,發之弓、癹之殳咸指谓武器,癹之癶、之又指谓操持武器装备的手足。《诗》之《召南》有一篇名为《騶虞》的诗歌,全诗只有六句,活脱脱地描写狩猎,用"壹發五豝""壹發五豵" 赞叹射手的精准。

发明之明是一个甲骨文字符。中国古人说,在天者莫明于日月。日往则月来,月往则日来,日月相推而明生焉。天人合一,故发明与发现同源。发现的本词是发见。见从目。言文"发明耳目,宁体便人"(宋玉《风赋》)。发明之词义,《汉语大词典》列出 18 种,1999 年出版的《辞海》列出 4 种。大约在公元前 5 世纪末,古希腊人将神与发明联系起来,认为发明就是发现。

因为"神一开始没有向人展现所有的东西,但是通过寻找,人将及时发现更多的东西"(色诺芬语)。发现之大义,"其为贯穿者深矣,其为网络者密矣,其所商略者远矣,其所发明者多矣"[①]。发现的深密远多是原因的思辨,发明的贯穿、网络乃至商略是按照

[①] 刘知几:《史通》卷十《自叙》。

法则行动。科学中的发现往往为发明提供建议、线索或原理，目的是要启发、激发，并促进发明，使原理转化为生产力。"发明的产生或完成都是可预期的，而发现则多有意外，是不可预期的。就原理来说，发现是偏重于科学和知识的增长，而发明则属于技术和机器设备之进步。在现代社会，技术工程师在工作中发现了自然界某些重要的真理，而科学家通过实验，将这些发现变成了发明。"①

发明、声明和文明是三位一体的。"伐木丁丁，鸟鸣嘤嘤。出自幽谷，迁于乔木。"从原始的动物发声，即"嘤其鸣矣，求其友声"，到能够用言音口语表达意思，这是声明。从结绳、甲骨记事，到印刷、电码传播媒介，这是文明。刘知几《史通》所谓"其为网络者密矣，其所发明者多矣"仿佛已经预见到了21世纪的今天。"在西方古典修辞学中，发明是修辞五要素之一，是指围绕特定目的，即论题目录，或论题根源，寻找和发现合适确凿的思想、前提和论据的行动。发明不是为了获得新的形而上学洞见，而是旨在实际地产生一个作品，如一篇讲稿或一首诗。"②亚里士多德修辞学理论中的"ethos"偏于发明之善，其"pathos"偏于发明之美，其"logos"偏于发明之真。修辞和发明一样，都追求真善美的统一。

从17世纪开始，西语中的发明概念逐渐趋于特指技术和艺术领域的创造行为。18世纪中期，狄德罗和达朗贝尔主编的《百科全书》对确立现代发明概念意义重大。发明是所有被找到、创造和发现的东西，它在艺术、科学和工艺中具有重要性。此后的1867年，英国的工程师、发明家、技术历史学家德克斯（Henry Dircks，1806—1873）出版了《发明哲学》（The Philosophy of Invention）一书，开拓出工程学的技术哲学疆域，同时也丰富了发明的内涵。

中国古人说，能有所艺者，技也。这种技，在德克斯那里，既是技术哲学，也是结合着工程概念的发明哲学。"伴随着19世纪下半叶社会技术活动的蓬勃开展，不论是实际的技术社会生活，还是围绕技术的相关社会理论研究，都对一个严密的、明确的发明概念提出紧迫要求。正是在这种时代的社会需求的驱使下，德克斯深思熟虑地区别了发明概念的三种含义。"第一种是与改进（improvement）、设计（design）相区别的发明概念，"指一些新颖的制造业机器的更改，这些更改节约劳动，使生产产量增加，质量提高，或者使两者都得以实现"的原始发明。第二种是与实验（experiment）相区别的发明概念。实验不是发明，发明的唯一标准是在技术和制造业上的实际（practice）效用，它也不需

---

① 《大美百科全书》（中文版），第15卷，第216页，外文出版社，1994年。
② 夏保华：《论德克斯的发明哲学思想》。该文载《技术与哲学研究》，所引文字见第505页，东北大学出版社，2014年。

要过分强调原始发明与改进的区分。第三种是与实验和实践构成的发明概念。就 logos 而言，落实到科学装置。就工程技术而言，落实到"发动机、机器、工具、构造及材料等"。"前者的发明应用于科学研究、教育和说明；后者的发明则完全出于商业目的。"①这三种发明概念，既相互区别，又相互补充。

发明哲学与科学发明有交叉。如果说发明哲学是发明的学术，那科学发明应该是什么呢？科学发明应该是立足于学理的发明。立足于学理的发明与立足于学术的发明有异同。就其异而言，如果说前者偏于科学哲学，那后者则偏于技术哲学。在许多情况下，发明为科学知识的发展提供了方法，同时也为哲学的发展提供了技术支撑，这正是学理发明的意义之所在。"在一般人的观念中，会认为这种发明就是用于产生或制造新的仪器和新的设备；但事实上并非仅仅如此。就以望远镜和电子显微镜来说，他们都是学理上的发明成果，它们的应用范围也都超出了科学理论之上，不过仍以学术研究为主。伦琴（Roentgen）发现了 X 光，但 X 光仪器的发明，主要是利用 X 光的单一波长特性，从事科学理论研究和药剂的鉴定。在近代，也可借同步辐射加速器、激光和电子计算机为例来说明，这些仪器的发明，都是依据已知的原理加以发展，但相信原先的设计目的是为了某方面的特殊用途，而不像今日作为一般工业机器普遍用于商业方面。但不可否认的是，这两者间有不可抹杀的相互关系；当科学研究逐渐如工业规格般增加时，也只有以工业规格所造成的大小发明，才有可能找到新的发现。"②发明与工业的关系，正如发现与科学的关系。

51. 发现

发现即发见。"见"是一个可作简化偏旁用的简化字。现从见。发见与发现互用。"见"的繁体"見"在甲骨文中会意用目（use eyes）之人。用目即用眼。视与见同为用眼的动作，视为"look at"，见为"see"。前者作为视觉动作，不强调把握到了所看对象；后者作为视觉动作，强调主体感官看到了视觉对象。

人是最善于使用视知觉的动物，人使用视知觉去发现自己还不知道的外部世界。在时空无限、无边无际的自然界，人类只是文明世界之沧海一粟，但人类依靠锲而不舍的自然科学精神去发现独立于人类世界之外自然物的努力，自古至今从来就没有停止过。人

---

① 夏保华：《论德克斯的发明哲学思想》。该文载《技术与哲学研究》，所引文字见第 505-506 页，东北大学出版社，2014 年。

② 《大美百科全书》（中文版），第 15 卷，第 225 页，外文出版社，1994 年。

类的百科全书发源于法国。18世纪时，法国出版的百科全书词条"Découverte"强调科学规律、物体、陆地等事物之发现。

自2014年退休以后，笔者主要依托陕西省图书馆做综通研究，即国外称之为综合的学术。2019年第一学期末，陕西商贸学院召开科研表彰会议，王振亚教授在报告中谈到了四种学术：应用的学术，发明的学术，综合的学术，教育的学术。会后回西安，我在车上向他请益。我谈到我所做的学问属于综合的学术。回到家后，我继续思考，什么是发明的学术，发明的学术与发现的学术之异同。我在陕西省图书馆翻阅了几个国家的百科全书，发现《不列颠百科全书》和《中国大百科全书》都忽略了"发明"词条，而《大美百科全书》却用了9页的篇幅对"invention"进行大书特书，后者使人印象深刻。

我是文科学者，我的意见偏于综合。发现之现从玉（jade），正如理论之理从玉。就此而言，发现偏于玉文化，正如理论偏于玉文化。然而，发现之现的右部符号"见"具有更大的人文威力，《汉语大字典》似乎更重视"发见"，而将"发现"归属于前者。该工具书最大的优点是重视溯源。基于此，故见为现之本，现为见之俗。人类社会从石器社会发展而来，石器的石是一个甲骨文字根。石与厂的异同，有别于石与玉的异同。厂是山崖。玉乃石之美。有自然的玉石美，亦有人工的玉石美。"他山之石，可以攻玉"（《小雅·鹤鸣》），"攻玉"的"攻"可以当作"理其璞"的"理"来理解。

中国古籍中说"王乃使玉人理其璞而得宝焉，遂命曰'和氏之璧'"（《韩非子·和氏》）。作为"治玉"的"理"就是"理其璞"的"理"。通过"理其璞而得宝"，这是一个艰难的过程，需要耗劳费力、不懈工作才有可能取得成果。作为"玉光"的"现"就是"发现"的"现"。发现一种前人渴望发现但因努力不够而无法发现的事物不容易，这就像从璞矿中发现提炼玉石不容易一样。楚人卞和于楚山中得玉璞，并将其奉献给厉王和武王，后者让玉工辨认之，有经验的玉工亦做不出该物是石是玉的正确判断，卞和被错判为欺君，先后遭受刖左右足之罪。楚武王死后，文王即位，使更富有经验的玉工对玉璞进行加工治理而得到宝物，此事才真相大白于天下。

人是发现的动物。人最早的发现之一是日月：白天看见天上有个太阳，晚上看见天上有个月亮。这两个天体都明亮，故创造了"明"这个单音义符。"现"是玉光，"明"是日月之光。从日月之明，到玉光之现，人类的文明在不断进步。文明的进步累累如贯珠，这有赖于人类持之以恒地发现与发明。"discovery"意义上的发现是"日月晕适，云风，此天之客气，其发见亦有大运"（《史记·天官书》）之发现，它的含义是发生显现。司马迁认为，日月晕、云乃至风等现象，都是天空的客观之气，其发生显现，在大的方面有规律可循。这大的方面就人与自然的关系而言，涉及人的劳动。

因为人的劳动是有目的、有计划的自觉活动，故人的发现和发明就自然而然地既要合目的性，又要合规律性。"理论必须永远先行于发现和发明。否则，就好比建筑师抛弃图纸，化学或机械的实验人员开始着手他的工作而不要任何预先的设计或向往的结果作为指导。"①理论的理作为治玉源于工科，但理论不是工科。理论是发现和发明的观念，是其行动的指南，具有启示指导作用。在发现和发明过程中，理论指导不可缺少，但发现、发明理论毕竟不代表其实践。发现理论的提出并不意味着一项发现的完成。所以，必须在提出发现理论和实际完成发现之间作严格区分，不能把发现理论等同于实际的发现。发现是一个永无止境的工程，发明也是如此。

发现区别为预期的（foreseen）和非预期的。非预期的是意外的（unexpected）。"意外或偶然几乎是导致发现的最重要的因素，虽然这个因素对于每一项发现的影响都不同，但是有些因意外而产生的发现，确实导致许多专利发明。"许多发现实例证明，因为意外的发生，才有后来的发现，但发现法则也同样证明，意外并不卑贱地去迎合那些毫无准备的漠然者，"如果研究者本身没有一个准备好的心情，那些本来有用的发现可能会被完全忽略"。②

发现本身面对着未知，从未知到有知之间充满着艰难险阻，一个大胆和冒险的心灵会将所有磨难置之度外。未知世界永远大于已知世界，故对前者的探索更能活跃发现者的精神。未知世界对于发现者与发明家是不同的，发现者永恒地面对着客观自然发现，发明家永恒地按照合目的性、合规律性发明。"发明家通常是个非常热衷于解决问题的人。问题答案的产生，有些是在经过多年、多次失败的尝试后才有的结果；也有些是因有专业训练、清晰分析的思考能力，综合整理后得到的；更有一些完全是因直觉的感受，使他能从茫无头绪的杂乱中找到答案，这都是难有定论的情况。"③

发现始于现象，其应感灵通，又不排除会深入于学理。牛顿看见苹果落地，发现了万有引力定律。爱因斯坦看见了什么，发现了质能转化方程 $E=mc^2$？这就不能不谈及灵感。因为灵感的确在有些时候对发现起到了关键作用。"对于大多数人来说，一个新的想法会突然出现，完全只是灵感造成的。当然，这种灵感会逐渐消失，甚至到最后会对当初产生的概念有一种无法理解的怀疑。然而，直觉也跟意外一样，它仅对一些极力想要找到答案的人有所帮助，也只有这些人才能真正抓住它出现的时机，并且有效地加

---

① Dircks H. The Philosophy of Invention [M] //Inventors and Inventions. Lodon: E. &F. N. SPON, 1867. PP. 23.
② 《大美百科全书》（中文版），第15卷，第216-217页，外文出版社，1994年。
③ 《大美百科全书》（中文版），第15卷，第217页，外文出版社，1994年。

以应用。"①

52. 还原

西文 reduction，中文谓之还原。"还原"作为一个双音义符，早在明代已经出现。明末拟话本小说家凌濛初（1580—1644）《初刻拍案惊奇》中使用了"恢复还原"。《西游记》第十一回写唐王脱了阴司，径回阳世。魏征说：陛下鬼气尚未解。应让太医院进安神定魄汤药，连服一二次，才能返本还原，知晓人事。

唐王虽然位高权重，但他也是人，人死了不可能重脱阴司，返回阳世。人从生到死是不可逆转的。人的死至少可以分成两个层面：动物性的死和植物性的死。有些人，动物性的死已经完成了，但他还没有死，因为他的植物性的死还没有完成，他的植物性的生命特征还存在，这种人叫植物人。之所以会有植物人这种说法，正如会有动物人这种说法。植物、动物和人都是生命。

意识在脑中，正如意义在文字中。脑有脑回（convolutions），正如还原有回还。恢复还原之"恢"中有"心"的基因。心智的大区域对应脑的大区域，但是要确切地知道某种心智在脑回中的具体位置，这还有待于进一步的研究。

"还"是一个不作简化偏旁用的简化字。還之罥，亦作睘。早在《龙龛手鉴》中，"還"已经俗化为"还"。刘复、李家瑞编的《宋元以来俗字谱》说此字发 huán 音，但此字应该还有 fú 这个读音。"還"为什么会俗化为"还"？《龙龛手鉴》提供了理解这个问题的线索。"不"发 fú 音，故"罥"或"睘"也应该发 fú 音。而且，"罥"或"睘"的下部形状中有衣服的身影。

世界上的许多事物和人一样，都穿着衣服，衣服包裹了它们，使我们难以窥探其原型。所以需要一些还原者对其进行还原，正如需要一些神经科学家对意识进行还原。经过研究性还原，人们知道了"几小块大脑皮层主管特定的意识内容。皮层的这一小部分赋予其异如面的生动性，另一部分提供新奇性的感受，还有一小部分调节声音的音调"②。皮层的位置与功能之间的联系是脑神经系统的一个特点，该特点也是意识产生的生理原因。

对世界而言，最宝贵的是人。对人而言，最宝贵的是意识。对意识而言，最宝贵的

---

① 《大美百科全书》（中文版），第 15 卷，第 217 页，外文出版社，1994 年。
② ［美］克里斯托弗·科赫：《意识与脑：一个还原论者的浪漫自白》，第 68 页，李恒威、安晖译，机械工业出版社，2015 年。

是什么？意识是否来自有组织的物质？如果它来自有组织的物质，那我们是否可对其进行还原？意识是实在的，还是虚在的？如果它来自有组织的物质，它应该也是实在的，但为什么意识却总是和实在捉迷藏？此意可待成追忆，只是当时已惘然；不识“意识”真面目，只缘身在意识中。

身与心的关系，正如脑与意识的关系。《西游记》通过魏征之口说，唐王喝了安魂定魄药，就可以返本还原。这个魏征也算得上一个浪漫的还原论者。中药汤剂通过长期的实践摸索，认为经由调配自然界某些有机物、无机物，就可以扶正人身之正气，使意识之网与神经系统丝丝入扣。在当今，中医的这种观点已经不能让世界惊奇，但是，在美国，有一位浪漫的还原论者，他的观点却让人大开眼界。他说：“我之所以是还原论者，是因为我在数以亿计微小的神经细胞（每个都有数以万计的突触）的无休止的变化活动中寻找对意识的定量解释；我之所以浪漫，是因为我坚持认为这个宇宙存在意义的轨迹（contrails of meaning），它能够在我们头顶之上和内心深处的苍穹中被解读。意义贯穿于宇宙演化的始终，但未必出现在宇宙演化中的单个生物体的生命里。存在一首《天体音乐》（Music of the Spheres），如果我们仔细倾听，我们能听到它的片段甚至或许是整部乐章的一点暗示。”①

据浪漫的还原者说，意识科学研究者弗朗西斯·克里克也是一个还原论者。据中国文字学家说，“罠”与“罿”有异同，“罠”是“罿”之省，后者来源于前者。如果说还原者是“罿”，那浪漫的还原者是“罠”。还原者是意识生物学家，浪漫的还原者是意识生化物理学家。“罠”与“罿”的形上部分是五画的“罒”，这个符号的原型是“网”。还原者与浪漫的还原者都将目光投向意识和神经之网，对于后者，当然还有信息之网。“这个网络可能已经具有感觉能力了，我们通过一些迹象可以识别它的意识。在不远的将来，网络自治性会不断令人忧虑和惊讶。”②

还原论者说：身和脑是菩提树，心和意识是明镜台；意识生理学通过孜孜不倦的努力和实践，可以使思维科学的不确定性信息不断减少。浪漫的还原论者说：身和脑是物质之水，心和思维是意识之酒，“意识与组织精微的物质系统一起出现，它内在于系统的组织，是复杂存在物的属性……系统联网程度越高，层次越多，意识的程度就越高。例如，人脑神经元是犬脑的 20 倍，故人类的意识比犬类精细，其联网程度也远高于犬

① [美] 克里斯托弗·科赫：《意识与脑：一个还原论者的浪漫自白》，第 9 页，李恒威、安晖译，机械工业出版社，2015 年。

② [美] 克里斯托弗·科赫：《意识与脑：一个还原论者的浪漫自白》，第 150 页，李恒威、安晖译，机械工业出版社，2015 年。

类"①。

在汉文繁符中，还原之"袁"这个符号与衣服有关。衣服从何而来？答曰：通过纺线织布。"袁"符十画，下部四画是"衣"之省，上部六画是"叀"之讹。"叀"（zhuàn）是"袁"的音符。意音是心，意识是思维。天地转，光阴迫，在主观与客观之对峙中，文史哲的故事偏于意识，而数理化的探讨偏于存在。浪漫的还原论者研究脑神经科学，探索意识的物质基础，执持一个信条，某类物理活动能够产生现象感受。"在适当的时候，科学会对这个问题作出准确回答，但现在神经科学应该只是奋力向前，寻找意识的相关物。否则，对意识根本原因之探索就会延后。"②

浪漫的还原者的身份有点模糊。他并非是诺贝尔奖的获得者，但是，还原者弗朗西斯·克里克是诺贝尔奖的获得者。如果浪漫的还原者是科学家，那他的专业是在生物学与物理学的结合部。在中国，有一种全息论。在西方，有一种整合信息论。浪漫的还原论者引述弗朗西斯·克里克的话说："谈论超出科学范围的事物，是非常轻率的。"③克里克是严谨的还原论者。

在严谨的科学家那里，实质的工作是与"浪漫"不沾边的。但是，世事依旧有例外。弗朗西斯·克里克与克里斯托弗·科赫就是一个例子。浪漫的还原者（后者）成为还原者（前者）的传承者，他不但在还原上着力，而且也在浪漫上着力。

浪漫的还原论者说："化学家无法想象线状分子中四种类型的核苷酸的确切顺序是理解生命的关键。遗传学家低估了大分子存储巨量信息的能力，他们也不曾理解蛋白质惊人的特异性，这些特异性是经过几十亿年自然选择行动造成的。但是生命这个特殊的困惑最终会被解开。我们现在知道生命是一种涌现（emergent），并能最终被还原为化学和物理学……缺乏明确分界线对涌现而言是非常典型的情况。像 H_2O 这样的简单分子显然不是活的，而细菌是活的……意识若是涌现，就可还原为神经细胞的交互作用。所以，一些动物有意识，另一些则没有。"④

---

① ［美］克里斯托弗·科赫：《意识与脑：一个还原论者的浪漫自白》，第136页，李恒威、安晖译，机械工业出版社，2015年。
② ［美］克里斯托弗·科赫：《意识与脑：一个还原论者的浪漫自白》，第129页，李恒威、安晖译，机械工业出版社，2015年。
③ ［美］克里斯托弗·科赫：《意识与脑：一个还原论者的浪漫自白》，第155页，李恒威、安晖译，机械工业出版社，2015年。
④ ［美］克里斯托弗·科赫：《意识与脑：一个还原论者的浪漫自白》，第134-135页，李恒威、安晖译，机械工业出版社，2015年。

第十四章 遗传基因与天演哲学

皿与血。象与缘，基因的血缘。文性与人性，其异如面。悉达多的脸。先天之演与后天之验，进化理论与天演哲学。辞真竞古，弃儒入道。亲种、亲缘与奇缘。遗传基因与文字基因。叀与專。字根的基因与基因的字根。是自身与不是自身。

53. 血缘

老子说，一生二，二生三。三生什么呢？三代表多，多到万事万物，错综复杂。刘勰说，各师成心，其异如面。刘勰是在论述"体"和"性"的关系时说这话的。刘勰所谓"体"是指文体，其"性"是指文性。文体与人体有异同，正如文性与人性有异同。"任何走在大城市路上的人都会目睹并惊讶人与人的千差万别。人有高矮肥瘦；有的有头发，有的是秃子；有黄皮肤的，有的肤色就像甜中带点苦涩的巧克力。人的脸型、头发和眼睛的颜色，眼眶的深浅、鼻梁的高低和嘴唇的轮廓都是很独特的。我们注意这些差异，部分原因是我们利用这些差异来识别我们认识的人。但人与人之间的差异不是一种幻觉。人类是世上物种中差异最多的一种。"[①]

就此而言，各师成心之文异源于现实的不同族群之人异。人人都有血缘关系，但人人都不同，这就是人类。"不同族群外貌有差异，原因是他们的祖先有不同的生物学的背景。这些背景的差异到底有多大？万一不同族群的外貌特征只是历史上的偶然，只是生物学上的一个玩笑，其重要性只相当于化妆舞会上的面具，那情况会怎样？"（同上）这就涉及"性"和"交配"等概念。

"血缘"这个双音义符的根底很浅，但"血"这个单音义符的根底很深。血与皿（utensils）都是甲骨文字根。人以食为天，但人食的方式与动物食的方式后来有别。前者以器皿用餐，皿泛指碗碟杯盘之类的饮食器具。以器皿用餐，人之文明也。以器皿盛血，文明之进步也。血比皿多了一个笔画，因为血盛于皿中后，比原来多了一些。拉丁文"血"的意义表达是 sanguis，它就是英文 blood。西方文化用给 sanguis 前面加缀的方式表达相

[①] [美] 史蒂夫·奥尔森：《人类基因的历史地图》，第 1 页，霍达文译，生活·读书·新知三联书店，2016 年。

同的血缘，故英文 consanguinity 是血缘。受西方文化影响，中国人用"血缘"这个双音义符表达西方通过加前缀形成的近似于血统之义。

美国民族学家 L. H. 摩尔根于 19 世纪 70 年代依据遗留在夏威夷群岛的马来亲属制和群婚的残余推论出一个"consanguine family"概念，中国学者用一个四音义符"血缘家庭"翻译它。摩尔根提出的血缘家庭学说，冲破了当时流行的一夫一妻制家庭是自古就有的家庭形式的观点，并得到了革命导师马克思和恩格斯的充分肯定，但也遭到了一些学者的争论和反对。

到了 21 世纪，又有一个美国学者史蒂夫·奥尔森从遗传和历史的角度对血缘进行了研究。他的遗传概念涉及细胞、细胞核、细胞核内的染色体、染色体内的 DNA、DNA 分子的构成，乃至核苷酸和基因。奥尔森并不是一个生物学家，他的著作探讨的是 DNA 如何透露出人类（Homo sapiens）的过去。因为基因研究不但已经让人类发现了大量的历史资料，而且还会有更多的惊人资料出现。这情形正如生物学家发现了另一行星上的观察家用密码著成的书。

血缘的缘从糸彖声，这个单音义符早在公元 500 多年时已经被用作介词。《玉篇》用"因"界定缘，因缘即缘由。缘由的缘就是"缘鹄饰玉，后帝是飨"（《楚辞·天问》）的缘，这里的后帝指谓殷代君主商汤，"伊尹始仕，因缘烹鹄鸟之羹，修玉鼎以事于汤，汤贤之，遂以为相也"（王逸注）。王安石诗云："不畏浮云遮望眼，自缘身在最高层。"（《登飞来峰》）血缘与族群（ethnic group）同根，亦与语言同种。世界上现有 5000 多个族群，基本上是按照语言来界定的。当今世界约有 6000 种语言，其中约 1000 种处于濒危状态。

血缘是历史的，可以不断朝上追溯。一个时代之前，我们有 2 名先人，就是父亲和母亲。两个世代以前，我们有 4 位先人，他们是父母和祖父母。三个世代之前，我们有 8 位先人。以此类推，每追溯一个世代，我们先人的数目就得乘以 2。假如以 20 年为一个世代，11 个世代就是 220 年。220 年前，"杰斐逊是美国总统，当时贝多芬还在创作他的第二交响曲，清高宗乾隆才过世不久，德国自然科学家特雷维拉努斯（Gottfried Treviranus）才创造了生物学（biology）一词"[①]。

血缘由交配造成。对于动物而言是交配，对于人而言是婚配。英语中有一个术语"endogamy"，汉语译为内婚制，又称族内婚，它是在一定血缘或等级范围内选择配偶的一种婚姻范例。产生于旧石器时代中晚期。原始社会一个部落的不同氏族之间通婚，从部落来说就是族内婚。在阶级社会，内婚制有各种不同的内容。通婚范围除与血缘有关之外，

---

① [美] 史蒂夫·奥尔森：《人类基因的历史地图》，第 39 页，霍达文译，生活·读书·新知三联书店，2016 年。

也与民族、宗教、等级有关。

现代人类不是随机交配的。不畏浮云遮望眼,血缘身在最高层。就当代生命科学而言,染色体的血缘、基因的血缘、DNA的血缘在最高层面被人探讨。但是,这不是要缔造命定论。"基因学家在研究DNA时,不是看到一个各族裔楚河汉界各行其是的世界,而是一个很流通而泾渭并不分明的世界,这个世界与夏威夷在族裔通婚加速进行下的社会结构比较接近。夏威夷的族裔最值得注意的地方是与生物学之间的松散关系,许多人对于族裔认定的观念相当宽松,混血儿可以认同父亲或母亲或祖辈远亲的血缘,他们视自己为多重族裔,和华人亲戚一起时就是华人,和夏威夷亲戚一起时就是夏威夷人,和同伴一起时就只是本地人……通婚效应大于生物效应,它可以迅速改变文化有生物根源的观念,在相当数量的混血族显示选择是可能的,而生物学不是命运时,族裔之间的隔阂就比较容易穿透……我们的DNA虽然紧密地连接在一起,但它无法从生物学层面来支持只属于社会文化上的差异。我们的喜恶、特征和能力都不是我们的生物祖先决定,而是靠我们个人的努力、经验和选择而决定,当这种结论越来越被人相信,我们的基因历史就会越来越不重要。以后当我们看到一个人的时候,就会越来越不会把他看成亚洲人、黑人或是白人,而是把他看成一个人。"①

就符号说,没有皿,就不会有血。没有血,哪里会有缘。缘的根是象,象是一个重要的《周易》概念。德国著名文学家赫尔曼·黑塞在《玻璃球游戏》中常引用和评述《周易》。象之缘是重要的佛教概念。黑塞的作品《席特哈尔塔》(1922)中渗透着因缘的神韵。托马斯·曼称赞黑塞的《草原之狼》(1927)是德国的《尤利西斯》。《草原之狼》这部作品的主角身上既有狼性,又有人性,正如基因的血缘在遗传生物学意义上既有动物性,也有人性。

一个有趣的事实是,没有绝对的同,也没有绝对的异。中国古人说合同异,亦说离坚白。离坚白的离,是分离的离、离别的离;正如合同异的合,是合同的合。语义的血缘关系,或基于视觉,或基于听觉,或基于视听觉。奥尔森探讨基因的血缘,在著作开始时强调人与人外表的相异,这使以古文论为业的笔者想到了刘勰的"各师成心,其异如面"。奥尔森在其著作的结尾处态度出现反转,他说:"在人类整个的历史中,各族裔不断想知道彼此有无关联,而基因的研究现在证实,所有人类都彼此相关。"②奥尔森引用了黑塞的中篇小说名著《悉达多》对脸的描述。

---

① [美]史蒂夫·奥尔森:《人类基因的历史地图》,第236-237页,霍达文译,生活·读书·新知三联书店,2016年。
② [美]史蒂夫·奥尔森:《人类基因的历史地图》,第238-239页,霍达文译,生活·读书·新知三联书店,2016年。

脸是面之俗，面是脸之雅。释迦牟尼的面被俗化为悉达多的脸，因为小说家要吸引更多的读者。悉达多的脸是一张熟悉的脸，也是一张异象的脸，因为人们从他的脸看到了很多其他人的脸，看到了一长串像河流一样流过的脸。成千上万张脸不断地涌现然后消失，好像他们同时存在，又瞬间消失。

54. 天演

符号总是要指谓一些东西，正如器皿（utensils）总是要盛载一些东西。如果说，就盛载本身而言，器皿是工具，是符号；那么，就被盛载而言，比器皿多了一个笔画的血液（blood）就是内容，就是符号的指谓或意义。就符号而言，在"皿"之上，"血"比"皿"多了一个笔画；在"人"之上，"大"比"人"多了一个笔画；在"大"之上，"天"比"大"多了一个笔画。"人持一说以言天，家宗一理以论化……拔地之木，长于一子之微；垂天之鹏，出于一卵之细。其推陈出新，逐层换体，皆由衔接微分而来。又有一不易不离之理，行乎其内。有因无创，有常无奇。宇宙必有真宰，天演一事，真宰之功能也。天演不独见于动植物，一切民物之事，包括大宇之内万事万物，乃至不可计数之恒星，无不是天之所演也。"①

天演与人演同在。天演立足于自然之先天，人演立足于自然之后天。"人，动物之灵者也，与不灵之禽兽、鱼鳖、昆虫对。动物者，生类之有知觉运动者也，与无知觉之植物对。"植物与动物乃至人，皆属于生类。生类是有质之物并且具有支体器官之理者，"与无支体官理之金、石、水、土相对"。后者是非生类。非生类是"有质可称量之物，合之无质不可称量之声、热、光、电诸动力，而万物之品备矣"。人之生独特，故人乃"气质之体，有支体、官理、知觉、运动，而形上之神，寓之以为灵，此其所以为生类之最贵也"。人生之事孳乳而繁，而资生之事"有制而不能逾"。②

天演之演以寅为声符。寅在干支，虎也。天演之演以水为形符，水虽能生物，但却是无支体官理之物。虎是有支体官理之动物，纳入干支，于地支为寅。天演之寅符，最初本与动物无涉。朱芳圃先生在1962年中华书局影印的《殷周文字释丛》中区别了"寅"这个符号的殷代早期形状和晚期形状。殷代早期是狩猎社会，故这个符号为射猎之"矢"，其后附加了一些笔画，"所以别兵器之矢于干支之寅也。入周以后，字形顿异，要皆两手奉矢形之演变也"。严复通过翻译赫胥黎的《天演论》阐发了自己的进化论思想，"他有

---

① ［英］托马斯·赫胥黎：《天演论》，第8-9页，严复译，译林出版社，2011年。
② ［英］托马斯·赫胥黎：《天演论》，第12页，严复译，译林出版社，2011年。

所取舍地介绍了达尔文、赫胥黎、斯宾塞等人的进化学说，使之与中国传统的'变易'思想结合起来，形成了他的'天演哲学'。严复的进化论，已经超越了达尔文的生物进化论范畴，具有世界观的意义。他认为进化是普遍的，无论是自然界还是人类社会的进化，都遵循'物竞天择，适者生存'的原则。严复注重人为的作用，反对斯宾塞'任天为治'的消极思想……严复把中国哲学建立在近代科学的基础上，从此，中国近代哲学才真正摆脱了古代经学之形式"。[①]

天演是自然进化，天演论是自然进化论，天演哲学是演义哲学而不是革命哲学。正如中文"人"符比"大"符、"大"符比"天"符少了一个笔画一样，亦如英文"evolution"比"revolution"、"ethics"比"ethnics"少了一个字母一样。启蒙思想家严复译述赫胥黎著作时还没有从符号的角度进行严格的区分，但他对赫胥黎宣传达尔文进化论的著作进行了有针对性的取舍。严复出生的那一年，赫胥黎已担任英国伦敦皇家矿业学院教授，此后提出了人猿共祖之学说。赫胥黎曾经应牛津大学邀请演讲进化论，此讲稿以《进化论与伦理学》为题发表于1894年。严复所译《天演论》选择了这部复合著作题目的进化论部分。严译《天演论》分卷上和卷下两部分：前者标目"导言"，十八篇；后者标目"论"，十七篇。

严复译赫胥黎著作以《天演论》作为总题目。严复译赫胥黎著作之论的第十七篇亦标目"进化"。故可以说，进化论就是天演论，天演论就是进化论。然而，若仔细斟酌，天演论与进化论又有区别，正如天演哲学与进化哲学相互区别一样。天演论是中国做派，正如进化论是英国做派。严复以国学的根底和意译的形式融通进化论思想具有创造性，天演之演从水，水和土一样，是无肢体、器官之物。国学认为，演之言引也，引水长流也。水土气通为演，土得水则润，润则生物。天演哲学认为，自然界是一个生生不息的演化过程，这个过程就是赫胥黎所谓"宇宙过程"。

除了天演哲学，还有天演伦理学。天演伦理学与天演人种学（ethnics）有异同。天演哲学强调"宇宙过程"，天演伦理学强调"道德过程"，天演人种学强调"基因过程"。严复属马，出生于1854年。笔者亦属马，出生于1954年。严复发表译述《天演论》时才四十多岁，笔者细读《天演论》时已六十多岁。严译《天演论》导言前十四篇，诠解天演之义，同时用按语发表自己的见解和观点。导言第十五篇撮述前十四篇旨义，并在其后的按语中说："人性恶劳好逸，民之所同，若不使其生存斗争，则耳目心思之力不用，人之能事不进。所以，天演之秘，可一言而尽。天赋物孳乳而贪生，其种自然日上，万物莫不如是，人其一耳。进者存而传焉，不进者病而亡焉，此九地之下，古兽残骨之所

[①]《中国大百科全书》（第二版），第25册，第562页，中国大百科全书出版社，2009年。

以多也。人欲图存，必用其才力心思，以便与妨碍自己生存者斗争。负者日退，胜者日昌，胜者非他，智德力三者皆大也。三者大而后竞争力强，其不大者竞争力弱……种弱者多子而子夭，种强者少子而子寿，此天演公例。自草木虫鱼，飞禽走兽，以至于人类，咸随地可察者也。"①

严译《天演论》，博大精深，开近代风气之先。二序一言，是理解严译《天演论》的钥匙。二序是指列于篇首的"吴汝纶序"和严复的"译《天演论》自序"。一言是指严复的"译例言"。吴序说："天演者，西国格物家言也。其学以天择、物竞二义，综万汇之本原，考动植之蕃耗，言治者取焉。天行人治，同归天演。赫胥黎之旨趣，得严子益明。信美矣，严子之雄于文。自吾国之译西书，未有能及严子者也。"吴序所谓"信"，即信达雅之信。

严译《天演论》，其西学视野至少多达四百年。用严复自序言之，有所谓"近二百年"，"后二百年"。前者且不论，就后者说，"有斯宾塞者，以天演自然言化，著书造论，贯天地人而一理之……赫胥黎《天演论》，能救斯宾塞任天为治之偏，其中所论，与吾古人有甚合，吾于自强保种之事，反复三致意焉"。天演论，就先验论而言，先有天，后有人；就经验论而言，先有人，后有天。严复在"译例言"中倡导信、达、雅。信从人，达从大，雅从佳。从人之信和从大之达胥就人文而言，从佳之雅是就动物而言。天演之演从寅从水，寅之虎亦动物也，而水是无肢体、器官之物。严译《天演论》，不但立足于修辞立其诚，追求词真意古，而且在信、达之外，求其古雅。

55. 亲缘

达尔文《物种的起源》第十四章论述了生物之间的相互亲缘关系。他写下了这样的文字："根据遗传的原理，譬如，凡是从 A 所传下来的类型都有某些共同之点。正如在一株树上，我们可以区分这一树枝和那一树枝，然而在实际的分叉点上，却彼此联合并融合为一。如同我所说过的，我们不能划清有些类群的界限，可是我们可以选出代表每一类群大多数性状的模式或类型，不论类型的大小如何，从而得到它们之间的差异价值的一般概念。这就是我们应该努力做的，假使我们曾经成功地搜集到任何一纲内在一切时间及空间内生存过的一切类型，当然，我们永远不能搜集得这样完全。虽然如此，在某些纲内，我们正在走向这个目标。"②

---

① [英]托马斯·赫胥黎：《天演论》，第46-48页，严复译，译林出版社，2011年。
② [英]达尔文：《物种起源》，第503-504页，谢蕴贞译，中华书局，2018年。

如果把《周易》系辞下传第十章"物相杂，故曰文"之"物"看作生物，那么，我们就可以借用达尔文所谓亲缘关系来言说亲缘符号。先有辛，后有亲。辛是一个甲骨文字根。《说文》的第59和第521个部首咸源于这个字根。在甲骨文中，《说文》的第59个部首的下部笔画或有曲折。王国维说：这几个符号的区别不在横画之多寡而在纵画之曲直。《小雅》云："十月之交，朔日辛卯，日有食之。"当"辛"进入"親"担当为声符时，它的形状已多出几个笔画。到了公元1212年的《改併五音聚韵四声篇海》，"親"俗化为"亲"。到了20世纪50年代，"亲"又成为可作简化偏旁用的简化字。

达尔文说："根据认同一祖先所传下来的物种在性状上会有增加并逐渐分歧的原理，以及它们通过遗传而保留若干共同性状的事实，我们可以理解，何以同一科或更高级类群内的一切成员都由非常复杂的辐射形的亲缘关系连接在一起。因为一整个科虽由于物种的灭绝而目前已分裂成不同的群或亚群，可是这整个科的共同祖先会把它的若干性状，经过不同方式与不同程度的变化遗传给一切的物种，所以它们将由不同长度的迂曲的亲缘关系彼此关联起来，经过许多先代而上升。正如我们要探索任何古代贵族家庭的无数亲属之间的血统关系，即使有谱系树之助也是困难的。如果没有，则几乎是不可能的。因此，我们可以理解自然学者在没有图解的帮助下，叙述在一个大的自然纲内所看出的许多现存的及已灭绝的成员间的各种亲缘关系时所体验的异常困难。"①

符号祖先所传下来的符号品种在性状上也会有所增加并逐渐产生分歧。例如，亲缘的"亲"，它的前身，可以联系到"辛"。"辛"既可作为听觉符号，也可以作为视觉符号。作为视觉符号，"辛"的上部为"立"，下部为"十"。可是在甲骨文乃至金文中，"辛"的下部符号或作"丨"，或作"十"。在属于秦石刻文字的《诅楚文》中，"親"的左半部异化为"亲"，正因为如此，才有了后来"亲"作为"親"的简化字。这正是作为文字符号的"亲缘"之"亲"，通过遗传而保留下来的若干共同性状的事实。

亲缘有关于品系（line）。品系具有明显的特征和特性，它是遗传性稳定的小种群，群内个体间有一定的亲缘关系。品系既可以作为动植物的结构单位，亦可以作为文字符号的结构单位。例如，"亲缘"的"缘"这个单音义符中就有"糸"这种物品，亦有"彖"这种动物。当然，由"糸"和"彖"组合成的"缘"，乃至由"亲"和"缘"组合成的"亲缘"已经抽象化。亲缘关系是影响亲和力（affinity）的重要因素。通常，亲缘关系愈近，嫁接（grafting）亲和力愈强。这里要把握好品系的种、属、科之异同和尺度。"同种内的不同类型，品种间相互嫁接时，一般不亲和者较少。同属异种间嫁接也常表现为亲

---

① [英]达尔文：《物种起源》，第502-503页，谢蕴贞译，中华书局，2018年。

和。同科异属间嫁接有时也能成功。而科间嫁接在实践上均未见成功。"①

前蜀杜光庭（850—933）在《皇后修三元大醮词》中首先使用了"亲缘"这个双音义符。在这个双音义符前面，还有"眷属"一词。如果说眷属是亲属，那亲缘就是亲族。亲缘概念被应用于生物进化领域，正如社会行为（social behaviour）概念被应用于动物进化领域。动物的社会行为包括与性别有关的行为和与性别无直接关系的行为。前者包括求偶、交配、繁殖以及双亲等行为，后者包括领域意识、社会等级、竞争、合作和利他等行为。"在进化过程中，自然选择使得个体的行为具有自私的性质，为了更长久地生存、更多地繁殖后代而不顾及物种或者群体的利益。但并非动物行为都是自私的，如几只狮子合作捕猎；许多鸟和哺乳动物在天敌来临时会以鸣叫向同伴示警；甚至一个个体自己不繁殖却帮助其他个体繁殖后代，如帮助蚁后繁殖的工蚁等。这种牺牲自己的生存或繁殖机会去帮助其他个体生存、繁殖后代的行为被称作利他行为。"②

达尔文说："作为生存斗争的结果，并且几乎必然在任何一亲种的后代中导致灭绝和性状趋异的自然选择，说明了一切生物亲缘关系中的重大而普遍的特点，即它们在群下分群的从属关系。我们用家系这个要素，把两性及一切龄期的个体分类在同一物种之下，即使它们的共同的特性可能很少；我们也应用家系去分类已被承认的变种，不论它们与亲体如何不同，我相信家系这个要素就是自然学者在自然系统一名词下所追求的那个潜在的联系纽带。……可以很清楚地看出，一切现存的及已灭绝的类型如何能被归于少数大的纲内，每一纲内的若干成员如何由极复杂而且辐射状的亲缘线联系在一起。或许永远不能解开任何一纲内各成员间的复杂的亲缘关系网，可是既然已有明确的目标，而且不指望某种未知的创造计划，那么总可希望得到确实然而缓慢的进步。"③

达尔文在上引文字中使用了"亲种""亲体"等概念来说明亲缘关系，还体贴出"用家系去分类已被承认的变种"。"家系"之家从豕，正如"亲缘"之缘从豕。自然选择学说与自然无为学说可以放在一起言说，正如今与古、道与德可以放在一起言说。如果说"亲缘"这个双音义符的最初含义是关于儒家的，那么后来它则"弃儒衣冠入道，游意淡漠"（《宣和书谱》卷五）。"游意淡漠"是就自然无为而言，使用亲种、亲体之家系去分类变种是就进化论而言。

"弃儒衣冠入道，游意淡漠"的本义言及杜光庭这个高道大德。史载：杜光庭扶道立教，天下第一。杜光庭学识渊博，攻读有方。他这样安排自己的学习：一月之内，分日

---

① 《中国大百科全书》（第二版），第 11 卷，第 247 页，中国大百科全书出版社，2009 年。
② 《中国大百科全书》（第二版），第 19 卷，第 409-410 页，中国大百科全书出版社，2009 年。
③ [英] 达尔文：《物种起源》，第 504-505 页，谢蕴贞译，中华书局，2018 年。

而习；一日诵经书，一日览子史，一日为学术，一日记故事，一日燕游息；凡五事，每月各六日，如此不到六七年，经史备熟。①杜光庭记故事的作品有《虬髯客传》，这部作品讲述唐代开国名将李靖与红佛的爱情，穿插他们与海外来客虬髯客之奇缘。亲种之于亲缘，有别于奇缘之于亲缘。

56. 遗传

我一直不敢写"遗传"这个双音义符。2019年10月8日凌晨起来阅读达尔文《物种起源》数小时，我突然增加了写这个双音义符的勇气。10月9日凌晨，我用了两个多小时在我的小书屋内检阅遗传符号。生物遗传符号是基因，文字遗传符号是字根。遗传的繁体是遺傳，遺从貴，正如傳从專。生物遗传学家未必重视字根，但他们却不能忽视基因。基因是物质，基因物质能用符号表达，正如遗传物质能用符号表达。遗传是遗传物质从上代传给下代的现象，字根是字根物质由以前传播到今天乃至未来的现象。

有遗传基因，有文字基因。遗传基因是生物学的，当然也是遗传学的。文字基因是言文学的，当然也是文字学的。言文、言音是通过口舌制造出来的，例如，"gene"这个符号之所以在汉文中落实为"基因"，完全是由口舌出口成章的。但是，"heredity"这个符号在汉文中落实为"遗传"却不能单独从口舌理解。

西文中的这个符号来源于古法语，再朝前更要追溯到拉丁文 hērēs。在汉文里，"遗"和"传"这两个单音义符都有不止一个发音，而且这可以追溯到它们的文字基因。遗之贵之贝是一个可作简化偏旁用的简化字，贵从贝，正如遗从贵。贝是遗的言文基因。传之专也是一个可作简化偏旁用的简化字，但是，当"專"简化为"专"时，"專"的一部分文字基因却几乎要被淹没了。

还好，《汉语大字典》《说文解字》等文字基因库保存有它的基因。"專"之"叀"在《汉语大字典》②第386页。相对于"專"之上符而言，"叀"稍稍有点变异。"各种不遗传的变异，对于我们是无关紧要的。但是能遗传的构造上的歧异，不论是轻微的或在生理上具有重大价值的，其数量与多样性实无限制。"③生物多样性对生态的重要性，正如文字多样性对言语的重要性。"叀"这个符号是一个甲骨文字根，"叀"也是《说文》的第125个部首。叀的发音，大致可用"uan"韵母模拟。文字符号基因可从视觉和听觉两

---

① 赵道一：《历世真仙体道通鉴》卷四十，广陵书社，1997年。
② 徐中舒主编，四川辞书出版社、湖北辞书出版社联合出版，1986年版。
③ [英] 达尔文：《物种起源》，第26页，谢蕴贞译，中华书局，2018年。

方面考察：如果我们将"叀"看作视觉符号基因，"uan"则是听觉符号基因。

遗传之"叀"已如上述，遗传之"臾"亦有待解析。著名通俗工具书《新华字典》将"臾"这个符号归为难检字。林义光先生在《文源》中认为"臾从人"。他从视觉符号的角度将"臾"之中下两笔画解读为人，将"臾"上部左右笔形解读为"象两手捽拽一人之形"。研究遗传何以和"臾"拉扯上关系？因为遗传之遗的本来形状是从辵从貴，貴是声符。在进化论创始人的时代，"支配遗传的定律，大部分还不明了。没有人能够说明为什么同一性状，在同种的不同个体之间，或异种之间，有时能遗传而有时不能"①。但是，已有文字学家能够从遗传和变异的角度说明"貴"的变异。

宋代按部首编排的字书《类篇》说，"貴"这个符号早在从篆书转化为隶书的时代就变异为"贵"。"贵"虽然发贝音，但遗传的"遗"并不发贝音。遗传的遗所发之音可能与"貴"上部形状"臾"有关，因为"貴"与"臾"的声母同为"y"。貴发臾音，而贵发贝音，这都是文字的变异。当然，文字变异与生物变异有异同。文字变异结合着母体、母音传统下衍，生物变异结合着亲代、子代形状遗传。就其同而言，二者咸有体形。臾之体形之人已如上述，臾之体形的另外一部分还有待进一步研究。

文字基因中有一个符号"臼"，它是一个六画的甲骨文字根，一直存活到今天。文字基因中还有一个七画的符号，它是《说文》的第 67 个部首，它的形状和"臼"类似，故《词源》《汉语大字典》和《辞海》将它归入"臼"部。"臼"符的最后一个笔画将"臼"链接为一个整体，而类似于"臼"的《说文》的第 67 个部首由于下部笔画断裂使得它的形体成为两部分。字原学家许慎、段玉裁、林义光将这两部分理解为左右手，故"臾"是捽拽（zuó zhuài）人。

公元前 5 世纪，古希腊医生希波克拉底曾试图解释遗传现象，他认为子代之所以具有亲代的特性，是因为动物或人的精液里、或者是植物的胚胎里具有代表亲体各部分的微小元素。

如果说天演是自然进化论，那天均是自然均平论。前者偏于物竞天择，后者偏于遗传变异。"万物皆种也，以不同形相禅，始卒若环，莫得其伦，是谓天均。天均者，天倪也。"（《庄子·寓言》）这里的"禅"通嬗，万物因不同形而嬗变。这里的"卒"意谓"终"，始卒读若始终。这里的"天倪"意谓"自然之分"（郭象注）。

就字形符号而言，倪从人，正如臾从人。倪之人为单人旁（亻）之人，在左；臾之人为有手足直立之人，在中部朝下。如果读者仔细使用自己的视觉神经，就会觉察到"臾"

---

① ［英］达尔文：《物种起源》，第 26-27 页，谢蕴贞译，中华书局，2018 年。

符中部朝下之"人"的中上笔画比一般的"人"符中上笔画长，这种情况不由使人联想到长颈鹿的脖子为什么那么长。生物学界乃至达尔文的进化论认为，长颈鹿的长颈，是由于时常伸颈取食树叶而产生的变异。作为综通研究学者的笔者认为，"㞢"符中的"人"符，其中上笔画之所以比一般"人"符中上笔画长，是由于美的规律所促成的变异。

倪从兒，正如貴从㞢。从现有材料看，"㞢"这个字符起源于金文。更具体地说，起源于1974年在陕西扶风县出土的《师㞢钟》之铭文。貴所从之㞢，就是《师㞢钟》之"㞢"。根据金文材料，遗传的遗本来从貴。许慎也说遗发貴声。到了睡虎地简文，"貴"异变为"贵"。在遗传学意义上，遗传是指"遗传物质从上代遗传给下代的现象。例如，父亲患色盲，女儿视觉正常，但她从父亲处得到色盲的基因，并有50%的概率将此基因传给她的儿子，使其显现色盲性状。故从性状来看，父亲有色盲性状，而女儿没有；但从基因的连续性来看，代代相传，因而认为色盲是遗传的"[①]。

在达尔文的时代，细胞学说刚刚建立，遗传的知识亦尚未形成科学，当时也还没有"基因"这个概念。到了1909年，丹麦人W. L. 约翰逊（1857—1927）才把孟德尔的遗传因子命名为基因，并区别了基因型与表现型两个概念。再朝后，T. H. 摩尔根（1866—1945）用实验证明基因在染色体上是直线排列的，从而将染色体遗传理论发展为基因理论。后来人所谓"基因型"，实际就是遗传型。

现代社会所谓遗传，实际上是建立在分子生物学基础上的。现代分子生物学研究表明："细胞核区域内的染色质所包含的脱氧核糖核酸（DNA）是遗传物质，而基因是DNA的片段，遗传信息以三联体形式存在于DNA碱基序列中，DNA进行半保存复制，保证了遗传信息的精确传递。中心法则揭示了信息传递的方向是DNA→RNA→蛋白质。基因表达是DNA通过转录形成信使RNA（即mRNA），转录成蛋白质，最后表现为可见的性状。"[②]这个成果是因子与外界环境相互作用的结果。"在原核生物中，调节和控制是通过操纵子模型实现的；在真核生物中，基因表达是通过与组蛋白、非组蛋白相互作用实现的。二十世纪七十年代以来，分子遗传学的发展导致体外基因重组技术的建立和遗传工程的兴起，为人类直接操纵遗传物质，改造和创造新的生物类型开辟了前景……现代遗传学的研究表明，遗传物质是高度稳定的，这就保证了遗传信息的精确传递；它同时又是可变的，这就为进化开辟了可能性。"（同上）说一个事物是它自身，是说一个事物的遗传物质使它本质上成为自身。说一个事物不是它自身，是说这个事物在可变的进化中

[①]《辞海》（缩印珍藏本），第1279页，上海辞书出版社，1999年。
[②]《中国大百科全书·哲学》，第1083-1084页，中国大百科全书出版社，1987年。

开辟了可能性并使其成为现实。这就是矛盾统一的生物，"生物有机体在这种变与不变的矛盾运动中发展着"（同上）。

第十五章　人种文脉与基本溯源

人种文脉，始基界因。已往之宙，未来的宇。观古今于须臾，时空无端。抚四海于一瞬，宏图手眼。言文功能与生物官能。《物种起源》溯源，遗传学实验穷基究因。DNA发潜德之幽光，染色体启后人于通途。诗仙使唐音步入世界之巅。

57. 过去

过去是现在以前的时期。奥尔森著作副标题中所谓"the past"呼应的是正标题中的"历史"。历史是过去。过去是一个深渊，是一个无边无际的黑洞。通过"基因"这个路标、这个灯塔，我们对这个深渊也许会更亲近一些，对这个黑洞也许会更不畏惧一些。还好，人类有语言的基因，汉民族有汉语之基因。通过这种基因，我们能够更好地认识过去，并立足于现在去把握未来。

进化论鼻祖达尔文论述生物的亲缘关系时举出语言分类的例子。奥尔森认为语言和基因本是同根生。人种是人言的根，人言是人种的末。如果拥有人类的完整谱系，那么人种系统的排列就会对现在全世界所用的各种不同语言提供最好的分类。同时，我们也可以用人言系统来研究人种谱系。人言之言从口，正如咼从口。咼是咼的简体，正如过是過的简体。人言的亲缘关系密切地联系着人种的亲缘关系，正如从寸之过紧密地联系着从咼之過的亲缘关系。

达尔文说："如果我们拥有人类的完整的宗谱，那么，人种的世系排列便会对目前全世界所拥有的各种语言提供最好的分类。如果把一切已废弃的语言，以及一切中间性的和逐渐改变的方言也都包括在内，则只有这样的排列方法是唯一可能的。可是有些古代语言本身可能极少改变，而且产生少数新的语言；而另一些古代语言却因同宗的各族在散布、隔离以及文化状态方面的关系而改变得很多，并演变成为许多新的方言和语言。同一语系的语言之间的各种差异的程度，必须用群下再分群的方法来表示，但是正当的或者甚至唯一可能的排列，仍是依据世系的排列，这是最自然的方法，因为它可依据最密切的亲缘关系把一切语言，不论已废弃的和现行的都连接在一起，而且能表达每一语言的支派和起源。"①

忘记过去就意味着背叛，但是，过去很长时间，作为双音义符的"过去"并未形成。根据《汉语大词典》，南朝萧齐出现的《百喻经》中有一喻最早使用了"过去"这个双音义符。它在使用时亦连谓"现在和未来"。唐代白居易《自觉》诗之二亦使用了"过去"这个双音义符。原句为"但受过去报，不结将来因；誓以智慧水，永洗烦恼尘。"明代袁宗道在《读〈论语〉》中发挥了佛教的思想，认为过去之心已往，现在之心不住，未来之心未来。

既然语文和基因本是同根生，那我们就可以通过语文基因追溯过去。我们要通过双音义符之过去，来体贴单音义符之过与去。"去"是一个甲骨文字符。"去"是《说文》的第172个部首。"去"这个单音义符的现形之上部为"土"，其原型不是"土"。在甲骨文里，"去"的上部是"大"。大者，人也。"去"之现形下部两画之"厶"是《说文》第171个部首形状的异化。也有学者说"厶"是"凵"的异化。异化是进化论的概念，也是语文学的概念。

如果说"去"之现形下部"厶"是"凵"的异化，那么"去"这个符号的本义就比较清楚了。"凵"是人居之穴，"去"是人离开穴居之处。许慎所说"去"之下部符号是"去"之声符发生在以后。"去"作为离开的本义从古至今未变，先秦"鸟乃去矣，后稷呱矣"（《生民》）之"去"、唐代"有孙母未去，出入无完裙"（《石壕吏》）之"去"、陈毅"弱冠去国日，如今四十年"（《咏三峡》）之"去"，咸作为离开的意思理解。但是，离去与过去有所不同。

正如人种的谱系会对语种的谱系乃至文种的谱系提供最好的分类，过去的谱系也会对现在的谱系乃至未来的谱系提供最好的分类。笔者至今尚未对人种的谱系进行过认真的研究，亦未对语种的谱系进行过研究，但本人对汉文字的确尽力进行了研究。众所周知，孔子对包括汉文字在内的汉文化贡献极大。孔子说："过犹不及"（《先进》）。《素问·五脏生成》："咳嗽上气，厥在胸中，过在手阳明太阴。"在"过"的问题上，文论与医论有异同。

就生物学而言，有遗传的基因。就文学而言，亦有文字的基本。奥尔森通过基因发明过去（discovering the past through our genes），我们也可以经由文字的基本展现未来。"過"的基本是"咼"，"咼"异化为（或曰简化为）"呙"。汉语（Chinese）在中国乃至联合国所使用的文字里，"過"异化为"过"。在异化过程中，"过"是一个可作简化偏旁用

---

① ［英］达尔文：《物种起源》，第492页，谢蕴贞译，中华书局，2018年。

的简化字，而"呙"是一个简化偏旁。

每一个字都有自己的过去，正如每一个人都有自己的过去。但是，我们眼中的生身父母真的是我们的生身父母吗？在母系的一方，我们对我们的母亲、外祖母和外曾祖母等还是蛮有把握的。因为婴儿出生时，医院很快就将一个载有准确身份的手环套到婴儿手上了。的确，母子配对错误的概率相当低。但是，父子错配的概率却不如此。医学院的老师告诉学生，出生证明书上的父亲有5%到10%不是亲生父亲。"领养行为把新的基因带进家族和群组中，重婚进一步打乱宗系，人的不断流移迁徙也使人类基因融合。现代人不是随机交配的，但从遗传学上说，他们却从来都不孤立。"①

太奇怪了，"过"作为一个可作简化偏旁用的简化字，只简化了一个字，这个字是"挝"。另外，在"過"异化为"过"时，为什么使用了"寸"而没有使用"呙"？也许因为简化字专家考虑到了《说文》。许慎以度释过，度是有分寸的，故使用"寸"不使用"呙"。再则，后者笔画较多。吴善述说："过本经过之过，故从辵，许训度也。度者过去之谓，故过水曰渡。"②度乃渡的本字。

过者，度也。过度时间之过去指谓过度了现在以前的时期。过度空间之过去指谓离开所在地或经过某地走向另一个地点。吴善述所谓"度者过去之谓，故过水曰渡"指谓后者。奥尔森著作的副标题所谓"通过基因发现过去"指谓前者。过去属于历史。历史是人类社会的发展过程，传统的历史学依据历史资料揣度和推断过去，传统的考古学依据发掘遗迹、遗物揣度和推断过去，这一切都不够。基因学家独辟蹊径，他们深入于线粒体DNA和Y染色体进行研究。

奥尔森通过学术科普笔法勾勒出独特的人类历史。他说："现代人毕竟是太年轻的一个种族，而且非常热衷于异族通婚，根本无法产生重大的基因差异。例如，遗传学家从未发现任何一种基因变异在某一族群之内100%地出现，然而，它们却在别的族群之内100%地付之阙如。以我们的历史言之，这种情形绝不会出现，而DNA又是人人都重叠的……现代人在非洲早期活动的历史基本上是一个空白，部分原因是人类遗骨化石容易在非洲森林中的酸性土壤中分解。即使我们发现了年代从1.5万年到15万年前的化石，但让这些遗骨和各群组挂钩也不是一件容易的事。"③

---

① ［美］史蒂夫·奥尔森：《人类基因的历史地图》，第43-44页，霍达文译，生活·读书·新知三联书店，2016年。
② 吴善述：《说文广义校订》，1874年。
③ ［美］史蒂夫·奥尔森：《人类基因的历史地图》，第44-45页，霍达文译，生活·读书·新知三联书店，2016年。

58. 须臾

须臾之须从页。页是一个可作简化偏旁用的简化字。页的繁体是頁。许慎说:"頁,頭也。"头是頭之简,正如页是頁之简。许慎分析"頁"这个字形时说,它可以上下区分。徐中舒主编的《汉语大字典》继承了许慎的这种分析,正如进化论创始人达尔文使用了生物遗传变异的分析。笔者业古代文论,毕生不能忘记的一句话是陆机在《文赋》中说的:"观古今于须臾,抚四海于一瞬。"

陆机使用了"须臾"这个双音义符。在这里,"须臾"就是"一瞬",但是"古今"不是"四海"。"古今"泛谓时间,"四海"泛谓空间。"须臾"和"古今"都指时间。同样指谓时间,后者指谓时间如果是说从古到今,那是十分漫长的;而前者所指谓的时间则很短。日本著名文学家村上春树写道:"究其根本,人类不过是携带基因的载体与表达功能的通路。基因是自然界万物生长的源泉,而我们就像是风驰电掣的赛马,在转瞬间前赴后继薪火相传。它们的组成与世间的善恶无关,同时也不会受到人情冷暖的影响。我们只是这些遗传物质最终的表现形式,提高遗传效率乃是最重要的。"①

从古到今,人都携带着基因生存于世界,同时,基因也将人体作为表达功能的通衢。达尔文说,"如果有人能证明有任何的复杂器官,不是经过无数的、连续的、细微的变异而造成的,那我的学说就可能会被推翻,可是找不到这样的例子。有许多现存的器官,其过渡阶段人们并不明了,那些十分孤立的种类尤其如此"。"孤立种周围曾有很多绝灭的类型,人们无法断言该器官的早先性状可以不经过某种过渡阶段而形成"。②

达尔文所谓"复杂器官",也可以用在言文上。当然,言文的器官与生物的器官有同异。须,胡须之谓也。力图科普"基因、经验及什么使我们成为人"的 M. 里德利在他的著作的序言里曾经设想出 12 个有胡须的人。这 12 个有胡须之人中的一个就是达尔文。M. 里德利说:"达尔文的理念是,通过类人猿的行为来探寻人类特征,并证实二者之间存在人类行为的普遍特征,比如微笑。"③

12 个有胡须之人中的另一个是雨果·德弗里斯(Hugo De Vries)。这个植物学家不

---

① Human beings are ultimately nothing but carriers: Haruki Murakami, 1Q84 (London Vintage, 2012), 231.
② [英] 达尔文:《物种起源》,第 207 页,谢蕴贞译,中华书局,2018 年。
③ [英] 马特·里德利:《先天后天:基因、经验及什么使我们成为人》(第四版),序言,黄菁菁译,机械工业出版社,2015 年。

但胡须堪比达尔文,而且在人格上亦有达尔文一般的刚毅品性。德弗里斯曾经是一个追星族,他30岁时曾追星访问达尔文,与后者促膝长谈两小时。达尔文为德弗里斯奔涌的思潮安装了一扇闸门,该闸门有关有机生物变异之起源。德弗里斯致力于泛生论,"该理论认为精子与卵子将以某种方式收集并且核对体内的信息微粒。这种在细胞中收集然后在精子中装配信息的方式看似简单,可是要把它作为建构生物体的指南却过于牵强附会,因为它仿佛是精子只需要接收电报里的信息就可撰写人类传记"①。达尔文探究物种起源,德弗里斯为探明起源进行实验。

语言学家,特别是语源学家研究语言的起源,正如生物学家,特别是遗传学家研究物种的起源。就此而言,"须臾"这个双音义符颇值得玩味。据研究,1974 年出土的《师兑钟》之"兑"是人名,其"师"是此人的职称。"兑"所从符号,除了"人"以外,还有另外的符号。这个另外的符号不是"臼",而是《说文》第 67 个部首所呈现的形状。该符号下部横画不连。它是人的左右手。

例如,"學"的上部就使用了这个符号。学从子,这个子就是泛子论的子。遗传的学问在进化论的创始人达尔文那里,只是一种呼唤。在达尔文以后,遗传的学问逐渐变成一种实验,实验强调用左右手操作。操作实验直接形成了对达尔文遗传泛子学说的扬弃,正如作为学字头的简化偏旁对其繁体偏旁进行了扬弃。

德国胚胎学家奥古斯特·魏斯曼(August Weismann)用左右手切除了前后五代小鼠的尾巴,随后让其繁殖,看后代是否有尾,结果所有后代都有尾。魏斯曼的种质说认为:"或许遗传信息只存在于精子和卵子中,并不存在某种直接机制将后天获得的性状传递至精子或卵子。无论长颈鹿的祖先多么热衷于伸长脖颈,它们都不能将该信息转化为遗传物质。魏斯曼将遗传物质称为种质,他提出生物体只能通过种质产生后代。所有进化都可以被理解成种质在代际垂直传播:例如,鸡蛋就是鸡传递遗传信息的唯一途径。"②

文字的种质与遗传的种质有异同。如果说遗传的种质是在代际垂直传播的,那文字的种质则是通过某种异化漫延传播的。胡须是雄性的面部特征,正如精子是雄性的种质特征。须乃面毛,毛之上部三画,正如须之左部三撇。生物之性状,"各师成心,其异如面"(《体性》),故性状之性从心。人类雄性之性状,愈老愈多须,愈多须愈悟知去日苦多,来日所剩无几,故有"观古今于须臾"之感悟。也许,"须臾"这个双音义符就是如此而来的。

---

① [美] 悉达多·穆克吉:《基因传——众生之源》,第 50 页,马向涛译,中信出版集团,2018 年。
② [美] 悉达多·穆克吉:《基因传——众生之源》,第 51 页,马向涛译,中信出版集团,2018 年。

就此而言，荀子所谓"吾尝终日而思矣，不如须臾之所学也"（《劝学》）实为经验之谈。屈原在《离骚》中写道："折若木以拂日兮，聊须臾以相羊。"李善注引王逸曰："须臾、相羊，皆游也。"亦有学者将"须臾"游解释为逍遥游。屈原是一个具有逍遥气质的诗人，《离骚》中有关"须臾"的一段，描写了屈原在天上环游一周的情形。屈原漫游时让天帝的看门人给他开门，先进的遗传学家通过科学实验使遗传之种质和基因逐渐显露真容。

"须臾"之"须"中有"页"这个文字种质，正如"相羊"之"相"中有"目"这个文字种质。进化论认为："眼睛这样的器官，可以对不同距离调整其焦点。眼睛能容纳不同量的光线，并校正球面的和色彩的偏差，结构的精巧简直不可以模拟。"[1]正因为如此，中国的图画瞩目于眼睛，而且象形文字在甲骨文中就以"目"和"面"为字根。"面"这个符号在甲骨文中形状的外围是"囗"，代表脸的轮廓，其内部是一个横向伸展的"目"，因为"目"作为眼睛在面部本身是横向的。这个符号的现形"面"中依旧有甲骨文的基因和神韵。顺便说一句，"面"（face）和"页"有异同。"页"本义是人体最上部的头（head），而"面"是人头正前之轮廓。

59. 世界

音乐符号学家说："西方艺术音乐美学中至关重要的概念，是机体论和有机性。广义上看，音乐与'自然'的认知型相关。克劳德·列维—斯特劳斯提出，我们能够通过音乐来认识人类的生物性源头。在众多的音乐类型中，有较为特别的'田园'式音乐，用来描绘自然。"[2]世界倏忽进化，首先是无机界，而后出现有机界、生命，再后突然显现意识、音乐、言文乃至社会文化现象。

英语"world"由五个字母组成，正如汉语"世界"由两个单音义符组成。象形字符"世"古时出现于"葉"中间。这个"葉"太繁，不利于识读和交流，故20世纪中期，它被简化为"叶"，后者只有五个笔画。"叶"是一个不作简化偏旁用的简化字。"叶"是植物的营养器官之一，常见于草木茎枝上。根据陆谷孙主编的《英汉大字典》，古英语中的"world"与"生命"有关。

动物生命用口进食，故叶从口；植物生命用枝叶呼吸，故叶从十。在甲骨文中，一只草是中，二只草是艹。以此类推，还有三只草、四只草。现代汉语"卉"中亦有"十"。"十"与"世"音同。"十"是数目字，从《汉语大字典》所列"世"字的古体可看出，最

---

[1] ［英］达尔文：《物种起源》，第203页，谢蕴贞译，中华书局，2018年。
[2] ［芬兰］埃罗·塔拉斯蒂：《音乐符号》，第87页，陆正兰译，译林出版社，2015年。

早时也作为草叶符号。许慎说"世从卉",卉中有"十"。林义光《文源》说"世为葉之古文,象茎及葉之形"。草木之葉重累百叠,故引申为世代之世、人世之世、世界之世。

宋代出土的石刻上有《诅楚文》。该文指责楚王违背了"十八世之诅盟,率诸侯之兵以临我"。其"世"字形由右向左、从高渐低有三个"十"。《说文》说"世从卉","卉"符下部的形状将由两个"十"组成的四画符号简化为仅有三画的"卅"。"世"的根本义与此关联。"秋风吹渭水,落叶满长安。"(贾岛《忆江上吴处士》)落叶归根,葉在木上,木为根,读者可从中体味它的异体字"丗"①。许慎说"三十年为一世"。早在许慎以前几百年,"世"已作为时间概念。印欧语"world"概念,可溯源于《楞严经》卷四。

世界兼三而两。这个两指时空:世指时间,空指空间。开普勒行星运动第三定律说,$T^2=D^3$,这个 T 指时间,D 指空间距离。②这个三就时间而言包括过去、现在和未来,就空间而言包括上下、前后和左右。汉文化以具体的三十年定义一世,梵文化以过去、现在和未来定义时间,后者比前者更凝练。印度人善于沉思,早在远古时代,他们对世界的认识已居于前列,此似乎已成为共识。

世为迁流,迁流的时间与空间有异同,正如"世界"概念与"宇宙"(universe)概念有异同。古往今来曰宙,四方上下曰宇,高诱注《淮南子》时的这种说法偏于宇宙与世界之同。在《淮南子》之前,《庄子·让王》已在"天地"意义上使用"宇宙"。地是地球,地球在天上绕日旋转。这是后来发现的"日心说"真理。这个真理认为,除了地球之外,还有其他行星和天体绕日旋转。

世界与宇宙存在不同:"世界"概念将时间摆在第一位,"宇宙"概念将空间摆在第一位。居于第二位的界指空间,包括上、下、东、西、南、北,东南、西南、东北、西北。印欧语中的印语"lokadhātu"略同于欧语"world",不过属于梵语的前者还可以分析。"loka"是世,"dhātu"是界。"诸法性别,故名为界。"(《大乘章义·八末》)印度的世界观文化,不但历史悠久,而且思想深邃,因为音译的"路迦驮都"概念不但包括有为世界,也包括无为世界。

在汉文化世界,世和史音同意异。世是世界,史是历史。世界的历史进化到 20 世纪 70 年代,高瞻远瞩的政治家毛泽东提出了三个世界的理论,邓小平在联大特别会议上进

---

① 《龙龕手鑑》和《字汇》之《十部》收录它,《新华字典》第 11 版将其作为《第一批异体字整理表》之外的异体字。
② 行星围绕太阳转。时间以 1 为单位,因为地球绕日一周为一年。空间距离亦以 1 为单位,假设地球与太阳的平均距离为 1。王梓坤院士的科普著作说,开普勒行星运动第三定律中的两个指数值近似于 2:3。参见他《纵横谈》中的名文《奇妙的 2 与 3》。

一步阐述了这个理论,并将其运用于我国当时的对外政策。大约50年前,美国和苏联是第一世界,二者相互争夺世界霸权。当时的法国、英国、西德、日本、加拿大是发达国家,属于第二世界。在前两个世界之外占世界人口大多数的发展中国家,属于第三世界。在毛泽东提出三个世界理论的时代,人口数占世界人口五分之一的中国已经完成了由半殖民地半封建的国家向社会主义国家的转变,并自立于世界之林。50多年后的今天,虽然已经成为世界第二大经济体,但按人口平均所拥有的财富而言,中国仍属于正在趋于发达的发展中国家。

在科学哲学世界,也有三个世界的理论,它是英国科学哲学家K.波普尔提出来的。这个理论可以用"兼三而两"言说。所谓两,就是本体论和倏(shū)忽进化论。所谓三,就是三个世界的理论。"波普尔承认客观物质世界的存在,认为宇宙的发展不仅有量变,而且有质的变化,并且还具有不可还原的多层次性。在他看来,宇宙的发展是一个倏忽进化的过程,首先是无机界的存在,而后出现有机界、生命,再后突然显现意识现象,最后突然显现社会文化现象。"①

世界,犹言宇宙。宇宙从宀,它是一个甲骨文字根。犹言的宇宙可用来言说世界。哲学的本体是物质世界,从朴素唯物到辩证唯物之常识,正如从宝字盖之宇宙本义作为屋檐和栋梁之常识。常识充盈于物理世界。"一切具体的物质物体,例如岩石、树木和人体,都属于世界1。一切心理状态,无论有意识的还是潜意识的,都属于世界2。但是,抽象事物,例如问题、理论和论据,包括正确的和错误的,都属于世界3。"②三个世界诸术语虽然因为具有无倾向和任意性而被有意识地选择,但是将它们"编号为1、2、3却有着历史的原因。物质世界的存在先于动物情感存在,因为世界3是由于人类特有的语言的进化才开始存在的。大多数人多为二元论者,相信世界1和世界2之存在,认为这是常识。然而,关于世界3,大部分人很难承认其存在"(同上)。波普尔断言"存在着自律的世界3客体,它们尚未采取世界1和世界2的形式,然而仍与我们的思维过程相互作用。实际上,它们对我们的思维过程有着决定性的影响"(同上)。

至少,直到1982年,波普尔还说:"自然科学和自然哲学的伟大任务在于描绘一幅逻辑融洽且可理解的宇宙图景。所有的科学都是宇宙学,所有我们已知的文明都曾经努力去理解我们赖以生存的这个世界,而我们自身,连同我们的知识,都是这个世界的一部分。在理解这个世界的征途中,物理科学无与伦比地将思维中的创造性和实践中的开

---

① 夏基松语。参见《中国大百科全书·哲学》,第66页,中国大百科全书出版社,1987年。
② [英]卡尔·波普尔:《科学发现的逻辑后记》,第102页,第105页,第106页,李本正、刘国柱译,中国美术学院出版社,2014年。

放性结合起来,有着根本意义上的重要性。诚然,物理学的重要地位并非一向如此,也并非能永远延续。但至少在当前,这个世界看来还是得通过物理学才能被理解,之后才是化学,再之后才轮到生物学。"①波普尔这样说了,这并不证明他是一个决定论者。他是一个非决定论者、一个批判理性主义者。他认为,对于世界,正如对待所有常识概念,都应当永远向着批判开放。②

60. 溯源

我们以"溯源"这个双音义符为把手对诗进行溯源。按照常识,诗源于风骚,风出自《诗经》,骚源于《楚辞》。钟嵘《诗品序》说:"取效风骚,便可多得。"风骚咸为广义古诗,当然,《诗》风之四言在早。然而,还有比四言诗更早的二言诗。例如,古歌谣"断竹、续竹、飞土、逐肉"就是典型的二言诗,清一色的动宾结构。

就符号追溯源头,源头是起源。诗歌之名起源于诗歌之实。甚至《尚书·尧典》里的三言句"诗言志,歌咏言"既提示诗歌之名,也指谓诗论之实。

"溯源"本于朔、本于原。生活在地球上的人,日常的晚上,不能不留意月亮。月亮行至地球与太阳之间,与太阳同起落,用一个字指谓曰朔。李白有"抬头望明月,低头思故乡"之句。《周易》山水蒙,艮上坎下,有山下出泉之象。"朔原"符号可以结合王维的五律《山居秋暝》"空山新雨后,天气晚来秋;明月松间照,清泉石上流"四句解读,后者为前者增添了诗情画意。

当然,"朔原"之"朔"不是明月,但它是明月之前身。"朔原"之"原"可以看作清泉,至于清泉是在石上流,抑或在石下流;或者是在岩下流,还是在山下流,那要根据客观实际或主观视野来决定。"朔原"符号也可以结合陆游的五律《杂书幽居事》"炎火下照海,黄河高泝(sù)源;道翁来不速,一笑倒吾樽"四句理解。李白的名句"黄河之水天上来"属于浪漫主义。陆游的"黄河高泝源"属于现实主义。这里的"泝源"就是"朔原",更进一步,它也是溯源。

黄河东流入海,这是没有问题的;黄河在东流之前,它是从北向南流,这也是没有问题的。如果我们在这之前追溯黄河之源,它当然可以"高泝源",这个"高"就是青藏

---

① [英]卡尔·波普尔:《科学发现的逻辑后记》,第197页,李本正、刘国柱译,中国美术学院出版社,2014年。
② [英]卡尔·波普尔:《科学发现的逻辑后记》,第225页,李本正、刘国柱译,中国美术学院出版社,2014年。

高原，黄河发源于青藏高原。"沂"与"溯"同音，"朔"与"溯"音近。

钟嵘品评五言诗说："嘉会寄诗以亲，离群托诗以怨。""怨魂逐飞蓬，死骨横朔野"之"朔"意谓北方。"朔"为什么会产生北方的含义？这就不能不追溯到"屰"这个根符。"屰"是顺逆之"逆"的初文。居住在黄河中下游的人顺着黄河愈上溯，就愈趋于北，故"朔"便产生了北方的意义。

追溯诗由今及古之体曰古体、近体。追溯古体、近体之近古、远古是把诗体看作一个发展的历史。歌诗合为事而作，故钟嵘《诗品》拈楚谣"字余曰灵均"时说，"虽诗体未全，却堪为五言之滥觞"。文章合为时而著，故刘勰《明诗》说，"阅时取证，则五言久矣"。诗言由二、三至五，咸素数也。

追溯诗体之近体区别为律诗和绝句，由近体溯古体又别异为乐府和古诗。"古诗"这个双音义符取其狭义或专义，也就是《文选》中所选"古诗十九首"之"古诗"。

乐府是古辞，古辞催生了古诗。近体之绝句用最经济的手段写最精彩的一段。近体之律诗用最经济的手段写最精彩的两段或多段。通过加倍扩容篇幅，诗歌更加沉郁厚重、从心所欲不逾矩。

溯源与起源有别。洪为法（1900—1970）先生1925年曾参与主编《洪水》月刊，是"创造社"中后期的重要成员。洪先生《古诗论》使用"起源"这个双音义符，辨析群言，独标新义，发前人所未发；其《绝句论》《律诗论》使用"溯源"这个双音义符，伴之以"特质""流派""创作""欣赏"等标目，铸造成一部绝句、律诗史论。

起源，缘起之谓也。无论缘起和起源，咸可以略成为源。溯源则不同。溯，追溯之谓也。溯源，追溯起源之谓也。为何要追溯缘起，因为起源的基因不但影响着现在，而且有关于未来。为了"发潜德之幽光，启后人于通途"，我们必须远溯上古之诗言，阅时取证于诗学，正本清源于诗体。

洪氏之三论，其《绝句论》在先，《律诗论》次之，《古诗论》在后。三论本身有比较，有交互，有融合。笔者研究古学，浸濡于音训。例如，诗者，持也，持人情性。刘勰《明诗》如此论说，笔者著述亦有引用。然而，《绝句论》溯源绝句起源诸说，并断以己意，提出新说。洪氏批评绝之为截也之音训，并进而批评绝句起源于律诗说，令人耳目一新。当然，音训说有音训之所长，但洪氏所认为的绝句起源应从民歌、音乐、声律等多方面进行探讨，无疑是正确的。

诗体正如人体，是不能随便乱截的。人体在胞胎阶段，已隐含着成人的基因乃至变异，古诗体亦如此。晋代挚虞说："古诗率以四言为体，而时有一句二句杂在四言之间，后世演之，遂以为篇。"（《文章流别论》）雄才大略的李白，何曾以四言诗名家，但他却说:"寄兴深微,五言不如四言,七言又其靡也。"又说"梁、陈以来,艳薄斯极,沈休文又尚以声律"。李白还说:"将复古道,非我而谁欤?"李白的创作实绩与其诗论不符。我们宁可将他看作盛唐之音的化身。

宋代吴可更拘泥于古而不能自拔,被洪为法讥讽为李白的应声虫。吴可说:"五言诗不如四言诗,四言诗古。如七言又其次者,不古耳。"(《藏海诗话》)这种泥古不同于李白之精神。李白的崇古,是用浪漫主义精神变古,使其合于近体之唐音,合于大唐之大雅,他的"自从建安来,绮丽不足珍"之论是想重建古朴之文道。

近体分为律诗、绝句两种。徐师曾说:"唐初稳顺声势,定为绝句。"(《文体明辨》)司空图说:"绝句之作,本于诣极,此外千变万状,不知所以神而自神也。"(《司空表圣文集》卷二)严羽说:"风雅颂既亡,一变而为《离骚》,再变而为西汉五言,三变而为歌行杂体,四变而为沈、宋律诗。"(《沧浪诗话》)元稹说:"沈、宋之流,研练精切,稳顺声势,谓之律诗。"(《杜甫墓铭》)王世贞说:"五言至沈、宋始可律。律为音律、法律,天下无严于是者。知虚实平仄不得任情,法度明矣。"(《艺苑卮言》卷四)

诗文学之于诗体,较之于诗文学史之于诗体更为灵活。诗文学论之于诗体,较之于诗文学史之于诗体更为理性。所以,正如江恒源先生所说,《律诗论》溯源、流派所论,合起来是一部极有价值的律诗文学史;其作法、辨形所述,合起来是一部极精彩的律诗文学论。[1]此乃诗体合于史论。诗文学家的律诗论是:"律诗的创制之功,归之沈、宋,原不算错。可是每一种新文体之发生,必有其先导。换一句话说,新文体之发生,不是凭空出现的,乃是渐变而非突变。吾人固不当论律诗之起源远溯风、雅、颂,但促进律诗之完成,总当有必然的而且明显的背景为吾人能寻索得者。而不矜高古,不涉窈冥,又为寻索此背景时必有之态度。"[2]

第十六章 尽道审器和基本分子

天演论能实,科学析官能,哲学别能所。严复用能实丰富能所,以信达雅贯通进化论。尽器贯道的组织,尽道审器的系统。孢巳子未成形,孕象子成形。地雷复,文如几道。益而复,复更益。有态度的DNA。知识分子、科学分子与基因分子。

---

[1] 江恒源《律诗论》序。参见洪为法:《绝句论 律诗论 古诗论》,第107页,文化艺术出版社,2018年。
[2] 洪为法:《绝句论 律诗论 古诗论》,第123页,文化艺术出版社,2018年。

61. 能实

"实"是一个不作简化偏旁用的简化字，正如"头"是一个不作简化偏旁用的简化字。能实者，能是也。是与实有异同，正如寔（shí）与實有异同、實与寘（zhì）有异同。就其同而言，寔之真是真实，寔之是为实真，真实与实真咸强调实事求是。寔之真，眞也。能实与真实如网如箑（shà），正如"天演者如网如箑。又如江流然，始滥觞于昆仑，出梁益，下荆扬，洋洋浩浩，曲而归海，而兴云致雨，则又反宗。始以易简，伏变化之机，命之曰储能。后渐繁殊，极变化之致，命之曰效实。储能也，效实也，合而言之天演也。此二仪之内，仰观俯察，远取诸物，近取诸身，盖莫能外于自然之进化"[①]。能与实之于单音义符，正如储能与效实之于双音义符。

"能"作为"储能"储于内，"实"作为"效实"成于外。"能"作为"储能"是因，"实"作为"效实"是果。严复的学问可以从国学、哲学与科学的结合部研究。国学中有名学，故严复称英国逻辑学家 I. S. 密尔为名学家。严复意译密尔之言说："欲考一国之文字语言，而能见其理极，非谙晓数国之言语文字不能也。斯言也，吾始疑之，而今则深喻笃信，而叹其说之无以易也。岂徒言语文字之散者而已，即至大义微言，古人殚毕生之精力，以从事于一学，当其有得，藏之一心，则为理；动之口舌，著之简策，则为词。故皆有其所以得此理之由，亦有其所以载焉以传之故。"[②]

国学中有生生不息之学说，严译《天演论》将其浓缩为"生学"，称赫胥黎为"生学家"。《天演论》下卷有理论十七篇，其第一篇命名为"能实"，该篇译文之后，严复加了一段约有250字的按语。其开首说："此篇言植物由实成树，树复结实，相为生死，如环无端，固矣。而晚近生学家，谓有生者如人禽虫鱼草木之属，为有官之物，是名官品，而金石水土无官曰非官品。无官则不死，以未尝有生也。"[③]这里所谓官，指有生命之物的器官，器官储有官能。

能实与能所有异同，正如科学与哲学有异同。能实的科学性是天演思想，能所的思想性是天演哲学。严复以国学做派意译英国人的生物学乃至生物学哲学思想："道每下而愈况，虽在至微，尽其性而万物之性尽，穷其理而万物之理穷，在善用吾知而已矣，安用骛远穷高然后为大乎。"[④]在中国，"道"是一个众所周知的形而上概念，道每况愈下

---

① [英]托马斯·赫胥黎：《天演论》，第62页，严复译，译林出版社，2011年。
② [英]托马斯·赫胥黎：《天演论》，自序，第4页，严复译，译林出版社，2011年。
③ [英]托马斯·赫胥黎：《天演论》，第63页，严复译，译林出版社，2011年。
④ [英]托马斯·赫胥黎：《天演论》，第61页，严复译，译林出版社，2011年。

"在至微"，就生物学而言，生命起源于分子。"生命是在地球形成早期化学物质长期进化的结果，从非生命到生命的转化大约完成于40亿—38亿年前，大体经历了四个阶段，即由无机小分子形成有机小分子，由有机小分子形成生物大分子，由生物大分子形成多分子系统，由多分子系统发展为原始生命。"①

能实论认为，生物自然进化，只需要观察、分析和归纳乃至总结，不需要过分"骛远穷高"，更不需要多余的拔苗助长之形而上学。能实论在前，分子论在后，分子生物学更在其后。能实论者认为，分子内蕴着生命力，故"其质之外附者翕受，始尔萌芽，继乃引达，俄而分布茂密，俄而坚果成熟，时时蜕其旧而为新，人弗之觉也，觉亦弗之异也。睹非常则惊，见所习则以为不足察，此终身由之而不知其道者，所以众也。夫以一子之微，忽而有根荄、支干、花叶、果实，非一曙之事也"②。严译赫胥黎能实论认为，自然界的"积功类勤，与人事之经营裁斫，异而实未尝异也"（同上）。

自然科学对有机体的认识，在18世纪还只停留在肉眼所及的宏观水平，19世纪深入到细胞水平，20世纪中期有了分子生物学才深入到分子水平，从而使人对生命本质与规律的认识走向进步，其后至今，有机体的概念更深入于DNA乃至基因层面。严译《天演论》中尚未出现有机体概念，而经常使用"生品""官品"等概念。生品是生物的品类。官品是就有生命之物而言，例如，人禽草木虫鱼之类，都是有器官的品类。有器官的生物有生死。但严复却说："官品一体之中，有其死者焉，有其不死者焉。而不死者，又非精灵魂魄之谓也。可死者甲，不可死者乙，判然两物。如一草木，根荄支干，果实花叶，甲之事也，而乙则离母而转附于子，绵绵延延，代可微变，而不可死。或分其少分以死，而不可以尽死，动植皆然。故一人之身，常有物焉，乃祖父之所有，而托生于其身，盖自受生得形以来，递嬗迤转，以至于今，未尝死也。"③

人的官能品类，区别为耳、目、口、鼻、舌、心等单音义符。耳是听觉器官，目是视觉器官，口是言食器官，鼻是嗅觉器官，舌是味觉器官，心是知觉器官。天演论能实，科学析官能，哲学别能所。和能实一样，能所也可以区别和分析。能是能知，所是所知。能知和所知是思维科学的基础，但佛教否定这种基础。《大般若经》卷五六八说："所观境界皆悉空无，能观之心亦非有，无能所观二种差别，诸法一相，所谓无相。"《坛经·机缘品》说："汝但心如虚空，不著空见，应用无碍，动静无心，凡圣情忘，能所俱泯，性相如如，无不定时也。"明清之际，中国哲学家王夫之在《尚书引义·召诰无逸》中说：

---

① 《中国大百科全书·哲学》，第790页，中国大百科全书出版社，1987年。
② ［英］托马斯·赫胥黎：《天演论》，第61页，严复译，译林出版社，2011年。
③ ［英］托马斯·赫胥黎：《天演论》，第63页，严复译，译林出版社，2011年。

"能所之异其名，释氏著之，实非释氏昉之也。其所谓能者即用也，所谓所者即体也，汉儒已言之。所谓能者即思也，所谓所者即位也，《大易》已言之。所谓能者即己也，所谓所者即物也，《中庸》已言之。所谓能就是'人能弘道'，所谓所就是'非道能弘人'，孔子已言之。"

在中国学术史上，先是王夫之将能所的概念坚定地置于儒学之上，其后200多年，严复又以能实的概念充实了能所的概念。就"译例言"来说，能实兼信、达、雅之三才融会贯通。"译文取明深义，故词句之间，时有所颠倒附益，不斤斤于字比句次，而意义则不背本文。题曰达旨，不云笔译，取便发挥，实非正法。"（严译《天演论》）信、达、雅的逻辑基础是名学，其指谓的对象是赫胥黎所倡导的达尔文主义。

在严复的文字里，西人的名学，就是中国的逻辑学；中国的格物致知之事，就是西人的名、数、质、力之学；古希腊人发明外籀，"据公理以推断众事，设定数以迎取未然"合于司马迁所谓"本隐之显"；西人启蒙运动以来所倡导的内籀，"察其曲而知其全，执其微以会其通"合于中国国学所谓"推见至隐"。

62. 器官

己亥年中秋节前，我已决定要写"器官"这个双音义符。教师节后的周三下午，吾去红会医院膝关节病区见到了孙相祥大夫，约定中秋节后的周一让吾夫人王慧玲女士入院，并为其做膝关节置换手术。我朦胧地觉得我的综通研究应该包括"器官"这个双音义符的综通，但我的确还不知道应该如何写出我想写的内容。2019年9月21日凌晨5时，我起床后欲推动我的思想并诉诸文字，我头脑里突然冒出"细胞"[①]这个我已经写过的生物学术语。

我于2018年初对"细胞"这个双音义符进行了综通研究。2019年我写了一篇名为《人工智能与周易符号》[②]的论文。至此，我本人认为自己对"器"这个单音义符已经有了深入理解。王夫之在《思问录内篇》中说："尽器难矣，尽器则道无不贯。尽道所以审器。知至于尽器，能至于践行，德盛矣哉！"从王夫之的时代以来一直到今天，尽器贯道乃至于尽道审器已经有了飞跃之发展，就生物学乃至医学而言，器已经深入于器官和器官置换，尽器亦深入于人工智能机器和设备，审器亦包括审查膝关节人工置换设备。

我咨询了红会医院的主治大夫，包括膝关节在内的众多骨组织都可以被看作人体器

[①] 袁峰：《文医符域综通研究》，第238页，三秦出版社，2020年。
[②] 见《陕西国际商贸学院学报》，2019年，第四期，第62-69页。

官。膝关节是运动系统的器官，正如肌细胞是运动系统的组织。《不列颠百科全书》在定义"organ"时使用了"组织"一词，它将器官定义为"生物体内适应于完成具体功能的一群组织"，因为生物组织学的研究领域包括器官，器官可能由多种组织所构成。该书从系统论的角度简明扼要地阐说了什么是器官。"在高等动物，器官组成器官系统：如食管、胃、肝脏等是消化系统的器官。较先进的动物通常有10个器官系统：被皮系统、骨骼系统、肌肉系统、神经系统、内分泌系统、消化系统、呼吸系统、循环系统、排泄系统和生殖系统。上述这些系统从较低等的动物起逐渐出现，在较高的动物身上越来越复杂，功能也充分特化。植物的基本器官包括营养器官和生殖器官。营养器官包括根、茎和叶，生殖细胞包括花和种子。植物器官能和动物器官一样完成维持和延续生命之功能。"[1]该书在阐说植物生殖时言及种子和孢子。

将作为高级生命体、动物的、人的骨关节看作一个器官，正如将低级生命体、蕨类植物的孢子看作一个器官。牛津高阶英语词典第6版使用了20个单词解释了"spore"这个由5个字母组成的科学术语。此术语是子，不是种子，是孢子。孢从子，正如孕从子。低等植物中的一些使用孢子繁殖延续后代，正如高等动物中的一些使用子宫孕育后代，使用乳房挲乳后代。牛津词典在解说孢子时说它类似于种子，又说它微小如细胞。子之细微，正如糸之细小。孢子的微小，正如细胞的微细。此二如，咸就这方面来说。

就言音来说，孢子之孢发包音，正如细胞之胞发包音。"包"是《说文》的第344个部首。包之巳，正如孢之子。就字原而言，前者象子未成形，后者象子成形。人的发生可以从成形和未成形言说，假如说在组织发生（histogenesis）期，人还是一团未经分化的细胞，那到了器官发生（organogenesis）期，这团未经分化的细胞已经进展到胚胎形成过程中。生命从受精卵开始，受精卵源于有性接触，而孢子是一些特别的繁殖体，有些孢子繁殖不是有性接触。

器官与细胞之间有一些模糊地带，正如器官发生与组织发生之间、细胞器与感觉器之间有一些模糊地带。无论多么深奥的理科理论，都可以用文科符号表达。文科符号以言文符号为基础，言文符号以语言符号为基础，语言符号以文字符号为主导。器官与器官移植之关系，正如器官与器官发生之关系。器官移植理论立足于医学之应用，正如器官发生理论立足于学术之探讨。

吾夫人做膝关节置换手术，使得我有机会了解器官置换给人带来的疼痛。人体中的生命元素一般不能单独存在，它们总是结合成分子，形成无机化合物和有机化合物。有

---

[1]《不列颠百科全书》（国际中文版），第12卷，第426页，中国大百科全书出版社，1999年。

机化合物中的糖类、脂类、蛋白质和核酸等属于生物分子。生物分子产生生物活性乃至生命感觉性。分子本来是单独的，但生命大分子却是集团的，它们按照一定方式有序地组装成细胞。器官是由细胞结合起来的上皮组织、肌肉组织、骨骼组织和神经组织。这些组织都会生病。为了治病，人类发明了解剖学和外科手术（surgery）。

文科符号在表达理科理论时被允许赋予某种自由，所以，"退化器官可以和一个字中的字母相比拟，虽在拼法上还保存着，但在发音上已无用处，不过还可用作该字来源的线索"①。"organ"这个符号的本义是管风琴。在西方，管风琴是所有乐器中最复杂、历史最悠久的一种。由管风琴演奏的曲目在西方音乐中比任何其他乐器所演奏的不但更多，而且更古老。如果把人体比作一部美妙的交响乐，那么，由管风琴所发出的乐音具有"官管"意味。人体之心血管系统，正如交响乐之管弦乐系统。中国人审器于官能，官能之器官系统，正如非官能之细胞系统。器官置换类似于文化移植。在中文里，"细胞"的"细"与"组""织"三个单音义符咸从糸，汉文符号用糸之细小体贴"cell"之细微，故日本汉学家宇田川榕庵1834年在《植学启原》中首先使用了"细胞"，其后，李善兰在1858年的《植物学》中亦使用了"细胞"来翻译西文之cell。

器和器官不是一个概念，正如细胞和细胞器（organelle）、感觉器和感觉器官不是一个概念。在西方，特别是在英美，解剖学十分发达，由此形成发达的细胞学、组织学和显微镜学。"组织学一词有时与显微解剖学一词交换使用，但其间仍有微细的区别。组织学的基本功能是查明各种组织如何在不同的结构水平由细胞和细胞间质构成器官的；显微解剖学则仅研究在较大的实体，如器官和器官系统（循环系统、生殖系统等）内各种组织是如何安排的。"②

器官是细胞的，细胞也是器官的。但是此二者又有区别，正如显微解剖学与显微镜解剖学有细微差别。"显微镜解剖学"一词中有"镜"，镜是器。此器是物理性质的。细胞器不是物理性的，而是生理性的。细胞器具有器官性，故在西文中它的字根是器官。人的生理器官具有感觉性，但生理学中的感觉器（sensory organ）与感受器（receptor）又有不同。前者是肌体感受刺激的装置，是感受器及其附属结构的总称。后者是前者的成员，它们能接受某种刺激而产生兴奋，各成员广泛分布于肌体各部，其形态与结构各异。一种感受器只能对某一特定的刺激敏感。例如，膝关节作为感受器属于运动器官，置换膝关节，移入假体会带来剧烈疼痛。

---

① ［英］达尔文：《物种起源》，第529页，谢蕴贞译，中华书局，2018年。
② 《不列颠百科全书》（国际中文版），第8卷，第93页，中国大百科全书出版社，1999年。

63. 严复

严复者，嚴復也。"严"是一个可作简化偏旁用的简化字。"复"是一个不作简化偏旁用的简化字。"嚴氏，芈姓，即楚庄王之后，以諡为氏。因避后汉明帝讳，遂改为严氏。魏晋之际，有复本氏者，故有庄、严二氏行于世。"（《通志·氏族略四》）嚴之严，正如莊之庄，后者和"复"一样，也是一个不作简化偏旁用的简化字。《易》之《复》，雷在地中，这使人想起近代诗人黄遵宪的"九州生气恃风雷"。在维新运动中，黄遵宪是风雷益，严复是地雷复。

严复翻译《天演论》具有近代国学之风格。国学之天演偏于道学，其信、达、雅偏于述学。故1901年富文书局刻本《赫胥黎天演论》署名"严几道先生述"，1905年商务印书馆《天演论》署名"严复译述"。"述"是具有儒学意味的术语。在《天演论》里，广义之述包括译文，狭义之述仅指按语。如导言一所加按语云："物竞、天择二义，发于英人达尔文。达著《物种由来》一书，以考论世间动植物类所以繁殖之故。先是言生理者，皆主异物分造之说。"物竞、天择是典雅的国文，生理亦如此，指 biology。严复在按语中不遗余力地宣扬科学："自哥白尼出，乃知地球本行星，系日而运；自达尔文出，知人为天演中一物，教宗神造不可信。"①

有生物学之理，有生理学（physiology）之理。有地理学之理，有地质学之理。有天演学之理，有天文学之理。严复的学问胥朝着明晰这些道理的方向迈进，但时代尚未提供给他清晰论证诸多科学学科之条件。所以，严复所谓"哥白尼后天学明，达尔文后生理确"②之论断在大方向上是正确的，在概念上是不清晰的。至少"生理"和"生物"是有区别的。后世发展，前者走向生理学方向，后者走向生物学方向。达尔文的贡献在于后者。

严复的天演论是自然学。他所谓"有生之物，始于同，终于异，造物立其一本"③在哲学上是一元论。严复的"天学"概念在西学意义上等同于 astronomy。几乎和严复同时的郑观应亦如此。郑观应对天学、地学乃至人学的论述更为清晰。他说："天学者，以天文为纲，一切算法、历法、电学、光学诸艺，皆由天学以推至其极者也。所谓地学者，以地舆为纲，一切测量、经纬、种植、车舟、兵阵诸艺，皆由地学以推至其极者也。所谓人学者，以方言文字为纲，而一切政教、刑法、食货、制造、商贾、工技诸艺，皆由人

---

① [英] 托马斯·赫胥黎：《天演论》，第5-6页，严复译，译林出版社，2011年。
② [英] 托马斯·赫胥黎：《天演论》，第6页，严复译，译林出版社，2011年。
③ [英] 托马斯·赫胥黎：《天演论》，第6页，严复译，译林出版社，2011年。

学以推至其极。诸学咸有益于国计民生，非奇技淫巧之谓也。"①

在西学与中学之融通方面，严复的贡献是将国学、哲学和科学化合为一体并朝前推进。他说："学问格致之事，最患人习于耳目之肤近，而常忘事理之真实。今日物竞之烈，士非抱深思独见之明，则不能窥其万一者也。"②在进化论思想的撞击下，他体贴出物竞、天择等术语，并对其进行阐述："其独存众亡之故，虽有圣者莫能知也，然必有其所以然之理，此达尔文氏所谓物竞者也。竞而独存，其故虽不可知，然可微拟而论之也。"③天意不可知，天演犹可论。天演与天择有同异，正如物类与人类有同异。"物类之生乳者至多，存者至寡。其种愈下，其存弥难。"人类亦如此，例如，美洲、澳洲土人在欧洲人入侵后"日益萧瑟"，岂不洞若观火。大千世界，芸芸众生之间，"资生之物有限，有术者多取而丰，无术者取少而啬，丰者昌，啬者灭。此洞识知微之士，所为惊心动魄。于保群进化之图，而知徒高睨大谈于夷夏轩轾之间者，为深无益于事实也"④。

严复与吴汝纶同道。严复所谓"学问格致之事"，即吴汝纶所谓"天演乃西国格物家言"。严复者，复于道，此道即吴汝纶所谓"道胜而文至"之道。"圣贤之教，上者，道胜而文至；其次，道稍卑矣，而文犹足以久。独文之不足，则其道不能徒存。"严复深谙易学"无往不复"之几道，故能以西学格物家赫胥黎之道，"审同析异而取其衷"，使天行人治，同归天演。"斯学信美矣！汝纶深有取于是书。严复雄于文，汝纶以为赫胥黎氏之旨趣，得严子译文益明。吾国之译西书，未有能及严子者也。……文如几道，可与言译书矣。往者释氏之入中国，中学未衰也，能者笔受，前后相望，顾其文自为一类，不与中国同。"今赫胥黎氏之道，得严子译文横空出世，其天演哲学"盖将有待也，待而得其人，则吾民之智通矣。"⑤

就国学中的易学而言，黄遵宪作为风雷益，严复作为地雷复，二者的共性在雷，不过这个雷尚未爆炸。复中有益，益中有复，这就是中国近代社会（1840—1919）的本质。严复在学术上"黜伪而崇真"，这对崇善而伪的儒学不是一个友好的信号。严复在社会历史观方面认为"世道必进，后胜于今"，这对于一贯述而不作之崇古派的祖师孔子来说也不是一个友好的信号。严复之復从彳，彳者，行也。梁启超说："西洋留学生与本国思想界发生关系者，严复其首也。"（《清代学术概论》）严复所谓"西学格致"，就西学而言，

---

① 郑观应：《盛世危言·西学》，中华书局，2013年。
② ［英］托马斯·赫胥黎：《天演论》，第13页，严复译，译林出版社，2011年。
③ ［英］托马斯·赫胥黎：《天演论》，第15页，严复译，译林出版社，2011年。
④ ［英］托马斯·赫胥黎：《天演论》，第15页，严复译，译林出版社，2011年。
⑤ 《天演论》吴汝纶序。见托马斯·赫胥黎：《天演论》，严复译，译林出版社，2011年。

科学也；就格致而言，国学也。国学之行，格物致知。

格致与科学有异同，格致之致与救亡之救同从攵（pū）。攵者，支也。严复的天演哲学立足于天演科学，天演科学不排斥天演符号学，天演符号学不排斥象形文字学。在中国学术界，先有雄于文的严复将国学、科学与译学相结合，后有李亚农（1906—1962）将中国古籍、古文字与马克思主义相结合。李亚农在《殷契摭佚续编》中研究了字形演变，后人在他研究的基础上确立了"支"乃至"攵"在甲骨文中作为字根之地位。早在1895年，严复就提出了救亡论。

严复认为：对于救亡来说，程朱之学徒多伪道而无实，陆王之学师心自用不恰当，明清考据、词章之学亦无用。"严复在《辟韩》中猛烈攻击君主专制，认为自秦而来，为中国之君者，皆最能欺夺者，所谓大盗窃国者。在谭嗣同《仁学》发表以前，这是对君主专制所作的极猛烈的攻击。严复还用中西事理作比较，有力地用资本主义思想来抨击封建思想，宣传变法救亡的主张。他指出，中国人好古而忽今，西方人力今以胜古。'中国人以一治一乱、一盛一衰为天行人事之自然，西方人以日进无疆、既盛不可复衰、既治不可复乱为学术教化之极则'（《论世变之亟》）。严复用力今胜古来反对好古忽今，用进化论来反对循环论。严复还指出：'中国最重三纲，而西人首明平等'；'中国尊主，而西人隆民'；'西方以自由为体，以民主为用'（《原强》）。严复主张以自由平等代替封建思想和专制政治。"①

64. 分子

我在《言数话语综通研究》中研究过"母子"和"法实"这两个双音义符。② "母"与"子"是人伦概念，"法"与"实"是社会概念。在《九章算术》中，这四个单音义符通过引申后进入数学，形成了有中国特色的数学话语传统。"实"是成果、果实，人是社会的动物，人类社会避不开的一件事就是要对社会成果进行分配。分配要用到除法，故"实"成为被除数（numerator）。人类的社会分配经过长期的社会实践，积淀出原则，并且用法律形式固定下来，故作为与被除数相对的除数（denominator）被命名为"法"。除法是乘法的逆运算，故有"母相乘为法，子相乘为实"（《九章算术·方田·乘分术》）之说。今日的分数（fraction），母为分母，子为分子。

转眼到了2019年末，笔者突发奇想，又欲写"分子"这个双音义符，因为我发现

---

① 《中国大百科全书·中国文学》，第1131-1132页，中国大百科全书出版社，1986年。
② 袁峰：《言数话语综通研究》，第108页，第144页，人民出版社，2014年。

"分子"不但是数学的,而且是化学的。在英语中,作为数学术语和化学术语的"分子"是两个不同的单词。在汉语中,"分子"既是 numerator,又是 molecule。

关于"法"的含义,李约瑟的定义是"用法律固定的单位量度"①。molecule 亦涉及物质化学特性可辨认的最小单元。原子作为物理概念,正如分子作为化学概念。"物类之起,必有所始;荣辱之来,必象其德。"(《荀子·劝学》)然而,一般化学反应,原子核不发生变化。"原子由一个带正电的原子核与在它周围带负电的电子云组成。当原子互相靠紧时,电子云与电子云、电子云与原子核相互影响。如果这种相互影响使得体系的总能量降低,则原子结合在一起形成分子。分子可由单一原子组成,亦可由多个原子集聚而成。"②

《谷梁传·庄公三十年》使用了"分子"这个双音义符。它的原话是:"燕,周之分子也。"范宁注说,分子是指由周分出的子孙。由周分出的子孙带有周人祖先的基因。第二次世界大战时期,奥地利物理学家薛定谔阴差阳错地探讨过"生命是什么"这个问题,他想勾勒出活细胞的物理面貌。物理学与生物学的结合似乎在呼唤"基因分子",薛定谔假设基因由某种化学物质组成,基因分子在自相矛盾的活化物大方向中应该不会违反生物化学规律。

如果说生命是蛋白质的存在方式,那么 DNA 就是深藏不露的"基因分子"。但是,最初人们并不具有这样的认识。分子与分类有异同,正如分类与划分有异同。分类是从种到属,划分是从属到种,二者方向相反,却又相辅相成。分子作为分母的子孙,正如分子生物学作为生物学的子孙,微生物学作为生物学的子孙。在种属意义上,类与非类的归类(classification)可以从内外言说,例如,分子生物学作为生物学的分支是偏于内在的类别,而微生物学作为生物学的分支是偏于外的类别,后者相对于动、植生物学而言。

分子与因子有异同。就其同而言,如果说因子偏于基因,那分子也深入于原因,原因和基因都有溯源的意味。正如分子是一个横跨数学和生物化学的术语一样,因子(factor)也是一个横跨数学和生化学的概念。分子是就除法而言,因子是就乘法而言。生物学意义上的母子不是以分数线的上下区别分母、分子,而是以生类为总类区别其亲缘关系,总类之下是分类,生类有别于非生类。中国古籍说:"天地万物与我都是并生类。"(《列子·说符》)

分子与亲子有异同。亲子是有亲缘关系的子,分子是由原子构成的子。进化论的观点是:"在自然界中现在占据优势的生物类型,亦往往因为产生许多改变而优越的后代,从而更占优势。较大的属类,亦能经历某种步骤而区别为子类。世界上的生物类型,就

---

① [英]李约瑟:《中国科学技术史》,第三卷,第十九章,第五节,科学出版社,1990年。
② 《不列颠百科全书》(国际中文版),第 11 册,第 293 页,中国大百科全书出版社,1999 年。

这样地成为母类之下再分之子类了。"①母类之于子类，正如分母之于分子。当今的分子遗传学更体贴出一个亲子概念。

《汉语大词典》"亲子"词条下有两个义项。第一个义项说"亲子"就是亲生子女。第二个义项说，"亲子"的"亲"是指双亲，即父母；其"子"是指子女。遗传学中的亲子概念不限于父母子女，这个概念可以扩大或延伸至生物家族之种群，种群遗传学的亲子研究深入于分子生物学。遗传学中的亲子概念还可以细胞为单位进行研究。离体细胞的培养可以保持个体的一些遗传特性，正如离体文字符号的培养可以保持文字符号个体或单体的一些遗传特性。

亲子是父母的分子，正如分子生物学是生物学的分子，分子遗传学是遗传学的分子，分子基因学是基因学的分子。分子生物学自20世纪40年代从生物化学、遗传学和生物物理学等有关学科中发展而来，变得越来越重要。遗传学的生化学派、信息学派与结构学派为molecular biology的形成奠定了基础。"自然科学对有机体的认识，在18世纪还只停留在肉眼所及的宏观水平，19世纪深入到细胞水平，20世纪中期有了分子生物学才深入到分子水平，从而把对生命本质与规律的认识推向一个崭新的阶段。"②

作为科学的分子与作为知识的分子有异同，前者是基因分子，后者是知识分子。知识与科学的关系，正如知识分子与基因分子的关系。1940年，埃弗里（Oswald Avery, 1877—1955）对格里菲斯实验中的关键结果进行了确认，微生物中存在着转化因子，DNA是深藏不露的基因分子。与埃弗里同事过的莱文（Phoebus Levene, 1869—1940）认为DNA的化学组成有点滑稽，它是一个"愚蠢的分子"。③

这个愚蠢的家伙能够携带生物界最复杂的信息吗？答案当然是肯定的，正如愚公移山是被肯定的。科学渗透在知识中，并在其中起作用，这是愚蠢分子的作用。知识亦渗透在科学中，并在其中起作用，这不是愚蠢分子的作用，而是知识分子的作用。

科学是母学，这个母学像母鸡生小鸡一样，生出一大批子学。子学之间是相互运用的，化学运用了物理学，生物学运用了化学，心理学又运用了生物学。在分子生物学乃至遗传学世界，除了"愚蠢的分子"这种说法，还存在"有态度的基因"这种说法。碰巧，在汉文化世界，"愚蠢"的"愚"、"态度"的"态"咸从心。心理学在科学与知识的相互融通中不会缺席，故持续了几百年的机械论与物活论之争、持续了数千年的先天论与后天论之争，似乎还将持续。

---

① [英]达尔文：《物种的起源》，第74页，谢蕴贞译，中华书局，2018年。
② 《中国大百科全书·哲学》，第223页，中国大百科全书出版社，1987年。
③ [美]悉达多·穆克吉：《基因传——众生之源》，第140页，马向涛译，中信出版集团，2018年。

第五编　数码文化与基本符论

总把数码换桃符。桃木、符竹是象形数码。兆音、付声是基因符号。电脑用比特思考，人脑用意识推理。知识分子与信息分子、信使分子。

第十七章　人文符码与电脑字节

字从子，人子源于母孕。因从大，基因小。万物互联比特。bit 比字节小。卩是基因符号。定元与位元，音位与音节。以文运事与因文生事。人元、字头与电脑。女与母。注音字母与拼音字母。alpha 与 omega。π与兀。

65. 字节

字节是互联网革命中涌现出的一个十分复杂的概念。中国古典理论"立文之道，惟字与义；字以训正，义以理宣"（《指瑕》）中的用字、立义是就文字而言。"字节"之字是计算机字。计算机字与文字有异同。文字之文立足于人，汉人之文依类象形。文字之字是名字。文与字互为表里，正如名与字互为表里。

"字由名滋生而来，是名的引申，对名起补充、解释作用，是名之外的另一个称谓。"[①] 如果用英语来翻译中国古代汉族人姓名体系中的表字，那需要两个英文单词（它们是 courtesy name），正如要用汉语来翻译 byte 这个英文单词需要两个单音义符的汉字（它们是字与节）一样。字节亦由字孳乳而来。字节"不仅是指人们熟悉的计算机存储容量单位，而且还具有更为普遍与神秘的意义，自然界中所有事物的信息都可以看作独立单元累加的结果，其基本状态也就包含了'开'和'关'两种模式"[②]。

[①]《中国大百科全书》（第二版），第 30 卷，第 143 页，中国大百科全书出版社，2009 年。
[②]［美］悉达多·穆克吉：《基因传——众生之源》，序言，马向涛译，中信出版集团，2018 年。

在英文中，字和节也具有开和关的性质。如果说单音义符"字"的孳乳偏于开，那单音义符"节"的制约偏于关。"节"是一个可作简化偏旁用的简化字，正如"疖"（jiē）是一个不可作简化偏旁用的简化字。节之繁为"節"，正如疖之繁为"癤"。"節"之简化为"节"，将十三画简化为五画。"癤"之简化为"疖"，将"疒"下的十三画简化为两画。像这样"蒸馏"出的简化，是智能之所长。

在计算机科学中，还有更夸张的简化。因为字节与比特这两个在实践中被悟解出来的符号，其"位理定名"必须暗合自然界的精妙法则，故字节通常简写为"B"，而位通常简写为"b"。B 与 b 的区别仅在大小写。无独有偶，在遗传科学中，生物的基因模型组成也是如此。例如，在玉米的杂交实验中，"影响胚乳颜色的基因很多，但在研究紫色和红色这一对相对性状时，只要把植株的基因型用符号写成 PrPr、Prpr 和 prpr 就可以了"①。

鬼使神差一般，谁能想到"位理定名"的"位"竟然成了"bit"的名，而且"义以理宣"的"理"必须结合单位来考虑。这都是 1500 多年前刘勰说的话呀，怎么突然又复活了。刘勰说"位理定名，彰乎大易之数"（《序志》），这个"大易"就是《周易》。《周易》使用二进制，计算机字复活了二进制，"bit"这个符号是词组二进制数位英文词"binary digit"的缩写。它被用作计算机存储器容量的单位，这个单位既是数位，也是位元，简言之，曰位。

比特是计算机的最小信息单元，正如原子是所有物质构成的最小单元，基因是遗传与生物信息的最小单元，字根或部首是言文字符系统构成的最小单元。字节与比特有异同，此二者咸作为信息单元，但前者比后者大，一个前者等于八个后者（equal to eight bits）。计算机的内存用字节衡量。内存之存从子，正如字节之字从子。"子"是一个甲骨文字根，正如"大"是一个甲骨文字根。

在甲骨文中，基因之因从囗从大，正如颜面之面从囗从目。大，高也，为高必因丘陵，为大必就基阯，故曰因从囗大。字节事关重大，正如基因事关重大。在作为字典的文字库里，作为部首或字根的字符比一般的字小。在作为信息单元的数据库里，一般的计算机字比字节大。在存储器中，每单元存储一个字，而且每个字都可以寻找到自己的地址，正如在家里，孩子都可以找到母亲。

在计算机中，字的长度用位数表示。字长为 8 位的编码称为字节。这是计算机的基本编码单位。以此为基础朝前可达到 64 位。如果说字长为 8 位的编码类似于八经卦，那

---

① 《辞海》（缩印珍藏本），第 1280 页，上海辞书出版社，1999 年。

字长为64位的编码就相当于64重卦。就位元数据而言，一个比特仅仅有0.125。到了字节，它的进率成为1。再朝前，有千字节（KB）、兆字节（GB），甚至泽字节（ZB）。"泽字节"之"泽"涉及八经卦中的兑卦，亦涉及64重卦中的"水泽节"卦。就字形而言，字节之节即节卦之节。

就"位理定名"而言，字节之开关，正如天地之阴阳。字节立足于比特，比特之0是阴，其1是阳。《节》之《象》云："天地节而四时成。"天地以气候的次序为节，使寒暑往来，寒乃冬，暑乃夏。阴阳之节，其四时有春夏秋冬。冬不可无限寒，要由春节制；夏不可无限暑，要由秋节制。气候之节是至分。至是冬至、夏至，分是春分、秋分。"天地节而四时成"言及地球绕太阳一周经过四时、二十四节气、三百六十多天，合其时节者为得时。

计算机字有字长，就其异而言，字长与字节不是一个概念，正如"女子贞，不字，十年乃字"（《屯·六二》）之"字"与"文字"之"字"不是一个概念。水雷屯之"字"是妊娠之义。字长与字节之字都是计算机字。就其同而言，计算机字与文字之字都是符号字。符号字之字所从子与原子之子都是微小的意思。

文论家所谓"神用象通，情变所孕，物以貌求，心以理应"（《神思》）的说法可以融通于诸学科。"物以貌求"之物是物理学，原子的发现带来物理学革命。"情变所孕"之孕涉及胚胎学乃至基因学，基因的发现带来生物学革命。"心以理应"之心呼唤着信息论，字节的发现带来互联网革命。有些科学家认为，构成世界的基础不是物质、能量，而是信息。人子源于母孕，万物互联比特。

字节之字应该联系水雷屯来理解。字节之节应该联系水泽节来理解。屯卦下震上坎，震义为动，坎义为险，故《屯·象》说"刚柔始交而难生"。在笔者撰写这段文字时，属于信息论的5G和攻坚克难的基因工程依旧处于屯难之中。节卦下兑上坎，兑为泽为止，坎为水为流，故《节·象》用"说以行险，当位以节，中正以通"进行解释。"所谓险，是讲节的，节免不了有阻碍难通的问题。所谓说，是讲亨的，节而可以说，说明节的安稳自如，顺畅亨通。"①

文论家说："各师成心，其异如面。"（《体性》）中国甲骨文面符从目。美国诗人华莱士·史蒂文斯的文字有："语言不是单词的堆砌。化零为整，化整为零。必须用眼睛来感知世界的变化。"（《归途》）基因虽然微小，但基因之因从大，大是大人，大人用眼神感知万千世界。字节与比特之关系，正如整体与局部的关系、句子与单词的关系。"尽管句

---

① 金景芳、吕绍纲：《周易全解》，第420页，吉林大学出版社，1989年。

子本身的含义要比每个单词更为丰富多彩，但是你只有在理解每个单词的基础上才能读懂整句话的意思。而基因作为遗传物质的基本单元也会遵循这个道理。任何一个有机体的结构都要比组成它的基因复杂，但是，你只有先了解这些基因才能领悟其玄妙之处。"①

就综通而言，要理解字节，道理也是如此。譬如，穆克吉在《基因传》中说原子、字节和基因这三个概念有惊人的相似，如果要详细了解字节的概念以及它对自然科学与哲学的影响，那么就应该阅读詹姆斯·格雷克的《信息简史》。我在陕西省图书馆找来此书阅读，感觉字节之字的本义"妊娠"必须在基因理论的指导下从胚胎学方面进行研究。另外，字节之节的下部符号"卩（jié）"必须作为基因词对待。这个基因词也可以叫基因符号。它后来被繁化，但并未被丢掉，正如人类的基因永远不会被丢掉。这个基因符号依旧被保存在"節"符的右下方，当繁化之"節"被简化后，它依旧位于"节"的下部。"基因封装信息，并允许信息的读取和转录；生命通过网络扩散；人体本身是一台信息处理器；记忆不仅存储在大脑里，也存储在每一个细胞中。"②信息亦充实于基因，字节之节之卩是基因符号。

66. 音节

音与言的关系，正如字与文的关系。字有字节，是计算机存储容量单位，属计算机学；音有音节（syllable），由音素组合发音构造言音单位，属语音学。语言（langue）之言文，犹言语（parole）之言音。文有字根，由笔画组合视觉符号单位，属文字学、叙事学乃至小说学。历史叙事以文运事，先有事生成，然后算计出一篇文字来；小说叙事则不然，它是因文生事，顺着笔性写，削高补低都由小说家本人，此即金圣叹所谓"文所本无，事所必有"。③

就象形文字符号出现的先后顺序而言：先有口舌，后有言音；先有言音，后有言文；先有言文之分，后有言音之别。"汉字构成了人类历史上演化出来最丰富的，同时也是最复杂的文字系统。从所需符号的数量之多以及单个符号传递的意义之广来看，汉字是一种极端个案：符号集最庞大，单个符号的含义也最丰富。"④

谈论音节应结合音位（phoneme），正如谈论字节应结合字位。刘勰论文说"位理定

---

① ［美］悉达多·穆克吉：《基因传——众生之源》，序言，马向涛译，中信出版集团，2018年。
② ［美］詹姆斯·格雷克：《信息简史》，第5页，高博译，人民邮电出版社，2013年。
③ 《中国大百科全书》（第二版），第26卷，第428页，中国大百科全书出版社，2009年。
④ ［美］詹姆斯·格雷克：《信息简史》，第31-32页，高博译，人民邮电出版社，2013年。

名",计算机科学在"位理定名"时将比特叫作"位"(bit)。"比特"是字母文字里出现的新术语,而"位"是一个古老的汉字。用汉字书写的中文,属于词符与音节符并用的文字。"在古汉语中,表示实词的汉字大都是词符,表示虚词以及拟声和译音的汉字是音节符号。"①例如,原来表示竹节的"節"这个符号,其下部符号"即"原是"就食"之义,是有实在意义的词符,但在"節"中,它已被用来拟声,成为音节符号了。

"字位"这个说法是笔者信口开河。在写"音节"这个双音义符之前,笔者已经写了"字节"和"信息"这两个双音义符。笔者的直觉是:既然有字节,就应该有字位;既然有音位,更应该有字位。应该将中国古典之"位理定名"结合于"位理定元",因为若把"位理定元"缩写为"位元",它正好就是计算机学所谓"比特"的意思。"位元"就是"字位",它对应于字节。

音位对应于音节。音节系统对应于听觉系统,正如文字系统对应于视觉系统。"文字系统也可以采取不同的途径:符号数量较少,而每个符号的含义也较少。这样一种中间形态的文字就是音节文字,即基于音素的文字系统,使用单个字符表示音节,这些音节可能有意义,也可能没有意义。"②词符和音节符并用的文字,去掉了词符,就成了音节文字。任何语言,词的数量庞大,而且在不断繁殖。音节的数量少,而且是相对稳定的。汉语由声母和韵母组合成音节,发音的单个元音亦为音节。音节与读音有异同。就其异而言,读音有声调,而音节没有声调。汉语普通话约有 400 个音节。

"音"与"位"之现形中都有"立"这个视觉符号。"立"是一个甲骨文字根,"音"不是一个甲骨文字根,从音之意当然更不可能成为一个甲骨文字根。"心生而言立"的"心"是一个甲骨文字根,"言立而文明"的"文"也是一个甲骨文字根。格雷克的《信息简史》,就史而言,是以文运事;就小说而言,是因文生事。他以文字运载《信息简史》之内容包括信息的存储、获取、操纵和传递。他因文生事的小说语言有所谓"会说话的鼓(似是而非的编码)""将思想力量注入机械""地球的神经系统"等。

信息无所不在,言音无孔不入,言文无心有意。"位理定名"的言音、言意在相互交通中约定俗成。"从心察言而知意"的情节,"生于心而有节于外"的音节,它们逐渐"摆脱了个人经验的束缚,而存在于一个个文字当中。口语同样可以传递信息,但它不会像书面文字那样给人带来某种自觉意识。会读写的人将他们对于文字的意识视为完全理所当然,类似的还有相关的一系列机制,如分类、引用和定义等。然而在文字出现以前,这

---

① 《中国大百科全书·语言 文字》,第 400 页,中国大百科全书出版社,1988 年。
② [美] 詹姆斯·格雷克:《信息简史》,第 32 页,高博译,人民邮电出版社,2013 年。

些技术却完全不为人所知"①。文字使人类的知识具有超越时空交流之特性。

格雷克所谓"似是而非的编码"强调意。这个意就是陆机"恒患意不称物,文不逮意"的意,由信息论主导的计算机字节也服务于意,意从言音、言文,故音节、字节乃至情节具有共性。正如在汉语中,言、音、意三个义符的声母都是"y"音素一样,音节、字节和情节实际上都服务于人文意义的表达。小说家有意识地挑选和精心构思故事情节,十分类似于计算机专家编码和制作软件。计算机专家使用字节,类似于语音学家钻研音节。"知音其难哉,音实难知,知实难逢;逢其知音,千载其一乎。"(《知音》)

知音就是知意。将情意注入机器,这正是人工智能所欲为。逮意情节,人工智能更为高妙。在小说中,情节所包含的叙事结构比故事或寓言中正常发生的过程层次高出许多。

在计算机思维中,人工智能神经活动亦超出或高出了人正常的神经思维活动许多。然而,知音是知意的基础。因为音实难知,故应该从音节入手。例如,syllable 这个字有两个音节,syllabary 这个字有四个音节。后者意谓"音节文字"。

音节之于音位,正如字节之于字位、情节之于事位。"位理定名"的音位依靠口耳感官主持,凭借听觉系统把握。"位理定名"的字位源自比特。比特是它的音译,字节是它的化身。"位理定名"的事位也可以叫作事类。"事类者,盖文章之外,据事以类义,援古以证今者也。"(《事类》)格雷克的《信息简史》在援古而证今时使用了一个名为"flood"的关键词,这个关键词意谓"一股洪流"。信息革命是一股洪流,《信息简史》描述了一段人类与信息遭遇的波澜壮阔的历史,它告诉我们如何在信息爆炸中生存。

67. 字头

人有头,字亦有头。字是文字,先有文,后有字。文是一个甲骨文字根,字不是。"文"与"字"的上部笔画虽然都是一个"丶",但指谓的意义不同。前者指谓人的头,后者指谓房屋的尖顶。"字"首现于金文。《周易·屯·六二》说:"女子贞不字,十年乃字。""不字"是不孕,"十年乃字"是说,十年才怀了孩子。《论衡·论死》"鸡卵之未字"是说卵未受精或未经母鸡孵化。《山海经·中山经》"有木名棘,其实如兰,服之不字"是说棘实虽然芳香如兰,但女子服食之后不能生育。《续资治通鉴》说禽兽字孕时不要畋猎。

"字"这个单音义符的本义就是如此,这种本义立足于古义。《新华字典》不是这样,

---

① [美]詹姆斯·格雷克:《信息简史》,第 37 页,高博译,人民邮电出版社,2013 年。

该字典的本义立足于现实,故它在"字"这个字头下列出的第一个义项,即将字解释为文字,是记录语言的符号。该字典也未忽视历史,故将"待字闺中"之"字"解释为嫁,作为该字头的最后一个义项。就理论而言,《新华字典》的本义观是将"字"看作一个文化单元。"文化单元由于摆脱了客观真实性前提,就可以成为便于分析操作的实用概念,有助于我们切分文化现象,使文化记号与其意义之间的对应关系准确化。"①

字头是文字单元,还是文化单元?众所周知,中国文字源远流长。中国之学有大学,有小学。大学是形而上之道学,小学是形而下之器学。金器上的文字在工具意义上属小学。《四库全书总目提要》言及小学时说,《尔雅》之类是训诂,其后有字书,有韵书。字书以《说文解字》为代表,韵书以《广韵》为代表。

狭义而言,字头是文字单元;广义而言,字头也是文化单元。人是文化的动物,人类各个民族咸有元首,俗称为头领。假如说文化单元是以"化"为头领,那么,文字单元是以"字"为头领。我们俗称后者为字头。汉字的独特性在于,它始终以一个个"单个的形体代表一个词,或代表一个语素,但形体的写法随世而有演变。由商、周的古文字发展为篆书,因篆书不便书写而又有隶书、草书、行书、真书"②。人有生死,字也有生死。

例如,化,本作"化"之右部形状,《说文·匕部》收录了这个字符,《汉语大字典》第262页亦收录了它。这个字符的意思是死,指谓人死。经传中表达人死皆以四画之"化"为之,因为本来的那个二画符已死了。假如说这个本来的字符还活着,那它也许会成为部首,即使不能成为部首,也许会成为字头。

但是它没活过来,没有活过来也不要紧,因为它的后代"化"继承了它的全部衣钵,而且本领更强。这可以用李贺的诗句来描述:"当时飞去逐彩云,化作今日京华春。"(《荣华乐》)"字头"是一个年轻的双音义符,它太年轻了,以至于《现代汉语词典》还来不及收录它,《汉语大词典》也没有收录它。还好,大数据中可以检测到它的身影,而且解释精确。字头是"条目中以单个汉字形式出现的说明对象。主要见于汉语字典,也见于兼对汉字作说明的语文词典和综合性词典"③。字典、词典之编纂要著作和处理大量条目,"字头位于字条之首,并作为字条的查检标志"(同上)。

"文"和"字"作为单音义符,都作为《现代汉语词典》的字头,由于前者的历史比后者的历史悠久,故构词能力的素质和数量远远高于后者。在"文"头下,有"文字"这

---

① 李幼蒸:《理论符号学导论》(第3版),第272页,中国人民大学出版社,2007年。
② 《中国大百科全书·语言 文字》,第551页,中国大百科全书出版社,1988年。
③ 《大辞海》在线数据库,上海辞书出版社。

个双音义符;在"字"头下,有"字书"这个双音字符。字书就是诸如《说文解字》这样的小学著作,它是对文字的说解。许慎说:"仓颉之初作书,依类象形,谓之文;其后形声相益,谓之字。文者,物象之本;字者,言孳乳而浸多也。"(《说文解字》序)

甲骨文距离仓颉初作书时代近,我们祖先的文化活动是"依类象形"之实践。那个时代还没有"依类象形"之话语,更没有"形声相益"之理论,正如《说文解字》序中不可能有对双音义符"文字"和"字符"的白话文解释。"当熟悉的事物与不熟悉的事物放在一起时,会创造出某种新事物。换句话说,当一个无意识的想法与有意识的想法契合时,新的意义会浮现出来。"①

许慎用"依类象形"定义文,用"形声相益"定义字,并用部首统领所解释的文字,这是他创造出的新事物。《新华字典》继承了偏旁部首查字法,而且提出了"字头"概念,现代字典、词典一般都采用了这种新事物。在"文"头下,《现代汉语词典》的第一个义项是字,第二个义项是文字。读者也许会问,区别这两个义项是否太烦琐了?答案是否定的。这里包含着编者的良苦用心。在"字"头下,《现代汉语词典》的第一个义项是文字,第二个义项是字音。编者的良苦用心是:第一,文就是字,故有文字。第二,文与字有不同,故"咬文嚼字""字正腔圆"之"字"指谓音。

许慎在《说文解字》序里区分了文与字。《现代汉语词典》在"文"头下的双音义符里区别了"文字"的三个义项。文与字的共性是文字,它是这个双音义符的第二个义项。《现代汉语词典》在"文"头下的双音义符里区别了"文化"的三个义项。文与字的个性,正如文与化的个性、文字与文化的个性。文字内部蕴含着精神文化,精神文化永远也不能脱离物质文化。物质文化在先,非物质文化在后。

文是人,是文身之人,后来写作"纹"。字也涉及人,就《周易·屯·六二》"女子十年乃字"而言,涉及女人怀孕生子。字发子音,生子头先出,字头在上,若乳头在上。

就小学而言,先有部首,后有字头。小学岂只是小学,小中有大,故有大学。大学系联着政权、政治。在这里,就不是部首,而是元首;也不是字头,而是首领。在笔者写下这些文字的时候,正值世界上唯一的超级大国美国新旧总统换届之时。笔者敏感于字头之于元首,字头学之于元首学。

这里的问题是,文字学不只是文字学,小学中也有大学。字头是头,也不是头。"头"是一个不作简化偏旁用的简化字,正如"体"是一个不作简化偏旁用的简化字。繁体之头为"頭",正如繁体之体为"體",这两个繁符都是"形声相益"成字,其声符是豆、

---

① [美]约瑟夫·马祖尔:《人类符号简史》,导言,洪万生等译,接力出版社,2018年。

豊，形符是頁、骨。字头之骨"捶字坚而难移"，其"頁"（xié，头的本字）思理之圆周，正如头脑外形之圆周。

68. 字母

现代字母的原型由原始纹饰和表意符号发展而来。最早的字母可以追溯到公元前1700至1500年间，这个时间概念略同于中国先秦之夏商交接之时代。东闪米特人首先使用了类似于象形的字母符号。在继承东闪米特字母的基础上，至公元前1000年，也就是略同于周武王伐纣的那个时代，又有包括阿拉伯字母和希腊字母在内的其他几种字母被创造出来。在继承希腊字母的基础上，至公元前500年，也就是略同于东周战国开始的那个年代，拉丁字母应运而生。至今日，世界上广为流行三大字母：拉丁字母、阿拉伯字母、斯拉夫字母。汉语拼音亦使用了拉丁字母。

就汉语而言，独体为文，合体为字。有了字，才有"字母"的说法。合体字多为形声字，声是由口发出、由耳捕捉到的音声。字母重本，"以本母字出切，同等字取韵。取字于音和之理，至为明了"（《四库全书提要·切韵指掌图》）。刘熙载（1813—1881）说"切音起于始制文字者"（《说文双声·序》）。切音与拼音都要拼合：拼音之拼合位置感重，故讲究音位；切音之拼合声韵结合，故有反切。反切取自然的单字注音，其反切上字取声，下字取韵。

人文之文化，根基于人。人母孕子曰字，汉文化字母以辅音统元音。清代学者钱大昕说："三十六字母，唐以前学者未有言之者，相传出于唐末僧人守温。"（《十驾斋养新录·字母》）三十六字母之所以重要，是因为它可以少统多。例如，司马光《切韵指掌图》就"以三十六字母总三百八十四声"。就传统而言，三十六个字母是指三十六个声母。宋代人还没有"声母"这个概念，他们用三十六个汉字来指谓，例如，用"明"指谓声母"m"。

就历史而言，"字母"这个双音义符来自梵文摩多（mata）。梵文属印欧语系，唐末僧人"守温"的名称亦来自梵文。守温是后汉梁县（今河南汝州市）人，他参照梵文字母的体系来定汉语字母。梵文"摩多"本指元音，后来词义扩大，辅音也称"摩多"。在汉字中，这正如"声"本指耳殻（聲），后来词义扩大，也称音声。例如，许慎就以音释声。守温的字母学说衣被词人，但守温熟悉西方之梵文，却不知悉西方之希腊文、拉丁文。

人区别为男女。作为字根，甲骨文"女"与"母"之同异，正如注音字母与拼音字母之同异。在甲骨文、金文中,"女"与"母"的基本构型相同,所存在的差异,就在于后者构型之中部有两点。"女"与"母"的意思近似,正如注音字母与拼音字母的意思近似。母亲用双乳哺育子女,正如符号用注音字母与拼音字母启迪子女。1912 年蔡元培任教育总长时,通过了《注音字母案》,将音韵纳于少数母韵,一母一韵,名曰字母。字母形体取笔画简易的古字。1958 年全国人民代表大会批准公布了《汉语拼音方案》。此后,拉丁化的拼音字母代替了注音字母。

字母简称为"母",正如反切简称为"切"。注音字母使用后,反切法被淘汰。拼音字母得到使用后,注音字母亦遭淘汰。然而,后者淘汰前者,并非一股脑儿丢弃了前者。母音、切音永远也不会被丢弃,它们作为基因仍然稳定着我们的口音。三十六字母是三十六个声母的代表字,中古人欲以此概括所有的字音。唇音、舌音、齿音、牙音和喉音,似乎都被唐宋语音系统囊括进来了,音韵学由个别代表众多,由此可见一般。

西文"alphabet"源于希腊字母表开头的两个字母。《新约》里说:"我是阿尔法,我是欧米伽;我既是最初,也是最后。"(《圣经启示录》)这里的"阿尔法",是希腊字母的第一个字母。英文拼读它为"alpha",用了五个西文字母,汉文拟写作"阿尔法"。"欧米伽"是希腊文的第二十四个字母,也是最后一个字母。英文拼读为"omega"。《新约》的说法立足于希腊字母。

用熟悉的表达不熟悉的。希腊字母的第一个和第二个都广为人知,故此二者的组合就用来表示一个新词"字母"。希腊字母的第二个就是"alphabet"的后半部,稍稍有点变化,英文拼写为"beta",汉语拟读作"贝塔"。这个字母的大写形状"B",被后起的拉丁字母和英文字母先后继承。古希腊数学发达,希腊字母的第三个、第四个,其形状咸具有几何性。第三个的大写为"Γ",象横竖两条直线组成直角,英文将其拼写为"gamma",汉语拟读作"伽玛"。第四个的大写为"Δ",英文拼写为"delta",汉语拟读作"德尔塔"。在这里,形符就是字母。英文单词"delta"的"三角洲"含义就继承和发展了"Δ"的意义。

英语里有一个单词,由两个字母合拼作"pi",用来指代第十六个希腊字母。这就是赫赫有名的"π"。它是这个字母的小写,指谓一个特定的比,其值就是圆周长除以其直径。"π"是一个无理数,它可以化身为许多不同形式。例如,它是一个无穷数列,$\pi = \frac{4}{1} - \frac{4}{3} + \frac{4}{5} - \frac{4}{7} + \frac{4}{9} \cdots$。它也是一个无穷乘积,$\pi = 2 \cdot \frac{2}{1} \cdot \frac{2}{3} \cdot \frac{4}{3} \cdot \frac{4}{5} \cdot \frac{6}{5} \cdot \frac{6}{7} \cdot \frac{8}{7} \cdot \frac{8}{9} \cdots$。它或者是一个无穷连分数,π 有无穷连分之表达。

英语里还有一个单词,由三个字母拼合作"phi"(发 fee 音),它的第一个义项是指代第二十一个希腊字母。第二个义项是表达一种特定的介子（meson）。希腊字母虽是希腊语所使用的字母，但也广泛应用于数学、物理、生物、化学、天文等学科。例如"phi"所指代的这个希腊字母就神通广大。在数学里，小写的φ指谓φ函数，因该函数由欧拉首先发现，所以φ函数又叫欧拉函数。

科学是量化的，故磁学中的磁通量、电学中的电通量、热学中的热通量都由φ指代。φ是小写，Φ是大写。最近笔者读了一本有关意识理论的书，是一个美国学者写的，他认为意识是复杂事物的根本属性，并热情地称颂整合信息理论。

该理论也引入Φ，用Φ定量意识，如此这般，Φ也成了精确理解意识的方法。"Φ用比特表示，它是在系统进入一种特定状态时对系统中出现的不确定性减少的量化表达，该值要大于系统各部分独立产生的信息。"[①]作者要求读者记住，他所谓信息就是不确定的减少。"系统的部分（即模块）解释了尽可能多的非整合的、独立的信息。因此，如果脑的所有单独加以考虑的部分已经解释了多数信息，那么进一步的整合几乎不会出现。Φ测量该网络当前状态中协同的程度，在这个程度上系统要大于其部分之和。因此，Φ可以被视为对网络整体性的一种测量。整合信息理论做出了许多预测，其中一个较为反直觉的、强有力的预测是整合信息产生于系统内部的因果交互作用。当那些交互作用不再发生时，即使系统的实际状态保持不变，Φ也会减少。"（同上）

字母可以做打通理解。例如，第二十一个希腊字母，相当于第六个英文字母。Φ相当于F，φ相当于f。英语单词"phi"中的"ph"发"f"音。第十六个希腊字母也略通于第十六个英文字母，不过，形状有异。Π相当于P，π相当于p。英语单词用p和i拼写成"pi"，也是摹写发音。甚至，π也可以和注音字母的第十二个联系起来比较，至少，"π"和"ㄆ"在形状上有某种相似，它们都是珍贵的人类文化遗产。20世纪初孕育注音符号时，当时的一些文化人绞尽脑汁，最后成为字母的仍然是继承自传统中的古老字符，是39个笔画很少的古字，"ㄆ"是其中之一。

---

① ［美］克里斯托弗·科赫：《意识与脑：一个还原论者的浪漫自白》，第144页，李恒威、安晖译，机械工业出版社，2015年。

第十八章　基本性状与体势抱神

尤与憂。忧心与优生。gene+tics＝遗传学。eu+genics＝优生学。生物基因与遗传性状。性言其质，状摹其形。体性抱神，即体成势。人身具体，文心抽象。人物自然，文性超拔。士与女染色体异。生理的基因与情理的文本。

69. 优生

优生和优秀有异同。优生学的泰斗是英国人高尔顿。英文优生学表达最前面两个字母"eu"是"优秀"的意思。优秀的秀意谓植物吐穗开花。优生的生是一个甲骨文字根。许慎和段玉裁从生长和进步的角度解释"生"这个字符时具有现象学意味。因为植物学的常识就是艸木出生于土，故"生"这个符号在甲骨文中的形状就是：下部的笔画"一"象土，上部的笔画"屮"象艸木生出。"一"和"屮"是基因符号，正如"geo-"和"bio-"是基因符号。

艸木是生物，但它们却生长于不是生物的土。"基因"本来与土也没有关系，但基因之基的下部却从土。这是不是一件奇怪的事？可靠的回答为否。因为任何符号虽然追求准确性，但它们实际上始终摆脱不了任意性。在以英文为代表的西文中，表达与土地、地理意义相关的根符是"geo"。由这三个字母组合成前缀基因表达概念最典型的是"地理学"和"地质学"，达尔文《物种起源》的第十、第十一、第十二、第十三章就力图立足于此使进化论接地气。

优生的优，其繁体是一个很麻烦的汉字符号。该符号简体右半部"尤"是一个甲骨文字根。似曾相识燕归来，古文字学家已经基本破解了"尤"这个符号。篆文字学家许慎说，尤从乙、又声。"乙"是《说文》的第 514 个字根，故许慎将"尤"置入"乙部"。在汉文字世界，优生的优、忧虑的忧和赘肬（wart）的肬，其右部咸从尤。尤之初文从又，正如寸之初文从又。又，右手也。尤之甲骨初文，除从又外，其上部还有一个笔画指事长在手上的瘊子。家族精神病是由遗传引起的病痛，正如瘊子是由病毒引起的长在人体上的病痛。

优生的"优"是一个不作简化偏旁用的简化字，正如"忧"是一个不作简化偏旁用的简化字。"憂"整体简化作"忧"。"優"的右部简化成"尤",故整体成为"优"。"憂"是一个非物质文化遗产,这个符号基本上由上中下三部分构成。上部是"頁"之省,"頁"是人的头脑。中部是"心之忧兮"之"心"。下部是"夊",是行为符号。就形状而言,"憂"的中下部与"愛"的中下部相同。

以"优"为词头的词,我们至少可以举出高尔顿的"优生"、华罗庚的"优选"以及当今信息通讯工程中所谓"优化"。兼三才而两之,优生、优选、优化实际上都是人的头脑(頁)心智(心)构想,人要用此构想指导自己的行为(夊)改造客观世界。

人体有赘疣,文体亦有赘疣。但英文"eu"不是赘疣,是优秀,它放在"genetics"前是使动用法。西文优生学的命名,源于遗传学。基因是遗传学单位,正如原子是物理学单位,字节是信息学单位。作为遗传单位的 gene 由四个字母组成,正如优之尤由四个笔画组成。立足于基因的遗传学的 genetics 由八个字母拼写命名,立足于基因的优生学的 eugenics 亦由八个字母拼写命名。

优生学立足于遗传学的原理和方法,目的在于改善人类的遗传素质,防止出生缺陷,提高人口质量。无可奈何花落去,人总是要死的。但人类又和其他生物一样,总能生生不息。

生物和人都能生,但如何生以及怎样才能生得优秀,只有人考虑到了这个问题。中国人在春秋战国时期已经感悟到"男女同姓,其生不蕃"。蕃(fán)从艹,指草木茂盛。近亲结婚对后代有不良影响,故人类能发明和完善出应用遗传技术改善人类素质,正如人类能创造戏剧和表演来优化人类的精神。

优生与优伶有异同。优伶是优人,优人是以乐舞、戏谑为业的艺人。优生学主张优育,例如,"较早期的优生学家认为,根据不同的社会阶级,有调整不同生育率的必要。在二十世纪早期,社会阶层较低且没受过什么教育的人,生育率往往高于受过良好教育的上层阶级。事实上,高级知识分子根本来不及生育出同样多的后代来取代他们的地位,而知识程度较低的夫妇却生育出超额取代他们地位的孩子"[①]。这里涉及优生学与人口学的关系问题。

优生与优化,正如优选与优化。1869 年,高尔顿在他的第一本重要著作《遗传的天赋》(Hereditary Genius)中建议,安排杰出的男人与富有的女人联姻最终会产生一个杰出的种族。高尔顿于 1883 年创造了优生学术语,并持之以恒地鼓吹这种学说,直至 1911 年去世。无独有偶,为了推广优选法,中国的华罗庚在 1971 年编写了择优而取的小册子,

---

[①]《大美百科全书》(中文版),第 10 卷,第 275-276 页,外文出版社,1994 年。

经过理论联系实际之操作，该法取得了明显的经济效益和社会效益。华罗庚立足于数学，高尔顿立足于统计学，华罗庚以后至今，优选和优生活动正趋于数理统计学。

优生和优伶之優有心，优伶之心用于戏谑，优生之心用于提高人口质量。中国战国楚庄王时有一个优伶名字叫优孟，庄王的宰相孙叔敖对他很器重。孙叔敖病危，嘱其子日后穷困时可找优孟相助。其子后来穷得以打柴为生，便将其父临终之言告诉优孟。优孟穿起孙叔敖的衣冠，模仿其言谈动作，演练一年之久。庄王宴会时，优孟装扮成孙叔敖上前给他敬酒。庄王大惊，以为孙叔敖复活，欲请其复任相位。优孟后来回复庄王，宰相不值得去做，并讽谏庄王治国无方，竟然令使楚国称霸天下的孙叔敖的儿子也难以为生。

优孟衣冠之于文艺学，正如优生学之于进化论。后者研究如何出生优秀的后代。高尔顿是达尔文的表弟，也是最早承认达尔文进化论对人类发展具有重大意义的学者之一。高尔顿认为，进化论使神学的影响削弱，同时也创造了提高人类身心素质的可能性。优生学应该不排除使用社会控制手段，以便实现遗传品质改善。

历史上曾有近亲结婚之事例，《红楼梦》围绕贾宝玉爱情婚姻之三角是姑表、姨表。禁止近亲结婚在世界各地实施已久。历史上曾有"去势"，自20世纪以来，该措施已被取缔，但仍有对痴呆和智障者立法绝育之实例。優之心提示人的心神。優之頁（憂符上部的繁写）提示人的精神。人的心神、精神有关于人的智力。人的智力特征是否也和人的体力特征一样都来自祖辈遗传？高尔顿在《遗传的天赋》一书中的回答是肯定的。达尔文曾经读过他表弟的这本书，并且给高尔顿回信，遗憾的是，对此信内容的解读有分歧。

天生我才必有用。天生与优生、优化有同异。天才学的天生是自然而然所生。优生学之优生是人工干预出生。优化学是通过改变和选择使其趋于优良。后二者之间具有更多的共性。达尔文写信给高尔顿说："在一定意义上讲，你已使一个持异议者改变其信念，因为我一直坚信除了资质最低下的人们之外，一般说来，人的禀赋不相上下，只是由于热情与勤奋程度不同而成就各异。"[①]

达尔文没有说明他所谓"一定意义"是什么，实际上在当时的情况下，他也无法说明这种东西是什么，因为当时遗传学正在萌生。哈佛大学博士、印度裔美国医生悉达多·穆克吉说，高尔顿的《遗传的天赋》这部书的内容颠三倒四，令人疑虑重重，达尔文对其明褒暗贬。[②]不管怎么说，高尔顿的优生学与达尔文的进化论一脉相承。更进一

---

① "You have made a convert"：Charles Darwin, More Letters of Charles Darwin：A Record of His Work in a Series of Hitherto Unpublished Letters, vol. 2（New York：D. Appleton, 1903）, 41.

② [美]悉达多·穆克吉：《基因传——众生之源》，第62页，马向涛译，中信出版集团，2018年。

步说，优生学理论之优化还有待于遗传学的支撑。

虽然优生学一词的西文表达与优选（optimization）、优化（majorization）的西文表达有同异，但就哲学主体性而言，此三者都是乐观派。当科学技术对遗传错综复杂的现象有较完整的理解和把握后，人类在处理优生学方面的技巧也许会更加圆熟。"在不远的未来，很可能所有的人类都是精心遗传计划下的杰作。人类或许将会成为第一个能指导自己种族演化的物种。"①

70. 性状

性状的英文拼写是"character"。就跨语境研究而言，我们可以将"character"这个术语的批评应用于两个领域：生物学和文艺学。就生物学而言，它是性状。就文艺学而言，它是性格。在直觉的感召下，生物学认为研究基因的最佳对象是性状，而文艺学认为研究创作的最佳对象是性格。在英文里，性状和性格是同一个单词的两个不同义项。在汉文里，它们是有异同的两个双音义符。

性状的"状"是一个不作简化偏旁用的简化字。状的繁体左部四画，为爿；其右部从犬，在《说文》中归犬部。状之从犬，正如物之从牛。达尔文的《物种起源》历史概述多次言及"性状"。其第四章有"性状分异"和"性状趋同"之标目。第一章在论述"家养变种的性状"时说："关于全世界的狗类，我曾费力搜集一切已知的事实，得出这样的结论：狗科有几个野种曾经驯养过，它们的血在某些情况下混杂在一起，在我们家养品种的血管里流着。"②

在 19 世纪，达尔文的著作是卓越的，其对性状的论述也是切合进化论的。但是，达尔文对性状的论述是生物学的。孟德尔小于达尔文 13 岁，他阅读了达尔文的进化论著作，并能青出于蓝而胜于蓝。孟德尔认为，生物遗传的并不是一个个体的全貌，而是一个个性状，故孟德尔的性状说是遗传学的。性状作为生物体征区别为形态和生理两方面可由两个符号提示。它们是"狀"这个汉字的左右部。爿，片也，因为一个个遗传性状宛如一个个片段。

遗传性状具有类似性。"类"的繁体是"類"，类从犬。许慎说，"种类相似，唯犬为甚"。在符号学界，艾柯曾将对 referent 词的批评应用于两个领域：科学和文学。他说："一种创造性写作的主要任务在于对我们指出，存在的界限是不可逾越的。"（Petitot 和

---

① 《大美百科全书》（中文版），第 10 卷，第 276 页，外文出版社，1994 年。
② ［英］达尔文：《物种的起源》，第 1 页，谢蕴贞译，中华书局，2018 年。

Fabbri 编，2000，p. 599）。综通研究者亦欲将对 character 词的批评应用于两个领域：生物学和文学。世界性的中国符号学家说："必须严格区分两类符号学运作：科学的和文学的。否则，我们只能是在颠覆我们的科学实践，将其轻蔑为、归结为一种理智游戏。"[①]他又说："另一方面，文学手段当然可以用于描写和评论历史性现实片段。文学中的叙实部分和文学中的虚构部分，分属两种理智运作。"（同上）

综通研究者有一双慧眼，他知道什么是文学的，什么是科学的。例如，他知道中国小说学所谓"character"是文学的。更具体地说，他知道中国明清文艺学家在评点《水浒传》《三国演义》时所使用的与西文"character"具有同等意义的这个术语是文学的。更进一步，综通研究者知道，金圣叹所谓"《水浒》所叙，叙一百八人，人有其性情，人有其气质，人有其形状，人有其声口"（《水浒传》序三），论述的是人物形象的独特性格。这种独特性格理论是文学艺术性的，而不是生物学性的，更不是生物遗传学性的。

李幼蒸先生说，文学手段可以用于描写和评论历史性现实片段。就此而言，落实到文艺学与遗传学相互贯通方面，特别是从对生物遗传学进行科普的意义上，我们如果说，金圣叹所谓"性情""形状"就是"性状"，那似乎也不为错，因为广义的文学乃至文艺学并不排除对生物遗传之科学普及。的确，百科全书是对百科的普及。但是，我所读到的 2009 年版的《中国大百科全书》并未列出"性状"词条。甚至，1997 年出版的《汉语大词典》有这个词条，但只有十几个字的说明。在进化论的故乡，《不列颠百科全书》列出了这个词条，训练有素的专家用接近 300 个字对 character 作了说明。

然而，《中国大百科全书》列出了"性史"词条。《性史》是 M. 福柯的重要代表作。中国古人用"食色"界定"性"，使人想到食欲、性欲的生理性，而福柯的性史观念不是生理学意义的，而是文化意义的。《性史》第一卷主要从话语、求知意志和权利三个方面阐述性意识的产生和嬗变，福柯承认在性和性欲之间存在对立。在第二卷《娱悦的使用》中，福柯假设性内在于性欲之内，并展现其矛盾，提出了许多独到的分析和观点。性欲是性感的，正如性状是性理的。性情介于性感与性理之间，正如性格介于个性与共性之间。

生物的性状，其物从牛，其状从犬，其性遵循遗传学原理。"根据性状在恰当龄期遗传的原理，自然选择能改变卵、种子或幼体，正如它改变成体一样容易。在许多动物中，性择可以帮助普通选择，保证最强健、最能适应的雄体，产生最多数的子孙。性择又可使雄体获得与别的雄体进行对抗、斗争的有利性状，此种性状，将依据个别的遗传方式，

[①] 李幼蒸：《理论符号学导论》（第 3 版），第 802 页注，中国人民大学出版社，2007 年。

传于一性，或传于雌雄两性。"①

性状与性相有异同。性状是生物体后天获得或遗传的、可观察到的特征。《汉语大词典》"性状"词条没有举出或举不出属于中国的古典例证，是因为这个词条晚出于西方近现代生物学。在"性状"词条下，紧跟着的是"性相"词条。《汉语大词典》说"性相"是佛教语。佛教语的母语是梵语。梵语就地域而言，具有东方性；就印欧语系而言，具有西方性。"character"作为"性状"是浑然一体的，不可分。"性相"在东方可分。性指事物的本质，相略同于状。后者可音训为事物的表象，或形训为事物的形状。

公元4世纪，鸠摩罗什翻译龙树大乘经论，其《大智度论》卷三一说："性相小有差别：性言其体，相言可识……如火，热是其性，烟是其相。"我们可以用《不列颠百科全书》"性状"词条理论来澄清佛教的"性相"言论。前者认为，性状区别为获得性性状和遗传性性状："获得性性状是对环境的反应；遗传性性状是由亲代向子代传递的基因所产生的，其表现常受到环境条件的修饰。"

《大智度论》对火的认识是含混的。火是物体燃烧时发出的光和热。对火本质的深刻认识需要光学和热学，正如对性状本质的认识需要遗传学和基因学。《大智度论》所谓"性言其体"可以从遗传基因方面理解，"一个基因可影响许多性状，一个性状可受许多基因控制。仅受几个基因控制的性状，称为寡基因、不连续或质量性状。被许多基因控制的性状称为多基因、连续或数量性状"②。

《大智度论》所谓"相言可识"言及表型（phenotype）。表型是显性的，正如基因型（genotype）是隐性的。性状与性征有异同。性状区别为显隐，性征别异为雌雄。某些控制性遗传基因要强得足以掩盖其他基因时，此遗传性是显性状，被掩盖者为隐性状。人的男女，鸟的雌雄，兽之公母，咸受性染色体控制。性别一旦形成，便可以从第一性征和第二性征把握。前者为生殖器和配子（性细胞），后者是不直接支配生殖行为的结构和外观形式。

71. 体性

体性抱神，悟真性而抱精淳。真性为何？其抽象的哲学意义很难回答，然而，真性之性的符号形式并不难回答。它是"心生而言立"之"心生"。体性抱神，故有神思。思从心在下，正如性从心在左。文之思也，其神远矣。数之思也，情况如何？为中国数学

---

① [英] 达尔文：《物种的起源》，第149页，谢蕴贞译，中华书局，2018年。
② 《不列颠百科全书》（国际中文版），第4册，第53页，中国大百科全书出版社，1999年。

经典作注的刘徽说："析理以辞，解体用图，庶亦约而能周，通而不黩，览之者思过半矣。"（《九章算术注序》）

这里的"析理以辞"之"辞"可以联系"沉吟铺辞，莫先于骨"（《风骨》）之"辞"理解。至于"莫先于骨"之"骨"也可以联系"辞之待骨"之"骨"理解，这个"骨"就是"体性"之"體"所从骨。文论家说："辞之待骨，如体之树骸。"（《风骨》）辞所包含的情意在风骨内，正如体所树骨骸在风格内。

"体"是一个不作简化偏旁用的简化字，刘勰论述"体性"依托于"神思"，拓展于"风骨"。文体之体性，要"熔铸经典之范，翔集子史之术"。文章之风骨，要"洞晓情变，曲昭文体，然后能孚甲新意，雕画奇辞"（《风骨》）。文学的本体，应该以"文本同而末异"（《典论·论文》）之"本"为体。这个本体，类似于数学家所谓"枝条虽分而同本干"之本体。数学这棵树，"发其一端而已"。此一端发源于人们对事物的规矩度量。人们用规矩探究占据空间形式的事物，正如其用尺度把握事物的多少。

文如其人，字如其体，故文字之体亦如人体。人体具体，文体未必具体。有文字之体，有文学之体。文字之体是辞体，说文"辞之待骨，如体之树骸"（《风骨》），既通于字体，也通于文体。用数论言之，字体与文体"约而能周，通而不黩"。文体之继承和革新是"有常"与"无方"之间的矛盾斗争。

文学的体性，正如人的体性。文学体性是文性，人的体性是人性。人性具体，文性未必具体。人性与动物性藕断丝连，这使人想到许慎所谓"风动而虫生"。细细沉思，"心生而言立"，颇有些唯心主义的味道。"风动而虫生"则不然，"虫生"是因为"风动"，由风动而生，不是因心而生。在动物界，有一种蹦来蹦去的虫，名为跳蚤。蚤寄生于动物，使其骚动不安。

包括人在内的灵长类动物演生成灵巧的前肢，逐渐进化为手。汉文符号"又"，其前身左上角不是封闭的形状，而是岔开三端，以三为多，代表右手诸指。跳蚤很小，一、两只可用一、两点表示，所以"叉""叉"是指用右手捉拿跳蚤。后人又在"叉"下加入"虫"，于是"蚤"符沿用至今。更可叹者，还有奇文之"骚"，取熔经意于正，自铸伟辞于奇，惊才风逸于艳。文学风格兼正、奇、艳之三才而两之于体性：体态风流，情性优美。

按照中国传统，文学必须承担起移风易俗之重任，这用《毛诗序》的话来说就是"风以动之，教以化之"。文学风化之奇迹之一是十五国风里的第一首诗："关关雎鸠，在河之洲；窈窕淑女，君子好逑。"本来描写士与女之爱恋，无所谓"教以化之"。正如刘勰所说："四言正体，雅润为本。"（《明诗》）

《关雎》岂只是雅润，它用极为高超的比兴手法创造出无与伦比的诗歌经典，令人叹为观止。性情动而言形，言形有风情，因为"情之含风，犹形之包气"。神理发而文见，文显现风格，因为"结言端直，则文骨成焉；意气骏爽，则文风清焉"（《风骨》）。风情"沿隐以至显"，风格"因内而符外者也"（《体性》）。

从20世纪至今，四川大学一直是国内学术研究重镇。文学与新闻两大专业在川大一直未分，而同属于一个学院。21世纪以来，该院培植起一个名为《符号与传媒》的学刊，亦是依托于这两大专业。符号学涉猎领域广泛，继续前行步履维艰。《文心雕龙》符号学在杨明照（1909—2003）先生那里更多的是结合着乾嘉朴学，结合着沿波讨源、义周虑赡之文献学。由杨先生的学生曹顺庆，以及符号学家赵毅衡主编的《符号与传媒》则不是依托于文献学的。

《文心雕龙》符号学与传媒符号学能否相互融通，曹、赵二位先生的答案显然是肯定的，他们对此充满了热情。40多年前，杨明照先生在《文史》上写过一篇论文，其中涉及对"体性"等术语的理解。杨先生认为，刘勰的风格理论主要集中在《体性》，《议对》和《章表》中出现的"风格"和"风矩"概念基本上无大异，《夸饰》中的"风格"应该校勘为"风俗"。

对于包括"体性"在内的《文心雕龙》诸多术语可以从多角度研究。从文献学角度研究，杨先生下的功夫最深。《诗》总六义，风冠其首。"风动而虫生"揭开了生命世界之大幕。"设文之体有常"是就科学而言，譬如说"风矩"和"风格"概念无大异，这是就科学而言，因为"风矩"的规矩和"风格"的格律都会在常识层面对其形成制约。然而，"变文之数无方"是就文艺而言。

文学的风格，千变万化，无穷无尽，故《通变》用"无方"二字对其进行描摹。风格与风矩之同异，正如文学与文章之同异。《章表》之"章"是一种文体。"章以造阙，风矩应明"强调下级对上级谢恩时之风范规矩。《议对》之"议"也是一种文体。议从言义。言义者，言宜也，审事发言适宜也。刘勰在评论应劭、傅咸、陆机所作"议"体文章时说他们各有所美，"风格存焉"。

由于《文心雕龙》是立足于"文心"谈"雕龙"，这就决定了神思体性演绎思维既具有"文体多术，共相弥纶"之总括性，同时也具有"因体成势，随变立功"之体式性。体性联系着体式："体式雅正，鲜有反其习"强调社会阅历、风俗习惯对文体的制约。文心决定着体性："各师成心，其异如面"是说文风的独特性难以穷尽。体性之性是情性，"情动而言形"。

体性原理用文字表现，故曰"理发而文见"。文学风格的思维逻辑"沿隐以至显，因内而符外"。刘勰是单音义符大师，他拈出才、气、学、习四个概念论述创作风格之形成，又用庸俊、刚柔、浅深、雅正四个双音义符对文体风格进行分析。虽然说有"笔区云谲，文苑波诡"之令人眼花缭乱的状况，但刘勰的"才有庸俊，气有刚柔，学有浅深，习有雅正，并情性所铄，陶染所凝"（《体性》）之逻辑论证依旧严密得令人惊讶。

刘勰虽然说"变文之数无方"，但他的"因情立体，即体成势"（《定势》）理论依旧借用了数理概念。"因情立体"，此体若从几何言之，可看作立方体。知道立方体之体积，求棱长，要进行开方运算，常开之不尽。开之不尽，以体命之。《九章算术·少广》中的"立圆"是对球体的称谓。知道球体的体积，求直径，数学家称此为"开立圆"。人类很早已知圆周长与直径之比约为3∶1。

根据刘勰，要认识一个事物，首先要"位理定名"。"位理"是根据演绎思维安排内容，"定名"是按照论理规律确定构架和篇名。体性之性系联着"文心"。《文心雕龙》之"文心"概念，正如《黄帝内经》之"人心"概念。属于生理的人心为灵长类"本神之所处，其华在面"（《素问·六节脏象论》）。属于情理的文心是"为文之用心"，其神与物游，思理奇妙，繁缛成体。故曰雕龙。

《九章算术·少广》以面命名无理数。《文心雕龙·体性》以"其异如面"阐述文学风格时强调"各师成心"。数学家刘徽在《九章算术》注中"以率言势，以数表率"，认为"规矩度量可得而共"。文论家刘勰在《文心雕龙》中以"乘利而为制"定义"势"。他认为文章的体势如"机发矢直，涧曲湍回"。刘勰的文心理论主张"道沿圣而垂文"，圣因文而明自然之道，其文势理论主张"圆者规体，其势也自转；方者矩形，其势也自安"（《定势》）之自然之趣。

72. 体势

在中国学术传统中，"势"是一个重要的概念。想要透彻了解有关"势"的内涵，我们不妨"瞻前顾后"，循波讨源于"执术驭篇"之"执"。"执"是一个可作简化偏旁用的简化字，而"势"是一个不作简化偏旁用的简化字。"执"的繁体是"執"，《大雅·常武》在描述捉拿敌军战俘时就在捕捉意义上使用该字。

刘勰说："开辟草昧，岁纪绵邈，居今识古，其载籍乎。"（《史传》）每一个时代的人，都有一个"居今识古"的问题。古人已经知道世上所有人最终都会作古，故千方百计将历史信息载于簿册，这为后来人"识古"提供了条件。西汉刘向，名儒俊才，司册理籍，辨章旧闻，其理论水平虽然比不上刘勰，但他却在早于刘勰五六个世纪前已经察觉到天人之间的紧张关系。他认为："和气致祥，乖气致异。"祥和多国安，乖异多国危。"揆当世之变",应该认识把握好这种"古今通谊"(《汉书·刘向传》)。

文学因情立体,故有风格理论。因情之体是"即体成势"之体,故有体势理论。体势与定势有异同。体势偏于自然之趣,定势未必有自然之趣。定势论之于非定势论,正如自然主义之于反自然主义、历史主义之于非历史主义。刘勰的依靠载籍"居今识古"是历史主义,其"机发矢直,涧曲湍回"之论偏于自然主义,其"一物携贰,莫不解体"(《总术》)之论偏于反自然主义。如果说定势理论是势决定论,那非定势理论是反决定论。

已有学者对中国文论元关键词"体"做了文艺学解读和语义学诠释,出版了专著。[①]还应有学者对中国文化关键词"势"出版专著进行研究。因为至少《文心雕龙》"位理定名"之篇名中既有"体"这个关键词,也有"势"这个关键词。依托于"势"这个单音义符,《文心雕龙》至少可以呼唤出"情势""体势""形势"和"理势"等双音义符。理势是势理论,就势而言,"及其品列成文,有同乎旧谈者,非雷同也,势自不可异也";就理而言,"有异乎前论者,非苟异也,理自不可同也"(《序志》)。

刘徽所谓"周三径一之率"是指"数",这个数是圆周长与直径之比。刘勰说"设文之体有常",他自己设计《文心雕龙》构架,共有五十个篇目。刘勰还说"变文之数无方",这个数可从常数和非常数两方面理解。设文之体常,体常是"自然之势"。变文之体非常,在相同方向的前提下,非常是"自然之趣"。

体势与趋势有异同。如果说趋势是定势,定势是历史主义,是决定论,是"时势造英雄"论,那体势是反历史主义,是非决定论,是"英雄造时势"论。刘勰的体势理论"本乎道,师乎圣,体乎经"(《序志》)。體者,豊也。中国是礼仪之邦,礼是人道之核心。体乎经包括体乎礼,所以在刘勰那里,体势就是趋势。

笔者在七八年前曾经研究过"定势"这个双音义符。[②]到了写这本书的时候,又研究了"决定"这个双音义符。"决定"论的"定"就是"定势"论的"定"。卡尔·波普尔是一个非决定论者,也是一个历史主义贫困论者。波普尔在批评历史决定论时说:"从根本上说,历史主义要对理论社会科学之不能令人满意的状态负责,但这不妨碍我做出一种有利于历史决定论的申诉。我力图把历史主义表现为一门精心考虑和结构紧密的哲学。我希望以这样的方式能成功地建立一种真正值得攻击的立场。"[③]

现在,轮到我们说,体势就是趋势了。因为在《文心雕龙》中,特别是在《定势》

---

① 李建中:《體:中国文论关键词解诠》,中国社会科学出版社,2014年。
② 袁峰:《言数话语综通研究》,第245页,人民出版社,2014年。
③ [英]卡尔·波普尔:《历史主义贫困论》,第3页,何林、赵平等译,中国社会科学出版社,2017年。

篇，情况大致如此。定从正，正如体从骨。当"體"简化成"体"时，"定"不需要简化。体从人，正如定从止。就符号而言，单人旁通于双人旁，止通于辶，辶就是刘勰"圣因文而明道"之"道"所从"辶"。上文提到的波普尔在宣扬他的非决定论观点时说，他希望他能避免单纯文字上的吹毛求疵。①的确，谈论体势，我们应该从文字层面进入实质。

我们不应该仅就文势谈文势，我们应该从文势进入体势，从体势进入形势、理势。"势"这个单音义符，在先秦战国时期为兵家所津津乐道。势从力，就字形而言，刀出头为力。力与利同音，利从立刀。"兵之所贵者，势利也。"（《荀子·议兵》）势利谓形势有利。兵家指挥作战，要权衡势利，利用地形的有利条件，以便歼灭敌人。"势者，因利而制权也。"（《孙子·始计篇》）"因利"是地理形势对我有利。势利包括"制高点、山脉、江河、森林、道路等诸多地形因素"②，它既关联着战略之实施，亦左右着战术之应用。

带兵打仗，既要权衡势利，又要"乘利而为制"（《定势》）。"乘利"与"因利"不同。"因利而制权"，这个"权"是权衡。"乘利而为制"，这个"制"是体制。就军事学而言，这个体制就是体势，通过体势，占据制高点。军事艺术青睐"制高"，正如数学艺术青睐"幂势"。势之所以能"乘利"，就在于它具有"高"的特征。幂冠从冖（mì），冖在上为高。一个数自乘若干次叫幂。a^n 读作 a 的 n 次幂。幂为什么有这种含义，因为幂在高处，n 也在高处。

《文心雕龙》说："圆者规体，其势也自转；方者矩形，其势也自安。"（《定势》）《九章算术·少广》的开圆是知道圆面积求圆直径，其开立圆是知道球体积求其直径。开立圆术注说："方圆相缠，浓纤诡互，不可等正。"最古的"方圆相缠"可以联系大衍之数来说明。边长为 7 的正方形，周长为 28。该正方形的内接圆周长用约率算是 22。22 与 28 相加得数是 50，为大衍之数。

设文之体有常，这个常就"圆者规体"之周长而言约为 22，就"方者矩形"之周长而言是 28。变文之数无方，无方并非无规律可循。文学创作有方有圆。就圆而言，其势也自转；就方而言，其势也自安。方圆规矩兼三才而两之。就三而言，勾方 9 加股方 16 再加弦方 25 之和是 50。这正如就二而言，上述方圆互缠的圆周长 22 与方周长 28 相加之和也是 50。文之体势，如斯而已。

意大利数学家卡瓦列利（B. Cavalier，1598—1647）认为：点构成了线，线构成了

---

① [英]卡尔·波普尔：《历史主义贫困论》，第 3 页，何林、赵平等译，中国社会科学出版社，2017 年。
② [德]克劳塞维茨：《战争论》，第 160 页，麦芒译，百花文艺出版社，2019 年。

面，面构成了体，点、线、面是长度、面积、体积的"不可分元"（indivisible）。在卡瓦列利之前一千多年，中国数学家祖暅（456—536）与他父亲祖冲之圆满解决了求面积的计算问题。祖暅认为"幂势既同则积不容异"①，即等高的两立体，若任意高处的水平截面积相等，那么，这两个立体之体积相等。祖暅所使用的是他那个时代的语言，"势"意谓高，"幂"是自乘。自乘系联着面积，故"幂势"意谓"高处的截面积"。幂势是数学术语，体势是与"变文之数无方"相联系的文论术语。

第十九章　基本转化与人文克隆

木分条，水异派。遗传身份与伦理身份。文化基因，拟容取心。小说叙事，大说论理。转化是遗传的、信息的、生化的。脱氧核糖核酸是君，核糖核酸是臣。AI 的智与 AL 的命。生物细胞与人文基因。clone 与 twig。复印与拷贝。

73. 身份

身份，本作身分。身分与分身有同异。南朝梁慧皎《高僧传·神异下》记载邵硕和释宝志两位高僧，言及邵硕"悟其分身"，又说释宝志能"分身三处宿焉"。中国近代启蒙思想家严复翻译赫胥黎（Thomas Henry Huxley，1825—1895）的《进化论与伦理学》时也使用了"分身"这个词。严复说："赫胥黎氏此书之旨，本以救斯宾塞任天为治之末流，其中所论，与吾古人有甚合者。"②

在理解"身分"这个符号时，应联系严译《进化论与伦理学》之"分身"。"分身"的本意是一身化作数身。严译《进化论与伦理学》却将两身化作一身，至少从书名看是如此。按严复《译〈天演论〉自序》所云，天演是"以天演自然进化，著书造论，贯天地人而一理之"。天演之进化论，在 20 世纪初被中国人普遍接受。

进化论与数学乃至数理关系密切，故一身化作数身既是命理的，也是数理的，还是伦理的。中国人本来的战略论与战术论认为："审知命理，殊能异技，万事毕矣。"（《六韬·龙韬》）赫胥黎比达尔文小十几岁，外号"达尔文斗牛犬"。严译《进化论与伦理学》

---

① 《九章算术·少广·开立圆术》注。
② 严复译《天演论》自序。该序冠于《天演论》书首，译林出版社，2011 年。

不但有数理学的根基，而且有命理学的韵味。命理"有发自古初，而历久弥明者，其种姓之说乎？先民有云：子孙者，祖父之分身也。人声容气体之间，或本诸父，或禀诸母，凡荟萃此一身之中，或远或近，实皆有其由来"①。这里所谓"种姓之说"，就是 heredity 学说。这里的"分身"，就是具有遗传学韵味的偏于中国文化的身份。

"分"是一个在甲骨文里出现的可识字符。组成"分"的两个视觉元素符号位于"分"符之上下。"八"在上，"刀"在下。这个"八"就是严译《进化论与伦理学》卷上《导言十八篇》之《导言十八》之"八"，也是其卷下《论十七篇》之《论八》之"八"。这个"八"既是自然数之"八"，也是分别、分异之"八"。分别、分异之"八"在"八"固定成为自然数符 eight 之后异化为"分"。

天演论是进化论，进化论的学科身份是生物学。天演之天相对于人为之善，正如进化论之真相对于伦理学之善。严译赫胥黎《进化论与伦理学》的身份是天演之生物学。就哲学而言，天演之生物学之真通于人为之伦理学之善。严译赫胥黎《进化论与伦理学》之卷上《导言四》强调人为，其《导言六》强调人择。这里的人就生物学而言，是人群之人。群从羊，正如善从羊。就生物学而言，人群正如羊群。就伦理学而言，人群超脱出羊群而强调善。伦理学的身份强调善。严译卷上《导言十七》趋于善论，其《导言十八》复案更探讨了人道苦乐之究竟，并云"乐者为善，苦者为恶"。②

人有身心，其身体的身份与身体之心理身份有异同。就其同而言，二者都可使用"遗传单位"这个术语来衡量。身体的肉体身份以身心的遗传学单位衡量，身体的心理身份相较于前者更趋于宗教和文化精神方面。"到了1859年，达尔文的《物种起源》一书出版，使对人类不同群组起源的臆测从宗教领域转移到生物学领域。达尔文本人反对祖先多元论，但其他人很快编出演进理由，解释不同种族的差异，宣称不同种族是从不同人猿演化而来。"③

在生物学领域，有两个斗牛犬，一个是赫胥黎作为"达尔文斗牛犬"，另一个是贝特森作为"孟德尔斗牛犬"。前一个斗牛犬，使达尔文进化论更趋于人心乃至社会。后一个斗牛犬，不但使孟德尔的遗传学更趋于人心和社会，而且使进化论避免成为空中楼阁。达尔文意识到，遗传学理论虽然不从属于进化论，但它的重要性却无可替代。"达尔文在科学领域用于探索的精神在于，他并不排斥类人猿是人类祖先的观点。但是由于达尔文需

---

① ［英］托马斯·赫胥黎：《天演论》，严复译，第80页，译林出版社，2011年。
② ［英］托马斯·赫胥黎：《天演论》，严复译，第57页，译林出版社，2011年。
③ ［美］史蒂夫·奥尔森：《人类基因的历史地图》，第182页，霍达文译，生活·读书·新知三联书店，2016年。

要证实自身理论内在逻辑的完整性，因此他在科学诚信上感到强烈的紧迫感。而遗传学是其中一个急需完善的'巨大空白'。"①

生物进化需要确认自己的遗传身份。天演哲学亦需要确认自己的文化身份。严译赫胥黎《进化论与伦理学》卷下《论十三》说："吾人性分之中，贵之中尚有贵者，精之中尚有精者。有物混成，字曰清净之理，人惟具有是性而后才可有超万物之尊，一切治功教化之事由此出。有道之士，能以志帅气，又能以理定志，一切行为动作，胥于此听命焉，此斯多阿所谓率生之性也。人有是性，乃能与物交好，与民为胞，相养相生，以有天下一家之量。然则是性也，不独生之所恃以为灵，实则群之所恃以为合，教化风俗，视其民率是性之力不力以为分，故斯多阿又名此性曰群性。盖惟一群之中，人人以损己益群，为性分中最要之一事，其后群合而不散，日益强大。"②

天演哲学的文化身分之核心是性分。身分与性分有异同。身分之身是一个甲骨文字根。它的本义是身孕。身孕预示着在不久的将来，将会有另外一个人身从母身中分化出来，故身分是分身，子身之身份源于母身。阴阳众壑殊：有一阳在二阴之上，有一阴在二阳之下；亦有二阴在一阳之上，还有二阳在一阴之下。此四者固定在艮、巽、震、兑四卦之模型中，正如"奏议宜雅，书论宜理，铭诔尚实，诗赋欲丽"（《典论·论文》）之八体固定在四科中。

如果说遗传学的身分偏于拟容，那信息论的性分则偏于取心。更进一步，基因的身分偏于拟容取心。穆克吉医生说，孟加拉语中没有与"基因"匹配的单词，但深受家族遗传病折磨的穆克吉的父亲想到了"身份"这个词。身份不但涉及 body 的肉体，而且不可分割地联系着它的精神。身分之分通过加单人旁强调了人的身份。人是说悦的动物，兑是说悦的本字。兑从人、口、八。八，分也。人笑，故口分开。口言的身份是说，其性分是悦。说有小说，有大说。小说偏于叙事，炜晔而谲诳；大说偏于论理，精微而朗畅。

直到天演哲学的创始人严复逝世前，正当中国志士仁人欢呼雀跃于进化论之时，而欧美的遗传学已涉及基因及其身份的讨论。到了笔者至"夕阳西下"之暮年时，这位业文论者终于读到了印度裔美国科普专家有关基因身份的著作。《基因传》有关基因的身份，正如《典论·论文》有关论文的身份。笔者刻骨铭心的记忆是曹丕"文本同而末异"之论断。由虚而实，文之本末同异，正如人之本末同异。"identity"是同，按陆谷孙主编的《英汉大词典》以及《牛津高阶英汉双解词典》的解释：因为是人的肉体身份相

---

① [美] 悉达多·穆克吉：《基因传——众生之源》，第 31 页，马向涛译，中信出版集团，2018 年。
② [英] 托马斯·赫胥黎：《天演论》，第 105 页，严复译，译林出版社，2011 年。

同,故身分为"身份";因为在生物学意义上人肉身之分犹如草木之分,故身分为"本身";因为包括细胞生物学与遗传学在内的所有人类科学之分并不脱离哲学之分,故身分为"身份"的"本体"。

74. 转化

转化与进化有异同。转化之于微生物学,正如进化之于生物学。微生物(microbe)一词是在1878年由法国的外科医生西迪洛(Charles Sédillot)提出的,他用这个词描述了自己在显微镜下所看到的那个有机体自成一家的美妙的世界。"转化"(transformation)概念的微生物学内容联系着英国细菌学家格里菲斯(Frederick Griffith)20世纪20年代在实验室里的发现。

转化的转,其繁体的右部为"專"。"專"是一个可以识读的甲骨文字符。"專"的上部略同于"叀"。"叀"是一个甲骨文字根。它所表达的意义指谓收丝的器具。"叀"是甲骨文时代的纺织器械,正如显微镜是微生物学时代的观察器械。轉之專,正如專之叀。專从寸,从事纺织,心细如针,分寸必究。正如用显微镜观察细胞、细菌,些微的蠕动、收缩,丝毫不能放过。"專"简化为"专"。"专"是一个可作简化偏旁用的简化符号,故"轉"简化为"转"。

"转化"这个双音义符在中国产生得很早。《汉语大词典》列出了这个义符的两个义项,没有一个与微生物学有关。与生物学有关的"进化"这个双音义符已深刻渗透到中文语境。中国古籍中"转化"的本义是变化、改变。转化与进化之义近似,正如变化与变异之义近似。达尔文说:"我完全相信,物种不是不变的;那些所谓属于同属的物种,都是另一个一般已经灭亡的物种的直系后代,正如现在会认为某一个种的那些变种,都是这个种的后代。此外,我确信自然选择是变异的最重要的但不是唯一的途径。"[①]

《不列颠百科全书》在定义"转化"时将其看作一个生物学遗传过程,这个过程发生在微生物细胞之间,它本质上是一种生化运动,这种运动以"裸露的"脱氧核糖核酸形式在肺炎球菌那里转移遗传物质。"有荚膜的细胞形成光滑菌落,可使小鼠致病;无荚膜的形成粗糙菌落,无致病力。把无荚膜的活细胞与加热杀死的有荚膜的细胞混合接种到小鼠体内,就会致病。因为死细胞中释出的'转化因素'(transforming principle)被活细胞吸收,产生了有荚膜的致病细胞。"[②]严译《天演论》说:"一切世间,人天地狱,所有

[①] [英]达尔文:《物种的起源》,第19页,谢蕴贞译,中华书局,2018年。
[②] 《不列颠百科全书》(国际中文版),第17册,第177-178页,中国大百科全书出版社,1999年。

神魔人畜，皆在法轮中转，生死起灭，无有穷期。"严复案说："天下事理，如木之分条，水之分派，求解则追溯本源。故理之可解者，在通众异为一同，更进则此所谓同，又成为异，而与他异通于大同。当其可通，皆为可解，如是渐进，至于诸理会归最上之一理，孤立无对，自无与通，无与通则不可解，不可解者，不可思议也。"①

在严复生前，分子生物学（molecular biology）还没有诞生。在严复去世后不久，格里菲斯的实验促进了分子生物学的孕育。分子生物学将分子学与生物学相结合，正如生物化学将生物学与化学相结合。自20世纪40年代以来，生物化学远比其他生命科学发展快。"借助极灵敏的分析工具、高速电脑和放射性机器，生化学家已知道细胞复制与生长的机制以及必需的营养。"②生物乃至有机体能用自己的身体调节自身，这正是生物乃至有机体与非生物乃至无机体的差别。"虽然生物体的外表有戏剧性的差异，但所有生物的基本化学却是惊人的相似。即使是微小的单细胞生物所进行的反应，基本上和复杂的生物（如人类）是一样的。由于这种相似性，生化学家在短时间内可在实验室研究好几百代微生物的生化反应。"（同上）

印欧语系是西方的，但严译《天演论》所谓"世间所有事物皆在法轮中转"的思想却是东方的。"转"这个汉字像法轮一样在转动，它的根深入于分子生物学。穆克吉《基因传》第二部分第三章说："转化现象几乎不会发生在哺乳动物中，而细菌这种苟活在生物世界边缘的物种却能够进行水平基因交换，实施的瞬间非常奇特美妙。在两个生物体发生转化的瞬间，基因虽作为某种纯粹的化学物质暂存于世，但生化学家依旧捕捉住了它的芳容乃至真身。"③

在格里菲斯之前，遗传学家认为，基因是一种遗传物质。到了格里菲斯，他用实验证明，基因是一种化学物质。化学物质的"化"就是转化的"化"。在自然界，生命物质既有分化，又有化合。所以，在很大程度上，转化是分化与化合的统一。在严复的时代，进化论逐渐风靡中国。严复1921年去世后，欧洲科学家"开始运用化学知识来理解生命的奥秘。生物学逐渐向化学靠拢。生物化学家认为细胞就像是装满化学物质的烧杯，细胞膜将这些混合物紧紧包裹，它们之间发生反应后创造出生命现象"④。转化既是遗传的，也是信息的，还是生化的。至少，遗传信息以某种生化方式在细菌和细胞之间传递。细胞与细菌有同异。"如果细胞之间需要进行窃窃私语的话，那么它们不用借助

---

① [英]托马斯·赫胥黎：《天演论》，第90页，第93页，严复译，译林出版社，2011年。
② 《大美百科全书》（中文版），第3卷，第465页，外文出版社，1994年。
③ [美]悉达多·穆克吉：《基因传——众生之源》，第113页，马向涛译，中信出版集团，2018年。
④ [美]悉达多·穆克吉：《基因传——众生之源》，第115页，马向涛译，中信出版集团，2018年。

那些优雅的胚胎来传递信息。信息遗传以分子为单位进行，同时，物质的化合态还存在于细胞外。"（同上）

观念改变命运，对人的前途是如此，对学科的发展亦如此。进化论的创始人因《物种起源》一鸣惊人。在达尔文之前，法国生物学家拉马克已经有生物进化之说，他认为物种起源是一种自然现象。达尔文继承了拉马克的学说，他认为物种起源是一个需要探究的对象，并对其进行了详细论证。与达尔文不同，荷兰植物学家雨果·德·弗里斯认为，物种起源是一个实验研究的对象。

德·弗里斯所谓"实验研究的对象"，孟德尔已经做了。孟德尔是发现遗传单位的先驱，德·弗里斯在遗传与进化领域的造诣也有目共睹。格里菲斯的"转化"概念不同于达尔文的"进化"概念。达尔文的进化论强调自然变异，而且他还对变异的法则进行了探讨。格里菲斯的转化概念将触觉深入到微生物领域和化学领域，虽然他所发表的论文并未提及自己发现了遗传化学物质这件事。

在达尔文之后，为了弄懂基因这个概念，前沿的研究似乎一直是实验研究。孟德尔以豌豆为个案进行实验，摩尔根以果蝇为个案进行实验。摩尔根与他的团队花了30年时间才收集到50种果蝇突变体，而摩尔根的一个学生厌倦了寻找果蝇突变体。这个学生叫赫尔曼·穆勒。1926年冬季，穆勒突发奇想，将一批果蝇用低射线照射后让其交配，结果发现果蝇幼虫中出现了上百只突变体。格里菲斯证实了基因可以在生物体之间转化，而穆勒发明了用能量改变基因。

75. 交换

交换是交叉互换。交叉互换在商品交换那里以买卖的形式实现。最初的交换是物与物的互换。例如《诗·氓》中就有这种"抱布贸丝"的交换。"抱布贸丝"的交换作为物品交换与商品交换有异同，正如交叉互换的概念作为基因重组与作为商品流通有异同。

交换立足于有无。如果说商品的使用价值是有，那它的一般价值是无。无生于有，故商品所有者通过交换能够将使用价值转化为一般价值；有生于无，故货币（一般等价物）持有者通过交换能够将抽象的价值转变为自己所需的实在的使用价值。

应该用分析综合之法来理解"交换"这个双音义符。换之奂的古形中已有手，正如"交"形中有腿。"交"是一个古老的象形符号，在甲骨文中，它描摹人的一种特殊动作。人头身腿相连，"交"象形人腿动作交叉，即左右腿交叉换位。许慎用"交胫"解释"交"，胫意谓人的腿，"交胫"即人的左右腿交叉。许慎又说，交从大，这是就根本而言，因为

"大"最早就是一个大人的符号,"大"三个笔画,其中最下部的两个笔画就象形大人分开的两条腿。"大"这个字的上部仅有一画,而"交"这个字的上部现形"六"有四个笔画,在甲骨文时代,"交"与"大"的笔画数区别没有这么大。

换发奂(huàn)音,奂亦从大。《礼记·檀弓》说,美哉轮也,美哉奂也。根据郑玄的解释,轮意谓轮囷(qūn),言高大。"奂"这个符号言人大,引申为众多。"奂"的上部和"交"的上部都是六个笔画。换的本义根植于奂。奂即收(shōu),收即收。奂的篆文本义可以从动词的角度理解为"收",它就是《说文》所谓"取奂"的"取"。今之"取奂",更合于英文的 change,也就是中文所谓"互易"。互易的易就是贸易的易。贸易是买卖,是交换,是互通有无,是人用手给别人一些东西,同时也从别人那里换取一些东西。

笔者异想天开地想把人工智能(AI)拿来,同时也想把人工生命(AL)拿来。"奂"这个符号中有人,这个人是生命世界的君主,是细胞世界的 DNA。奂之收[①]有手,用手操作、交易。如果说人脑是细胞世界之君,那人手则为细胞世界之臣。细胞世界之君只有一个,这就是脱氧核糖核酸。它发号施令,细胞机制来贯彻执行。细胞世界之臣有多个,故 RNA 有多个。著名的核糖核酸是:信使(messenger)RNA 与转运(transfer)RNA。

DNA 与 RNA 的关系,宛若人工智能与人工生命之关系。"DNA 把信使 RNA 的一些长串送到细胞质中的核糖体上,核糖体利用盘旋在自己周围的那些动手能力强的 RNA 进行转运。细胞世界根据信使 RNA 本身所具有的蓝图,以氨基酸为资源,高效率地构造蛋白质。"DNA 用智能指示出蛋白质的生命方向,RNA 实质性地制造出蛋白质。"当蛋白质天然地、源源不断地从核糖体中涌现出来时,它们便魔术般地化身为复杂的形态,从而有能力像一台大功率的化学机器一样行动。"[②]

生物领域之交互合作,正如人文世界之交叉互换。细菌、病毒之类的微生物,连同植物、动物和人类,都依托于无所不在的、各种各样的基因载体。这是一种复杂的美轮美奂的系统综合,每个基因都与成千上万的其他基因交相呼应,无穷无尽的大自然演化出来的智能和生命效应在时间和空间里绵延起伏。"生物体的身体是基因的殖民地。身体作为整体参与到交互、移动和繁殖等活动中,对其中某个物种来说,它确信自己是整体。基因中心视角促使生物学家意识到,构成人类基因组的基因只是人身体的一部分,因为

---

① 承培元《广答问疏证》认为,奂俗作换,此字从收,不宜更加手旁。
② [美] 侯世达:《哥德尔 艾舍尔 巴赫——集异璧之大成》,第 693 页,本书编译组译,商务印书馆,1997 年。

与别的物种一样,人身还携带着微生物基因、尤其是细菌的基因,它们附着或生活在人的皮肤、乃至肠胃中。微生物基因组一方面帮助人消化食物、抵御疾病,另一方面也为自己拼搏、进化"①而不顾人死活。

AI 的工,以及 AL 的工,到底是一种什么样的工?它们是一种不能不为之为工吗?AI 和 AL 所谓"工"与创作论中所谓"工"的同异是什么?科学的工和人文的工是一个东西吗?"不能不为之为工"是大文豪苏轼在《江行唱和集叙》中提出的一种认知,他认为文学创作应当是主体自己的一种感觉或理念,这种感觉和理念使自己非写不可、非作不可。苏轼的这种认知可以和英国作家萨缪尔·巴特勒(Samuel Butler,1835—1902)的认知对读。巴特勒持非人类中心主义立场。他认为,每种生物都有权以自己的方式完成自己的发育。他还说,母鸡不过是一枚蛋用来制造另一枚蛋的工具。②

AI 和 AL 的工,就哲学而言,具有强烈的主体能动意义;就劳动学乃至逻辑学而言,具有工具意义。但 AI 和 AL 的 A 是 artificial,后者的根是 art。art 是艺,艺之儒学是人为,人为之"取夬"是互易,依托于"互易"的"取夬"是交换。从物质内容来说,就互通有无而言,交换是用一种使用价值的量,换取另一种使用价值的量。"要自己的作品能够收列在图书馆里,就得先把图书馆里的书安放在自己的作品里"③,图书馆以此吞吐呼吸,作品和书以此推动着人类智能、生命智慧,乃至地球以及太阳系文明社会的发展。

AI 和 AL 中的工和人工(A)是一样的。AI 和 AL 中的智能(I)以及作为智能载体的生命(L)是不一样的,正如作为逻辑的工具与作为劳动的工具是不一样的。交换律之于交换之交,正如结合律之于结合之合,此二者之交合,是数与形的结合。数形结合也可以理解为代数与几何的结合。从加法交换律和结合律来说,有 b+c=c+b,亦有 b+(c+d)=(b+c)+d。将这两种定律应用于乘法时,要联系到长方形的求积情形,长乘宽等于宽乘长,小方块汇集成大方块。上文中巴特勒说,母鸡是工具,是将一枚蛋转化为另一枚蛋的工具。用字母交换其中的个别文字,我们也可以说,X 不过是一个 Y 用来转化另一个 Y 的工具。联系到钱钟书关于作品与图书馆之关系之隽语,另有美国当代哲学家丹尼尔·丹尼特说,"学者不过是一座图书馆用来制造另一座图书馆的工具"④,正

---

① [美]詹姆斯·格雷克:《信息简史》,第 300 页,高博译,人民邮电出版社,2013 年。
② Samuel Butler, Life and Habit (London: Trübner & Co, 1878), 134.
③ 钱钟书《宋诗选注》序。见《宋诗选注》,第 19 页,人民文学出版社,1989 年。
④ Daniel C. Dennett, Darwin's Dangerous Idea: Evolution and the Meanings of Life (New York: Simon & Schuster, 1995), 346.

如人不过是一种生命用来制造另一种生命的工具。古人所谓，天网恢恢，疏而不漏，即此之谓也。

76. 克隆

汉语"克隆"音译自英语。汉语与英语之异同，正如汉藏语系与印欧语系之异同。印欧语系传统上分作两大类：K 类语言和 S 类语言。希腊语、拉丁语和英语都是 K 类语言，正如上古汉语、中古汉语和近现代汉语都是汉语言。众所周知，克隆这个双音义符作为名词概念，意谓无性繁殖。就表达而言，无性繁殖之于有性繁殖，正如无机物之于有机物，都是有实际内容的。

繁殖意谓生物的滋生增殖。碰巧，克隆之"隆"这个单音义符中就有生物之"生"这个基因符号，正如癃病之"癃"中有"隆"这个单音义符。克隆作为动词意谓使用克隆技术使某物降生。根据《说文》，克隆之"隆"就其形而言为"降"之省，就其声而言发"jiàng"音。隆之言声为降，这个"降"就是"摄提贞于孟陬兮，惟庚寅吾以降"之"降"。《说文》明确隆从生、降声。"稷隆播种，农殖嘉谷"（《墨子·尚贤中》）之"隆"发降声。降声之隆是本音，"lóng"之隆是后起音。操持印欧语言的科学家说："尝试理解自然是科学的冲动，而企图操控自然则是技术的野心。重组 DNA 研究已经将遗传学从科学领域引入技术王国。基因的概念从此不再是抽象的传说，它们可以从尘封千年的生物体基因组内被解放出来，从而自由地在不同物种之间往来穿梭。"①克隆能改造乃至制造人工生物。

在 K 类语言中，作为英文克隆字符原型的希腊文字符有两种写法，正如汉文克隆之"隆"有两种写法。清代陕西安康有一个文字学家名叫王玉树，他的《说文拈字》这部著作拈出了许多字，其中一个就是"隆"。繁写的"隆"由"降"和"生"组成，共十四个笔画。这个字符俗化后，"降"由八画简为六画，故"隆"为十一画。"克隆"一词在希腊文拼写为由四个字母组成的"Klon"。它在英文中的拼写，除了首写字母变成"c"外，更多的时候拼读为由五个字母组成的"clone"，这里的 c 和 k 发同样的音。

天地之大德曰生，这个"生"出现在克隆之"隆"中。"生"是一个甲骨文字根，"克"不是一个甲骨文字根。"克"是一个可以识读的甲骨文字符，这个字符和"生"这个字根一样，影响深刻。在篆文那里，《说文》将"克"列为它的第 251 个字根。中国的象形文字具有全息关系，正如生物学中的微生物、植物、动物乃至人具有全息关系。克之克肩、

---

① ［美］悉达多·穆克吉：《基因传——众生之源》，第 250 页，马向涛译，中信出版集团，2018 年。

隆之降生与克隆有全息关系。

神经心理学（neuropsychology）认为："当细胞 A 的一个轴突与细胞 B 很近，足以对它产生影响，并且反复持续刺激细胞 B 时，那么这两个细胞或其中之一便会发生某些生长过程的变化或新陈代谢的变化。于是，作为能使 B 兴奋的细胞之一，A 的效能增强了。"①就遗传学而言，神经心理学是建立在神经生理学（neurophysiology）基础上的。就进化论而言，全息学以神经心理学为主导。

罗振玉认为，"克"这个字符的古文形状"象人戴胄"。碰巧，克隆之"克"的现形正迎合了罗氏之说："儿"为人，"古"为胄。不只生物体有细胞，人文符号也有细胞。如果我们将"clone"理解为一个人文细胞组合，那"克"就是细胞 A，"隆"是细胞 B；"古""儿""生"以及"降"之"阝""夅"是细胞轴突。遗传学家将人工操作生物的过程叫克隆，它使用无性繁殖。无性繁殖相对于有性繁殖。有性繁殖在植物由雌蕊接受雄株授粉，在动物通过牝牡之合，在人是由于男女性器官交合后致使受精卵入住子宫。无性繁殖不是这样，无性是指无性器官，即不使用雌蕊授粉，亦无须牝牡之合。

克隆能乘一总万，这个"一"是指一个细胞，这个"万"是指一群细胞。克隆能以一个细胞或单一个体，以无性繁殖之方式，生成一群细胞或一群个体。所生成之物，在不发生突变的情况下，具有相同的基因组集合。英国基因学家 J. B. S. Haldane 在 1963 年首先使一个源于希腊文的指谓普通植物"嫩枝"（twig）的术语脱胎换骨。这位基因学家在题为《人类种族在未来二万年的生物可能性》中使用了"克隆"术语。希腊文"嫩枝"突变为英文"克隆"，正如植物学突变为基因学。嫩枝繁殖，譬如绿萝的嫩枝、仙人掌的嫩枝都能以一生多，用一个插入花盆，就能繁殖出许多个。

然而，有心栽花花不开，无心插柳柳成荫。实际上克隆技术作为无性繁殖更为艰难。在基因工程中，将一个外源 DNA 片段连接到另一个作为载体的 DNA 分子上，再将其移植到一个适当的宿主细胞中，这个带有外源 DNA 片段的家伙就会在它的新家中成长为一个新个体，这个新个体拥有自己的细胞群。例如，1997 年，苏格兰罗斯林研究中心就通过这种方法制造出一只克隆羊。

就克隆之生而言，克隆羊依旧是生物羊。就克隆之隆而言，克隆羊已不是一般意义上的生物羊。一般意义上的生物羊是自然羊，它的自然因素用克隆之隆之"阝"提示。在克隆之隆之"降生"意义上，克隆羊已经具有了人工生命的意义。中国的象形文字，源远流长，正如人类的基因源远流长。源远流长是一个时间概念，正如"古"是一个时间

---

① Hebb, D. O. 1949. The Organnization of Behavior. A Neuropsychological Theory. Wiley.

概念。克古"象人戴胄"之刻木创造了任物之形式，克隆"单肩任物"①之无性繁殖使生物学产生了质的飞跃。

就中文而言，克古、刻木与克隆具有全息意义，正如就英文而言，克隆、复印（duplication）与拷贝（copy）存在全息关系。克隆与拷贝有异同，正如 AL 与 AI 有异同。异和同实际上是一种全息关系，正如有性繁殖与无性繁殖是一种全息关系。刘勰在论述创造文学风格时说，文艺匠心聚焦于"各师成心，其异如面"。人工生命与人工智能的目的是否也是如此？的确，大自然"在通过有性方式来进行生殖的生物中，一切都被安排得要使同一物种的全部个体（除了真正的同卵双胞胎个体）都互有差异。这就犹如整个地球上起作用的遗传系统已被调节得要永远产生差异。因此，就有了这个悖论：一方面，所有显得十分不同的东西，归根结底却是很相似；另一方面，所有显得十分相似的东西，事实上却是相当不同"②。

第二十章　符码文化与比率文明

基因密码。碱基元素。code 与简。coding 与韦。decoding 之解。encoding 之编。分子生物学与进化生物学。信息分子与信使分子。信息编码与基因符码。几率、比率与利率集异曲同工之妙。编码、代码与信码融珠联璧合之神。码文化与率文明。

77. 密码

就汉字符号学而言，"密码"这个双音义符是相对于"明码"而言。密从山，码从石，山石都是自然之物，正如土木咸为自然之物。《美国百科全书》说，在无文字的社会，必无密码的需要，"因为文字本身就是密码，只有少数能读与写的人才了解它。然而，书写能力传播开来以后，就立刻出现了密码学"③。

笔者对密码学一直保持着一种神秘的好奇心。神秘的秘和密码的密咸发必音。虽然说"声（言音）之无文，行而不远"，但是，声音（parole）的出现早于文字的出现。密

---

① 许慎《说文》："克，肩也，象屋下刻木之形。"章太炎《新方言·释言》："江南浙西谓以单肩任物为克。"胄和肩具有全息意义，正如克古、刻木与克隆具有全息意义。
② ［法］弗朗索瓦·雅各布：《鼠、蝇、人与遗传学》，张尚宏译，湖南教育出版社，2000 年。
③ 《大美百科全书》（中文版），第 8 卷，第 105 页，外文出版社，1994 年。

发宓声，此即许慎所谓"宓声"。宓发必声，此即许慎所谓"必声"。现行的汉字符号，必从心。古汉字符号，必不从心。许慎说："必从八、弋"。郭沫若《殷周青铜器铭文研究》说，"必发八声"。宓、必、八之声，是声母之声音，在汉语世界，从古至今，一直如此。八和弋是两个甲骨文字根，正如山和石是两个甲骨文字根。密码之密与秘密之秘咸从必，亦咸从心。心是一个甲骨文字根，但必不是一个甲骨文字根。必不但不是一个甲骨文字根，而且也不是一个甲骨文字符。它是周代出现的字符。

在汉文化世界，密所从宓是一个次一级的古老音符。宓在先，密在后。比宓更古老的字符是必，比必更古老的字符是弋。弋与八复合成为必，正如核酸与蛋白质组合成染色体。在弋与八复合时，"弋"中的点未变，"弋"中的捺钩变成了竖折钩，其横画变成了撇画。当弋与八复合时，"八"的撇捺笔画变成了两个点。中国战国时代的思想家孟子说，心之官则思，这个心指 heart。中国古代的文学家写道，"吾令丰隆乘云兮，求宓妃之所在"（《离骚》）；"青琴、宓妃之徒，绝殊离俗"（《上林赋》）。传说宓妃是伏羲氏之女，溺于洛河，遂为洛水之神。曹植使用仙化妙笔作成《洛神赋》，其中有"翩若惊鸿，婉若游龙"之妙语。这里的"惊鸿""游龙"咸就动物而言。

在源于欧洲的英文化世界，有两种密码。一种是 cipher，另一种是 code。前者是一种隐秘的书写（a secret way of writing），暗含玄机（one in which a set of letters or symbols is used to represent others）。之所以采用隐秘书写的方式，是为了保守机密。机密之机从木，正如秘从木。密之"必"这个汉字符号中本来就隐藏着既有具象元素又有抽象意义之奥妙。作为"弋"，它是木橛，是器物。《汉语大字典》说，必为秘的本字，当必抽象化为必定的必之后，社会又造出带木字旁的秘以满足相互通讯之需。

在传递信息的学问那里，code 不是指鹿为马，故弄玄虚。当然，比起人类自然语言而言，这种语言仍然有点 secret。所以，更准确地说，code 应该是电码、代码意义上的密码、暗码（a system of words, letters, numbers that represent a message or record information or in a shorter form）。在计算机学那里，code 更具有编码的意义。万物源自比特，计算机程序员用比特编码。在基因学那里，code 意谓遗传密码，正如基因分子是遗传密码。"基因作为一种能够编码与存储信息的化学物质或分子，它可以在各种生物体之间传递信息。假如说 20 世纪早期遗传学领域的关键词是遗传信息，那么到了 20 世纪末期这个关键词可能就变成了遗传密码。半个世纪以来，基因是遗传信息载体的事实已经尽人皆知。而接下来的问题是，人类能否破译自身的遗传密码。"[①]

[①] ［美］悉达多·穆克吉：《基因传——众生之源》，第 168 页，马向涛译，中信出版集团，2018 年。

code 作为电码、代码意义上的密码、暗码，可以从跨文化的角度来言说。code 既然属于英文化世界之 cryptology，它应该也能寓托世界化的所谓唯有天才能知道的"暗愁密意"①。crypt 的密意暗示 room，此即密码之"密"符的最上部，它也就是许慎解释"密"这个单音义符时所谓"山如堂"之堂。代码这个词的意思在拉丁语中指谓经常被用作书写的植物之茎皮。就植物的茎皮而言，它是具象的；就茎皮上书写符号所指谓的"密意"而言，它是抽象的。以 crypt 为根的 cryptology 在进入汉文化世界时，就分析而言是指密码学；就技术而言是指密码术。而 crypt 的根义指谓教堂地下室。

密码的码发马声，而物类之之物不发牛声而发勿声。物类之物的本义是指牛，而密码之码的本义不是指马。在汉文，码的本义指石，而且特指石之美者如玛瑙之类。英文 yard 汉译为码。密码最早用以隐藏书面信息，在今日，cryptology 已发展成为一门研究保密通讯的科技，主要区别为加密和解密两方面。加密偏于密码编码，解密偏于密码分析。20 世纪 70 年代，由于集成电路技术和相关理论的发展，成就了现代密码学。此后，"由于通讯技术的发展，传输介质开始由光纤向激光转变，这一转变导致了密码学再一次发生飞跃，这就是量子密码学的诞生。以往密码学的理论基础是数学，而量子密码学的基础是量子力学"②。用量子传输数据更适合保密通讯。

符号学家说："现代语言哲学的目标是从结构、功能、指称诸种角度，对作为思维工具和形式的语言进行反思分析。"③密码与代码有异同。综通研究者站在汉字符号学的角度对密码之"密"与代码之"代"进行比对研究时发现，这两个单音义符的形式中咸有"弋"这个元素，这正如遗传学家在对染色体进行比对研究时发现，DNA 双螺旋结构中咸有碱基结构元素。遗传学家知道，分子形态与其功能之间存在着某种内在联系，遗传密码已经被自然地注入受精卵细胞中，"自然界已经为蛋白质分子设计了某种装置，它可以通过某种简明扼要的途径来诠释其灵活性与多样性。只有充分把握这种特殊的优势组合，我们才能以正确的视角来认识分子生物学"④。

78. 编码

编码与代码的关系，正如编程与程序的关系。"code"这个词的基因追溯到拉丁文，

---

① 周邦彦：《风流子·秋怨》。
② 《中国大百科全书》（第二版），第 16 册，第 34 页，中国大百科全书出版社，2009 年。
③ 李幼蒸：《理论符号学导论》（第 3 版），第 1 页，中国人民大学出版社，2007 年。
④ 弗朗西斯·克里克（1916—2004）语。出自 1957 年其所写的《分子生物学的重要性》。

它的本义是植物的茎皮。我们在汉语中可以找到一个单音义符"简"来匹配它。西方古人在作为"code"的植物茎皮上写字,正如中国古人常在竹"简"上写字。在英文中,只需将"code"变成动名词"coding","代码"就成了"编码"。中文象形符号中的"编码"之"编"则更复杂一些。"编"之"扁"之"册"是一个甲骨文字符,同时,它也是《说文》的第44个部首。

今人使用比特编码以使计算机理解人的意图,古人用"韦"(熟皮)串联若干竹简成书,以便传播如《周易》这样的经典智慧。《汉书·儒林传》说,"孔子晚年好《易》,读之韦编三绝,而为之传"。用比特编程(programming),比特为代码。用韦穿编经典,简策为书页。用基因重组 DNA,细胞中就会涌现出令人眼花缭乱的信息组合,杂交 DNA 或 DNA 克隆已开始从根本上改造生命领域。

编码与解码(decoding)之同异,有别于 DNA 与 RNA 之同异,亦有别于经纬与谶纬之同异。编码与解码类同于编谜与解谜,亦类同于编造谶纬和解码谶纬。碰巧,谜语之谜与谶纬之谶咸从言。谶纬编码宗教,谜语编码迷信。编了码的谶纬挣扎在宗教之中不能自拔,编了码的谜语力图冲出迷信的罗网。"在现实中不存在未编码的消息,只存在熟悉的编码消息与不熟悉的编码消息。欲显露一则消息的意义,就必须用某种机制破解已经编程的密码,发现解码的方法当然不容易,可是一旦捕捉到解码方法,消息就会清澈如水。"①编码不是意义,但其中却隐含着意义。编码愈趋于常识,就愈等同于其意义。

在 20 世纪五六十年代,分子生物学正力图对进化生物学进行扬弃。时至今日,相当一部分人都认为,进化生物学建立在完全科学的基础上,它以全新的生物进化思想推翻了"神创论"。西方文字之表达,"神创论"之神学与"进化理论"之理论同根。仔细推敲,进化生物学在达尔文的著作中并不能完全说服人。并不是说达尔文的进化论不伟大,而是说分子生物学后来居上,更能以理服人。

如果说达尔文的进化论偏于物理生物学,那分子生物学则偏于化学生物学。关于 DNA 和 RNA 的探索都偏于生物化学研究。在发现了 DNA 的双螺旋结构以后,遗传学家又将目光放在了 RNA 上。作为遗传物质的核糖核酸,它的特点是什么?相对于脱氧核糖核酸,它究竟是天使还是魔鬼?至少,在 1959 年,克里克认为它是一个谜。到了 1960 年,遗传学家发现,蛋白质是由细胞内一种名为核糖的特殊细胞器合成出来的,另有一种名为

---

① [美] 侯世达:《哥德尔 艾舍尔 巴赫——集异璧之大成》,第 348 页,本书编译组译,商务印书馆,1997 年。

"镁离子"的家伙能够突然中止蛋白质的合成。细胞内使核糖体保持完整的化学因子是镁离子，遗传学家布伦纳和雅各布从细菌细胞中提取出微量的信使分子。如果说细胞中储存信息的DNA是信息分子，那RNA就是信使分子。

关于编码的以上四段文字是2019年岁末笔者在望塔楼住所写成的。写成之后，我一直忙于《文医符域综通研究》一书的初校以及该书"后记"的写作。庚子年正月初四，由于新型冠状病毒感染疫情爆发，内外环境驱使，笔者的思致弥漫于编码与编辑。码发马音，辑发昪音。昪上口下耳，口附耳私语，是人文的说法。在微生物世界，"nCoV-2019"似乎也能窃窃私语，此后的一两年，它们竟然将诺大的一个地球闹翻了天，而且不依不饶地肆虐着整个世界。

在计算机科学中，编码使用代码传达信息。代码是用来表示事物的记号，它可以是数字，也可以是字母，还可以是字母与数字的组合。编码文化很简练，新冠病毒也以编码命名：其第一个字母n是指new，中文即"新"；紧接的Co是指Crown，中文的意思是"冠状的"；后续的V是指Virus，汉语的意思是"病毒"。

语言符号的使用很随意，用语言符号和数字符号编码命名也很随意。"nCoV-2019"后边的"2019"是指新冠病毒是在2019年发现的，也有人将"2019"放在新冠病毒前面，这就变成"2019-nCoV"。编码命名约定俗成之后，社会上会以大多数人的称呼名称固定下来。例如，现代通讯网络技术中的1G、2G、3G、4G、5G之名，已约定俗成为自然数在前，字母在后；而当今病毒学研究以及生物安全实验室分类中的P1、P2、P3、P4之命名，却是字母在前，自然数在后。命名之编码或者编码之命名，偶然性中包含着必然性。

在上述数字与字母的组合中，人类思维使用了以简驭繁之编码。前者所谓"G"是指"generation"，汉语的意思是"代"；后者所谓"P"是指"protection"，中文的意思是"阻遏"。以简驭繁，这里只使用了一个字母，就表达了十个字母所组成的那个单词的意思。而且，用这两个字母与最低文化程度的人都能识别的最前面的几个自然数结合编码，形成自由组合，表达出更复杂的意义。

"代"是一个具有时间意义的概念。上述编码中的"1G"是指第一代移动通讯，始于1980年左右；"2G"移动通讯出现于20世纪90年代早期；"3G"移动通讯出现于2000年初期；"4G"移动通讯现身于2010年之后；"5G"在2019年粉墨登场，正在开辟着未来。作为"generation"的"代"与作为"code"的"代"有异同，后者指谓"代码"。编码（encoding）用代码表示各种数据资料，使其成为可利用计算机处理和分析的信息。

"阻遏"具有强烈的动词意义，正如编码之编具有较强的动词意义。阻遏之阻与防卫之防咸从阝（fù）。阝是阜的简符，正如 P 是 protection 的省略符。在生物界，人虽然为万物之灵，但人早已明白，人类生活在自然界并不绝对安全。正因为人总是面临着不安全的威胁，故中国人早在先秦时就体贴出"卫生"的说法，正如 WHO 有"生物安全防护"之说法。就"阻遏"而言，所涉及的对象是病毒，特别是由病毒带来的传染病。P1、P2、P3 和 P4 中的 1、2、3、4 是指卫生安全等级，在它们前加上 P，就是防卫安全等级。

人类家族并不比病毒家族来得更复杂。后者也许并不知道前者为何物，但前者的确已经见识到后者的厉害乃至危险。从概念上来说，每个病毒都是一个专业基因的载体。病毒的构造很简单，其内核基因衣被蛋白，"免疫学家彼得·梅达沃（Peter Medawar）称其是穿着蛋白衣的恶魔。当某个病毒进入细胞时，它会脱去外衣，敞开膀子大显身手。它把细胞作为复制自身的工厂，而且随心所欲地制造属于自己的新衣，结果就是数以百万计的新生病毒从细胞内释放"①。

在穷凶极恶的瘟疫面前，人类岂能甘心束手就擒。根据传染病源的传染性和危害性，国际上将生物安全实验室区别为 P1、P2、P3 和 P4 四个等级，等级越高，就越能揭示出专用于烈性传染病防治的规律。一般的病菌、病毒感染检测、病毒分离，在层次较低的 P1、P2 实验室进行。比较难缠的 SARS、H7N9 禽流感研究则需要在 P3 实验室进行。例如，广东省早在 2013 年就批准中山大学成立 P3 实验室，开展对人感染 H7N9 禽流感病毒的核酸检测、病毒分离、病毒中和试验以及抗原抗体检测活动。再如，埃博拉病毒对人具有高度危险性，需要在 P4 实验室进行研究。中国只有武汉病毒研究所有 P4 实验室。武汉病毒研究所在笔者心目中是一个了不起的科研所，正如武汉金银潭医院是一个了不起的医院。来势这么凶、时间这样快的疫情和灾难，无论出现在哪个地方，后果都难以想象。病毒躲在肺泡里，咽喉检查根本不起作用。正是位于武汉的金银潭医院和病毒研究所相互配合，短时间内确诊了这种新型冠状病毒。对付烈性病毒和传染病，需要生活在地球上的所有国家和人民的相互配合。

79. 比率

比率的"比"是《说文》的第 291 个部首。许慎音训，以密释比。同时，他也采用形训："二人为从，反从为比。""比"是一个可以识读的甲骨文字符。甲骨文"比"的形状就是二人比肩而行。"比"这个符号已经十分古老，而"率"这个符号更甚于它。"率"

---

① [美] 悉达多·穆克吉：《基因传——众生之源》，第 216 页，马向涛译，中信出版集团，2018 年。

是一个甲骨文字根，它也是《说文》的第 470 个部首。许慎说："率，捕鸟毕也。"确言也。"畢"是"毕"的繁体。"毕"是一个可作简化偏旁用的简化字。作为"捕鸟毕"的"率"发 shuò 音，因为古人用绳索网罟（gǔ）鸟。比率的"比"暗合于"捕鸟毕"之"毕"。比之于率（lǜ）走向数量，毕之于率（shuài）走向田猎。

比率与比象有同异。比率偏于抽象思维，比象偏于形象思维。中国古代文化发达，其造字思维先进。《汉语大字典》说，在甲骨文、金文中，"比"和"从"同字，后来它们分化成为两个字。分化后"从二人，本义为相随，后增辵表达行义"，后者即繁体字"從"。20 世纪中期，该字符又简化为"从"。后者是可作简化偏旁用的简化字。分化后的"比"既有比象意义，又有比率意义。

就《易》之比象而言，《比》卦与《师》卦上下相反。水地比，坎上坤下，象征地上有水。地水师，坤上坎下，象征地下有水。就象形文字而言，率，索也。即使发展到今天，"率"这个单音义符中依旧有索的基因，它就是存在于"率"中心的"幺"。幺，系也。幺之系，就是联系汇率之"系"。系之幺是一，"故为率者必等之于一"①。比率追求统一标准，这个标准牵一发而动全身。例如，香港实行联系汇率制度，港元联系于美元，一美元等于 7.8 港元。香港发钞银行每发行 7.8 港元，必须向香港金管局交付 1 美元。港元有美元作支撑，就可以从根本上维护汇率稳定。

在唯利是图的时代，必须把握好"率"乃至"比率"的概念。因为"事物糅见，御之于率，则不乖其本。故幽隐之情，精微之变，可得而综也"（《隋书·律历志上》）。动之微谓之幾，数相遇谓之率，幾（几）率中有一些细微的异同，这些异同的细微用符号"幺"提示。要么同多一些，要么异多一些，它们是一个大概的东西，而且总是处于变化之中。就强调几何之大概而言，几率是概率；就强调大概之几何而言，几率变成了比率。这样的比率，最著名的是圆周率，约为周 3 径 1。细析之比：22/7，157/50，355/113，3927/1250。

"比"与"率"兄弟爬山，各自努力。如果说"比"是数相遇后产生的一个比较，那么这个比较是一个动态的数值，这个动态的数值可以联系"浮动汇率"之"动"理解。"比"与"从"有异同，正如"率"与"数"有异同。二人为从，三人为众。从之從之辵强调行动，正如浮动汇率允许汇率上下浮动。人是贸易的动物，亦是货币的动物。货币与贸易的关系，正如比率与利率的关系。货币产生贸易，贸易追求利率。

几率之"率"这个字通"锊"（lüè）。作为量名之锊从金，这个金提示金本位。在金

---

① 《九章算术·粟米》今有术刘徽注。

本位制度下，不同国家单位货币含金量之不同源于劳动价值量之不同。"马克思揭示了在国际商品交换中货币和汇率产生的必然性。他指出，国际商品交换的发展必然要从最初的物物交换、易货贸易过渡到以货币为媒介的国际贸易，而货币最终固定在黄金上，各国货币在国际间使用时，必须脱去其民族的外衣，按照纯金的含量进行折算，于是出现了铸币平价，并产生了不同货币之间的折算和兑换的标准比率，也就是汇率。"①

贸易互通有无，自有人类以来就存在。物物交易是交易你有我无或我有你无之物，它也可以理解为易货，即以货换货。以货换货，此货如果包括货币，就涉及货币交换。于是易货贸易就过渡到以货币为媒介的贸易。以货币为媒介的贸易区别为国内贸易与国际贸易。国内贸易是国民贸易，国民贸易以国民价值为基础。国际贸易是非国民贸易，非国民贸易以国际价值为基础。国内价值与国际价值的社会性质是相通的，正如比率与汇率的数学性质是相通的。比率是数学的、几率的，正如汇率是国际贸易和金融的。

写到这里，让我们又回到"比率"这个双音义符本身。我们已经从义符的本源层面谈及"二人为从，反从为比"，从音符的非本源层面谈及作为量名"铒"通于"率"的金本位制度，现在让我们从一篮子货币的角度谈一谈国际金融制度中的汇率。根据汇率理论家的意见，"货币本身所具有的或代表的价值量成为其相互对比折算的基础，即汇率的决定基础。两国货币所包含的或代表的价值量之比，可称为真实汇率。在金本位制度下，货币的真实汇率就是货币含金量的对比，也就是铸币平价，它构成了金本位制度下，汇率的决定基础。在真实汇率的基础上，再根据两国国际收支等情况而上下波动，便形成了两国货币的现时汇率或名义汇率。在纸币流通制度下，纸币本身没有含金量和价值量，但流通中它能代表一定的含金量和价值量，并且能执行和实施货币的职责。因此，各个国家的纸币实质地代表了含金量和价值量之比，这也是各国货币汇率的基础"②。

汇率的"汇"是一个可作简化偏旁用的简化字，正如捕鸟毕之"毕"是一个可作简化偏旁用的简化字。有率虑者"必等之于一"，这个"一"呼应于今日所谓一篮子货币（basket of currencies）。一篮子货币的篮子，呼应于汇率之"汇"之"匚"。"匚"既是一个篮子，也是一个甲骨文字根。一篮子货币并没有放弃毕其功于一役之企图，但一篮子内放了多种货币，这个多是乘一总万之"多"。比率之于汇率，正如比重之于权重（weight）。

在我写"比率"这个双音义符的时候，中国人正在做一项工作，即毕其功于防疫。

---

① 黄先禄：《汇率理论发展与实践研究》，第40页，人民出版社，2011年。
② 黄先禄：《汇率理论发展与实践研究》，第41页，人民出版社，2011年。

"群贤毕至，少长咸集"(《兰亭集序》)于抗疫，对感染 covid-19 的患者尽收尽治。如果去掉"d"，"covi-19"是指 2019 年末开始危害人类的一种病毒。学术界已经从基因乃至二倍体（diploid）层面对这种病毒进行溯源。

数之于率，正如量之于重。故许慎说：量，称轻重也。"重"是《说文》的第 296 个部首。率之于比率，正如重之于权重。比率与比重有异同，正如比重与权重有异同。比重是指某因素或指标在某系统中所占百分比，权重则指某事物在某系统中的重要性。比率以数量描述比重、权重。数者，从小到大是个十百千万也。量者，仑合升斗斛也。这些咸作为计量工具使用，正如权衡是称重工具。

80. 代码

码文化认为，文学创作是一种编码活动，在构思层面，它是神与物游，神与物游到最后，这种活动会找到一种意称物的东西，意称物的东西是意物，也可以叫作意象。编码之于代码，正如缀文之于文码。刘勰说缀文者情动而辞发，此辞（词）即辞码，辞码就是文码，文码是编码活动使用的代码。刘勰又说，观文者披文以入情，为什么要披文，因为缀文者在编码时，已经将一种物质性的意物注入到意象中了，这种意象就物质性而言，是一种像石头一样的东西。就精神性而言，意象不是像石头一样的东西。意象是生命，是像马一样的生命。就生物学而言，马是一个容易发怒的情感性的生命。

这就涉及作为双音义符"代码"这个符号了，当然也涉及作为单音义符"码"这个符号。就代码符号之"石"而言，应联系石器社会理解。当然，即使在石器社会，人们也还仅仅是只会鼓弄石器的动物，那时还没有码文化，根本不知道何谓代码。就代码符号之"马"而言，应联系生命世界理解。如果说"神与物游"之"物"符源于牛，"尽善尽美"之"善"符源于羊，那"代码"符号之"码"符源于马。牛、羊、马是不同的自然动物符号，正如物、善、码是不同的抽象概念符号，前者参与了后者思维创造之活动。

符号学研究的方向大致分为三类：一是语言学的；二是非语言学的；三是介于语言学与非语言学之间的。此三者立场的区别基于言文的"语言结构是否应成为非语言文化现象的模型或蓝图"[①]。然而，语言与非语言的异同，正如文字与非文字的异同，这些都是非常棘手的问题。介于语言学与非语言学之间的符号学研究者也面临着诸如此类的非常棘手的问题。解决这些棘手的问题需要各门学科之间的相互配合，其中就包括代数学

---

① 李幼蒸：《理论符号学导论》（第 3 版），第 551 页，中国人民大学出版社，2007 年。

与代码学之间的配合。

代码与代数有异同。代码的代数允许用字母代码，例如，符号代数就使用拉丁字母最初的几个字母 a、b、c 表达已知类，使用拉丁字母最末的几个字母 x、y、z 表达未知类。代数的代码使用代码字母，例如，代数运算如果要把许多有着同样形式的项相加，它就会使用符号∑，这个符号是希腊字母表的第 18 个字母（sigma）的大写。代码（code）是程序员使用开发工具写出来的源文化的形式虽然是电子的、离散的，但它却可以用明确的规则体系来表示信息。"代码设计的原则包括唯一确定性、标准化和通用性、可扩充性、便于识别与记忆、力求短小与格式统一。"①

代码是计算机程序员使用字符、数码或信号码元，以离散形式表达信息的清晰的规则体系。从符号编码上讲，码元是指参与文字编码的键位符号代码，包括数字代码、字母代码、笔画代码以及形符代码等众多代码符号。例如，"代"这个符号，为左右结构，一共有 5 个笔画。电信编码既可以用 5 个笔画代码通讯，亦可以用左右结构的两个形符代码通讯。史载，魏武帝曹操"将见匈奴使，自以形陋，不足雄远国，使崔季珪代"（《世说新语·容止》）。在今日电子通讯中，使用比特（bit）传输负载信息代码。

除了比特，还有波特②。比特是计算机的最小信息单位，而波特却与比特有异同，正如码元（symbol）与码率有异同。码率是比特率的俗称，而码元是承载信息量的基本信号单位，这个单位就是"波特"。比特和波特都是信息论的代码。除了信息代码，还有语言代码和文化代码。就其相同面来说，语言代码与文字代码的关系，正如文化代码与文字代码的关系。就码文化而言，这两种关系既可以用信息论分析，也可以用分拆或分节（articulation）理论把握。

信息之"信"的左码与代码之"代"的左码呼应，正如人的智能可与 AI 相呼应。信息之"信"的右码与语言代码相呼应，正如言文之"言"码可与文字代码相呼应。分拆是就视觉符号而言，正如分节是就听觉符号而言。就视知觉而言，代码之"代"的右符"弋"与文化之"化"的右符"匕"形状近似。就西文 code 所表达的意义而言，上文中的视知觉差异可以忽略。

就码符号而言，站在数率的立场上，有码率，有传码率。码率是比特率，传码率是波特率。波特率可以繁言，也可以简写。繁言之，波特率也可以称为"码元速率"，还可以叫作"码元传输速率"。简言之，由于波特率以西文"Baud"为单位名，故简写为"B"。

---

① 百度百科语。"科普中国"编写。资料来源：中国电子学会。
② 波特是西文"baud"的音译。它是单位量，即每秒传送符号的数量。用法国发明家 J. M. E. Baudot 的姓命名。

"B"这个字母代码使笔者想到了《集异璧》之"璧"。由《集异璧》之"璧",读者朋友们可以联系《集异璧》之"异"和《集异璧》之"集"。读者朋友们必须调动自己的跨文化想象力,同时也要调动自己的音通能力和学术综通能力,继续随着笔者朝前走。

"异"是"E","集"是"G"。"集异"是"GE","异集"是"EG"。"集异璧"是"GEB","异集璧"是"EGB"。笔者受《周易》的影响,在晚年的学术研究中喜欢讲"兼三才而两之"。在这里,我还想说,比率、码率和汇率"兼三才而两之"。"两之"于什么?两之于"GEB"和"EGB"。读者要调动自己的听音能力,知音于"集异璧"和"异集璧"。"异集璧"之"异"是艾舍尔,其"集"是哥德尔,"异集璧"之"璧"是巴赫。巴赫有一部伟大的作品名为《音乐的奉献》,它"是一部赋格的赋格,很像艾舍尔和哥德尔所构造的那种缠结的层次结构,是一个智慧的结晶。它以一种让人无法表达的方式使人想起了人类思维这个美妙的多声部赋格"①。崇拜人工智能、从业计算机科学的侯世达教授以游戏之笔出之,用科普手段使"哥德尔、艾舍尔、巴赫异彩夺目,集异曲同工之妙,合珠联璧合之神"(同上)。

早在1966年,法国学者普里托已经出版了《信息与记号》一书。普里托认为,不管什么类型的代码,所运用的意素,咸依存于它所传递的信息。由此,属于信息论术语的代码现身于语言学、符号学和其他社会人文科学中。20世纪70年代,艾柯在普里托记号系统分解方式的基础上提出了自己的代码理论。再朝后,到了1979年,信息和符号的理论进入《蚂蚁赋格》这篇寓言。

《蚂蚁赋格》本来是艾舍尔于1953年创作的一幅木刻画,侯世达受它影响将其变成了哲理性的对话寓言。代码的"码"与蚂蚁的"蚂"咸从马。《蚂蚁赋格》通过食蚁兽之口,对单个的蚂蚁和由许多的蚂蚁组成的蚁队进行了区分,还对主动的符号与被动的符号进行了区分。这篇寓言说:"汉字的笔画或单个的音符,都属于这种符号,它们是死的,有待于某个主动的系统去处理。"②太平洋此岸的笔者是太平洋彼岸《蚂蚁赋格》作者的知音。《蚂蚁赋格》中的蚂蚁与《蚂蚁赋格》的马姨同音,《蚂蚁赋格》用哲理做了一些手脚,使"蚂蚁"活化为"马姨"。

---

① [美]侯世达:《哥德尔 艾舍尔 巴赫——集异璧之大成》,第951页,本书翻译组译,商务印书馆,1997年。
② [美]侯世达:《哥德尔 艾舍尔 巴赫——集异璧之大成》,第422页,本书翻译组译,商务印书馆,1997年。

第六编　战争文化与基本符论

金戈铁马，气吞万里如虎。止戈为武，高铁、网群、手机、智能别裁锦绣。上兵伐谋，有概率理论之思。基因德圆，与符码心有灵犀一点通。

第二十一章　蛛蚁蟹龟与智能网群

蛛网神识智计，为天纵之本能。智能网群，按美的基因创造，为人工。蚁蟹从虫，同在动物。蚂蚁与马姨。食蚁兽与食蟹人。蚂蚁赋格，螃蟹卡农。基因与蟹孰先？AI 的意象与直觉孰后？乌龟和悟诡。龟蚁蛛蟹。DNA 四碱基。异集璧创意曲。

81. 蜘蛛

蜘蛛与植株有异同。就其同而言，它们都是生物。就其异而言，蜘蛛从虫，是动物；植株从木，是植物。就其发音而言，蜘蛛与植株同为双声，而且这两个双声义符的第二个义符的右部咸为"朱"。在甲骨文、金文中，"朱"是一个可以识读的义符。大致可以确定，"朱"是一个与"木"（tree）有关的字符。许慎在他所著《说文》中将"朱"列入木部。木部所列字符众多，其中有两个可以拿来与"朱"对照说明。它们分别是"本"与"末"。在篆文中，这三个从木的字符都由加"一"而来，只是所加位置不同。"本"是一在其下，"末"是一在其上，"朱"是一在其中。

"朱"中有木，是"株"的本字。为什么"朱"中有木，却还要造一个左部加"木"的"株"的符号？因为人类字符的发展需要繁衍、引申。譬如，加了"木"的"株"符就可以和加了"虫"的"蛛"符明确区别。"蜘蛛"之名，可追溯至先秦《关尹子》。该典籍说"勿轻小物，小虫毒身"，使人想到蜘蛛。《关尹子》"随物因应"之"物"包括动物，故其《三极》说"圣人师蜂立君臣，师蜘蛛立网罟"。汉代学问家扬雄在《太玄》中论及"蛛网",又说"蜘蛛之务,不如蚕之丝絮"。蚕之丝,即"抱布贸丝"之丝,早已为人所用。蜘蛛所吐丝与蚕丝同为有机物,但尚未为人所用。

在汉文世界,既已有蛛,何以又造出"蜘"?类似的问题还有:既已有"蚂",何以还要造出"蚁"?既已有"蚯",何以还要造出"蚓"?既已有"猴",何以还要造出"猿"?简单回答,应该是因为昆虫乃至动物世界,种类繁多。复杂的回答,这就难了。笔者不是生物学家,更不是昆虫学家乃至动物学家,当然无法回答这些问题。但笔者推崇西方科学家,我读他们的书,想从中找到答案。

1871年,进化论生物学家达尔文列了一个人类独有特性的清单,他似乎想说明人类与动物之间有不可逾越的鸿沟。后来,他又逐一泯灭了这种鸿沟。尽管进化论的创始者相信只有人类才具有高度发达的道德感,但达尔文专门用了一个章节来论证动物中也存在着原始形式的知识、道义乃至德性。他说:"人类和高级动物之间虽然在心智上差别很大,但这只是程度差别,而不是类型差别。我们已经看到,感觉和直觉,各类情感和官能——例如爱、记忆、注意力、好奇心、模仿、理性等——这些人类曾予以自夸的东西,也会以初级或发展完好的形式,存在于低等动物中。"①

蜘蛛为虫,这可以联系遗传学中的摩尔根学派。蛛之"朱"为木,这可以联系遗传学中的米丘林学派。摩尔根(1866—1945)在20世纪初以果蝇之虫为研究对象,通过大量实验,创立了基因控制遗传和变异之学说。米丘林(1855—1935)一生致力于通过外界环境作用定向培育优良品种,他以园艺之木为研究对象,主张通过人力创造外因,控制生物发育,来实现人类的目的。

蜘蛛为虫,正如蜜蜂为虫、蜉蝣为虫。严译《天演论》提问:人虫之间,难道没有不同吗?答曰:有。"鸟兽昆虫之于群,因生而受形,爪翼牙角,各守其能,可一而不可二。"②譬如,蜘蛛、蜜蜂,"神识智计,必天之所纵。而皆生而知之,而非由学而来,抑或由悟而入也"③。严译《天演论》没有直接说人群来源于蛛群、蜂群、鸟群、禽群和兽群,但也说了"人之所以为人者,以其能群也"这样的话。严译《天演论》还说:"天之生物,以群立者不独斯人也。试略举之,禽之有群者,如雁如乌;兽之有群者,如鹿如象,如美利坚之犎(fēng)、非洲之猕;昆虫之有群者,如蚁如蜂。凡此皆因其有群,以自完于物竞之际者也。"④生物群与人群之同与异,"皆可深思于天演之域",并且可以联

---

① Darwin, C. 1871. The Descent of Man. John Murray.
② [英]托马斯·赫胥黎:《天演论》,第36页,严复译,译林出版社,2011年。
③ [英]托马斯·赫胥黎:《天演论》,第35页,严复译,译林出版社,2011年。
④ [英]托马斯·赫胥黎:《天演论》,第34页,严复译,译林出版社,2011年。

系于"天演之理"来理解。(同上)

严译《天演论》认为:"人与鸟兽虫鱼,与生俱生者大同焉,即好甘而恶苦,先己而后人……人类中先天下为忧,后天下为乐之思想,非人之本性。人之先远矣,其始禽兽也。自禽兽以至为人,其间物竞天择,从未休止。万物争存,战而种盛者,唯最宜者。……斯人种子,由禽兽得此,渐以为人,直至今日而根株仍在者也。古人有言,人之性恶。又曰人为孽种,自有生来,便含罪恶。其言岂尽妄哉!故凡属生人,莫不有欲,莫不求遂其欲。其始能战胜万物,而为天之所择以此,其后用以相贼,而为天之所诛亦以此。"①

在蜘蛛建网和蜂群筑巢面前,人只能自叹不如了。蜘蛛开着一个怎样的纱厂啊!它不需要任何外部供应的原材料,全部的机器只有自己的八条腿和丝囊。它所建之网不仅是捕捉猎物的陷阱和餐厅,而且还是自己的信线、行道、婚床和育儿室。蜘蛛织网所吐出的蛛丝是有机物,正如寄生虫是寄生物,钢丝是无机物。一般而言,有机物弱于无机物,然而,同样体积的蛛丝的强度却数倍于钢丝。蛛所吐丝是高强度的材料,基因生物学家正在研究蜘蛛丝的生化成分,以便人工合成出类似于蛛丝的高强度有机材料。蜘蛛腹部后方有一簇纺器,直通体内的丝腺。该腺体分泌的蛋白质黏液可以在空气中凝结成高强度并且极具弹力的蛛丝物质。利用这种物质,可以制造防弹背心、降落伞、车轮外胎和高强度渔网等产品。

虽然惊叹于蜘蛛建网和蜂群筑巢之奇妙,但人类知道,"动物只是按照它所属的那个物种的尺度和需要来进行创造,而人则懂得按照任何物种的尺度来进行生产,并且随时随地都能用内在固有的尺度来衡量对象。人也按美的规律来创造"②。人类已经建造了一种高于蛛网的网,也建造了一种高于蜂群的群;这个网就是人工智能时代的互联网,这个群就是智能化的信息群。

传统的蜘蛛只是一个稳坐于中军帐内的诸葛亮,足智多谋的蛛虫"摆下八卦阵,专捉飞来将"。文艺作品中的蜘蛛侠(spider man)不但为自己装备了一身现代化的高科技武器,而且被赋予了人的天才的头脑。甚至,这样的侠虫还具有英雄人物的道德精神:"能力越强,责任越大。"然而,这样的侠虫毕竟是一种幻想。

"绿水青山枉自多,华佗无奈小虫何。"何以如此,因为人类自己也像蜉蝣生物一样置身于广阔天地之间。在北宋,苏轼早已发出"寄蜉蝣于天地,渺沧海之一粟"(《前赤壁

---

① [英]托马斯·赫胥黎:《天演论》,第36-37页,严复译,译林出版社,2011年。
② 马克思:《1844年经济学-哲学手稿》,第50-51页,刘丕坤译,人民出版社,1979年。

赋》)的感叹。"千村薜荔人遗矢,万户萧疏鬼唱歌"①之悲剧在历史上一再重演。远的且不说,仅就 21 世纪而言,也是如此。毛泽东《送瘟神》中的小虫是指毁人生命的血吸虫。血吸虫是一种寄生虫,寄生虫是一种寄生物,病毒也是寄生物。2002 年 12 月至 2003 年 6 月,Sars 病毒突袭中国。过了十七八年,在笔者写这一篇文字时,新冠病毒又开始在中国肆虐,依旧是"华佗无奈小虫何",没有特效药物。然而,中国人民并没有被病毒吓倒。

82. 蚂蚁

蚂蚁有 6 条腿,6 是第一个完满数。蚂蚁有两个触角,2 是 6 这个完满数的一个因子。蚂蚁的躯体分为头、胸、腹 3 部分,3 是 6 的另外一个因子。综通研究者头脑中会产生一些奇妙的思想,例如,他会"兼三才而两之"式地考虑事情。这个两就艺术而言是音乐和绘画;就觉知主体而言是听觉器官和视觉器官;就审美感知而言,有可能是听觉思维和视觉思维;就艺术家而言,有可能是作为巴赫与艾舍尔的二部创意曲,也可能是此二者融汇了哥德尔而成为三部创意曲。综通家将阿基里斯与乌龟和音乐形式联系起来,将螃蟹与卡农联系起来,同时也将蚂蚁与赋格联系起来。

蚂蚁与螃蟹作为动虫之同异,正如音乐作为赋格(fuga)与卡农(canon)有关旋律之同异。《蚂蚁赋格》是荷兰版画家毛·康·艾舍尔(1898—1972)1953 年所作的一幅木刻画。作这幅画的时候,侯世达才 8 岁;艾舍尔去世时,侯世达 27 岁。在《集异璧之大成》中有许多对话,其中一篇也叫"蚂蚁赋格",正如有另外一篇叫"螃蟹卡农"。当然,《螃蟹卡农》也是艾舍尔的画作。赋格与卡农都是巴洛克时代的术语,是这个时代的音乐思维形式。

综通研究兼三才而两之,这个两,可以寓托于蚂蚁和螃蟹,当它与音乐结合的时候,螃蟹变成了"螃蟹卡农",蚂蚁变成了蚂蚁赋格。在侯世达创作的对话中有另外一个两,是阿基里斯和乌龟。两仪生四象,此四,除了阿基里斯和乌龟,还有此二者的朋友食蚁兽,以及食蚁兽的朋友马姨。蚂蚁是蚁,螃蟹是蟹。蚁与蟹之同异,正如赋格与卡农之同异。侯世达是巴赫的崇拜者,巴赫是巴洛克时代复调音乐的著名代表人物。巴赫在他生命的晚年创作了《赋格的艺术》(Die Kunst der Fugue)。

蚂蚁是变态昆虫,而螃蟹不是昆虫。蚂蚁是节肢动物,螃蟹是甲壳动物。蚁蟹之同从虫,同在动物。赋格与卡农之同,同在音乐。有主调音乐,有复调音乐,《蚂蚁赋格》与《螃蟹卡农》同属复调音乐。蚂蚁是马蚁。"马蚁是大蚁,为蚁之别种,后来以个别代

---

① 毛泽东:《七律二首·送瘟神》,1958 年。

表一般，且增益虫旁为蚂。"(清翟灏《通俗编》)马有四足，蚁有六足，蟹有十足（包括最前面的一对螯足）。这是以足的多少区别这三种动物。复调音乐与主调音乐的区别也在于旋律的多少。侯世达的科普书安排了一种对话与章节之间的对位，作者总是想"让一个新概念出现两次。首先该概念以隐喻形式出现在对话中，呈现为具体可见的意象。其次在章节中用较为严肃或抽象的文字进行探讨"①。

例如，螃蟹、食蚁兽、蚂蚁等概念就以隐喻的形式出现在对话中，而哥德尔、艾舍尔、巴赫乃至怪圈和缠结等严肃或抽象的概念则出现在章节中。侯世达说："在我开始写这些对话时，不知怎么搞的，我把它们与音乐形式联系起来了。我不记得是怎么开的头，只记得有一天，我在一篇早些时候写下的对话的标题中写下了'赋格'二字，从那以后，这一想法就固定下来。最后，我决定以各种各样的方式使每一篇对话都仿照巴赫的一支曲子。这样做并不是不得体的。老巴赫自己就常常提醒他的学生们说，作品中的每个部分都应该写成'好像是一些精心搭配的人在一起交谈一样'。我接受这一教诲比起巴赫的原意来也许更咬文嚼字一些，然而我希望我的结果忠实于他的原意。巴赫的作品总是一次又一次地打动着我的心。"②

在"蚂蚁赋格"对话之后，侯世达安排了一个名为"大脑中的'蚂蚁'"之章节。当然，在"蚂蚁赋格"对话之中，侯世达也安排了一个名为"马姨"的食蚁兽的朋友。众所周知，食蚁兽不是虫，正如蚂蚁不是兽。那么，"马姨"是什么呢？按照一般科学常识，同类之间才能交朋友，食蚁兽是兽，故他的朋友应该是兽。就此而言，这位朋友应该是作为 horse 的"马姨"之马。

"马姨"之马是 horse。那"马姨"是什么呢？在"蚂蚁赋格"中，侯世达岂止只使用寓托之言，更有卮言日出，天马行空，漫衍无边，随时变换角度，瞬间指鹿为马。不只是译者不知道"马姨"到底是什么，甚至连侯世达本人也不能清楚说明"马姨"是什么，他只是鼓励中译者移译。移译是为了适应新语境，译为"马姨"后，它与"蚂蚁"同音。如果它是蚂蚁，那就不是马了。

蚂蚁是马姨，若在网络世界出现如此语言，是毫不奇怪的。但是，在侯世达的"蚂蚁赋格"对话中，笔者赋予了"马姨"更多的含义，至少他赋予了"马姨"不同于"蚂蚁"之含义。那么"蚂蚁赋格"是什么呢？赋格是体现巴赫高深作曲造诣的形式。赋者，

---

① [美]侯世达：《哥德尔 艾舍尔 巴赫——集异璧之大成》，第 11-12 页，本书翻译组译，商务印书馆，1997 年。
② [美]侯世达：《哥德尔 艾舍尔 巴赫——集异璧之大成》，第 37 页，本书翻译组译，商务印书馆，1997 年。

武也，兵也；格者，斗也，击也。复调音乐中有赋格，正如蚂蚁中有兵蚁。"赋格曲一般包括三个部分：呈示部，中间部和再现部。赋格开始时，一个声部先单独演奏出一个富含特征的音调或短小旋律，作为主题。接着，另一声部把主题移高五度或移低四度来模仿。好像是对主题的回答，故称为答题。原来演奏主题的声部，这时演奏和答题的对比旋律，叫作对题。"①赋格西文的原意是"逃走"。主题和答题相互比武，你追我赶，我赶你逃，相互之间在中间部或再现部相互纠缠格斗时，常常不等主题奏完，另一个声部就开腔亮剑。

在《集异璧之大成》这部科普书中，哥德尔代表着数论。数论中有一个重要元素叫素数。素数中最前面的两个就是 2 和 3。"数论可毫不费力地产生无数个问题，这些问题周围笼罩着清新和芳香的空气，迷人的花朵。另外，数论周围也聚集了很多小虫，等待着伺机叮咬那些受花朵诱惑者，而一旦被咬，他们就会激动起来，去为数论做超常的努力。"②马与马身上的蚁群，正如牛与牛体上的虻群。诸如蚂蚁和牛虻之类的小虫，其个体与群体也不是一个概念，正如马体（马姨）上的蚂蚁与大脑中的"蚂蚁"不是一个概念。

但是，《集异璧之大成》这部书却将哥德尔、艾舍尔、巴赫这三块稀世之珍镶嵌在一起，作者最初只打算写一篇以哥德尔定理为核心的文章，但他按捺不住自己的思绪，其后的想法如波涛一般汹涌，这就触及巴赫和艾舍尔。他花了一些时间沉思此三者之联系，最后的定调是，哥德尔、艾舍尔和巴赫只是某个奇妙体在不同方向上的投影，《集异璧》与《异集璧》是合二而一的。

83. 螃蟹

6 是第一个完全数，蚂蚁用自己的 6 条腿证明自己是完全的。那么，螃蟹呢？算上螯足，螃蟹也用 10 条腿证明自己是十全十美的。蟹之解正如蚁之义。在自然界，就满足食欲而言，食蟹之人与食蚁兽并无差异。蟹是甲壳动物，其可食部分包含在壳内，分解方可得食。故义之我之杀伐，正如"庖丁解牛"之解剖。宋人傅肱（gōng）云："蟹，水虫也，其字从虫，亦曰鱼属，故古文从鱼作蠏。因其外有骨，故曰介虫。因其横行，故曰螃蟹也。"（《蟹谱》）

---

① 《浅析复调音乐中卡农与赋格的区别与联系》。
② 巴里·梅修尔（Barry Mazur）：《像牛虻样的数论》，载《美国数学月刊》，第 98 卷，第 593 页，1991 年。

"饕餮王孙应有酒，横行公子却无肠。"（曹雪芹诗）如果说饕餮王孙是蚂蚁赋格，那横行公子就是螃蟹卡农。侯世达的《集异璧之大成》，安排了许多对话与章节之对位。对话是寓托之言，具有很强的文艺性；章节是抽象的学术，具有比较严格的概念性。作者欲通过前者的直观背景来衬托后者。在作为对话的寓托之言中，螃蟹是一个重要的角色。《集异璧之大成》分为上下两部分。上篇《集异璧GEB》中有一篇"螃蟹卡农"的简短对话，以巴赫《音乐的奉献》中同名曲为基础。在这个对话前一页，有艾舍尔的绘画《螃蟹卡农》。侯世达向读者暗示，正如耳朵和眼睛都联通着大脑一样，"听觉卡农""视觉卡农"和数理逻辑也是三位一体的东西。

在《集异璧GEB》之"螃蟹卡农"对话中，螃蟹第一次露面。侯世达的科普名著非常重视形式技巧以及游戏层次，就此而言，他认为，他的"螃蟹卡农"对话是最紧凑的。因为有这个对话，哥德尔、艾舍尔、巴赫被嵌为一体了。"螃蟹卡农"的开端和末尾有两张方向相反的锥形图，开端的一张锥向上，末尾的一张锥向下。这两张图暗示着人类思维难以避开的怪圈和悖论。还是听听第一次露面的螃蟹是怎么说的。它说："按照我的本性，我原是横行无忌的，只是由于我们蟹类历来的传统，我原路退回了。毕竟我们向前走，就是倒着走。这是由于我们的基因，你们知道，它们是绕在一起的。这总是使我感到奇怪：究竟哪个在先，是螃蟹还是基因？这也就是说，到底哪个在后，是基因还是螃蟹？我总是绕圈子，你们知道。毕竟，这是由于我们的基因。我们倒着走时，就是向前走。"①

《集异璧之大成》下篇《异集璧EGB》中有较长一篇名为"的确该赞美螃蟹"的对话。这篇对话的标题是对巴赫《D调的赞美诗》的戏拟。例如，说"数论语句"，"零不是任何自然数的后继"。还说，用长笛演奏音乐作品，要有数论执持才能达到优美。螃蟹还说："人们并不总能了解美的本质所在，很容易把一首曲子表面的东西错当成它的美，并且去模仿它。而美本身似乎是不可分析的，它藏在音乐深处。不存在现成的规则可用来描述一只曲子是不是美，永远也不会有这样的规则。美感只能存在于有意识的心灵之中，这种心灵依据生活经验积累之深度，超越了一切仅由一组规则所能做到的解释。在我说音乐和数学的关联时，我用了比喻的说法。至于具体的音乐和数学语句之关系，我极其怀疑其可能性。"②

之所以"的确该赞美螃蟹"，是因为在这篇寓托之言的对话里，螃蟹被赋予了理想人

---

① ［美］侯世达：《哥德尔 艾舍尔 巴赫——集异璧之大成》，第263-264页，本书翻译组译，商务印书馆，1997年。
② ［美］侯世达：《哥德尔 艾舍尔 巴赫——集异璧之大成》，第728-730页，本书翻译组译，商务印书馆，1997年。

格的多面性。蟹者，解（xiè）也。解（jiě）者，析也。在"的确该赞美螃蟹"对话后的章节里，出现了查尔斯·巴比奇（1792—1871）的分析机。蟹不但是音乐天才，而且和计算机、人工智能紧密关联着。兼三才而两之，公理化推论、机械计算研究和智能心理学三者可以两之于数论和音乐。

"蟹"这个单音义符，兼三才而两之。这个两，其一是作为水虫之"虫"，其二是作为分解之"解"。螃蟹不但是音乐天才，而且能将数论和音乐寓托于 AI。这个 AI，不是简单的 A 和 I。如果认为 A 是蟹之虫，那么 I 就是蟹之解。而且蟹之解还可以一分为三。一分为三后，解之牛是有直觉（intuition）的，它也可以寓托 AI 的直觉；解之角是意象（imagery），它也可以寓托 AI 的意象。

"人工智能的目标是要弄清，当人的大脑在一种十分复杂的环境中不动声色地从大量可能性中选择哪一种最为合理时，会发生什么事。在现实生活的许多场合，演绎推理之所以不适用，并不是因为它会得出错误答案，而是因为它会得到过多的正确然而无关的断言。"①然而，在"的确该赞美螃蟹"对话里，螃蟹的智慧显示了一些非凡的力量。按螃蟹自己对这种力量的说法，"他只不过是在听音乐，并区分优美的音乐和不优美的音乐。螃蟹善于分解，阿基里斯称赞螃蟹把数论陈述分为真的和假的。可螃蟹坚持说，如果他真的做到了这一点，那纯属偶然。螃蟹说自己在数学方面是无知的"（同上）。

按照宋人傅肱的说法，螃蟹乃水虫。蟹"虫"这个符号的 6 个笔画可以联系《异集璧 EGB》的最后一篇对话，碰巧，这篇对话中也有"6"这个数字，它就是"六部无插入赋格"中的"6"。"螃蟹卡农"之"卡农"与"六部无插入赋格"中的"赋格"都是复调音乐写作手法。卡农是简单的复调形式，先于赋格产生。赋格是一种模仿复调的音乐，形式比卡农复杂。"卡农的基本点是一个单一的主题与它自己相伴而奏。由加入的各个不同声部分别唱出主题的副本。副本中最玄奥的是逆行或横行，所以叫螃蟹卡农。"②

卡农的本义是"规则"，但螃蟹横行霸道，不讲规则。赋格的本义源于拉丁文，由拉丁文到意大利文，然后至法文。赋格的西文本义是"逃跑"，它的心理学意思是"神游"，这使人想到中国文艺心理学所谓"神与物游"。《异集璧 EGB》"六部无插入赋格"对话是一个庞大的游戏，涉及渗透于《哥德尔 艾舍尔 巴赫》中的主题思想。《集异璧 GEB》一开始讲述了巴赫《音乐奉献》之故事。如果说作为《音乐的奉献》中最复杂曲子的"六

---

① ［美］侯世达：《哥德尔 艾舍尔 巴赫——集异璧之大成》，第 736-737 页，本书翻译组译，商务印书馆，1997 年。
② ［美］侯世达：《哥德尔 艾舍尔 巴赫——集异璧之大成》，第 11-12 页，本书翻译组译，商务印书馆，1997 年。

部无插入赋格"是卡农的深化,那么作为《集异璧之大成》中最庞大游戏的《六部无插入赋格》则是螃蟹卡农之深化。后者中的确有让人吃惊的东西。

例如,螃蟹说:"智能机一旦建立,如果发现它们在对心灵、意识、自由意志诸如此类事务上的信念同人一样混乱、一样固执,那将是不足为怪的。"螃蟹卡农有哥德尔的意味,而"六部无插入赋格"中有六个声部,而同名的对话中有六种声音。"在巴赫作品进行到三分之二的时候有一首建立在同一主题上的五部卡农。侯世达的对话里也有同样的结构。在巴赫的作品里,他把他的名字嵌入到两个最高的声部里,在侯世达的对话里,他也用他的名字如法炮制。在巴赫那里,有一个小节逐渐变薄弱,最后剩下三个声部。侯世达的对话也模仿了这一点,有一段时间,只有三人相互交谈。"①

84. 乌龟

汉语和英语之间一个重要差别是,通常一个汉字中的语义信息比一个英语词的语义信息多。譬如,"龟"这个单音义符,它的意思很宽泛,既可以译为 tortoise,也可以译为 turtle。如果译为前者,它是陆龟;译为后者,它是海龟。仿佛龟是一个总体概念,而陆龟和海龟是总体概念下的分概念。当然,我们也可用"龟"和"鳖"来对译 tortoise 和 turtle,毕竟跨文化交流允许差异,因为精确到百分之百无差异的翻译是完全不可能的。

"龟"是龜之简,这个简形符号既是一个简化偏旁,同时也是一个简化字。鱼鳖是水虫,正如螃蟹是水虫。如此说有将"虫"概念扩大化之嫌疑。人文学者对乌龟的性情乃至隐喻语焉不详:"乌龟怯姦怕寒,缩颈以壳自遮"(韩愈语);"妻有外遇而淫,目其夫为乌龟,因龟不能交而纵牝者与蛇交"(谢肇淛语);"女儿悲,嫁了个男人是乌龟"(曹雪芹《红楼梦》第二十八回);"妇人与别的男子有爱情,自己的丈夫若宽恕了,社会上便要给他乌龟的称号"(胡适《镜花缘》引论)。专门研究乌龟的专家说:乌龟四月下旬交尾,傍晚进行。雌龟在向阳有荫的沙岸边掘穴产卵,以不可思议的自然的孵化时出壳之温度来调节幼龟性别,并控制雌雄比例。

龜是龟之繁。繁体龟的笔画多达十八个,它繁得让人心烦,但这种繁毕竟是一种算术性的繁。还有一种不断重复性的繁,这种繁呈现为理性的悖论(paradox),它出现在《集异璧之大成》的一篇对话中。这篇对话以繁为简,以至于使本该很简单的"happy birthday to you"合唱变成了一道谁也无法破解的关于无穷(ω)的数学难题。但是,就

---

① [美]侯世达:《哥德尔 艾舍尔 巴赫——集异璧之大成》,第972-979页,本书翻译组译,商务印书馆,1997年。

可重复性而言，安排这篇以繁为简的对话是有意义的。因为"在某种意义上，它对应于芝诺的优美的悖论，利用无穷回归法，显示了身体运动乃至思维推理的不可能性"①。

所以，关于乌龟，也有三部创意曲。乌龟和阿基里斯是公元前 500 年芝诺（Zenon Eleates，鼎盛年约在公元前 464—前 460）创造出来的。芝诺认为，阿基里斯与乌龟赛跑，虽然阿基里斯跑步的速度快于乌龟 10 倍，但他却只能缩短与自己前方 1000 米的乌龟的距离，而永远不能追赶上乌龟。这是第一部创意曲。

第二部创意曲是由英国著名数学家、作家卡罗尔（Lewis Carroll，1832—1898）在 1895 年创造的。在芝诺建造的创意曲中，没有区分阿基里斯无限接近乌龟的时空与阿基里斯能赶上乌龟的时空，芝诺犯了用前者代替了后者的错误，故说阿基里斯永远也赶不上乌龟。卡罗尔知道芝诺所犯的错误，故他的创意曲与芝诺相反。卡罗尔让阿基里斯追上了乌龟，并且舒舒服服地坐在乌龟背上。"在卡罗尔的对话中，同样的事件一次又一次地发生，只是每一次都发生在更高的层次上，它与巴赫的无穷升高的卡农绝妙地相似。即便不谈其中的妙语，卡罗尔的对话也仍然包含有深刻的哲学问题，即文字和思维是否遵循形式规则？"② "乌龟"是不是"悟诡"？

卡罗尔的二部创意曲对乌龟的"悟诡"性的揭示让人印象深刻。因为乌龟如果是"悟诡"，那它就不是真乌龟。同样的道理，如果阿基里斯是"厌极易死"，那他也就不是荷马史诗中的那位半人半神的英雄。如果说人是"厌极易死"的动物，那乌龟极有可能反倒不是。乌龟心静如水，能长寿，即使阿基里斯已经坐在它的背上，它也能够不慌不忙地与阿基里斯对话。乌龟说，阿基里斯记。说什么？乌龟说欧几里得第一命题。记什么？阿基里斯记：如果 A 和 B 为真，则 Z 也为真。乌龟又说：如果不接受 A 和 B 为真，该怎么办？阿基里斯说：那就放弃欧几里得，改踢足球去。此后，卡罗尔让乌龟在一个怪圈内继续对阿基里斯说话，对方则精疲力竭地记话。

这种无穷无尽的对话很难结束。它甚至比"龜"这个字更为繁难。不只"龜"这个字繁难，而且"烏"这个字也不轻松。正因为繁难和不轻松，所以，在 20 世纪中叶，中国人将"烏龜"这个双音义符简化成"乌龟"。从繁到简，持续了几千年。还好，乌龟与阿基里斯的对话记录，由于叙述者家里有急事而中断。几个月后，叙述者才又路过此地，他发现阿基里斯依旧骑于乌龟之背，在本子上记个不停。他听见乌龟说："你把刚才那步

---

① ［美］侯世达：《哥德尔 艾舍尔 巴赫——集异璧之大成》，该书概览之二部创意曲，本书翻译组译，商务印书馆，1997 年。
② ［美］侯世达：《哥德尔 艾舍尔 巴赫——集异璧之大成》，第 62 页，本书翻译组译，商务印书馆，1997 年。

记下了吗？我要是没数错，已经有一千零一步了，将来还会有亿万步呢。算是帮忙，你是否介意我们的对话会给后代逻辑学家一些教益。"①

关于乌龟的第三部创意曲中有更多的离奇。就中国文化而言，离为蟹，蟹性躁。螃蟹的基因一圈一圈缠绕着，一个前行时，另一个倒行。分子生物学称这样离奇的 DNA 片段为回文。就英美文化而言，Achilles 的 A、Tortoise（龟）的 T、Crab（蟹）的 C 和 Gene 的 G 四个字母正是 DNA 的四个碱基。龟与蟹的差异，正如 T 碱基与 C 碱基的差异。侯世达的创意着力于此。侯世达《集异璧之大成》导言后的"三部创意曲"定下了全书的基调。

伟大的音乐家巴赫既写过十五首二部创意曲，也写了十五首三部创意曲。二部创意曲原是巴赫为自己年幼的儿子写的练习曲。将此二声部演奏得精妙后，就可以巧妙地过渡到三声部。声部的增多加强了演奏的难度，因为有时它要求三种音型交替、穿插变化。侯世达的"三部创意曲"对话是在"兼三才而两之"的基础上完成的。不只是立足于巴赫的音乐创意，而且有艾舍尔的绘画创意，还有哥德尔的数论创意。所谓兼三才而两之，有多重含义。一是兼哥德尔、艾舍尔、巴赫于芝诺和卡罗尔；二是兼数论、绘画、音乐于人文科学和计算机科学；三是兼悖论、无穷（ω）、缠结于阿基里斯与乌龟的对话。当然，也可以说兼阿基里斯、乌龟、螃蟹于 A 和 B。

龟鳖乌黑，故称乌龟。乌龟多半时间生活于黑暗中，其视力较差，但它却看见了艾舍尔的一幅形状像幡的绘画。幡是一面旗子，也是目的地，谁先到达，谁获胜。发令枪欲响未响之时，发生了目的地旗子之动，有人说是幡动，有人说是风动。乌龟说："风幡非动，心自动耳。"乌龟把这幅画中间的孔当成了 0，它知道芝诺喜欢这个数字，尽管在芝诺的时代 0 作为数字还没被发明出来。0 是子虚乌有，但 A 和 B 却是实在的。阿基里斯与乌龟赛跑，乌龟位于前方的 B，阿基里斯位于后方的 A。阿基里斯是希腊时代著名的飞毛腿，但他落后于乌龟，而且乌龟还在不断地向前。

乌龟在前面不紧不慢地挪动，阿基里斯在后面拼命地追赶。乌龟心静如水，因为它知道阿基里斯可以无穷尽地追近自己，却无论无何也赶不上自己。因为按照芝诺悖论，"阿基里斯如果想从 A 点到 B 点，就必须先走完 A 到 B 的一半，而要走完这一半，又先得走完这一半的一半，以此类推，他永远也走不完无穷个一半"②。阿基里斯是飞毛腿又能怎样，他的心态和寿命都不及乌龟。

---

① ［美］侯世达：《哥德尔 艾舍尔 巴赫——集异璧之大成》，第 61 页，本书翻译组译，商务印书馆，1997 年。

② ［美］侯世达：《哥德尔 艾舍尔 巴赫——集异璧之大成》，第 44 页，本书翻译组译，商务印书馆，1997 年。

第二十二章　金文别纸与原富铁通

文基饰因，衣被于金，故有金纹。后外画在左上，司外画在右上。甲金纹基因豪放，篆刻符文婉约。文被于纸，别裁锦绣。周与秦合而别，别五百载复合。经济原富，军事原强。高铁、航天使交通腾飞。手机、电脑、网络拥戴智能跨越。

85. 金纹

金纹与金文有异同。就其异而言，金纹偏于畫，金文偏于書。就其同而言，此二者都根基于聿。书画同源，其后分道扬镳。金纹以金为载体，正如文道以文为载体，心声以声为载体。五根符号，水、土、木、火四者咸为甲骨文字根，唯有"金"不是。"金"是一个形声字符，是《说文》的第490个部首。许慎说"金生于土，土中左右点象金粒在土中形"。饶炯说"五色之金皆出于矿，矿生于地，地者，土也，文故从土"。"金"中的两点指事金属颗粒，"金"发今声，"今"是一个甲骨文字根。

从出土文物考察，青铜器始于殷商，"金"这个单音义符始见于钟鼎文。中国最早的地方志是《越绝书》，东汉著名思想家王充在《论衡·按书》中称其为《越纽录》，而且说，这本书所具有的水平，绝不在刘向、扬雄之下。《越绝书》第11卷说："神农伏羲之时，以石为兵，黄帝以玉为兵，禹之时以金为兵，今之时以铁为兵。"（《越绝外传记宝剑第十三》）如果说"以石为兵"之时是旧石器时代，"以玉为兵"之时是新石器时代，那"以金为兵"之时是青铜器时代，"以铁为兵"之时是铁器时代。

先有书画触及视觉，后有书文深入思想。就此而言，金纹也是金文。湖北随县曾侯乙墓出土的65件分三层悬挂的编钟，钟体上有铭文3755字，内容为编号、纪事、标音和乐律理论。整套编钟低音浑厚，中音圆润，高音清脆。鼎不从金，但它的历史不亚于从金的黄钟。民以食为天，饮食需要食器，鼎乃食器之尊。再朝后，至尊的鼎器更步入宗教、祭祀和政治诸领域。天下大事，在祀与戎。祭祀精神，鼎有铭文："先祖之德善、功烈、勋劳、庆赏、声名，勒于祭器，使其名声昭于天下。"（《礼记·祭统》）

中国在夏代已进入青铜时代，铜的冶炼和铜器的制造技术发达。纹饰是文字之母，甲骨纹饰"丹"是对铜矿开采乃至冶炼的摹写，开采和冶炼是为了制器，"鼎"纹饰孕育着脑意识之神秘，金文是脑意识之结晶。殷商金文的杰作镌刻在一个重达832.84公斤的宝物的内壁上，它的名字叫"后母戊鼎"或"司母戊鼎"。殷商从契到汤十四代，从汤到纣十七代，总共经历了多少年已难于考察。《竹书纪年》说496年，《三统历》说629年，《夏商周断代工程》说554年。殷商诸王中，盘庚以后，武丁赫赫有名。

武丁死后被尊称为高宗。他有一个名叫"妇妌（jìng）"的后妃，生下祖庚、祖甲。祖庚先继位殷王，祖庚死后，祖甲为殷王。祖庚、祖甲为纪念母亲，铸造了这个大鼎，"后母戊"是妇妌的庙号。"后母戊"之"后"与"司"形近。这两个字符的现形内画相同，外画相反。"后"的外画在上左，"司"的外画在上右。我们能认识"母戊"二字已算万幸，至于第一个字符，由于它处于纹饰与文字的结合部，我们只能武断地推测或选择出其中一个。

根据徐中舒的解释，甲骨文"后"字就是其后的"毓"（育）字，象妇女产子。根据罗振玉的解释，甲骨文"司"外画的形状有的在左上，有的在右上。[1]西周《墙盘》《毛公鼎》铭文中"司"的外画与现今相同。皇天在上，为天神；后土在下，为地祇。这是中国人根深蒂固的传统思想。《后母戊鼎》尊"后土"，《毛公鼎》敬"皇天"。后者的铭文接近500字，其首段两次言及"皇天"。

笔者业文，教授学子"什么是文"。据《易·系辞下》"物相杂，故曰文"溯源究末，始知"文"与"交"咸为甲骨文字根，还有更根本的另一个字根，它是最普通的汉字"大"。三画的"大"、四画的"文"、六画的"交"，都是与人有关的汉字。"大"是大人，后来专门化为与"小"相对的形容词。"大"上出头的部分、"文"和"交"上部的点，都可以看作是指谓人的头，三者的横画代表人双臂平伸，其下部的交接或交叉笔画指谓人腿之行为。

金文源远流长，其声名可以和甲骨文媲美。甲骨文随着殷商的灭亡而埋入地下，直到19世纪末才被发现。金石之文的载体比甲骨更为牢靠，这是其一。其二，它被发现的时代虽然散漫，但早于甲骨文一千多年。当然，甲骨文体量庞大，而且是集中发现的，就此而言，金文难以企及。现今研究金文，不能不参照甲骨文。基于胡厚宣先生的统计，至1899年到现在，所发现的甲骨文单字约有4500个，大概有2000个字符可以识读。基于容庚先生的研究，现今可见的金文（多数在甲骨文之后）字数共计3772个，其中可以识读的字2420个。[2] 相对于甲骨文，金文由于距今近，故可识字多。

---

[1] 在左上的，见《殷墟书契菁华》，日本帝室博物馆，1914年。在右上的，见《殷墟书契后编》，民国五年三月影印本。
[2] 容庚先生1983年去世。这个数字是根据1985年出版的《金文编》修订本（第四版）得来。

文字的产生，从简到繁；其发展，从繁到简；其进化，循环往复，无穷无尽。五根符号，"金"符最繁，共有八画。"金"字单独使用，不需要简化。当它作为偏旁使用时，必须简化。20世纪公布的《简化字总表》第二表规定：这个简化偏旁（钅）共五画，第二画是短横，中两横，竖折不出头。金文铭刻在青铜器上，正如石文刻画在石头上。古人已知道"人生非金石，不能长寿考"。但他们也知道雕刻在金石上的文字更能长久地流传。

　　由于纹饰更近于绘画，所以说它是文字的根。象形文字是从毛饰画文演化而来的，"毛饰画文"是拟容，金纹之饰也是拟容。许慎说：文，错画也，象交文。用错画文身，故文身之"文"的本义是纹饰。纹饰之"纹"后来独立于"文"。青铜器的类别："食器有鼎、鬲、甗、簋、簠等，酒器有爵、角、斝、盉、觚、觯、尊、卣、壶、罍等，水器有盘、匜、鉴、盂等，乐器有钲、铎、钟、铃等，共有五十多类，而每类中又有多种的形态。在花纹上更是多彩繁缛，从几何形的云纹、雷纹、圆圈纹、三角纹、方纹、水波纹、绳纹，到动物形的饕餮纹、夔纹、龙纹、凤纹、鸟纹、象纹、蝉文、鱼纹、龟纹，更发展为人物故事的狩猎纹、战斗纹，在造型和纹饰上都充分表现庄严、朴实、自然、雄伟的种种风格。"①

　　在青铜上刻画图饰文字，故有铭文。"有德业，则刻为铭文"（封演《封氏闻见记·石志》）；"铭文最古，旧史所称，黄帝始作"（姚华《论文后编·目录中》）。在姚华之前，吴式芬（1796—1896）先著作《捃古录》二十卷，后又著作《捃古录金文》三卷。在这两部金石学名著的后一部，他使用了"金文"这个双音义符。吴氏的"金文"指谓整篇铭文，没有分列单字。

　　吴氏去世后29年，容庚的《金文编》将商周铜器铭文中的字按照《说文解字》的顺序编为字典。在综通研究者眼里，金文、物文和人文是相通的。一叶且或迎意，这个意是文意。虫声有足引心，这个心是文心。金文依附于文物，正如物文依附于生物，人文依附于人物。文物是活的还是死的？对于一般人而言，它是死的。但是，对于考古学家和文化人而言，它仿佛是活的。在这些人眼里，文物与人物、植物、动物等生物相通。

　　笔者在论述百科符号时曾经拈出"异面、骨鉴、纹别"②三个概念。金文与物文、人文异而相通，金文的风骨使人想到"金戈铁马"这个四音义符。"金戈"是戈的美称，正如吉金文是铜器铭文之美称。甲金文"我"从戈，为兵器。后来人用假借之法赋予这个字符第一人称的含义，等同于英文的"I"。

---

① 曾宪通：《容庚杂著集》，第224页，中西书局，2014年。
② 袁峰：《文医符域综通研究》，第131页，三秦出版社，2020年。

就书体而言，甲金文与篆文之不同，正如豪放词与婉约词之异。甲金文是"大江东去"之风格，须关西大汉，执铜琵琶、铁绰板歌唱；篆文是"杨柳岸，晓风残月"之风格，应该有十七八岁的女郎，执红牙板歌唱。金文之文，较之篆文之文，更不应该忽视毛饰画文。然而，"前代著书，重文字而忽视花纹"，致使"欲考图饰者恒有材料短缺之感"。①容庚先生的著作，将分辨花纹与文字分析并列，为著录者开其端。他坦言："余之著书，以器物为主，精印流布，读者自得，余考释乃筌蹄也。"（同上）青铜器的图饰与铭文浑然一体，毛饰画文所依托的字根"彡"（shān）流布为辞章形容。

86. 别纸

魏晋时期的曹丕认为："文本同而末异。"唐朝的文章学认为："文三同而异末。""文本同"强调文的本义，这个本义是文最初产生的意义。例如，"纸"这个单音义符，其本义指"纸张"，它由中国人发明，起源很早。东汉（25—220）时蔡伦（？—121）对造纸术进行了改进。"文三同而异末"如果从书写材料的角度看可以区别如下。它们为：一是书写在竹简上的文，简称为"简"；二是书写在绢缣上的文，简称为"缣"；三是书写在纸张上的文，简称为"纸"。在此三者中，简从竹，缣和纸从糸。历史学家范晔说："自古书契，多编以竹简；其用缣帛者，谓之纸。缣贵而简重，不便于人。伦乃造意，用树肤、麻头及敝布、渔网以为纸。"（《后汉书·蔡伦传》）

范晔说"缣帛者，谓之纸"强调了书写史之进步，以前用竹简，后来用缣帛了，这当然是进步。范晔是文史学家，而不是文字学家。与范晔同时代的文字学家许慎认为的"纸"这个单音义符的本义并不是今日所谓"paper"。许慎在解释"纸"时与范晔有异同。就其同而言，二人皆未背离历史原则。就其异而言，纸从糸，范晔用缣帛说明纸强调纸之糸。许慎也认为纸从糸、氏声，但他在具体解释时使用了"絮笘"。笘（shān）是土法造纸工具，絮是絮渣，有各种絮渣，其中之一是漂洗蚕茧时附着于筐上的絮渣。《词源》认为，这就是许慎所谓纸之本义，《汉语大字典》认为笘也是汉代蒙童习字所使用的竹觚（gū）。范晔和许慎都是操觚写作的学者。

以上对"纸"这个单音义符进行了辨同析异。以下对"别"这个单音义符作诸如此类的析鉴查验。别的本义是分剖，剖与别咸从刀，人使用刀分别、分解。刀是一个甲骨文字根。根据《说文》乃至《汉语大字典》，分剖、分解之"别"左符的原型应该是"冎"，这个符号是一个甲骨文字根。冎与骨是一个系列，正如剐与别是一个系列，这些系列都

---

① 曾宪通：《容庚杂著集》，第67页，第71页，中西书局，2014年。

是从实际生活中来的。文史、文献是建立在实际生活之上的东西，故"周与秦合而别，别五百载复合"（《史记·周本纪》）中所使用的别离、别合是后来出现的东西，这些东西吸收了了先秦"离坚白""合同异"之逻辑思维成果而将其纳入具体的史论。

具体的东西左右着抽象的东西，抽象的东西也主导着具体的东西，此二者在矛盾斗争中有可能趋于分离，也有可能趋于融合。在这种大背景下，"剮"（剐）①与"别"区别为两个不同的单音义符，而"别"与"纸"则通过偶合为双音义符"别纸"来寻求对新的社会文化环境的适应。三国时期的智慧，强调对人的品鉴能力，例如，曹操就对人有极高的品鉴力。《三国志·吴书·吴主传》裴松之注留下佳话。曹操见吴军舟船器仗军伍整肃，喟然叹曰："生子当如孙仲谋，刘景升儿子若豚犬耳。"正是在这个佳话后有孙权给曹操的书信，其中出现了"别纸"这个双音义符，它是另一封书信的代称。

正如"剮"的本义是剮骨，"别纸"的本义是另外一张纸。当"剮"与"别"分化为两个字后，历史的长河又将"别"与"纸"锻造为"别纸"这个双音义符。文词与文字密不可分。文词的前身是辞，称口舌之能；文字的后身是词，意内而言外。"别纸"作为另外一张纸指谓"言外"书写文字的传播形式，作为另一封书信的代称指谓这种传播形式所负载的内涵意义。用文献学的话来说，如果说"纸"有关于文本的版本，那"别"有关于对文本版本的鉴别。在纸未被发明或未被通用以前，文字被刻写在甲骨和竹木之上，故本从木，"文本同而未异"之论是就木而言。在纸被发明并逐渐通用以后，文字也渐渐衣被于纸。西晋文豪左思作赋主张"依其本，本其实"，现实主义的《三都赋》洋溢于纸上，故有洛阳纸贵之美谈。

合偏于同，别偏于离。别离是离异，但别同不是合同。周秦之同，同是广义的封建社会。周秦之异，异在后者将封建王朝从分封制变为郡县制。别纸之于文体，正如别驾之于官名。范晔说："手笔差异，文不拘韵故也。"（《狱中与诸甥侄书》）手笔为文，押韵者为文，不押韵者为笔，这是齐梁人的思想。别驾之官源于汉。服虔《通俗文》说："官信曰启。""启"是一个不作简化偏旁用的简化字。

启的繁体是啓，正如笺（jiān）的繁体是牋。《文心雕龙》说："笺者，表也，表识其情也。"（《书记》）别纸之文源于汉末。东汉郑玄（127—200）释解诸经皆称注，而独将释解《毛诗》称作笺，因为《诗》乃文学，需断以己意方可奏效。汉以后，笺逐渐朝文体方向演化，《三国志·吴书·周鲂传》两次言及"别纸"，亦两次在"别纸"前言及"笺"。言前者曰奉笺、立笺，言后者曰"时事变故，列于别纸"。别纸颇类于"发蒙开智"

---

① 咼是《说文》的第 133 个部首。1956 年，咼（wāi）简化为呙，呙是简化偏旁。"剮"应用这个简化偏旁将"咼"简化为"呙"，顺理成章，"剮"简化成了"剐"。

之启。

别纸之文体源于唐。魏晋人开始对文体的本末同异进行辨析，唐人说"文三同而异末"。如果说此"三同"是指表、笺、启，那这个"异末"就是别纸。启从口在下，其上部符号指事本义。在甲骨文这个本符指谓以手开户。"启"以口开蒙发智，"别纸"以另外的篇幅审析示谕。别纸的异末性大有后来居上之势。《汉语大词典》在"别"这个单音义符下收录了220多个词条，其中一个是"别驾"。别驾发"别+"音，但"别+"与"别驾"不同。

《汉语大词典》没有"别纸"词条，但我们可以用"别+"思维来说明别纸。正如"互联网+"和"互联网"是不同的概念一样，"别+"和"别"也是不同的概念。在"别+"的无穷多个概念中，应该有"别纸"。别纸作为"别+"之体是别体，在晚唐五代乃至唐宋时代逐渐趋于散化的应用文。别纸作为"别+"之韵弱于一般的诗文，故别纸的风味属于不押韵的"别纸示谕"之别笔。别纸作为"别+"之识史论性弱，故章学诚说"唐后史家无专门别识，抄撮前人史籍，不能自擅名家"（《校雠通义·宗刘》）。

别纸作为"别+"之别集，相对于总集而言是集部的分目。诗有别材，非关书也，但别纸之文却紧密地系联着书仪。诗有别趣，非关理也，但别纸之文流传到朝鲜却紧密地系联于理学。16世纪朝鲜哲学家李滉在《退溪集》中将别纸作为理的载体进行思辨。"理"这个单音义符因为其左部是玉，故被认为是实。曹丕认为文以气为主，故文学中充盈着气。李滉认为，别纸之文所负载的不是气，是理。理是像治玉一样实在的学问，而不是虚无的气。

别纸也可以作为"+纸"。作为"+纸"的别纸与手纸不同，前者的本义是另一张纸，后者的本义是手用的纸。《警世通言》中说"荆公见屋旁有坑厕，便讨要了一张手纸去登东"。这里的"登东"意谓解手，解手使用手纸。"手纸"是大便用纸，中文的这种含义一直使用至今。可"手纸"作为手用的纸流传到日本却不是作为厕纸使用，而是被赋予了"信纸"的意义。当然，别纸在日文中的意义依旧有另纸的意思，它已偏于用另外的信纸或书信。

87. 原富

"富"这个单音义符具有惊人的魅力，要不然的话，它就不值得亚当·斯密（Adam Smith）以毕生之力去对它进行研究了。富，畐（fú）也。"畐"是一个甲骨文字根。我们生编硬造地将象形符号"畐"和拼音符号"ealth"拿来作拉郎配。根据《尚书·洪范》，人追求五福，其中之一是"富"，另外一个是"康"。康，健康也。富，财富也。富之畐在下，正如福之畐在右。人类幸福的因素很多，最重要的是作为 health 的健康和作为 wealth 的财富。经济学是一门研究财富的学问，亚当·斯密研究财富，后人称其为经济学之父。

严译《原富》说："人，自营之虫也。"人作为自营之虫是自私自利的。人通过造器自利。畐是器，由于畐是人造的，故偪（bī）从人。扬雄《方言》，以满训偪着眼于畐。畐器长颈、鼓腹、圆底，故扬雄说"腹满曰偪"。我们可以从"＋畐"之"偪"来理解这个单音义符。器物腹满给人带来了某种幸福感，此即"＋畐"之"福"，就是"祸兮福之所倚，福兮祸兮所伏"之"福"，韩非子释其为"全寿富贵"（《解老》），这个"富"就是"原富"之"富"。此乃另一个"＋畐"，是屋子里充满了琳琅满目的器物，而且个个充盈腹满。

用严译亚当·斯密的话来说，原富是"考国富之实，与所以富之由"，这是对国民财富进行探本溯源。国民财富有关于人民的生计，故原富是生计学。生计学作为经济学，在道的层面是哲学，在术的层面是计策。富国的计策是富国策。"富国策，农工商之事也。此三者涉及裕国之源。明乎其术，惟士为能。故必择颖悟之资、精于格致者习之。"① 1880 年丁韪良、汪凤藻任同文馆总、副教习时，在《富国策》中将"political economy"译为富国。

《原富》之于《国民财富的性质和原因的研究》（An Inquiry into the Nature and Causes of the Wealth of Nations），正如《富国策》之于政治经济学研究。经济学仅就经济原富，而政治经济学不仅就经济原富，而且就军事原强，因为军事原本是政治的一部分。带书名号的原富是严复的翻译作品，未带书名号的原富更多地渗透着中国的传统思想，因为"原＋"本来就是中国人的思维。在中国，"原＋"首推原道，因为中国人最主要的思想是道家和儒家，道家原道自不待言。《论语》中孔子亦云"朝闻道，夕死可矣"。后来进入中国的佛也与儒老两家互补鼎立于道。

三足鼎立之道，在齐梁刘勰论文之原道那里已有端倪，但唐代韩愈的原道却以继承孟子的道统说作为自己的历史使命。除了原道，原＋思维中还有原性、原诗、原善和原名。韩愈的原性论认为，人性分上中下三品，上品性善，中品之性可善可恶，下品性恶。到了清代，叶燮认为，诗兼三而四。诗之三是理、事、情，在物；诗之四是才、胆、识、力，在我。艺术创作就是要将在我之四与在物之三进行完美结合。戴震的《原善》论对

---

① 《大清会典》卷100，第3页，光绪三十四年（1908）上海商务印书馆石印本。

孟子"耳目之官不思，心之官则思"进行了阐释和发挥。他认为，在认识论上，人的耳目口鼻之官接于物，而心通其则，这个则，就是人伦道德之善。章炳麟的《原名》论认为，名的产生始于感觉，感觉传入内心，生成对事物的认识。认识不能脱离感觉，但理性认识却喜欢拿一系列抽象的名词术语思考构建形而上学，思考错了，就又回到感觉进行反思。

严复不但原富于斯密，而且自己还写了《原强》，并于1895年发表于天津《直报》。强从弓，弓弩强兵，军事之谓也。有强大的国力，没有其他国家敢欺负。原富之富和原强之强合为富强，至21世纪成为社会主义核心价值观之一。在严复的关注中，占突出地位的是对国家存亡的极大忧虑。严译capital为母财，母生子，故母财能增殖繁衍。王亚南、郭大力将斯密的著作译为《国富论》，《国富论》译capital为资本。母财之于《原富》，正如资本论之于《国富论》。斯密著作风行时正值英国富强，严译《原富》欲使中国富强。《原富》之于《国富论》，正如计学之于生计学、经济学。

严译西学，千秋之功可从诸多方面叙述。《天演论》中的生学，开生物学、生理学之端。《原富》之计学，开生计学、经济学之端。"自天演学兴，而后非谊不利，非道无功之理，洞若观火。而计学之论，为之先声焉。"[1]谊，义也。"非谊不利"是说义和利是密不可分的。义是斯密的《道德情操论》所言说的，而利是斯密《国富论》所言说的。先有严译之计学，后有梁启超的生计学。而计学和生计学都依托于斯密之学。"斯密之论富、论货币、论价格，皆能发前人所未发，为后学之指针。论者或推为生计学之鼻祖。"[2]

不同于生学之于生物学、生理学，计学演化为生计学、统计学。计学作为生计学，"切而言之，关于中国之贫富；远而论之，则系乎黄种之盛衰"（《原富》译事例）。严译斯密著作的思想意义是，利与义的结合，个体义与集体义的结合。严复在《原富》按语中肯定个体利益的正当性，批评了否定个体利益的危害性。他认为生计学家最伟大的功绩就是"不以浅夫昏子之利为利，亦不以刻薄自敦、滥施妄为者之义为义"，经济学家要从"义利合，民乐从善"的角度考虑问题，若能如此，"治化之进"就离我们不远了。

生计学在国家层面作为政治经济学的关键词是富国论，统计学在科学层面作为数学分支的关键词是概率论。严译《原富》作为计学既是富国论，也是概率论。上海社科院经济研究所研究员钟祥财说："在严复的阐述中，自由、民主、平等等作为价值理念，既是西方国家发展过程中所遵循的原则，也帮助实现了社会进步、国家富裕的整体目标。可见，从方法论个人主义出发，个人利益的增进与整体国家的发展不仅不矛盾，而且后者

---

[1] 严复《原富》按语十一。
[2] 梁启超《生计学学说小史》第三章。

还是前者的结果。"①严复是斯密在东方的知音,严译《原富》足以证明严复之计学,既有富国论权衡,又有概率论的把握。经济学方法论存在于个体与群体的结合部,而且严复对斯密经济思想的传播不乏长远考虑。钟祥财解释说:"在严复看来,革命解决的无非是一批人与另外一批人的问题,解决不了根本问题。革命结束后,这些人身上的问题,在别人身上也会有;这里有的问题,其他地方也会出现。所以,严复认为,观念、制度和教育水平的改变很重要,要慢慢来。他希望通过《国富论》等的翻译出版,转变和提高国人的观念和素质,培育市场经济的微观基础,构建自由竞争的制度,从而实现中国的社会进步和经济发展。"②

88. 铁通

铁通既是铁路交通,又是地铁(metro)交通。"铁"是一个不作简化偏旁用的简化字。"铁"的繁体是鐵,正如"钢"的繁体是鋼。钢发冈音。"冈"是一个可作简化偏旁用的简化字,正如"钅"是一个可作简化偏旁用的简化偏旁。钢铁从金,简化字专家在把它从八画精简为五画时,特意加了一个明确解释。说"钅"这个简化偏旁的第二笔是一短横,中两横,竖折不出头。

就经济建设而言,铁是最重要的金属。"工欲善其事,必先利其器。"(《论语·卫灵公》)最早的器是石器,石器社会的末期及以后,出现了铜器、铁器、金器、银器。铁、铜、银从金,金从土。土是一个甲骨文字根。铁是化学元素 VIII 族元素,铜、银、金是化学元素副族元素。金生于土。"鐵"从金发"戜"(dié)的母音在后,"金"从土发与"今"一样的声母音在前。"今"是一个甲骨文字根,正如"壬"是一个甲骨文字根。许慎说"鐵"的母音"戜"从戈呈声,又说"呈"从口壬声。"壬"与"今"韵母同,而声母不同。

就宇宙整体而言,五行中的"土"是其余四行之母。就物理学之小而言,土是基本粒了。就宇宙学之大而言,土能容纳万物。就汉字笔画而言,五行中"土"仅三画,而"木""水""火"各四画,而简化后的金(钅)也有五画。土木水火都不是化学元素,而金不但是化学元素,而且是金黄色的贵金属。土生金,主要就金在自然界以游离态散布于沙土之中而言。以游离态或非游离态分布于地球上的"金"在早期并非专门指 gold,而是泛指金属。金在五行中具有独特性,正如汞(非固态)在金属中具有独特性。

---

① 《文汇学人》,2019 年 7 月 31 日。
② 转引自孟珑《严复和〈原富〉》,载《文汇学人》,2019 年 7 月 31 日。

在五行中，金是地球土生的。在太阳系内，据说人类最早使用的铁是从天上掉下来的。这种铁是陨石中的铁。古埃及人称它为神所赋予的物，亦称其为天石。铁器与石器都是器。陨石与矿石都是石。恒星的生死制造出元素，铁银铜金流传至今。鐵之或之戈是用 iron 制造的兵器，在古希腊文中，"星"与"铁"是一个词。

"鐵"符的中上部有一个"+"号，这个符号可以联系化合价理解。化合价是一个原子（或原子团）能和其他原子相结合的数目。以氢化合价作 1，其他原子的化合价即为该原子能直接或间接与氢原子结合或替代氢原子的数目。例如，在水分子中，氧原子能与两个氢原子结合，氧的化合价就是 2。铁是变价元素，0 价只有还原性，+6 价只有氧化性；+2、+3 价既有还原性，又有氧化性。在置换反应中，铁一般显示为+2 价，但有少数显示为+3 价。

"铁"是一个不作为简化偏旁用的简化字，其左右各五画，共十画。相对于繁体而言，它瘦身了十一个笔画。相对于人类对铁的艰难认识而言，这实在算不了什么。宋应星（1587—？）说："铁分生、熟，出炉未炒则生，炒则熟。"这里所谓"炒"，是指冶炼、精炼。将铁矿石初炼成生铁，然后再精炼成熟铁。生铁的含碳量在 2%以上，熟铁的含碳量在 0.022%以内，钢的含碳量在 0.025%～0.2%之间，这是现代人的概念。在中国古代，"熟铁"这个概念范围广，现代人所谓可锻铁、低碳钢、中碳钢，甚至高碳钢都有可能包含于其内。宋应星说："治铁为器，取已炒熟铁为之。"在古人心里，"钢"概念更神圣，因为它杂质少，硬度高，被用在刀刃上。

严复在《原强》中说，电邮、汽舟、铁路三者，其能事足以收六合之大。如今，电邮已进入 5G 时代，汽舟已步入神舟时代，铁路已跨入高铁时代。这里的 5G 是指互联网+，"神舟"是指航天飞船，高铁是指高速铁路。铁通既是高速铁路之通，又是地铁之通。对于一个城市的发展来说，此二者咸为硬件之通。如笔者所居住的城市西安，其高铁往西北可直达银川、兰州，往西南可直达成都，往东可直达郑州，往北可间接抵达北京，往南可间接抵达广州。更激动人心的是，中国的高铁，通过一带一路，源源不断地融通了世界。

我的母亲城市地铁的快速发展令我抑制不住激动的心情。我之所以要写"铁通"这个双音义符，不是因为我懂得铁路交通，而是因为地铁之通带给我灵感。由于城市道路交通十分拥挤，故人类发明了在城市地下修筑地铁通道。

建造地铁通道必须做到三通。首先是洞通，即在繁忙的城市地下用盾构机打洞，洞穿出一条不大不小的通道。2019 年秋冬时，我曾经体验过这种洞通。当时我多次乘西安地铁 2 号线在南稍门站下，因为我要护理位于那里的医院中正在动手术的我的家人。我在乘 2 号线时听到了声响,那是修筑 5 号线的盾构机发出来的。盾构机正忙着自东向西地在地下工作,它工作的方位在深于既有 2 号线隧底 2.52 米处,它正在那里洞穿 5 号线的关键部位。2019 年 12 月 25 日,西安地铁 5 号线一期工程全线洞通。

洞通之后是轨通,轨通之后是电通。电通也不简单,因为供电系统是地铁的主动脉。地铁点亮之后,通讯系统还有三通。它们分别是:传输通道开通,电话系统开通,无线通讯开通。此三通完成之后,提供给地铁运营人员实际使用的通讯系统也区别为三:一是专用通讯系统;二是公安通讯系统;三是乘客通讯系统。

铁通作为铁路交通在后,作为铁器交通在前。古人用铁制造戈、矛、犁之类的铁器,杀戮出一片新天地,耕犁出一个新时代,故在考古学意义上,铁器时代高于石器时代、青铜时代。铁器与武器有异同,正如鐵之或与武之弋有异同。戈与弋有异同,正如批判的武器与武器的批判有异同。《汉语大字典》收录了"武"这个字符的 11 种古体,其中 8 种都是由"戈"与"止"组成的。

止戈为武,春秋时期的楚庄王就是这样理解武器(weapon)的意义的。楚庄王很会用兵,在邲之战中大败晋国,又灭了萧国,并迫使宋国屈服,其后,实现了自己饮马黄河、问鼎中原的愿望。当然,他的"止戈为武"之思想是以强大的武力为基础的。于省吾《释武》:"武从戈、从止,本义为征伐示威。征伐者必有行,'止'就是行;征伐者必以武器,'戈'就是武器。"

铁通于器在武,武通于道在文。止戈为武就行而言是制止战争,就器而言是操持戈矛发动战争,人类的矛盾纠葛在发动战争与制止战争之间,故包括铁马金戈之类的武器总是在不断升级,而人类社会也在这种升级中不断进化。在术的层面,批判的武器是铁器,是对事物不断改进的技术;在道的层面,武器的批判是铁通,是利用事物追求道义,是"不战而能屈人之兵"(《孙子·谋攻》)。铁通于道下联技术哲学,上达于精神哲学,它把铁器作为精神武器。

第二十三章　武器批判与战争理论

游击战,山围城。宏基图因,有板有眼。戈击搏斗,看得见的手与看不见的手。概率之思,基因权衡,内阁运筹,立于不败。上兵伐谋,不战而屈人之兵。批判的武器与战争理论。战略大局谋划,战术灵活实施,战斗拳打脚踢。

89. 游击

孟郊有一首歌颂母爱的诗，开头的两句是："慈母手中线，游子身上衣。"游子之"子"出现在"游"这个字符的右下方。游，斿也。"斿"是一个甲骨文字符。斿从㫃（yǎn）。"㫃"是《说文》的第234个部首。㫃的本义是旌旗的飘浮游动，这个意思可以联系"山下旌旗在望"这句诗词理解。革命游击战争依旧使用旌旗，古今相通。"击"是一个不作简化偏旁用的简化字。"击"的繁体是"擊"，"击"源于"擊"的左上方，它比左上方的笔画更简。左上方的形状有"車"有"凵"，共9个笔画，而"击"5个笔画。用兵作战，离不开战车。这种战车，区别为驰车和革车。驰车是轻型战车，革车是重型战车。车战要鼓励士兵抢夺对方的战车，奖赏"夺取十乘以上者，更其旌旗"，将缴获的敌车与我方车辆混编，投入战斗（《作战篇》）。这里的"更其旌旗"指谓敌军已成我军，战争的正义已由我主导。

"游击"这个双音义符如果延伸下去，是指"游击战"。游击战"具有内在必然性原则，或者建立在经验的基础上，或者建立在战争概念本身的基础上，就像拱形屋顶建筑在支柱上一样"①。这是就游击战争与非游击战争所具有的共性而言。游击之游具有游戏的性质，正如弈棋之弈具有游玩的性质。弈棋必须有一定的实地，正如游击战必须首先建立根据地。弈棋之间的包围与反包围，正如游击战中的（集中优势兵力）围攻敌人与破敌之围（避开强势敌人）。"敌我各有加于对方的两种包围，大体上好似下围棋一样，敌对于我、我对于敌之战役和战斗的作战好似吃子，敌之据点和我之游击根据地则好似做眼。在这个'做眼'的问题上，表示了敌后游击战争根据地之战略作用的重大性。"②这里所谓敌是指日本侵略者，敌之据点是指日寇占领区；这里的我是指仅有四五万人的八路军、新四军，当时的根据地也大多位于贫穷落后的地方。

游击战与运动战并不是截然分离的。就战略而言，游击战向运动战发展，不但有必要，而且也有可能。1938年毛泽东谈做眼，那是在抗日战争初期。1946年，中国全面内战爆发。这个时候的敌，变成了依仗军事优势对解放区实行进攻的国民党；这个时候的我，是拥有一百多万军队，建立了许多解放区的共产党。依然是敌强我弱，但悬殊程度所发生的变化已允许我方考虑"举行全国性的反攻，即以主力打到外线去，将战争引向国民党区域，在外线大量歼敌，彻底破坏国民党将战争继续引向解放区、进一步破坏和

---

① ［德］克劳塞维茨：《战争论》，作者自序，张弛译，吉林出版集团有限责任公司，2015年。
② 《毛泽东选集》，第二卷，第396页，人民出版社，1952年。

消耗解放区的人力物力、使我不能持久的反革命战略方针"①。

我们现在的"游击战"之"击",之所以只有五个笔画,那是将这个字符的中下部的形符看成了"山"。《周易》符号认为,艮为山。山地最适合游击战。克劳塞维茨的《战争论》认为,战略的要素也有五个。这五个中的前两个,系联着战争哲学。战争是武,用武力争夺物质利益。战争哲学有关于道,形而上者谓之道。

"上兵伐谋"(《谋攻篇》)依靠智慧,这个智慧就是西方哲学所谓"爱智"之智慧。爱智的基础是爱知,作战起于知,"知己知彼,百战不殆"(《谋攻篇》),故最优秀的兵法是用计谋粉碎敌人的图谋。克劳塞维茨战略要素中的后三个可以结合《孙子兵法》中的计算、地形和后勤保障理论。游击战的神机妙算,其目的在于衡量双方的实力,努力做到集中优势兵力,以弱胜强。《孙子兵法》中的"地形"概念可以结合《战争论》中战略所包括的"地理"要素理解。克劳塞维茨认为,地形对军事行动产生的影响包括三方面:不利通行、妨碍观察和有利于对敌人火力的防护。

游击战略中的山地游击战必须考虑"山"。中国中部的大山有秦巴山、大别山。前者是抗日战争前红四方面军在川陕开展游击战之地,后者是抗日战争后中国开展致胜战略"做眼"之地。1947年,刘伯承、邓小平率领晋冀鲁豫野战军共12万人,强渡黄河,发起鲁西南战役,歼敌6万余人。刘邓野战军"下决心不要后方",以摧枯拉朽之势,挺近大别山。大别山坐落于鄂豫皖三省交界处,东西绵延380公里,南北宽175公里,其腹地崇山峻岭,树木郁郁葱葱,易守难攻,是打游击战的好地方。

克劳塞维茨的《战争论》说,"政治不能向战争提出战争所不能实现的要求",因为包括游击战在内的所有战争都是非常实际的。就此而言,在当时,中国革命的政治只能向当时的中国革命战争进行这样的战略布局,即在"做眼"时立足于"山"而不是立足于"城"。立足于山,故有刘伯承、邓小平所依托的大别山、陈毅、粟裕所依托的沂蒙山、泰山、陈赓、谢富治所依托的伏牛山。依托于这些山地,三路大军不但在长江、黄河间立住脚跟,而且也驰骋于江河淮汉之间,陇海线、津浦铁路周围。得中原者得天下,他们在中原地带形成"品"字形态势。品由三口组成,围棋中两口气就能活棋,三口气更可以盘活整个中国。依托于山,就是依托于山地游击战;依托于山地游击战略"做眼",最后才会有"山围城"战役之胜利。

克劳塞维茨的《战争论》说,战略首先包括精神和物质要素。关于此二者,可以结合"游于艺"之"游"和"游击"之"擊"理解。游击战既要像游于艺那样具有自由精

---

① 《毛泽东选集》,第四卷,第1126页,人民出版社,1952年。

神，同时，它又受物质条件制约，这种物质条件系联于物质设备，"击"之"擊"的左上部指事这个设备，它是"軍"之倒形，因打击使敌车人仰马翻。

古今战争通用军车，游击战略原则不排除骚扰或破袭包括敌车在内的物质装备，正所谓十倍于敌则围之，五倍于敌则攻之，两倍于敌则分割而灭之，与敌力相当、若能战则战之，敌多于我就避开他们。游击战之游与击之平衡，正在于自由精神战略拥抱物质实在战法之完满性、平衡性。

任何战争要想获得胜利，实力是最重要的。实力的指事符号就是游击之"擊"之"手"，利用这只手擎起作为兵器的"殳"（shū），将敌对的军兵打得人仰马翻。当然，在游击战中有时精神要素远比物质力量重要，正如头脑的思考有时远比手臂的操作更重要。精神要素既不能用冰冷的数字表达出来，亦不能机械地划分出等级，称量出轻重，但人的魂灵所充盈的肉体也是具体的，明眼人并非不能感觉。精神力量始终贯穿于整个游击战领域，同推动并支配着整个物质力量的意志紧密地融合成一体。游击战略理论为物质力量制定清规戒律时，都必须考虑精神要素可能占有的比重。在战争中，如果说物质的因果是打击对象的殳柄，那精神的因果才是真正锋利的殳刃。

游击战的上层建筑是政治，是"治人而不治于人"。游击战中的"游"并不是绝对沉溺于游戏，而是时时刻刻掂量着自己的政治方向，碰巧，游击战之"游"的中间就有"方向"之"方"这个符号。游击战的政治就是以正确的方向防卫自己，以奇用兵攻击。游击战之击出现在权谋之后，也就是在权衡计谋之后发动战争。

游击战的经济基础是获得战争胜利的保证。"善用兵者，因粮于敌，故军食可足也。智将务必取食于敌，食敌一钟，当吾二十钟；食秆一石，当吾二十石。"①（《孙子兵法·作战篇》）

90. 战争

首先应回答，战争是什么？《战争论》说，战争无非是扩大了的使用手臂力量的搏击。"假如我们把构成战争的若干搏斗作为一个统一的整体来考虑，那么最好的办法是想象一下两个人搏斗的情形。每一方都力图用自己的体力来迫使对方服从自己的意志；其直接目的就是打败对方，使对方丧失任何抵抗能力。"②

---

① 钟，古代容量单位，一钟等于64斗。秆，泛指马、牛等牲畜的饲料。石，古代容量单位，30斤为一钧，4钧为一石。
② ［德］克劳塞维茨：《战争论》，第2页，麦芒译，百花文艺出版社，2019年。

我们已经研究了"击"的繁体"擊",它的下部有"手"。"争"这个字符中也有"手",在中部,特指右手。人用手搏击,扩大了的战争用各种武器搏击。战争之"战"从戈,"戈"就是一种古老的武器。《战争论》又说:"只要再加上偶然性,战争就变成了一场赌博。战争无论就其客观性质来讲,还是就其主观性质来看,都如同一场赌博。"①战争如果是赌博,那么,战争的搏击就变成了博弈。博弈与搏击的关系,正如艺术与技术、游艺与游击的关系。

《孙子兵法》拈出四个字申述战争胜利的基础。第一个是"度",即土地面积的大小。第二个是"量",即国土产出食粮和物质的多少。第三个是"数",即参战兵员的数量。第四个是"称",即对参战双方的实力进行权衡。"地生度,度生量,量生数,数生称,称生胜。"(《军形篇》)这五个三字句的意思是:土地面积的大小决定一国物力、人力资源的容量,而资源的容量又决定着可投入部队的数目,投入部队的数目则决定双方兵力的强弱,由双方兵力的强弱可推测出战争胜负的概率。"称生胜"之"胜"是最后出现的。

战争讲输赢,赢得胜利是战争的目标。怎样才能赢得胜利,用克劳塞维茨的话来说,就是让敌人丧失抵抗。战争不是活的对死的,而是两股活力之间的矛盾冲突,"假如要以战争的方式迫使敌人顺从我们的意志,那么就一定要使敌人真正无力抵抗,或者陷入即将无力抵抗的地步。由此可以得出结论:消灭敌人武装或打垮敌人,无论无何、自始至终都是战争行为的唯一目标"②。

在论述战争性质时,克劳塞维茨认为战争有三种相互作用,同时也会有三种极端。战争是争战,争战如拳击,任何一方都力争能击倒对方。在经济学领域,亚当·斯密创造了一种"看不见的手"的理论。在军事学领域,战争中的手都是看得见的,正如"争"这个字符中的上爪下手都是可见的。除了"争"之上爪下手之外,"战"这个字符亦堪玩味。"战"是一个不作简化偏旁用的简化字。"战"之繁体为"戰"。戰从單,單简化为"单"。"单"是一个可作简化偏旁用的简化字。战争中的手执持着武器欲制服对手。

战争起源于狩猎,狩猎的狩与兽同音。"戰"之左形近似于"獸"之左形,等同于"彈"之右形。现代战争已根本不同于狩猎。《孙子兵法》"不战而屈人之兵"的美谈始终令人向往,正像儒家"尽善尽美"的思想令人向往。"善良的人出于善良的愿望,幻想寻找一种巧妙的方法,既不造成大量的伤亡,又能解除对立一方的武装或者打败对方。并且认为这才是军事艺术发展的真正方向。这种看法尽管非常美妙,却是一种必须消除的

---

① [德]克劳塞维茨:《战争论》,第18页,麦芒译,百花文艺出版社,2019年。
② [德]克劳塞维茨:《战争论》,第5页,麦芒译,百花文艺出版社,2019年。

错误思想，因为对待战争这样的恶魔，由仁慈派生出的错误十分有害"，正如对待"白骨精"这样的妖魔，唐僧的思想很有害。"充分使用物质暴力要结合智慧。"①也就是说，刘关张的力量要结合诸葛的神机妙算。

这种神机妙算，在《孙子兵法》中始于计谋。孙子认为，战争是国之大事，关联着国民的生死和国家的存亡，对它必须"经之以五事，校之以计索其情"。这里的五事包括：道、天、地、将、法。兵与战争的关系，正如道与政治的关系。孙子对兵的定义着眼于战争，对道的定义着眼于政治。"道"是什么？它是"民与上同意，可与之死，可与之生，而不畏危"(《孙子兵法·始计篇》)。

在中国，道是一个哲学概念。"形而上者谓之道"是指哲学上的道。"民与上同意"是指政治上的道。"形而下者谓之器"，其器指具体事物。就军事学而言，它指武器。克劳塞维茨说，战争是政治的工具，是政治交往的一个部分。"战争无非是政治交往用另一种手段的继续，它并不因战争而中断，也不因战争而变成某种完全不同的东西。无论使用什么手段，政治交往在实质上总是持续存在的。而且，战争事件所遵循并受其约束的主要路线，只能是贯穿整个战争直到媾和为止的政治交往的全过程。"②

《孙子兵法》第一篇第一句所谓"兵"指"战争"。兵的本义是兵器，兵器是武器。兵由兵器引申为士兵、军队和战争。战争是什么？就《孙子兵法》的语境而言，实谓"兵是什么"。碰巧，孙子在定义"兵是什么"的问题时提到了"道"。"道"的本义是道路，道路是方向，"民与上同意"是政治方向。这个"上"是指政治领袖。"形而上学"中的"上"是抽象哲学。战争与政治的异同，正如战争哲学与政治哲学之异同。"尽管战争是在某种社会状态和国与国之间的关系中产生的，并且是由它们决定、限制和缓和的，但是社会状态和国与国之间的关系并不是属于战争本身的要素，它们在战争发生以前就已存在。因此，如果硬说这些因素属于战争哲学本身，那是不合情理的。"③支配战争的政治决定着战争的性质。

孙子所谓"国之大事，死生之地，存亡之道"是战争理论上的极端。战争理论必须结合实际，这个实际在《孙子兵法》话语中就是天时、地利、人和。《始计篇》将"天时"简称为"天"，将"地利"简称为"地"。人和是指上下团结在依法治军的将领周围，《始计篇》简称其为"将"和"法"。战争是为了获得胜利。怎样才能获得胜利？这就必须从敌我双方的情况进行比较分析，从而作出判断。《始计篇》从七个方面进行考察："主孰

---

① [德] 克劳塞维茨：《战争论》，第3页，麦芒译，百花文艺出版社，2019年。
② [德] 克劳塞维茨：《战争论》，第761页，麦芒译，百花文艺出版社，2019年。
③ [德] 克劳塞维茨：《战争论》，第3-4页，麦芒译，百花文艺出版社，2019年。

有道？将孰有能？天地孰得？法令孰行？兵众孰强？士卒孰练？赏罚孰明？"这里的"孰"，可以理解为"谁"，也可以翻译为"哪一方""哪一个"。

《战争论》提出三种极端，并且将它们和三种相互作用放置在一起论述。它说："战争是一种暴力行为，而暴力的使用是没有限度的。所以，交战的每一方都迫使对方不得不像自己那样动用暴力，由此产生相互作用。从理论上讲，这种相互作用一定会导致极端。这是战争的第一种相互作用和第一种极端。"战争的目标是迫使敌人放弃抵抗力，让他们服从我们的意志，但是，在没有胜利之前，敌人也会用同样的方式对待我们，让我们"俯首称臣。这是第二种相互作用和第二种极端"。能够计算的敌情数量和不能用数量表示的意志力的强弱是敌人的抵抗力，我们要增加力量形成优势，"然而敌人也会这样做。这是第三种相互作用和第三种极端"。①

91. 战略

就战争理论看，《孙子兵法》第一篇"始计"所谓"计"就是计谋、谋略。中文谋略与战略意义近似，正如印欧语系日耳曼语族西支中"strategie"（德文）与"strategy"（英文）意义近似。《孙子兵法》第六篇有所谓虚实。如果说战争中的"战斗"是实，那战争中的战略就不纯粹是实。战斗、战争、战术和战略是四个同中有异的概念。

《战争论》以战斗为内容定义时空。它说："所谓空间，就是指同时进行的几个战斗而言，每个战斗的范围恰好是个人命令能够达到的范围；所谓时间，就是指连续进行的几次战斗而言，每次战斗的持续时间应该以每次战斗都会出现的危机完全解除为界限。"在一些时候，某些活动既可列入战略范畴，亦可列入战术范畴，"战术是指在具体战斗中使用军队的学问，而战略则是指为了达到战争的目的而运用战斗的学问"②。当然，战术和战争是两种完全不同的活动，前者通过合理的战斗追求胜利，后者更多地依靠战略上的成功追求政治目的。

《战争论》讨论战略，战略是活的，而不是死的。所谓战略是活的，也就是说，战争理论是活的。宋代张君房《云笈七签》序有所谓"九变十化之精，各探其门，互称要妙"之论。这里所谓"九变"来源于《孙子兵法》第八篇。活的东西是变化的，"九变"极言变化之多，正如《战争论》极言概率之实。"这里思考的是如何按照具体人和具体条件进行概率的估算。战争最初的动机，也就是政治目的成为估算的重要因素。要求对方付出

---

① ［德］克劳塞维茨：《战争论》，第 5-6 页，麦芒译，百花文艺出版社，2019 年。
② ［德］克劳塞维茨：《战争论》，第 82 页，麦芒译，百花文艺出版社，2019 年。

的牺牲越少，遭到对方的反抗越弱。对方的反抗越弱，需要动用的兵力越少。……政治目的不是孤立存在的，它一定要同交战双方的国情联系起来，只有如此，才能成为客观尺度。因为我们研究的是实际而不是概念。"①

战略与概略的关系，正如概念与概率的关系。德国古典哲学的长处是其思维的辩证法，其短处是这种辩证法有可能成为空中楼阁。为了避免理论成为空中楼阁，18到19世纪的德国哲学家绞尽了脑汁。他们想将战争论与武器论结合起来使战略理论坐实。因为战略问题是统兵的将帅考虑的事情。优秀的统帅必须是智者。"智者之虑，必杂于利害。杂于利而务可信也，杂于害而患可解也。是故屈诸侯者以害，役诸侯者以业，趋诸侯者以利。"（《孙子兵法·九变篇》）

《孙子兵法》在上文中言及"诸侯"。诸侯本是古代帝王分封的，他们在自己通辖区内掌握军政大权，按礼节要服从王命。但由于礼崩乐坏，这些诸侯王背叛了帝王，成为敌国。《九变篇》所谓"屈诸侯者以害"是指以危害诸侯的事使诸侯屈服；所谓"役诸侯者以业"是指以危险的业务烦扰诸侯，役使诸侯疲于应付；所谓"趋诸侯者以利"是指以利益为诱饵，使诸侯疲于奔命。诸侯之诸是不定代词，正如战略之略是概率代词。略，大略。大略之略，"率也。总举其疆理曰略，故得为大率之辞也。"②

应该结合德国古典哲学来阐释"什么是战略"。略之各之各位，正如诸之诸位。智者之虑，应该有概率思维，概率思维要把握复杂的诸位、各位，而不是单独的某一位或某一个。所以，战略问题属于作为统帅的智者所考虑的问题。战略的利害要求统帅足智多谋，要求将帅的判断和经营部署须建立在多要素、多方位、多角度的辩证基础上。在考虑有利因素时，也要考虑不利因素，这是立足于概率论基础上的大局观。还应该知道，某方位条件下的利，在另外的方位条件下可能会是害。只有将利害条件作总体权衡，才能立于不败之地。

战略是宏观上的谋略，是大局层面的图略。"战略是为了达到战争目的对战斗的运用。战略与战斗有关。战略理论必须同时研究军队本身，以及同军队有关的问题，因为战斗是由军队进行的。"战略理论针对一系列战斗权衡利害。战略部署一般由内阁掌握而不由军队掌握。但战略本身应该深入于战场。"在制订计划时，理论为战略服务。更确切地说，理论阐明事物本身和其他事物之间的相互关系，并突出那些少数作为原则或规则的东西。"③

---

① ［德］克劳塞维茨：《战争论》，第11页，麦芒译，百花文艺出版社，2019年。
② 刘淇：《助字辨略》卷五。《助字辨略》初刻于清康熙五十年（1711）。
③ ［德］克劳塞维茨：《战争论》，第152-153页，麦芒译，百花文艺出版社，2019年。

《战争论》是战论。战论与论战有异同，正如战争理论与理论战争有异同。马克思年轻时曾经参加过多次论战，在论战中，他发现了对共产主义进行理论论证的重要性。政治理论与战争理论有异同。"上兵伐谋"（《谋攻篇》）之谋略具有战略意味。"伐"这个单音义符的意思是人持戈矛从事战争，"伐谋"这个双音义符的意思是统帅用谋略"不战而屈人之兵"。用马克思的话来说，谋略"不是事物本身的逻辑，而是逻辑本身的事物"①。

　　"上兵伐谋"之"伐"是人持戈从事战争。"不战而屈人之兵"之"战"发占音。"极数知来谓之占"（《系辞传上》）更趋于预判、谋略和战略。用兵作战，止戈为武，用正义战争消灭非正义战争。当然，何谓正义，这是需要辩证的。"批判的武器当然不能代替武器的批判，物质力量只能用物质力量来摧毁。但是，理论一经掌握群众，也会变成物质力量。理论只要说服人，就能掌握群众；理论只要彻底，就能说服人。所谓彻底，就是抓住事物的根本。但人的根本就是人本身。德国理论的彻底性是从坚决彻底废除宗教出发的。"②

　　这是马克思于 1843 年末至 1844 年初写下的文字。在马克思之前多年，德国军事理论家克劳塞维茨也写过相似的文字。他说："理论越能使人们深入地了解事物的本质，就越能把客观的知识变成主观的能动性，就越能在一切依靠智慧才能来解决问题的情况下充分发挥作用。即它对人的才能本身发生作用。倘若理论能够探讨构成战争的各个因素，能够比较清晰地划分初看起来好像混淆不清的东西，并且能够全面阐述其手段和特性，说明各种军事的手段可能产生的效果，明确目的的性质，不断批判地阐明战争中的一切问题，那么，这样的理论也就完成了自己的主要任务。人们通过书本学习，使理论成为战争问题的指南，为人们指明前进的道路和胜利的方向，并且在这一过程中培养他们的判断力，防止他们误入歧途。"③

92. 战斗

　　现代汉字中有一个四画的根符"斗"，必须认识清楚。在《说文解字》中，这个根符是它的 496 个部首。中国人的数量符号，有关于个、十、百、千、万的，是数符；有关于仑、合、升、斗、斛的，是量符。就此而言，"斗"是量概念。在《说文解字》中，还有另外一个根符，它是《说文》的第 75 个部首。这个部首的形状和作为量概念的"斗"

---

① 马克思：《黑格尔法哲学批判》，该文收入《马克思恩格斯全集》第一卷，人民出版社，1956 年。
② 《马克思恩格斯选集》，第一卷，第 9 页，人民出版社，1972 年。
③ ［德］克劳塞维茨：《战争论》，第 100 页，麦芒译，百花文艺出版社，2019 年。

完全不同，它是有十个笔画的"鬥"。

两个权威性的甲骨文大师，一个是罗振玉，另一个是商承祚，他们分别在《增订殷墟书契考释》和《殷墟文字》中认定，"鬥"在卜辞中象二人相搏斗。大概因为这个根符太繁，在20世纪中期，"鬥"被简化为一个不作简化偏旁用的简化字。这个简符"斗"的形状与作为量概念的"斗"的符形是一个形状。假如你有商务印书馆《新华字典》第11版，你恰好查准了"斗"这个字，你会在该字典的108页看到发第三声，作为量概念的"斗"；你同时也会在该字典的109页看到发第四声作为对打、搏击的"斗"。你也会在该字符后的小括弧内看见四个"斗"的繁形，其中有一个是"鬥"内有"斗"之"鬭"。"鬥"之所以被简化为"斗"，大概原因在此。

"战斗"这个双音义符，在中国始见于《国语·晋语》。曰："战斗，直为壮。"战斗是实力的直接较量，其场面惨烈雄壮，能吸引人的眼球。作为fight意义的"斗"的繁体或异体字中还有一个"鬬"，在"鬥"内为"斲"（zhuó）。这个符号可以联系斧钺来理解。斧钺在先秦已出现，起初用于捕猎，后来用于战斗。斲，斫也。斲斫之斤，即斧之斤。斧之斤与钺之戈，咸为甲骨文字根。因为威力巨大，夏商之后，斧钺一直作为战斗中的兵器使用。《水浒传》诸好汉，一般都使用一种兵器。许慎释"鬥"时说，"两士相对，兵杖在后"，这兵杖若联系鲁智深的禅杖，可能有点勉强，但"鬬"联系黑旋风李逵所砍斲的两把板斧来理解，却绝对没错。

战斗发生在人与人之间，人有哀、乐、喜、怒，"哀有哭泣，乐有歌舞，喜有施舍，怒有战斗"（《左传·召公二十五年》）。国与国是人与人的放大，国与国之间的战争是人与人之间相互争斗的激烈形式的放大，放大成了敌对武装冲突。"只有战斗才是真正的军事活动，其余的所有活动都是为它服务的。"就此而言，战斗是战争的缩影，因为"假如我们把国家和它的军事力量看成是一个整体，毫无疑问，就会把战争看作是一个大规模的战斗"。①

由于战斗是真正的军事活动，它的物质和精神效果能直接或间接地体现整个战争目的，所以，论述战斗不能脱离战略。"所有战略行动都可归结到战斗概念上，因为所谓战略行动就是运用军队，而运用军队必须以战斗这个概念为基础。所以，在战略所及的范围内，一切军事活动都可以归结到战斗上，而且只研究战斗的一般目的即可。当然，关于战斗的特殊目的，只要我们一谈到同它们相关的一些问题，就会逐步地加以阐述。要知道，无论是大的还是小的战斗，都有它特殊的目的，而且都是从属于整体的。"②

---

① ［德］克劳塞维茨：《战争论》，第225页，麦芒译，百花文艺出版社，2019年。
② ［德］克劳塞维茨：《战争论》，第226页，麦芒译，百花文艺出版社，2019年。

战斗和战斗的部署不是一个概念，正如战略和战略部署不是一个概念。为了清楚地说明它们，我们还必须引入战术这个概念。我们认为，战斗的部署属于战术范畴。战斗的性质受战斗目的的制约，战斗任务决定战斗部署，战斗部署是实现战斗目的之手段。从战略的角度来讲，的确存在着巧妙地部署各种战斗这种事情，因为战略不仅关联着无数的大大小小的战斗，而且也关联着为实现战斗胜利而部署的战术。通俗地讲，战略是大而化之的工作，战术是形而上学的出勤，战斗是每日出勤时必须使用的拳打脚踢。

《战斗概论》说："任何战斗都是一种较量，它们是以双方的物质力量和精神力量通过流血的方式和破坏的方式进行着的。哪一方剩下的力量较多，哪一方就是胜利者。"① 《孙子兵法》说，为了获得胜利，必须以正防御国家，以奇用兵。"投之亡地然后存，陷之死地而后生"（《九地篇》）所追求的是一种绝地求胜术。"战斗源于搏斗，但与搏斗有很大的区别。构成战斗的基础包括双方斗争的欲望，而且还包括同战斗联系在一起的目的。这些目的始终从属于更大的整体。如果相应地把整个战争看作是一次斗争，那么它的政治目的和条件就会从属于更大的整体。所以，要求战胜对方的这一欲望本身是完全处于从属的地位。说得更明白些，这种欲望是不能独立存在的，而只能被看作是更高的意志赖以活动的精神。"②

至此，我们已经研究了"战斗"这个概念的大部分内容。我们已经从综通角度研究了发第四声"斗"这个单音义符的繁体。我们研究了它的繁体中的"鬥""鬦"和"鬭"。下面我们继续研究战斗，我们从"鬭"的角度研究和阐释战斗。与"鬦"不同，"鬭"之内是另外一个东西，而不是"斗"。与"鬦"相同，"鬭"之内的"豆"与"斗"通发dòu音。豆是古代食器。正如斗与争、战斗与战争有共性一样，鬭与鬭、争鬭与战鬭亦有共性。

"鬭"之内的"豆"乃至"寸"可以与《孙子兵法·军形篇》所使用的军事学术语联系起来理解。"豆"是古食器，它与"度"发近似的音。古今中外的战斗都将夺取胜利作为最高原则。孙子说"善战者，先为不可胜，以待敌之可胜"，意思说，先使自己立于不败之地，然后捕捉战机胜敌。胜敌之道，一曰度，二曰量，三曰数，四曰称，五曰胜。度是揣度，即权衡土地的广狭；量是指土地上的粮食产量、战略物质储存量；数是指人口数、军赋数和兵员数；称是称合，即主观的揣度必须与客观的事实相符合。战斗或战争的胜利总是最后出现的事情，所以说，五曰胜。为了夺取胜利，必须做出锱铢必较的周密谋划。这就涉及"鬭"之"寸"这个符号。战斗或战争乃国之大事，死生之地，每一

---

① [德] 克劳塞维茨：《战争论》，第 232 页，麦芒译，百花文艺出版社，2019 年。
② [德] 克劳塞维茨：《战争论》，第 252 页，麦芒译，百花文艺出版社，2019 年。

个战术或战略安排都必须分寸得当。致胜的法宝是以强胜弱，而不是以弱胜强。以强胜弱，就是《军形篇》所谓"以镒称铢"，而不是"以铢称镒"。①高明的指挥员领兵作战，"若决积水于千仞之溪也"。

第二十四章　批判思辨与武器基本

思辨的基本。有攻有守，理论联系实际。无形无声，论理遵守逻辑。批判的思辨，德圆而神。武器的基因，至善不战。知性无直观为空。直观无概念是盲。牛顿的引力。爱因斯坦的胸次。科学直觉与文学想象。至美之工，心有灵犀一点通。

93. 理论

德国哲学家的名言是："凡是现实的，都是合理的；凡是合理的，都是现实的。"②这里所谓"理"是唯心主义的。唯心主义的理唯"神"，印欧语系日耳曼语族中"理论"语词根源于"神"（theo）。这个神在希腊语中写作"theos"，后来俗化为"god"。汉语"理"的意思与宗教神无关。中国人的"理"观念源于工科，它是玉人从事的工作。玉人是治玉之人，治玉之人"理其璞而得宝焉"。

马克思批判了黑格尔的思辨哲学，将这位思辨哲学家颠倒了的逻辑重新反正。马克思在《黑格尔法哲学批判》中说，具有哲学意义的"不是事物本身的逻辑，而是逻辑本身的事物"。结合"理论"这个双音义符组成的元素来说，这种逻辑本身的事物包括治玉之理和"循其理得其宜之论"（段玉裁语）。在中国，唐代"博涉经史"的李延寿在《北史·崔光韶》传中最先使用了"理论"这个双音义符。他的原话是："光韶博学强辩，尤好理论。"

历史会使理论感到意外。因为理论太追求逻辑的完美，而历史的发展却不能不受各种各样偶然性的影响。理论与概论有同异。理论与哲学的关系，正如概论与历史的关系。概论立足于概率，是企图"乘一总万"的概率理论。唐代末年，有一个诗人郑谷，他曾

---

① 镒、铢都是古代重量单位。一镒等于二十四两，这里比喻强大的力量。二十四铢等于一两，这里比喻弱小的力量。
② ［德］黑格尔：《法哲学原理》，第11页，范扬、张企泰译，商务印书馆，1961年。

修改僧齐己《早梅》诗中"前村深雪里，昨夜数枝开"的"数枝"为"一枝"，齐己拜他为"一字师"。在当时，有所谓"芳林十哲"，郑谷是其中之一。郑谷不是哲学家，但他有一句富含哲理的诗："理论知清越。"①糅合黑格尔的话来言说郑谷，合理的是现实的，现实的是清越的。富含哲理的诗句内容清秀超绝，故云"理论知清越"。

首先是"博涉经史"的人颖悟出理论。在李延寿、郑谷之前，儒道释三教合流已催生人们思考经论问题。曹丕《论文》提出"书论宜理"。陆机《文赋》认为"论精微而朗畅"。刘勰《文心雕龙》主张原道、征圣、宗经。"圣哲彝训曰经，述经叙理曰论。"论具有人伦性，"伦理无爽，则圣意不坠"。论从言，从事理论研究的人必须"弥纶群言"。弥纶者，综合组织之谓也。通过整理阐释，深入地探讨某一道理，此即刘勰所谓"研精一理者也"（《论说》）。

理论作为文体是论说文，但理论文与论说文有同异。就共性而言，二者都是阐明某种道理或主张。就其区别而言，理论文之论是论理。刘勰说："论之为体，所以辨然否；穷于有数，追于无形，迹坚求通，钩深取极，乃百虑之筌蹄，万事之权衡也。故其义贵圆通，辞忌枝碎；必使心与理合，弥缝莫见其隙；辞共心密，敌人不知所乘；斯其要也。是以论如析薪，贵在破理。"（《论说》）刘勰这里所谓"敌人"是指论敌。论战和论争者咸有论敌。

假如说论战是战争论，那战争理论又是什么呢？战争论和论战文是不是一回事？刘勰说，文辞和思想密切结合，使论敌无懈可击，这是写论文的基本要点。战争理论是不是也应该如此？这样书呆子一般的提问题的确漏洞百出，但也不是一无是处。因为用思想写论文与用理智指挥作战的确有相通之处。"人们想要指挥军事行动而不被军事行动所指挥，人的自由智力活动是万万不可缺少的。"战争论和论战文一样，二者都必须理论"清楚地阐明大量事物，使人们容易理解它们。理论必须铲除错误的见解在每处种下的莠草，应当指出每种事物之间的相互关系，把重要的东西和不重要的东西分别开来。当各种观念顺其自然地凝聚成我们称之为原则的真理结晶时，当它们顺其自然地形成规矩时，理论就能够把它们阐释出来。"②

理论与论理有同异。理论要联系实际，论理要遵守逻辑。理论联系实际之"实"就是《孙子兵法》之《虚实篇》之"实"。"实"的繁体是"實"。"实"是一个不作简化偏旁用的简化字。《虚实篇》阐明了战争艺术的最高境界："善攻者，敌不知其所守；善守者，敌不知其所攻。微乎微乎，至于无形；神乎神乎，至于无声。"理论结合实际落实于

---

① 出自《故少师从翁追记》，收入《云台编》。
② ［德］克劳塞维茨：《战争论》，第720页，麦芒译，百花文艺出版社，2019年。

攻守之道，论理遵守逻辑无形、无声。"理论给人们带来的益处可以说是让人们在摸索各种基础概念时能有所获得和启发。理论不能给人们提出解决问题的公式，不能通过呆板的原则给人们指明狭窄的必然的通路。理论应当让人们知道很多的事物和事物之间的相互关系。以此让人们再进入到较高的行动领域，让人们依据天赋力量尽其可能地发挥自己的作用，让他们具有清醒的判别真实和正确东西的能力，此能力产生于多种力量之共同作用。"①

在理论的核心部分，道之"首"与实之"头"遥相呼应。在大战略层面，这实际上强调的是精神的主导作用。在特殊关头，道之首会迸发出一种意，此意"与上同意，故也可与之死，可以与之生，而不畏危"（《九地篇》）。用德国战略学家的话来说："精神因素贯穿在整个战争领域中，是在战争中最重要的问题之一。它同支配和推动全部物质力量的意志紧密地结合为一体。当然，意志也是一种精神要素，它是一种我们不能看到却能感觉到的东西。"②

道之乏为实践，实践是检验理论是否正确的唯一标准。老子说，上善若水。孙子说："兵形像水。水之形，避高而趋下。兵之形，避实而击虚。水因地而制流，兵因敌而致胜。故兵无常势，水无常形。能因敌变化而取胜者，谓之神。"（《虚实篇》）这个神，就是贯穿在整个战争过程中的精神。这个精神，体现为领兵打仗的统帅的才能，活化为政府的智慧乃至整个军队的士气和武德。只要理论是联系实际的，论理是符合逻辑的，它就必须承认所有这一切，因为"理论的任务是把战争的绝对状态放到首要的地位，同时把它当作考虑问题的基本出发点，使一些期望从理论中学到某些东西的人永远牢记它，把它当成衡量自己所有希望与忧虑的基本尺码，以便今后在可能和必要场合使战争更加接近于这种绝对状态"③。

94. 批判

双音义符"批判"源于北宋，本义是批示判断。中国政治学发达，政治学文明使用公文，广义的文章包括公文。曹丕所谓"文章者，经国之大业"可从政治文明理解。北宋政治家司马光写了一部《资治通鉴》，其"治"即政治、统治。《资治通鉴》是史著，以史为鉴，可以"资治"。资治的文史偏于政治，政治公文使用札子。司马光在《进呈上官

---

① ［德］克劳塞维茨：《战争论》，第720页，麦芒译，百花文艺出版社，2019年。
② ［德］克劳塞维茨：《战争论》，第162页，麦芒译，百花文艺出版社，2019年。
③ ［德］克劳塞维茨：《战争论》，第724页，麦芒译，百花文艺出版社，2019年。

均奏乞尚书省札子》中说:"所有都省常呈文字,并只委左右丞一面批判,指挥施行。"政治通过批示判断施行。

《三国演义》第五十七回言及庞统在耒阳县剖判公务时,"吏皆纷然赍抱案卷上厅,诉词被告人等,环跪阶下。庞统手中批判,口中发落,耳内听词,曲直分明,无分毫差错"。这里所谓"手中批判"是指以手持笔批示判断,"口中发落"是指口中发话处置。在德国古典哲学那里,康德的《纯粹理性批判》认为,"知性无直观是空的,直观无概念是盲的"。通过感性直观,对象被我们摄取,借助于知性的积极活动,对象被我们思维,也被我们批判。

我们的批判,包含着多重一分为二。首先,就字根而言,批判之判,可以作两方面的阐释。第一方面,从"判"这个字符的右半部"刀",也就是从动因,即原因解释。判,分也。判是分判,分判将一分作二。第二方面,从"判"这个字符的左半部"半",也就是从音训,或者说从结果训释。判,半也。一分为二将事物分为两部分,这是最基本的分析。例如,军事行动中就存在着两种战争:现实的战争和绝对的战争。"我们应该懂得,战争的形态不仅仅是由战争的纯概念而决定的,它还包含和混杂着在战争中所有的其他因素,即每个部分的所有的自然惰性和阻力、人的不彻底性、考虑不完全与怯懦。战争和其所具有的状态是从当时起决定作用的思想、感情和各类关系中所产生出来的,我们一定要坚持这种看法。假如我们不希望脱离现实,那么我们就一定要承认有绝对的战争。"①

同样的道理,批判之批,也可以作两方面阐释。第一方面,从"批"这个字符的左部"扌",即从动因解释。批,击也。"击"是一个不作简化偏旁用的简化字。"击"的繁体"擊"中有手,这个手和批之提手旁相呼应。第二方面,从"批"这个字符的右半部"比",也就是从音训,或者说从思维方法角度训释。批,比也。比是比较分析,比较分析就是批判分析。"理论上的真理总是较多地通过批判,而不是通过条文来对现实生活产生影响的。批判就是把理论上的真理应用于实际事件,所以,批判不仅使理论上的真理更加接近实际,而且经过不断反复的应用,使人们更加习惯于这些真理,更加相信这些真理。"②批判研究既要确定观点,建立理论,还要确定理论,进行批判。这是批判哲学之名为批判的两个重要方面。

论如析薪,贵在破理,故有批判分析。《战争论》第二篇第五章专列批判分析。德国古典哲学大师康德以批判闻名,故其哲学亦以批判分期。有先批判期和批判期。康德45

---

① [德]克劳塞维茨:《战争论》,第723-724页,麦芒译,百花文艺出版社,2019年。
② [德]克劳塞维茨:《战争论》,第119页,麦芒译,百花文艺出版社,2019年。

岁时，由于受英国经验论影响，开始从欧洲大陆唯理论中有所醒悟。其后十年，他的三大批判哲学巨著相继问世。《战争论》的作者和康德、黑格尔乃至马克思都是同一时代的德国人。克劳塞维茨比康德晚27年去世，但康德比他早56年出生。可以肯定，克劳塞维茨的批判分析方法源于康德。克劳塞维茨与黑格尔同年逝世，但前者比后者晚10年出生。同样可以肯定，克劳塞维茨的批判分析理论乃至辩证法不但受到康德的影响，而且也受到黑格尔思辩方法的影响。

克劳塞维茨的批判分析理论熟练地将批判研究应用于战争理论研究。他认为，批判地论述历史事件包括三种不同的智力活动。第一种是考证历史上存有疑问的史实。第二种是从原因推断结果。第三种是对使用的手段进行检验。康德在他的第一大批判中使用了"纯粹"这个术语，克劳塞维茨的批判分析理论也使用了这个术语。他说：第一种考证历史事实的智力活动是纯粹的历史研究；第二种从原因推断结果的智力活动是纯粹的批判研究，这种研究方法对理论来说是必不可少的，因为理论需要用实际经验来确定、证实真理。

语言文字具有多义性。例如，中国古典中所谓"论如析薪，贵在破理"的"理"，如果就内容、就哲学说，是指道理、哲理；如果就形式、特别就由外入内之构造形式说，是指纹理、条理。克劳塞维茨的第三种智力活动所谓"对使用手段进行检验"，实际上也是一种批判。他认为，"这是既有赞扬又有指责的真正意义的批判。在这里，理论是用来研究历史的手段，或者更确切地说，是用来从历史中吸取教训的途径"。三种智力活动咸为历史研究，但第一种是纯粹历史研究，而后两种是考察历史的批判研究。这种研究"最重要的是要探求事物的根源，直到弄清楚毫无疑义的真理为止"。①

这样说来，有三种历史研究，前一种是纯粹历史研究。就战争而言，是战史研究。第二、第三种历史研究不是纯粹的历史研究。第二种结合着因果论的研究是纯粹的批判研究，正如康德的认识论、因果论是纯粹理性批判研究。第三种结合着既赞扬又指责的批判是一分为二批判的具体化，因为"由原因推断结论时，常常有一些难以克服的困难，即无法了解真正的原因……所以，批判研究大部分要同历史研究配合进行。即使如此，有时原因同结果常常还是不吻合，也就是结果不能被看作是已知原因的必然产物或唯一产物。这里就必然会产生脱节现象，也就是说，有些历史事件我们无法从中吸取有益的经验教训。理论所能要求的是，探讨到有这种脱节现象的地方就必须停止，不能继续再往下推论"②。批判伴随着合理停止。

---

① ［德］克劳塞维茨：《战争论》，第120页，麦芒译，百花文艺出版社，2019年。
② ［德］克劳塞维茨：《战争论》，第120页，麦芒译，百花文艺出版社，2019年。

不知道马克思是否阅读过《战争论》，但青年马克思的确耳闻目染于批判哲学之辩证法。马克思批判黑格尔法哲学时对事物的逻辑和逻辑的事物进行了辩证，他认为唯物主义的批判不能仅仅停留在思想层面，而应深入于社会实在。正如"事物本身的逻辑"不是"逻辑本身的事物"一样，"批判的武器"也不是"武器的批判"。武器装备是战争的重要元素，但并不是最重要的元素。有一种观点认为，战争的胜败取决于战争的发动者是否有德。有德之战必胜，无德之战必败。马克思是一个伟大的共产主义战士，早在1847年，他就站在共产主义的立场上写了一篇思辨性的批判文字，它的标题是《道德化的批判和批判化的道德》。马克思雄辩地说："真正的道德行为就是要避免为不道德行为造成任何口实。"而批判的庸人不是这样，批判的庸人"可以丝毫不懂这个词的含义而用这个词来辱骂任何一种发展；他可以郑重其事地把自己无能力的发育不全，完全相反地说成是道德上的十全十美"。①直到今日，依然有这样的人存在。

95. 武器

文武的观念，可以追溯到周文王、周武王。文王伐崇，武王伐商，都是依靠武力。后世兵法所谓"内修文德，外治武备"之思想源于西周之文武。兵的本义是武器，所以说，"兵，以武为本，以文为种。武为表，文为里"（尉缭子语）。

先有武，后有器。"武器"这个双音义符出现在秦以后。文字学家说，止戈为武。戈矛之戈是最原始的武器之一。这个"戈"就是先秦军中战歌"王于兴师，修我戈矛"（《秦风·无衣》）之"戈"。止戈是用战争消灭战争。在德战中是指用正义战争消灭非正义战争。德战是以善主导的战争，这种战争的最高境界是"至善不战"。"至善不战"的意思略同于"不战而能屈人之兵"。

中国的象科学源于《周易》。《周易》的《比》卦与《师》卦正好相反。地水《师》上坤下坎，水在地中，有容民畜众之象；水地《比》上坎下坤，水在地上，有亲比无间之象。《管子》一书的《水地》篇，是战国初期的作品，其中阐述管仲的思想，认为水是"万物之本原，诸生之宗室也"；又说水是"地之血气，如筋脉之通流者也"；还说"人，水也，男女精气合，而水流形"。《管子》的思想影响了孙武子。孙武子即孙子。《孙子兵法》说："兵形象水。水之形，避高而趋下；兵之形，避实而击虚。水因地而制流，兵因敌而致胜。故兵无常势，水无常形，能因敌变化而取胜者，谓之神。"（《虚实篇》）

在双音义符"武器"未形成之前，"神"这个单音义符已经与"武"结合成为"神

---

① 《马克思恩格斯选集》，第一卷，第168-169页，人民出版社，1972年。

武"，与"器"结合成为"神器"了。神武以神志融合神知，以武德统辖武器。"德圆而神，神以知来，知以藏往。"聪慧睿智者使用"神武不杀"（《系辞上》）之术。"故善用兵者，屈人之兵，而非战也；拔人之城，而非攻也；毁人之国，而非久也，必以全，争于天下。"（《孙子兵法·谋攻篇》）

中国的老话是："有文治者，必有武功。"这句话也可以倒过来说："有武功者，必有文治。"君子以文治，故荀子说"君子知夫不全不粹之不足以为美也"。神武者用武力。"全国为上，破国次之；全军为上，破军次之；全旅为上，破旅次之；全卒为上，破卒次之；全伍为上，破伍次之。是故百战百胜，非善之善者也；不战而屈人之兵，善之善者也。"（《孙子兵法·谋攻篇》）

还有中国的老话，是中国的老子说的话。他说："将欲取天下而为之，吾见其不得已。天下神器，不可为也，不可执也。为者败之，执者失之。是以圣人无为，故无败；无执，故无失。"（《老子·二十九章》）神器者，就神而言，神奇也；就器而言，神物也。天下神器，何以不可为也，不可执也？这要联系马克思的批判哲学来理解。马克思在批判黑格尔法哲学时认为，批判不能仅仅停留在思想上，因为批判的武器不能代替武器的批判，物质的力量只能用物质的力量来摧毁。神器作为物质武器是神物，作为精神武器是神奇。

神器是人本的器具，是精神的武器。神器与武器之关系，正如神物与万物之关系。"万物以自然为性，故可因而不可为也，可通而不可执也。物有常性，而造为之，故必败也。物有往来，而执之，故必失矣。"（王弼《老子·二十九章》注）武器是用来杀伤有生力量和破坏军事设施的装备，古代有弓、矢、刀、矛、剑，近现代出现枪炮、化学武器和火箭、导弹、核武器等。在战争中，武器被用来有效地杀灭敌人，但当地球上的国家为争夺土地和资源互为敌人时，武器实际上被用来当作杀伤人类的工具。譬如，第二次世界大战结束时，美国曾经对日本使用核武器。核武器具有极大的杀伤力，现在世界上人类所制造的这种神器若全用于杀戮，那将会毁灭地球上的所有人。令人触目惊心的是，地球上拥有核武器最多的两个核国家不但未能保持核军控，而且似乎更有核竞赛之势。神武不杀之术是否能重现于当代乃至未来社会，人类拭目以待。

先秦《孙子兵法》十三篇着重讨论用兵作战之法，而未能就武器问题展开研究。然而《管子》一书强调武器的重要作用。《管子·参患》说："兵之大论，必先论其器。"这个"器"指士兵所执持的兵器，因为兵器滥恶陋劣，无异于将士卒打发至战场送死。《孙子兵法·计篇》在定义"道"时，使用了"令民与上同意"这样的话。这里的"上"是指上层统治者，用马克思主义理论来说，也可以说是指"上层建筑"。《管子·兵法》说：

"兵虽非备道至德也，然而所以辅王成霸。"如果说这里的"兵"是指军事学，那"辅王成霸"就是政治学。军事学服务于政治学，正如军事理论服务于政治理论。

政治理论可以简称为"政理"，《管子·重令》中就这么称谓。这篇政论文说："兵虽强，不轻侮诸侯。动众用兵，必为天下政理。此正是天下之本而霸王之主也。"政治决定军事，军事也强有力地影响政治。所以，《管子》又说："凡国之重也，必待兵之胜也。"（《重令》）"勤于兵必病于民，民病则多诈。诈则不信于民，不信于民则乱。所以古之人闻先王之道说，不竞于兵。"（《大匡》）兵事繁多，战争频仍，民众负担重，容易引起内乱，不利于政治稳定。

就先秦历史而言，"批判的武器"偏于政治理论批判，"武器的批判"偏于将理论批判应用于革命实践。《周易》的《革》卦，离下兑上，离为火，兑为泽。泽中有水，泽上有火。水火不容，有革命之象，此即象辞所谓"天地革而四时成，汤武革命，顺乎天而应乎人"。革命是暴力活动，是武装斗争，传说"黄帝作剑，象阵势；后羿作弓弩，倡射箭；禹作舟车，运军兵；汤武作长兵，习刺杀"。武器和战争密不可分，正如军事与政治密不可分。

"工欲善其事，必先利其器。"这个"工"，可以理解为工业，在先秦指手工业。先秦发达的手工业不断地创造着历史，这个历史就是"工欲善其事"之事业。因为战事频仍，手工业承担着兵器制造之任务，故"必先利其器"是兵器。管子学派主张："求天下之精才，论百工之锐器。"（《幼官》）通过研究讨论制造出优越的武器。而且，武器制成后，必须经过严格检测，《管子·七法》所谓"成器不课不用，不试不藏"，说的就是这个道理。"工欲善其事，必先利其器"的理论如果被引入文艺美学，那就成为另外一种境界。后世苏轼将"不能不为之为工"树立成一种标准。这种标准说，如果文艺家善其文事，利其器识炉火纯青至不能不为，那才是至美境界。

至善和至美不是一回事，"至善"是《管子》提出的。《系辞传》提出"神武不杀"，颇有些慈善的意味，但它并未提出"至善"概念。管子学派深知军事对经济的巨大依赖，亦清楚用兵作战将会耗竭惊人的物质财富，因为战争中"国贫而用不足"，将会导致作战时"兵弱而士不厉"（《七法》）。所以，要少用兵，迫不得已用兵，则力求速战速决。《管子·兵法》提出："至善不战，其次一也。""至善"是最符合目的的，是第一选择。第一选择是最好不战，但客观的情况常常达不到不战，不得已而求其次，那就只求通过一战解决问题。

96. 力量

历史学家说:"没有一个时代,没有一个民族,不曾感受到传统的力量……现代中国知识分子即使意见一致,想要抛弃传统,而且付出了几代人的努力,但几乎每一代人都发现,传统还在那里。"①传统在那里,中国的象形文字就在那里。

中国的象科学立足于中国的象形文字。"力量"的"力"是一个甲骨文字根,正如"刀"是一个甲骨文字根。这两个根符都是两个笔画,不同的是,前者的撇画头颅高昂。"昂"与"盎"音同、义近、调异。"陆生学道欠力量,胸次未能和盎盎。"②如果将宋人诗句中的"陆生"改作"牛顿",情况也一样。爱因斯坦的胸次比牛顿更加气势昂然。他的"相对论像量子论一样,把人类的思想从牛顿设想的宇宙拉开,比量子论拉得还远。牛顿式的宇宙是一个牢牢地安置在空间和时间里不动的东西,像一架丝毫不误、井井有条的庞大机器。爱因斯坦的运动定律,他的说明距离、时间和质量相对性的基本原理,以及他从这些原理得来的推论,构成了狭义相对论。在他发表这个独创的理论之后的十年间,他把他的科学和哲学的理论体系扩展为广义相对论,来研究那个指挥星球、彗星、流星、天河内系与外系,以及铁、石、蒸气和光焰等运动系统在大而不可测的太空中转动的神秘力量。牛顿把这个神秘力量叫作宇宙引力。爱因斯坦从他自己对引力的概念,得到了一个对整个宇宙内外结构的看法"③。

就中国古文字而言,力量之量系联着重量。直观地看,"重"这个字符的下部与"量"的下部是一个形状。所以,许慎说,量,称轻重也。称轻重是从动词角度解释"量"。就此而言,它读作 liáng。如果从名词角度解释,"量"应读作 liàng,指谓仓、合、升、斗、斛之类的器物。称量轻重使用量器,正如把握质能关系(mass-energy relation)依托相对论。量区别为质量与数量,正如相对论区别为狭义相对论与广义相对论。就其异而言,质言其性,故有性质(quality);量言其数,故有数量(quantity)。

质量的力量是本质的,数量的力量是集合的。民以食为天,粮食来源于农耕,农耕之耕从耒,耒耕的原始符号形式要从"力"认识,正如力量之量的原始形式要从"重"认识。许慎说,重从壬,東声。東(east)是太阳升起的地方,该地方有树木,故从日在木中。从日在木中是東,群隹在木上是雧。"制芰(jī,菱)荷以为衣兮,雧芙蓉以为裳"

---

① 朱维铮:《传统未定的音调》(增订本),第 4-5 页,中信出版社,2018 年。
② 陆游:《饮酒》。
③ [美]巴涅特:《相对论入门》,第 60-61 页,仲子译,生活·读书·新知三联书店,1989 年。

《离骚》）之"蘽"后来俗化为"集"。数学中朴素集合论（set theory）之素朴，宛如象形文字构成之朴素。

有各种各样的力量，最常见的是自然风力。《三国演义》写吴蜀联军抗魏，谋用火攻，曹魏战船在大江西北，而东吴战船在长江南岸。战事发生的冬季常见西北风，若火攻，不但不能烧着对方，反而会烧着自己。周瑜忧急成病，卧床不起。诸葛亮心知其意，为周瑜的病开出一副药方，密书为十六字："欲破曹公，宜用火攻；万事具备，只欠东风。"（第四十九回）周瑜大喜大惊，感叹孔明乃神人。这部文学作品描写了诸葛亮在七星坛呼风唤雨。

实际上，这是不可能的。就科学而言，我们推测，孔明可能有丰富的天文气象知识，他的智慧使他猜测到战事发生的日子会来东南风。1950年中国人民解放军攻打海南岛时遇到同样的问题，当时使用木帆船渡海。战事安排不但要考虑敌情，而且要反复权衡风向、潮汐、海流之实情，以决定何时小规模渡海，何时大规模进攻。

"身无彩凤双飞翼，心有灵犀一点通。"（李商隐《无题》）力量是肉身之力量，肉身与心智不可分，所以，"军事天才并不仅仅是同军事活动有关的某一种力量，其表现为多种力量的综合，如勇气、智慧、情感等，它们在战争中所起的作用不容忽视。军事天才是各种精神力量和谐统一的结合，其中这种或那种力量也许起着主要作用，但没有一种力量起负作用"①。科学概念不断由繁趋简，由分趋合。例如，将一切物质化为元素，再归成几种微粒；将不同的力划归为能，又将能称为量。于是，力和量合称为力量。

有质量的力量，有能量的力量，还有质能关系的力量。"在相对论之前，科学家把宇宙描绘成一个含有物质与能这两种性质不同的元素的容器。物质有惰性、有实体、有称为质量的特性；能是活动的、肉眼不能见，而且没有质量。但是，爱因斯坦证明了质和能是一物，质量就是浓缩的能量。换句话说，质就是能，能就是质。"②能隐含于质，质爆发裂变成为能。原子弹就是如此。

就普通语言来说，"身无彩凤双飞翼"之"身"是身体。就物理学而言，身体也是物体。同理，"心有灵犀一点通"之"心"是心灵。就psychology而言，心灵也遵循心理，心理由精神主持。如果这个精神就是"陶钧文思，贵在虚静，疏瀹五脏，澡雪精神"（《神思》）之"精神"，那么它就是直觉（intuition）。"直觉和想象是极其重要的，我们需要它们来创立一种理论。但是，正是由于它可能使我们相信我们由直觉知道的事物是正确的，

---

① ［德］克劳塞维茨：《战争论》，第43-44页，麦芒译，百花文艺出版社，2019年。
② ［美］巴涅特：《相对论入门》，第59页，仲子译，生活·读书·新知三联书店，1989年。

因此直觉会严重地使我们误入歧途。直觉是无法估价的助手，但也是危险的助手，因为它往往使我们不加批评。我们必须总是尊敬地、感激地、并以对它采取严格的批评的态度来对待它。"①以批判理性主义对待它。

在波普尔看来，批判理性主义是有力量的。波普尔可能没有"身无彩凤双飞翼，心有灵犀一点通"之中文知识，但他显然有这方面的直觉。波普尔在1953年7月写过一篇涉及身心问题的论文。该论文被另一位教授描述为"不一贯但却是有力量的辩解"。1955年，波普尔又著文对身心问题进行了说明。笔者无意、亦无力对波普尔"变化多端的，但却是有力量的辩解"进行思辨，然而，身心问题常识昭然，公理昭然，也不是不能完全对此置喙一词。

就中国传统常识而言，直觉是言觉之学，学之为言觉也，以觉悟所不知也。人的困难是人本身，人本身就是人探究世界的难点。人本身是有力量的，但像项羽那样的"力拔山兮气盖世"之人，力有余而心不足。人本身的力量更多地在于心智，心智之力简称为智力。智力是体力的软件，体力是智力的硬件。人身心之相互作用，正如电脑硬件和软件相互作用、物理状态和心理状态相互作用。批判理性主义创始人也说："事物的心理状态和物理状态没有理由不相互作用。"②心理状态是人的，人常常力有余而心不足。

---

① ［英］卡尔·波普尔：《科学发现的逻辑后记》，第3-4页，李本正、刘国柱译，中国美术学院出版社，2014年。
② ［英］卡尔·波普尔：《猜想与反驳：科学知识的增长》，第428页，傅季重等译，上海译文出版社，2015年。

主要参考文献

一、文本符号类

程俊英：《诗经译注》，上海古籍出版社，1985年。
《鲁迅全集》，人民文学出版社，1982年。
易中天：《三国纪》，浙江文艺出版社，2014年。
易中天：《品三国》，上海文艺出版社，2018年。
王引之：《经义述闻》，江苏古籍出版社，1985年。
丁福保辑：王夫之等撰《清诗话》，上海古籍出版社，1999年。
郭绍虞编选：《清诗话续编》，上海古籍出版社，1983年。
伍蠡甫主编：《西方文论选》，上海译文出版社，1979年。
《瞿秋白文集》，人民文学出版社，1985年。
王蒙：《八十自述》，人民出版社，2013年。
王蒙：《中国天机》，贵州人民出版社，2013年。
练性乾：《我读南怀瑾》，复旦大学出版社，2016年。
Eco, U: A Theory of Semiotics, Indiana U pr, 1976.
朱寿桐主编：《论王蒙的文学存在》，南京大学出版社，2015年。
［法］雅克·德里达：《文学行动》，赵兴国等译，中国社会科学出版社，1998年。
孔庆东：《笑书神侠》，重庆出版社，2009年。
汪腊生：《中国当代文学研究》，中国社会科学出版社，2011年。
张傅：《汉魏六朝百三家集题辞》，人民文学出版社，1960年。
刘熙载：《艺概》，上海古籍出版社，1978年。
［美］列奥·特莱特勒：《反思音乐与音乐史——特莱特勒学术论文选》，杨燕迪编译，华东师范大学出版社，2018年。
［美］查尔斯·罗森：《音乐与情感》，罗逍然译，浙江大学出版社，2017年。
［芬兰］埃罗·塔拉斯蒂：《音乐符号》，陆正兰译，译林出版社，2015年。

李近朱：《音乐书话》，上海音乐出版社，2011年。

［苏联］格·阿普列相：《音乐是一种艺术》，杨洸译，音乐出版社，1957年。

汪毓和：《重读青主的〈音乐通论〉》，载《中央音乐学院学报》第4期，2001年。

青主：《什么是音乐》，载《乐艺》［季刊］第1卷，第2号，上海国立音专乐艺社编辑出版，1930年。

邵瑛：《说文解字群经正字》，古籍网。

吴梅：《吴梅戏曲论文集》，中国戏剧出版社，1983年。

叶秀山：《古中国的歌》，中国人民大学出版社，2007年。

洪为法：《绝句论 律诗论 古诗论》，文化艺术出版社，2018年。

［德］恩斯特·卡西尔：《语言与神话》，于晓等译，生活·读书·新知三联书店，1988年。

王富仁：《角度和意义 所指和能指——白居易〈长恨歌〉赏析》，载《名作欣赏》第三期，1992年。

郭绍虞：《照隅室杂著》，上海古籍出版社，1986年。

袁峰：《中国古代文论义理》，西北大学出版社，2001年。

袁峰：《文本语根综通研究》，三秦出版社，2011年。

袁峰：《根本的综通——解构遭遇昆仑》，商务印书馆，2011年。

郭绍虞：《宋诗话考》，中华书局，1979年。

王国维：《人间词话 人间词》，谭汝为校注，群言出版社，1995年。

叶嘉莹：《叶嘉莹谈词》，长江文艺出版社，2019年。

顾随：《苏辛词说》，首都师范大学出版社，2017年。

李建中：《體：中国文论关键词解诠》，中国社会科学出版社，2014年。

钱钟书：《宋诗选注》，人民文学出版社，1989年。

刘淇：《助字辨略》，初刻于清康熙五十年（1711）。

［德］卡尔·达尔豪斯：《绝对音乐观念》，刘丹霓译，华东师范大学出版社，2018年。

《唐诗鉴赏辞典》，上海辞书出版社，1983年。

《唐宋词鉴赏词典》，上海辞书出版社，1988年。

二、基因科学类

［英］马特·里德利：《先天后天：基因、经验及什么使我们成为人》（第四版），黄菁菁译，机械工业出版社，2015年。

[挪威]托马斯·许兰德·埃里克森：《什么是人类学》，周云水、吴攀龙、陈靖云译，北京大学出版社，2013年。

方鹏：《中国人的起源》，江西人民出版社，2010年。

张振：《人类六万年》，安徽人民出版社，2013年。

[美]史蒂夫·奥尔森：《人类基因的历史地图》，霍达文译，生活·读书·新知三联书店，2016年。

[美]普雷斯顿·埃斯特普：《长寿的基因》，姜佟琳译，浙江人民出版社，2016年。

[英]托马斯·赫胥黎：《天演论》，严复译，译林出版社，2011年。

[英]达尔文：《物种起源》，谢蕴贞译，中华书局，2018年。

[美]悉达多·穆克吉：《基因传——众生之源》，马向涛译，中信出版集团，2018年。

Daniel C. Dennett, Darwin's Dangerous Idea: Evolution and the Meanings of Life. (New York: Simon & Schuster, 1995.)

[法]弗朗索瓦·雅各布：《鼠、蝇、人与遗传学》，张尚宏译，湖南教育出版社，2000年。

[美]克里斯托弗·科赫：《意识与脑：一个还原论者的浪漫自白》，李恒威、安晖译，机械工业出版社，2015年。

[美]侯世达：《哥德尔 艾舍尔 巴赫——集异璧之大成》，本书翻译组译，商务印书馆，1997年。

王梓坤：《科学发现纵横谈》，湖北科学技术出版社，2013年。

陈凡、陈红兵、田鹏颖：《技术与哲学研究：2010—2011卷》，东北大学出版社，2014年。

[英]李约瑟：《中国科学技术史》，科学出版社，1990年。

[美]詹姆斯·格雷克：《信息简史》，高博译，人民邮电出版社，2013年。

[美]巴涅特：《相对论入门》，仲子译，生活·读书·新知三联书店，1989年。

[英]卡尔·波普尔：《猜想与反驳：科学知识的增长》，傅季重等译，上海译文出版社，2015年。

[英]卡尔·波普尔：《二十世纪的教训》，王凌霄译，中信出版社，2015年。

[英]卡尔·波普尔：《历史主义贫困论》，何林、赵平等译，中国社会科学出版社，2017年。

[英]卡尔·波普尔：《科学发现的逻辑后记》，李本正、刘国柱译，中国美术学院出版社，2014年。

[美]莫里斯·克莱因：《古今数学思想》，邓东皋、张恭庆译，上海科学技术出版社，2002年。

李继闵：《九章算术校证》，陕西科学技术出版社，1993年。

李继闵：《〈九章算术〉及其刘徽注研究》，陕西人民教育出版社，1990年。

［美］约瑟夫·马祖尔：《人类符号简史》，洪万生等译，接力出版社，2018年。

［美］巴里·梅修尔：《像牛虻样的数论》，载《美国数学月刊》第98卷，1991年。

信息社会50人论坛编著：《未来已来："互联网＋"的重构与创新》，上海远东出版社，2016年。

三、百科符论类

徐中舒主编：《汉语大字典》，湖北辞书出版社、四川出版社联合出版，1986年。

《不列颠百科全书》（中文版），中国大百科全书出版社，1999年。

《大美百科全书》（中文版），外文出版社，1994年。

《中国大百科全书·哲学》，中国大百科全书出版社，1987年。

《中国大百科全书·中国文学》，中国大百科全书出版社，1986年。

《中国大百科全书·语言 文字》，中国大百科全书出版社，1988年。

《中国大百科全书》（第二版），中国大百科全书出版社，2009年。

《辞海》（缩印珍藏本），上海辞书出版社，1999年。

《大辞海》在线数据库，上海辞书出版社。

《马克思恩格斯选集》，人民出版社，1972年。

马克思：《1844年经济学－哲学手稿》，刘丕坤译，人民出版社，1979年。

《毛泽东选集》，人民出版社，1952年。

侯外庐、赵纪彬、杜国庠：《中国思想史》，人民出版社，1957年。

李幼蒸：《理论符号学导论》（第3版），中国人民大学出版社，2007年。

《列维-斯特劳斯文集》，中国人民大学出版社，2005年。

高小勇主编：《经济学视觉下的中国大历史》，贵州人民出版社，2017年。

［美］朱津宁：《美国厚黑学》，郑锦来译，中国友谊出版公司，1993年。

朱熹：《朱子语类》，崇文书局，2018年。

章学诚：《文史通义》，古籍出版社，1956年。

尚秉和：《周易尚氏学》，中华书局，1980年。

《四库易学丛刊》，上海古籍出版社，1989年。

艾丰：《中介论》，经济日报出版社，2000年。

刘知几：《史通》，时代文艺出版社，2009 年。

邹晓丽：《基础汉字形义释源》，北京出版社，1990 年。

袁峰：《言数话语综通研究》，人民出版社，2014 年。

袁峰：《文史符号综通研究》，人民出版社，2017 年。

袁峰：《文医符域综通研究》，三秦出版社，2020 年。

金景芳、吕绍纲：《周易全解》，吉林大学出版社，1989 年。

黄先禄：《汇率理论发展与实践研究》，人民出版社，2011 年。

容庚：《金文编》修订本，中华书局，1985 年。

曾宪通编：《容庚杂著集》，中西书局，2014 年。

[德] 克劳塞维茨：《战争论》，麦芒译，百花文艺出版社，2019 年。

朱维铮：《传统未定的音调》（增订本），中信出版社，2018 年。

秦晖：《问题与主义》，长春出版社，1999 年。

郑观应：《盛世危言》，中华书局，2013 年。

张永禄：《西安古城墙》，西安出版社，2007 年。

李之勤：《南山谷口考校注》，三秦出版社，2006 年。

《长安县水利志》，陕西师范大学出版社，1996 年。

后　　记

　　人生如梦，眨眼已近至"古稀"。仔细掂量，五十知天抗命，六十耳顺，企慕综通，徜徉于汉语字原、文本语根、人文理论、言数话语、文史符号、文医符域诸题，从心所欲不逾矩。学问归期未有期，到了《基本符论综通研究》即将问世之日，我不知道自己是否已经走到了学术生涯的尽头。

　　在言数话语那里，基本的基数是自然科学的基石。犹抱琵琶半遮面，"道法自然"进入文史符号后，基本的基因才成为生命哲学的基础。道生一，天人情致可追忆。一生二，诗乐意境 AI 情。二生三：五年两部书，"一吟双泪流"。能舍者，苍天也。既得者，吾愿也。天地不弃，已赐我数十年，使有作。若再假数年，余勖力著述，无愧于心。

　　基本因子立足于点横竖撇捺。横符"一"也作为第一个单数，短长横"二"是第二个双数。横竖撇捺之"木"既是文本，也作为语根。笔者体贴符号，钻研符论，致力于单音义符、双音义符之综通研究已有数十年。文本同而末异，用数理话语来说，本末符之"木"既是基本因子，也是细胞因子。双木为林，三木为森。就 logos 基因来说，立足于"木"的本义既是自然的生物，也是本质的生命。英文 nature 如果指谓本质，那它表达隐藏在自然深处的某种东西。与自然不同，本质作为哲理概念具有不具体（non-material）性，不具体性是具体的抽象。

　　2022 年 5 月，我因病住院，两进 ICU，原以为应该走了，已无可能完成这本书的出版。然而，鬼使神差，最后没有走，又活过来了。天竟有情怜人身，这年末季，我于 10 月 22 日动完手术。12 月 16 日术后复查，在医院又遭遇肆虐之疫情。沧桑吾躯未了结，磕磕绊绊，又跨过了一道坎。所以，还有机会整理这部书稿，字斟句酌于温馨跋后。

　　白日依山尽，山还是那个山。秋风吹渭水，水还是那个水。夕阳无限好，太阳还是那个太阳。黄河入海流，微生物世界和宏观神经网络 AI 世界的探索难有穷尽。落叶满长安，新冠病毒夺去了不少人的生命。终于迎来了"乙类乙管"后的游玩，而且能够呼吸新鲜空气，并与家人一起用餐。这是一家古同州餐馆，楹联"二华关渭水，三城朝郃阳"熠熠在目。

综通研究，道阻且长。渭水思秦川，心猿意马。从言数到符号，文吟诵言，故有文言。史记谱数，得心应手，雕龙画栋。从符号到符域，胸有成竹，好高骛远，落地生根，一片冰心在玉壶。从符域到符论，位理定名，澄澈晶莹，乡音未改鬓毛衰。孤芳自赏，文本语根逻格斯，传媒臆测密索斯（mythos）。东海西海，飞龙在天俯瞰地。南学北学，亢龙有悔吐槽吟。综通未通，老骥伏枥心有期。

上善若水，氢二氧一的水符，区别为一点、两点和三点。冰清玉洁，ideology 是一个意识科技的怪物，综通研究者有权利，而且可以对它说三道四。笔者所生活的神州大地，是一个子曰诗云的国度。子曰："修文德以来之。"文上有点，指谓头脑，观念科学的根本是要把握好意识，依托于善。德比天大，大人之行，言必信，行必果。然而，徒善不足以为政，故尊德性者不仅践履正人之行，还要修炼言数之真。文以意为主，文德之真作为意识科学可以量度吗？

还有，徒法不足以自行，人的主动性和德先生、赛先生手拉手才能形成现实力量。所谓伊人，就古圣而言，是伊尹。人是政治的动物。尹，正也。政治的基因是尹。伊人治事，故有政治。Politics 追求正"義"。繁体义符下部有"我"。舍我其谁也？伊尹虽然是一个无我的人，但他为了追求正义，却累积出惊人的禀赋乃至忘我的素质，辅佐商汤灭了夏桀。

走万里路，读千卷书，学而时习之，故有经验科学。伊尹之辅佐，是辅政。就人文科学言，有先知先觉者，亦有后知后觉者。使先知觉后知，使先觉悟后觉，文史哲得以延续。人与自然的关系，没有言文和言数，idea 无从着落和把握。心生而言立之文字产生后，才有人文科学。言数话语和文明之德相结合，ideology 作为观念科学的形态才会有充实的内容。

在水一方。一方水土养一方人，同时也滋养一方文化。文化如水，修文德要实地考察，从一点一滴做起。造化之机不可无生。水生木，火生土。诗云"在河之洲"，河指谓黄河。又云"在洽之阳"，洽指谓洽水。基本接地气，故楹联"二华"指谓依托着华山的华县、华阴县。基本的基础是山石，是皇天后土，故"三城"指谓韩城、蒲城、澄城。

二华关渭水，日出潼关，渭水东流，荆山已去华山来。就自然地理来说，"二华"亦可以理解为华山、少华山。华山，中央之山也，在秦岭之东，吾曾两次登临。太乙近天都，在终南圭峰之西。连山接海隅，西太白鳌山傲视东太白拔仙台。《录异记》

说，是金星化作白石若美玉，故太乙山又称太白山。

吾从小耳染目濡圭峰之奇险峻秀，但竟无一次攀援太白山，每念及此，辄为之神驰肠断。

关中人居住在黄土高坡。追溯文明六千年，三皇五帝夏商周。其时，河、洛、渭等地涌现出许多氏族，聚居为部落。河出图，历史的基因开始孕育结绳记事。洛出书，文明的细胞萌发出图像符号。白水暮东流，仓颉有睿德。头为一身之主。颉之頁，头也，与首同源。目为头面之睛。文祖仓颉有四目，拜受洛书，其字成之日，天雨粟，鬼夜哭。

三城朝郃阳。在难以计数的黄土高原，有一个朝坂塬。朝邑位于朝坂塬下，东望黄河。黄土高坡，沟壑交错。在关中平原东部乃至洛阳，北洛河纵穿北南入渭，渭水横贯西东入黄。黄河从北向南咆哮而来，华岳当道使其向东。在华岳东南，有南洛河，洛阳位于洛水北，故称洛阳。与河、渭、洛不能相提并论，"在洽之阳"之洽水是一条小河流。

就简化汉字符号"阝"而言，有位置左右之别。山之南水之北，阴晴各不同，但同为阳。"在洽"之郃阳，其"郃"之"阝"在右，原形为"邑"；其"阳"之"阝"在左，原形为"阜"。商邑翼翼，四方之极。邑是都的基本符号。我曾两次去旬邑，目击秦直道，睹公刘像，食玉面，至今回味不尽。执豕于牢，这个豕进入了国家之"家"。豕是猪的基本符，正如邑是都的基本符，尹是君的基本符。

人老了，各种器官都在衰退，更致命的是细胞内部基因表达的错误率越来越高。虽然老病有孤舟，但并未凭轩涕泗流。吾之心依旧在飞翔。朝辞白帝彩云间，清晨起来，我似乎看见了青藏高原。夕阳西下，轻舟已过万重山，我知自己已不可能攀援以珠穆朗玛领衔的高山。不久前，我去了关中西部，去了大北沟水库。我期望还有机会再去关中东部游玩。

单音义符相当给力。历史是人民创造的。秦朝灭亡前有一句名言："天下苦秦久矣。"一个"苦"字，活脱脱勾画出时代的强音。在笔者为本书著作跋文时，"天下苦美久矣"成为全球舆论的热词。过去有著名的三个世界的理论，现在亦有相互对立的两个世界之理论。无可奈何花落去，以美元为首的霸权世界正在衰退。似曾相识燕归来，华岳高耸河东流，以人民币领衔的金融共同体世界已是大势所趋。

最后，成《野狐禅》一首跋于尾而自勉：东海西海论西东，南学北学辩北南。文明声明基本明，智能神思野狐禅。病树前头万木春，烂柯情性华山剑。七十沧桑一刹那，河渭吾心入云天。

鸣　　谢

　　生于忧患，死于安乐，是人也，亦书也。这本著作从精神产品脱胎为"肉身"出版物得到了多方支持。卢洪涛教授与笔者师出同门于张华先生，是他的支持和鼓励帮助笔者践履了"带些课，写点书"之诺言。与笔者素未谋面的柏昌利教授，任陕西国际商贸学院文学与教育学院主管科研的副院长。他积极帮助笔者申请出版经费时，笔者才知道自己和他同乡于沣镐故里。尽管知心人也善言，笔者的书有点难懂，但柏教授以及商贸学院主管科研的张引科处长依旧尽力促成"肉身"修成正果。

　　2022 年，疫情肆虐，笔者的肉身也出了问题，已无暇顾及送到出版社之书稿。艰难困苦，玉汝于成。2023 年，笔者身体恢复，这本书的出版渐渐有了眉目。笔者要感谢马来社长，他的宝贵意见启发了笔者的灵感，使这本著作最后定名为《基本符论综通研究》，并按此进行了修改。感谢李冠华副教授通读书稿，并写出书面意见，还感谢张晓妮副教授帮助办理各种手续。当然，还要感谢责任编辑郑迪女士对这本书的规范问世所付出的辛勤劳动。

　　没有第一责任人我，就没有这本书。但是，当我的肉身出了问题，或者即将死去时，医生的救治和家人的护理就至关重要。医生的救治我已在《古城医府治病记》一文中致谢，家人的护理我要在这里表达感激。我感谢所有亲友对我的关怀，特别要感谢吾妻王惠玲女士精心护理，使我在生命垂危之后能完成此书之出版。